Así comienza

Rachel Abbott

Así comienza

Traducción de
Jesús de la Torre

Papel certificado por el Forest Stewardship Council®

Título original: *And So It Begins*

Primera edición: marzo de 2020

Printed in Spain – Impreso en España

ISBN: 978-84-9129-295-1
Depósito legal: B-544-2020

Impreso en Rodesa, Villatuerta (Navarra)

SL92951

Penguin
Random House
Grupo Editorial

Prólogo

I

Así acaba.

Ahora lo tengo claro: alguien tiene que morir.

Algunas muertes son inevitables. Otras sí se pueden prevenir. Y, luego, están esas tragedias provocadas por su propio impulso, que una vez que empiezan van ganando fuerza y causan un daño tras otro, una pérdida tras otra.

Sí. Es hora de poner fin a esto.

II

Por fin estaba el coche en silencio. Stephanie había conseguido callar a Jason diciéndole que, si no dejaba de hablar, pararía y lo echaría del vehículo. Podría volver caminando a la comisaría. No era un silencio cómodo y Stephanie agarraba el volante con fuerza. Abrió la ventanilla una rendija para dejar salir un poco de aire caliente y respirar la húmeda brisa del mar y percibió un vago olor de las olas que chocaban contra las rocas de abajo.

«Tranquila», dijo una voz dentro de su cabeza. «No va a ser como la última vez».

—Entonces, ¿cree que es un caso de violencia doméstica, sargento? —preguntó Jason, interrumpiendo con su voz sus pensamientos—. Esta zona es un poco elegante para eso, ¿no? No se habrán peleado por dinero, eso seguro.

Jason se cruzó de brazos como si con eso quedara todo claro y Stephanie deseó preguntarle si había prestado algo de atención durante su formación. Odiaba tener que trabajar con agentes en prácticas, sobre todo cuando eran tan testarudos y estaban tan mal informados como este.

—Ha habido una llamada a emergencias y una mujer que pedía ayuda a gritos, eso es lo único que sé. Después, la llamada se cortó. La empresa de seguridad que controla la casa dice que es como un búnker, así que es poco probable que alguien haya podido entrar.

Stephanie sabía muy bien lo que eso quería decir. Quienquiera que fuera la persona de la que aquella mujer necesitaba salvarse era alguien a quien conocía.

—El coche patrulla de la empresa de seguridad está ya en el lugar de los hechos y su agente nos está esperando para que podamos entrar, de modo que pronto lo sabremos —añadió.

«Demasiado pronto». No estaba segura de querer saberlo.

La gravilla del sendero crujía bajo las ruedas y la luz brillante de la luna llena iluminó los arbustos que había a ambos lados del estrecho camino de entrada cuando las nubes se apartaron. Al girar la esquina vio un largo muro blanco delante de ellos de unos seis metros de alto con una enorme puerta doble de madera en el centro.

—¿Qué narices es este sitio? —preguntó Jason con voz apagada al ver algo tan inusual.

—Es el muro trasero de la casa.

—No hay ventanas. ¿Por qué iba alguien a construir una casa sin ventanas?

—Espera hasta que entres, Jason.

Por el rabillo del ojo vio que él giraba la cabeza hacia ella.

—Entonces, ¿conoce esta casa?

Stephanie asintió. No quería pensar en la última vez que la llamaron para que acudiera y esperaba y rezaba por que esta noche no se pareciera en nada a aquello. Pero un grito de ayuda no era nunca una buena señal y, a pesar de su belleza, esa casa le daba escalofríos.

Detuvo el coche junto a un vehículo con el emblema de una empresa de seguridad en el lateral. Un hombre joven y delgado con un grave problema de acné salió de él.

«Ay, Señor», pensó ella. «Dos niños por el precio de uno».

—Soy la sargento Stephanie King —se presentó ella—. ¿Tienes la llave?

El joven asintió.

—Yo soy Gary Salter, de la empresa de seguridad.

«Gracias por la obviedad».

—¿Has probado a llamar al timbre? —preguntó ella. Los ojos de Gary se movían nerviosos a izquierda y derecha.

—No sabía si debía hacerlo.

—Es probable que hayas tomado la decisión correcta —dijo Stephanie—. No sabemos qué está pasando ahí dentro y, estando solo, habrías sido vulnerable. Vuelve al coche, Gary. Hasta que sepamos qué pasa no podemos permitir que andes pisoteándolo todo.

Stephanie apretó el dedo con fuerza en el timbre e inclinó la cabeza para tratar de oír si se producía algún movimiento en el interior. Había un completo silencio. Probó suerte una vez más y, después, metió la llave en la cerradura y la giró.

Oyó que Gary salía del coche detrás de ella.

—Hay una alarma —advirtió—. El código es el 140329.

Stephanie asintió y abrió la puerta. El cajetín de la alarma estaba dentro del porche, pero la alarma no estaba conectada. Abrió la puerta interior y entró en la casa, con Jason siguiéndola inmediatamente después. El pasillo estaba oscuro y no se oía nada. Aquel silencio transmitía esa espesa calidad de las casas bien aisladas y, cuando habló, su voz resultó amortiguada, apagada.

Un fragmento de luz se filtraba por una puerta entreabierta que conducía a lo que Stephanie sabía que era la sala de estar principal de la casa. Con una mano en la pared para guiarse, avanzó unos centímetros mientras gritaba:

—¿Hola? ¡Policía!

Empujó la puerta doble del final del pasillo para abrirla del todo y, de repente, salieron de la oscuridad.

—¡Joder! —exclamó Jason y Stephanie supo exactamente a qué se refería. El impacto de la visión que tenía delante era exactamente igual de impresionante que cuando la había visto por última vez. Quizá no hubiese ventanas en la parte de la entrada del edificio, pero el otro muro del enorme salón de estar lo componía una sola lámina de vidrio. La luz de la luna se reflejaba sobre el mar negro que había más abajo y era como si la casa estuviese suspendida en alto sobre él.

—No hay tiempo para ponerse a admirar las vistas, muchacho. ¡Hola! —volvió a gritar—. Policía. ¿Hay alguien en casa? —No se oyó ni un ruido—. Venga, Jason, vamos a inspeccionar la casa.

Todo el enorme espacio en el que se encontraban era diáfano, con una cocina ultramoderna, una mesa de comedor para unas veinte personas y varios sofás. Justo entonces, la luna se ocultó tras una nube y Stephanie extendió la mano para encender las luces. No pasó nada.

—Mierda —murmuró—. Ve a por una linterna. Y rápido. Voy a bajar a los dormitorios. Ven a buscarme.

Jason se giró hacia la puerta y Stephanie se dirigió despacio hacia la escalera y se agarró a la suave barandilla de acero para apoyarse. La notó fría bajo sus dedos.

—¡Policía! —gritó—. Señor North..., ¿está ahí? —Notó la falta de confianza en su voz y maldijo los recuerdos que tenía de esa casa—. ¿Señor North? —gritó otra vez.

Aunque quien había llamado había sido una mujer, el único nombre que Stephanie tenía era el de North y, que ella supiera, no se había vuelto a casar.

De repente, la luna apareció de nuevo e hizo que su mirada se dirigiera hacia la fascinante visión de su reflejo sobre el agua oscura, pero volvió a mirar hacia las escaleras y se cambió la porra a la mano derecha. Se agarró con fuerza a la barandilla con la izquierda y bajó con cautela los escalones de cristal mientras gritaba a la vez.

Algo había pasado ahí. Lo notaba.

Sabía que los dormitorios estaban en esa planta y, en el otro extremo del pasillo, había una segunda escalera que llevaba al sótano. No quería tener que bajar de nuevo allí.

Oyó unos pasos detrás de ella y se giró hacia el reflejo de una potente linterna a la vez que levantaba el brazo sobre sus ojos para protegerlos de la luz.

—Lo siento, sargento. —La voz de Jason parecía un poco entrecortada, como si estuviese asustado o excitado. Ella no quiso saber cuál era el caso.

Stephanie volvió a gritar hacia el silencio de la casa. Recordaba dónde estaba el dormitorio principal. La última vez que había estado ahí la puerta estaba abierta y había encontrado a North sentado en la cama, con la cabeza agachada y los hombros agitándosele.

Movió el pie hacia delante y empujó con suavidad la puerta.

No necesitaron la linterna. La luz de la luna inundaba la habitación a través de los ventanales, ayudada por el resplandor amarillo y parpadeante de una docena de velas que estaban colocadas estratégicamente alrededor de la habitación.

—¡Dios!

La blasfemia susurrada de Jason lo decía todo. La cama era un lío de sábanas revueltas alrededor de las piernas y los brazos de dos personas. Stephanie no sabía si eran de hombre o de mujer desde donde se encontraba. El olor metálico confirmaba lo que estaba viendo. Ambos cuerpos yacían inmóviles y las sábanas blancas estaban empapadas de densa y oscura sangre.

A pesar de que era una noche cálida, Stephanie sintió un escalofrío en la nuca y tragó saliva. ¿Qué narices había pasado ahí? De repente deseó salir corriendo de la habitación y alejarse de la cruel visión que tenía delante.

Tras obligarse a respirar hondo, miró a Jason y le pidió en voz baja que volviera a subir para pedir refuerzos. No necesitó ningún espejo para saber que la mirada de terror que había en el rostro de él era un reflejo de la suya.

Cuando Jason salió, Stephanie oyó un sonido que hizo que todo el vello de los brazos se le pusiera de punta. Era el lloro de un niño muy pequeño. Se giró hacia la puerta tratando de averiguar de dónde procedía. Tenía que encontrar a ese bebé, pero no parecía un grito de dolor ni de angustia. Y antes de salir de la habitación, había otra cosa que debía hacer. Iba a tener que acercarse a la cama empapada en sangre para tocar los dos cuerpos y comprobar si estaban muertos. Las manchas de salpicaduras sobre la pared parecían un extraño cuadro abstracto y unas manchas rojas y viscosas decoraban una enorme fotografía en blanco y negro de una mujer de pelo rubio que colgaba orgullosa por encima de los cuerpos.

Stephanie respiró hondo y se obligó a poner un pie tras otro para acercarse despacio a ellos.

Al principio, pensó que estaba viendo cosas. Una pierna se retorció. Un momento después, el lejano sonido del bebé que lloraba vino acompañado de un sonido más grave y profundo. Era un gemido de dolor. Y procedía de la cama.

Uno de ellos estaba vivo.

PRIMERA PARTE

Tres meses antes

Comenzó con pequeños actos de crueldad. Un pie extendido, un grito de dolor cuando la rodilla se golpeaba contra el suelo. Empezó a encontrarle el gusto. Aquellos momentos se volvieron más frecuentes, más brutales. Parecía como si el placer fuera en aumento con cada una de sus despiadadas acciones.

1

Veo la fotografía desde el otro lado de la calle. Ocupa el escaparate de la galería, suspendida sobre delgados cables, de tal forma que parece estar flotando en el aire. Es la imagen en blanco y negro del rostro de una chica, su cuerpo apenas una sombra contra el fondo negro. El contraste se ha graduado de modo que cada relieve de su piel —un pómulo, la nariz, el filo del mentón— resplandece con un cegador color blanco mientras cada hendidura parece oscura y solapada.

Me detengo en seco sobre la acera y miro. La galería es pequeña, no más grande que las tiendas que tiene a cada lado; en una venden elaboradas tartas y en la otra ofrecen el tipo de basura que la gente compra en vacaciones y que carece de sentido una vez que sus quince días al sol han acabado: flotadores en forma de tiburón, pelotas hinchables que explotan con la primera patada que alguien les da, colchonetas de estridente color rosa y bonitas cometas que probablemente nunca echen a volar.

La galería, en comparación, es sofisticada, con su fachada gris adornada solamente con dos palabras pintadas en el extremo derecho, casi como si se disculparan por su presencia: «Marcus North».

No sé cuánto tiempo llevo mirando, pero la fotografía ejerce una atracción sobre mí. Ni siquiera me doy cuenta del caótico tráfico mientras cruzo la estrecha calle para colocarme frente al escaparate. Durante un largo rato, casi me pierdo en pensamientos del pasado pero, por fin, abro la puerta y entro. Se trata de un espacio despampanante que se extiende hacia adentro, con sus paredes de un lúgubre gris. A cada pocos metros, una columna de ladrillos interrumpe el yeso oscuro del que cuelgan las fotografías, discretamente iluminadas desde arriba y, a pesar de la ausencia de color, llenas de vida.

Una fotografía me llama la atención y, despacio, recorro los tres pasos hacia el interior de la galería con los ojos clavados en una imagen de dos niños, uno negro y otro blanco, que están jugando juntos. Una mano negra parece acariciar una mejilla blanca, mientras una mano blanca se apoya sobre una pierna negra. De nuevo, el contraste se enfatiza y las sonrisas de dientes infantiles resultan cautivadoras.

Sobre cada una de las columnas de ladrillo hay una pequeña escultura de metal: la cabeza de un cerdo, una mano arrugada, la pierna de una bailarina doblada por la rodilla... Y colgando de cada escultura, las joyas de plata más originales y hermosas que he visto nunca. Un largo collar con ondulaciones cuelga del ala de un pájaro, unos pendientes se apoyan sobre el morro del cerdo.

Noto que hay alguien detrás de mí y giro la cabeza.

En absoluto contraste con el color monocromático de la galería, la mujer lleva un vestido corto y sin mangas de color rosa fucsia. Tiene el pelo muy corto, casi rapado, y teñido de un llamativo color blanco. Sus ojos parecen agarrarme y no me sueltan. Grises claros, luminosos y enormes, me observan.

Sé quién es. Cleo North.

—¿Desea algo? —pregunta—. ¿O solo está mirando?

Sonríe, pero es la sonrisa profesional de una vendedora carente de auténtica calidez. Me aclaro la garganta, furiosa conmigo misma por ponerme tan nerviosa, pero recuerdo por qué estoy aquí y la ansiedad se reduce mientras retrocedo de nuevo hacia ella con la mano extendida. La suya es fría al tacto.

—Evie Clarke —digo—. Tenía interés por ver si la fotografía de Marcus North es tan buena como me han dicho.

Los ojos grises se entrecierran ligeramente.

—Yo soy Cleo North, la hermana de Marcus. Creo que es probable que le parezca aún mejor. ¿Puedo preguntarle de qué conoce su obra?

Sonrío y retuerzo entre mis dedos un mechón de mi pelo largo y rubio, que parece casi de un amarillo chabacano al lado del blanco puro de Cleo.

—He estado investigando un poco recientemente y vi un artículo en un periódico local sobre Marcus. A usted la nombraban como su directora comercial.

—Entonces, ¿es usted de aquí? —pregunta con un gesto de perplejidad que indica que debería conocerme si ese fuera el caso.

—No, soy de Londres. Pero un amigo estuvo aquí de vacaciones y me trajo un ejemplar del periódico. Sentí curiosidad y decidí hacer el viaje para ver las fotos con mis propios ojos. Busco a alguien que me haga una serie de fotografías. —Sonrío a Cleo, consciente de que esto parece de lo más vanidoso—. Son para mi padre, pero, si lo dejo en manos de él, probablemente terminemos con unos sosos posados, así que le pregunté si podía elegir yo al fotógrafo.

Veo un destello de preocupación en sus ojos que ella disimula con otra sonrisa.

—No estoy segura de que Marcus vaya a ocuparse de ese tipo de retratos ahora mismo. Está más centrado en el fotoperiodismo, en tomar imágenes que cuenten una historia. Estos —dice señalando los retratos de la galería con una mano— son sobre todo ejemplos de su anterior trabajo.

Yo asiento, como si comprendiera.

—Mire, ¿por qué no hablo yo con él y le cuento lo que busco? Mi padre está bien relacionado y, si le gusta el resultado, estoy segura de que estará encantado de correr la voz.

Veo indecisión en sus ojos. Ambiciona un buen futuro para su hermano —el artículo del periódico lo dejaba claro— y yo necesito encontrar la forma de ganármela.

—Si sirve de algo, no estoy buscando específicamente imágenes de estudio. Me encantaría que me tomaran fotos a lo largo del tiempo, con distintos estados de humor y en diferentes localizaciones. No quiero algo muy obvio ni demasiado escenificado.

Cleo parece ligeramente ofendida por que yo esté poniendo en duda que Marcus es capaz de reflejar imágenes cotidianas.

—Bueno, creo que puede ver que sus fotos no son nunca aburridas. Está muy solicitado, como se puede imaginar.

Hacen falta otros diez minutos de sutil persuasión con el tácito señuelo de alabar la reputación de Marcus antes de que ella se ablande y yo empiece a ver un atisbo de excitación. Estoy segura de que ha exagerado enormemente la actual demanda de su obra —pues prácticamente ha estado encerrado durante los últimos dieciocho meses— y puedo ver una expresión de ambición en sus ojos. No en cuanto a sí misma, sino en cuanto a Marcus. Sé que ahora está de mi lado.

—¿Cómo quiere que lo hablemos? —pregunta, con una sonrisa auténtica por primera vez desde que he llegado. No se me había ocurrido antes pero, después de lo que le pasó a Marcus, es probable que, a veces, la gente entre en la galería para intentar verlo y comprobar si la tragedia se le nota en la cara. Sin embargo, parece que Cleo piensa que mi interés es verdadero.

—Tengo que ver a Marcus para ver cómo trabaja y si sus ideas encajan con las mías y, lo que posiblemente sea un mayor desafío, si cumple las expectativas de mi padre.

—Seguro que sí. Deje que hable con él y me volveré a poner en contacto con usted.

Hago una mueca.

—No quiero estar dándole muchas vueltas. Si no está interesado, preferiría saberlo ahora para no perder el tiempo. Me gustaría entrevistarme con él hoy, si es posible.

Veo que esta idea le preocupa pero, al final, accede a hablar con él en ese momento para concertar una cita y coge el teléfono. Me doy cuenta por la expresión de ella de que a él no le agrada la idea. Aparto la mirada, como si no lo hubiese notado. Ella trata de mantener un tono sonriente y alegre y yo camino por la galería para que ella pueda ejercer su influencia sobre su hermano en privado.

Por fin cuelga y me mira con una sonrisa.

—Sabe que quiere verlo hoy y ha accedido. Se ensimisma mucho con su trabajo y, a veces, puede parecer un poco distante, pero supongo que forma parte del temperamento de los artistas.

Le está excusando antes incluso de que yo le conozca, pero la miro con una sonrisa de complicidad mientras ella me pasa la dirección.

Me despido, consciente de que no va a ser la última vez que vea a Cleo, y decido ir caminando hasta la casa de Marcus para, así, tener tiempo de ordenar mis ideas y elaborar un plan para convencerle de que acepte mi encargo.

Mientras subo el camino empinado que lleva hasta su casa, bajo la mirada hacia la playa. Hay unos niños jugando en la *arena, riendo y gritando mientras se meten en el mar helado y salpican agua a sus padres, más reacios al frío. Envidio su despreocupación. No recuerdo haberme sentido así nunca, ni siquiera de niña.*

Subo lentamente la cuesta de áspera grava hasta que veo el enorme muro blanco que es la casa de Marcus North, aunque sé que no es con sus fotografías con lo que la ha pagado. No hay ni una sola ventana a la vista, pero estoy segura de que al otro lado del muro será distinto. La casa está situada en el borde de un acantilado y las vistas serán impresionantes.

Me acerco a la gran puerta de madera y levanto el puño izquierdo para llamar. Golpeo la puerta y siento en la mano un dolor inmenso, insoportable. Y, sin embargo, sigo llamando y gritando a la vez. Sé que tengo que parar, mantener a salvo mi mano. Pero no puedo y, cuanto más golpeo la puerta, más atroz se vuelve el dolor de la mano.

Mientras el tremendo dolor me saca de mi somnolencia inducida por los medicamentos, llevándose con él los últimos retazos del sueño, me doy cuenta de que nada es real, salvo la agonía de mi mano. No estoy en la puerta de la casa de Marcus North, sino que estoy dentro, tumbada en la cama de una habitación oscura con un enorme ventanal que da al mar. Desde la muñeca hasta la punta de los dedos, mi mano izquierda está envuelta en yeso y me duele a rabiar. Los calmantes han debido de perder su efecto y siento un doloroso zumbido y un deseo de rascarme un trozo de piel al que no puedo llegar.

Siento los ojos pegajosos. Debo de haber estado llorando en sueños mientras recordaba ese día. Cada segundo de mi sueño era la repetición de un día de casi dos años atrás, precisa hasta el punto en que levantaba la mano y llamaba a la puerta.

En ese momento, el dolor punzante que ahora me hace jadear se fundía con el sueño, y la sensación misma se integraba en la historia, interrumpiendo los últimos momentos.

Quiero regresar a ese momento, recordar lo que pasó a continuación y convencerme de que todas las decisiones que he tomado desde ese día han sido las acertadas. Pero los hilos de la telaraña se van rompiendo uno a uno y sé que, aunque pueda volver a quedarme dormida, hay pocas posibilidades de regresar a esa puerta, mientras espero a que abran. El sueño se ha volatilizado.

—¿Evie? —Esa voz, normalmente confiada, suena vacilante, preocupada.

—Estoy despierta. Puedes entrar. —Mantengo los ojos cerrados. No quiero ver la perfección de Cleo cuando sé cómo debe de ser mi aspecto—. ¿Está bien Lulu?

—Está bien. Se está echando una siesta, pero ha estado perfectamente. ¿Necesitas algo? —Se acerca a la cama y puedo sentirla merodeando por encima de mí, pero sigo sin mirarla todavía—. Tienes los ojos legañosos. ¿Dónde guardas el desmaquillante? Puedo limpiártelos un poco, si quieres.

—En el baño. —Hablar me parece, de repente, una tarea difícil y, ahora que sé que Lulu está bien, solo quiero que Cleo se vaya.

—No lo veo —grita desde el otro lado de la puerta.

—Se llama jabón —respondo.

No necesito ver su cara para saber que estará chasqueando la lengua, horrorizada por mi mal gusto. A veces, me gusta provocarla.

Cleo lleva su perfección como una armadura, como el cauri duro y brillante que cogí la semana pasada en la playa para Lulu: impenetrable pero bonita. Todo lo que se ve de ella por fuera es llamativo, resplandeciente, desde el pelo blanco decolorado y el maquillaje perfecto hasta los colores vívidos de su ropa. He visto cómo la mira la gente por la calle, preguntándose quién podrá ser esa criatura impoluta, sin darse cuenta de que, por mucho que lo intenten, no se les va a permitir acercarse. Solo a unos pocos elegidos se les permite acceder a la verdadera Cleo. Y yo no soy uno de ellos.

Puedo oír cómo vuelve por la habitación hacia la cama.

—He cogido unos algodones húmedos. Eso servirá. —Me limpia los ojos con suavidad y yo me mantengo inmóvil. No quiero que me toque. Nunca seremos íntimas, pero hacemos lo posible por fingirlo y ahora mismo puedo notar una preocupación auténtica. Se sienta con cuidado en el borde de la cama y espera un momento antes de hacerme la pregunta que sabía que vendría a continuación.

—¿Estás segura de que no quieres que llame a Mark?

Con la mención de su nombre, regreso a mi sueño, a la puerta alta de la larga pared blanca, golpeando sobre la madera. Pero esta vez estoy allí a través del recuerdo. Por desgracia, estoy completamente despierta y me pregunto adónde habrá ido el tiempo. ¿Cuánto de todo lo que ha pasado desde entonces he bloqueado en mi mente?

El hombre que abrió la puerta ese día parecía un despojo: sucio, despeinado, con una barba de tres o cuatro días que en absoluto se debía a un estilo premeditado.

—¿Marcus North? —pregunté.

—No. Me llamo Mark. Con *k*. Siempre ha sido así y siempre lo será.

Yo ya lo sabía, pero lo que no sabía era que él no formaba parte de todo ese intento de aparentar unos orígenes más prestigiosos de lo que eran en realidad.

—Perdone —dije—. Entonces, supongo que es usted Mark North.

Se pasó una mano por el pelo grasiento, haciendo que se le quedara de punta.

—Lo siento. Mi maldita hermana cree que si me llamo Marcus voy a parecer más interesante. Yo pensaba que lo que importaba era la calidad de mis fotografías, pero ya ve.

Mi breve recuerdo de ese día vuelve a verse interrumpido cuando Cleo insiste en que le responda a la pregunta de si quiere que llame a Mark. Incluso ella ha dejado ya de llamarle Marcus, pues, al final, él se negaba a responder a ese nombre.

—No, claro que no quiero que lo llames. Sabes que va a buscar cualquier excusa para venir directo a casa y te has esforzado mucho por conseguirle este encargo. Puedo apañármelas.

Cleo se levanta de la cama y se acerca al ventanal, que da al mar. Se gira para mirarme la mano y vuelve a apartar la mirada.

—No entiendo cómo te lo has hecho, Evie. No le encuentro la lógica.

Por un momento, me imagino mi mano, sujetando con fuerza las pesas de la máquina de ejercicios, seis poleas, cada una con cinco kilos sostenidas en alto. Veo otra mano, sujetando la barra que mantiene las pesas en el aire. La mano se suelta y, en la milésima de segundo que tardan los treinta kilos en destrozar mis huesos, espero el dolor, consciente de que probablemente me haya roto los carpianos, los metacarpianos y las falanges. Conozco los nombres de la mayoría de los huesos del cuerpo.

—Ya te lo he dicho. La barra se me resbaló de los dedos cuando no debía. Una tontería, pero dicen que la mayoría de los accidentes son domésticos.

—Pero debió de ser apenas un momento después de que Mark se fuera. ¿Por qué no le llamaste para que volviera?

Suspiro al oír esto. No se me ocurre ninguna respuesta sensata, al menos ninguna que Cleo vaya a creerse.

—Ya ha pasado. No tiene sentido volver a hablar de ello. Si no te importa ayudarme un poco con Lulu, estaremos bien. Prefiero que él no vuelva.

Me lanza una mirada severa.

—No digas nada, Cleo. Ya sabes que se va a estresar y ahora mismo no estoy para esas cosas. Cuando él vuelva estaré mucho mejor y seré mucho más capaz de manejarme sola.

Y así será. Así tiene que ser.

2

Cuando conocí a Mark, intenté gustar a Cleo. Su influencia sobre él en aquella época era tan grande que no podía permitirme tenerla de enemiga, pero, cuando la balanza de poder se inclinó hacia mí, noté su resentimiento y, a partir de ahí, desarrollamos una relación de tolerancia superficial. Mark es inmune a todo eso. Me ve recibiendo con agrado a Cleo en nuestra casa, invitándola a comer con nosotros, sin darse cuenta nunca de lo mucho que ella detesta el hecho de que sea bienvenida porque yo así lo ordeno.

Cumplirá con su deber, ahora que yo estoy lastimada, consciente de qué es lo que esperará Mark de ella, pero me alivia disponer de una hora, más o menos, de descanso sin sus cuidados mientras saca a Lulu. Puedo ver que está preocupada. ¿Soy tan torpe como para que no se me pueda dejar a cargo de la hija de su hermano? Porque Cleo sabe que no es la primera vez que he sufrido un accidente. La respuesta evidente es una que ni siquiera está dispuesta a considerar.

Cada vez con más frecuencia la descubro mirándome como si no estuviese segura de por qué estoy aquí, invadiendo sus vidas.

Cierro los ojos. Hasta que los analgésicos vuelvan a hacer efecto no voy a poder dormir y, aun cuando duerma, sé que no voy a regresar a mi sueño. Pero puedo recordar y preguntarme por el modo en que el destino obra su magia.

Ese primer día, cuando Mark abrió la puerta del largo muro blanco con aspecto de acabar de levantarse de la cama, llevaba varios días encerrado y estaba furioso. Estaba demasiado delgado. Eso le hacía parecer aún más alto. Sus ojos, grises como los de su hermana pero el doble de fríos, me fulminaron. Dijo que se lo había pensado mejor y que había decidido que no tenía nada para mí, así que debía marcharme y no volver.

No fue el mejor comienzo, pero tampoco me resultó inesperado. Volví a la galería para contar lo que había pasado. No tenía intención de rendirme, pero no iba a dejar que Cleo lo supiera.

—Lo siento mucho —se disculpó ella—. ¿Me concede un poco de tiempo para ver si él se lo piensa mejor?

Levanté los ojos al cielo, como si lo estuviese meditando seriamente.

—Vale, pero mi padre está ansioso por que le confirme los detalles. Si no puede hacerlo Marcus, tendré que buscar a otro.

Cleo necesitó veinticuatro horas pero, al final, consiguió convencerle para que, al menos, hablara conmigo, así que al día siguiente volví a verme subiendo fatigosamente el camino. Pero esta vez llovía y hacía viento, el típico tiempo variable del verano, como suele ser en el suroeste de Inglaterra. Había unas cuantas personas en la playa intentando volar cometas sin mucha suerte, pero la mayoría de las familias probablemente habían salido a los salones de juego recreativos o a alguna de las numerosas cafeterías.

No me podía creer que Mark fuera el mismo hombre cuando abrió la puerta. Su pelo, que el día anterior parecía sucio y oscuro, estaba recién lavado y tenía un cálido color castaño rojizo, y se había afeitado la barba de varios días. Los ojos habían perdido la furia y ahora casi parecían mirar desconcertados, como si no tuviese ni idea de cómo se había dejado convencer para verse en esa situación. Hasta meses después no descubrí que Cleo había amenazado con cerrar la galería e irse si él se negaba a aceptar nuevos encargos.

Extendió la mano para estrechar la mía.

—Siento lo de ayer —dijo—. Había estado trabajando en unas fotografías y no estaban saliendo bien. —Dejó caer la mano y me miró a los ojos—. La verdad es que eso es una mentira de mierda. Simplemente fui muy desagradable y te pido disculpas.

Me gustó en ese momento y no estaba segura de si eso era bueno o no.

Levantó un brazo para darme la bienvenida a su casa y yo pasé por delante de él a través de la enorme puerta de madera del muro blanco.

—Ay..., Dios... mío. —Entré despacio, mientras contemplaba la espectacular vista que tenía delante. Sabía que era la planta más alta del edificio, pues nadie llamaría casa a aquello, y parecía estar flotando sobre el mar con una enorme lámina de cristal salpicada por la lluvia que formaba la única barrera con el agua salvaje de abajo. Incluso en un día así, las vistas eran impresionantes.

Mark me señaló un sofá que estaba frente al ventanal y yo apenas podía concentrarme en lo que me decía mientras hablaba de sus fotografías, sus influencias, su forma de afrontar cada tema nuevo y las técnicas que quería utilizar en mis retratos. Yo estaba distraída en todo momento por aquella visión: las vistas de un alcatraz que planeaba sobre el mar o las olas que chocaban contra una roca que sobresalía por encima del agua de la bahía.

Me ofreció una taza de café y fue a la cocina, que estaba situada a lo largo de una pared de la sala de estar. Se oyó el sonido de unos granos moliéndose y el aire se llenó del delicioso aroma del café recién hecho.

Miré el resto de la sala, en la que hasta ese momento apenas me había fijado. Giré la cabeza en todas direcciones, esperando ver más fotografías enormes como las de la galería. Pero solamente había una, colgada de la pared detrás de mí, enfrente del ventanal, donde vi que atraparía los cambios de la luz de cada día. Era un retrato de una mujer con el pelo corto y oscuro peinado hacia atrás a partir de un rostro delgado dominado por unos gruesos labios claros. Sin embargo fueron sus pequeños ojos, ligeramente entrecerrados, lo que me llamó la atención. Parecían mirarme, juzgarme, y cuando me giré pude notarlos sobre mi espalda.

Mientras daba sorbos al café en la taza de porcelana que Mark me había traído, traté de hacer desaparecer aquellos ojos de mi mente y entablar conversación con él. Necesitaba gustarle. Que confiara en mí. Traté de sonsacarle, de sonreír ante sus intentos de comentarios ingeniosos y su evidente creencia de que tenía que encandilarme, aunque solo fuera para hacer callar a su hermana. No me engañé pensando que era algo más. Al menos, no en ese momento.

Acordamos que empezaría el proyecto con seis fotografías, cada una de ellas tomada en días distintos, en diferentes horas, para que la luz variara. Tuvo la idea de hacerme una entre una masa de turistas, pero solo mi imagen recibiría el tratamiento de alto contraste y los demás quedarían difuminados en sombras de color gris para que yo sobresaliera —de forma casi literal— entre la multitud. Tenía en mente otra localización, donde yo podría asomarme sobre las murallas de un viejo edificio abandonado, y pareció como si, ahora que había aceptado el encargo, empezara a emocionarse.

Cuando no se me ocurrió ningún motivo razonable para alargar mi visita, me levanté para marcharme. Pero no podía irme sin preguntarle por su casa.

—Está increíblemente bien diseñada. Deben de haber hecho falta varios años para construirla. ¿Has vivido aquí desde que se construyó?

Su expresión se oscureció.

—No.

Los ojos de la fotografía me observaban, haciendo que me volviera imprudente y, de repente, empecé a comportarme como un mirón cualquiera.

—Y hay otra planta por debajo de esta... Los dormitorios, supongo.

Vi que apretaba la mandíbula. Yo sabía qué estaba haciendo, pero no podía parar. Sabía que las plantas inferiores estaban talladas en el interior de la roca y que, al igual que en esta habitación, las ventanas daban al mar.

—En realidad, son dos plantas más. —No me miró a los ojos al decirlo.

—Dios mío..., ¿tu estudio está en el sótano?

Por un momento, no dijo nada.

—No. Ahí abajo hay una piscina y un gimnasio. Pero están cerrados.

Cogió las dos tazas vacías, que tintinearon al tocarse.

—¿No usas ninguna de las dos cosas?

—No bajo nunca.

Le miré sorprendida.

—No habrá fantasmas, ¿verdad?

—Es probable. Es donde murió mi mujer. —Los ojos de Mark se movieron a su izquierda, adonde colgaba el retrato.

Le miré impactada y con expresión de arrepentimiento, como si, al contrario que el resto de la gente que conocía el nombre de Marcus North, no supiera ya lo que había pasado. Sentí los ojos entrecerrados del retrato juzgándome.

Han pasado veintidós meses desde que tuvimos aquella conversación la primera vez que entré en esta casa y más de once meses desde que me mudé a ella. Incluso ahora, hago todo lo posible por evitar la mirada de Mia North, la esposa muerta de Mark.

3

Cleo abrió hacia adentro la puerta de cristal empañado de la cafetería, empujándola con la espalda mientras tiraba del cochecito de Lulu tras ella, intentando ocultar su sorpresa, probablemente sin conseguirlo, cuando un adolescente con demasiados *piercings* se levantó de un salto para ayudarla.

—Gracias —dijo cuando el muchacho se agachó para sonreír a Lulu, que parecía completamente impávida ante la visión de todo aquel metal que sobresalía de su cara.

Miró alrededor de la sala medio vacía, buscando la agradable silueta de su mejor amiga, Aminah Basra. En un par de meses, la cafetería estaría a rebosar de turistas y ni ella ni Aminah se acercarían, pero a esas alturas de la temporada resultaba un lugar agradable y cómodo donde verse. Una mata de pelo negro y rebelde atrajo la atención de Cleo, y Aminah levantó el brazo con un movimiento de entusiasmo.

A la vez que empujaba el cochecito hacia el otro rincón, donde su amiga estaba sentada tomando un capuchino, Cleo recuperó su amplia sonrisa.

—¡Qué cara has puesto! —exclamó Aminah mientras Cleo se sentaba—. Eso te pasa por tener prejuicios.

—Lo sé. Me avergüenzo de mí misma. Mi reacción instintiva ha sido evitar que ese pobre chico se acercara demasiado a Lulu. ¿No es terrible? —Cleo se inclinó por encima de la mesa con una mueca de desagrado—. Pero no sé cómo podrá sonarse la nariz —susurró—. En fin, me alegro de verte. ¿Hoy no viene Anik?

—Le he dejado con su abuela, que estará tratando de enseñarle modales porque cree que yo soy demasiado indulgente con mis hijos. Se supone que debería ser al revés, ¿no? Que los abuelos deberían ser los tolerantes. ¿Y cómo es que traes a Lulu? No es que no me guste verla.

Una camarera de expresión aburrida se acercó para tomar nota del pedido de Cleo antes de que ella tuviese ocasión de responder, y eso le dio un momento para pensarse la respuesta. Aminah había pasado bastante tiempo con Evie en los últimos meses y en una o dos ocasiones había dado a entender que Cleo era un poco dura con la pareja de su hermano, así que, desde entonces, se había asegurado de ocultar cualquier atisbo de crítica en su voz.

—Evie ha tenido otro accidente. Pero no te preocupes, ya está bien. La he dejado dopada con lo que le han dado en el hospital y está durmiendo.

Aminah la miró horrorizada.

—¿Qué ha pasado? ¿Lo sabe Mark?

—Se acababa de marchar cuando ocurrió. Ella me ha pedido que no le llame, pero está muy dolorida. Se las ha apañado para pillarse una mano y se le han roto algunos huesos.

—Por el amor de Dios, ¿con qué se la ha pillado?

Cleo no quería dar detalles del accidente de Evie. Le horrorizaba imaginarse las pesas aplastándole los dedos, pero sabía que Aminah no iba a dejar de preguntar hasta tener toda la información.

—Ha dicho que estaba haciendo dorsales en el gimnasio. —Cleo vio la expresión de confusión de Aminah y la miró con una breve sonrisa—. No te preocupes, no es necesario que sepas lo que es. En fin, se inclinó hacia delante para ajustar las pesas mientras seguía enganchada a la barra. Debía de tener las manos resbaladizas con el sudor y soltó la barra cuando la otra mano estaba entre las pesas. Un accidente tonto que no debería haber ocurrido. Ha debido de suceder en cuestión de segundos. Pero se pondrá bien. Y no quiere que llame a Mark.

—El gimnasio. —Aminah miró a Cleo directamente a los ojos—. Otra vez.

Cleo apartó la mirada para ocuparse del cochecito de Lulu y acariciar el pelo sedoso de su sobrina.

—Lo sé —dijo sin apartar la mirada de la niña—. Mark sigue sin bajar. No lo ha hecho desde que Mia murió, que yo sepa. Y es probable que Evie tenga miedo de que él cierre ese espacio si le cuenta lo que le ha pasado. Dice que viviendo tan cerca del mar debería ser delito no enseñar a nadar a tus hijos.

—En eso tiene razón.

Cleo suspiró. Todo lo que Evie decía sonaba sensato, pero últimamente parecía demasiado propensa a los accidentes.

—¿A qué le da vueltas esa cabecita tuya, Cleo? —preguntó Aminah—. Vamos, conozco esa expresión.

Cleo levantó la cabeza y miró a Aminah a los ojos.

—No sé qué pensar y sé que vas a decir que estoy siendo ridícula. Por eso estoy dudando antes de decir nada.

La camarera trajo el agua con gas que había pedido Cleo, agua sin gas para Lulu y un segundo capuchino para Aminah y lo dejó todo en el centro de la mesa sin decir nada. Ninguna de las dos mujeres le prestó atención. Aminah miraba fijamente a Cleo, esperando a que continuara hablando.

—Aminah, la cuestión es que no es el primer accidente que tiene, ¿no? Y siempre pasa al poco rato de que Mark se vaya. Como esa vez en que se las arregló para tirarse por encima el agua hirviendo. Dijo que había estornudado cuando estaba vertiendo el agua de la tetera a la taza y que le había salpicado, pero yo vi bajo las vendas que aquello era más que una salpicadura.

—¿Y qué insinúas? ¿Que está tratando de llamar la atención o que simplemente es torpe? Si es atención lo que busca, querría que Mark regresara a casa de inmediato, ¿no?

—No lo sé. Pero hay algo que no va bien.

Aminah soltó un bufido.

—Maldita sea, Cleo, lo mismo dijiste de Mia también. Tampoco te gustaba y no te fiabas ni un pelo de ella.

—¿Te sorprende? Era mucho mayor que Mark y pensaba que su fotografía no era más que un pasatiempo. —Cleo continuó hablando fingiendo acento americano—. «Ahora Mark está casado conmigo, así que no tiene por qué triunfar, yo ya he tenido suficiente éxito por los dos y tenemos todo el dinero que necesitamos. Deja que se divierta».

Miró a Aminah con un mohín y esta se rio.

—¿Sabes, querida? No hay nada malo en divertirse. Quieres que Mark sea famoso, pero ¿es eso lo que él desea?

Cleo echó un poco de agua en el biberón de Lulu y cerró el tapón.

—Ahí tienes, cariño. —Lulu era una niña de lo más tranquila. Con nueve meses ya empezaba a parecerse a Mark, con el pelo del mismo color castaño rojizo que el de él.

—No me estás escuchando, Cleo —dijo Aminah con tono suave.

—Yo siempre he tenido que ocuparme de Mark. Lo sabes.

—Tonterías. Esto ya te lo he dicho antes, pero voy a repetírtelo te guste o no. Tratas a Mark como si fuese tu hijo de siete años en lugar de tu hermano de treinta y siete. Sé que cuidaste de él después de que tu madre se fuera, pero ahora es adulto y puede cometer sus propios errores, si eso es lo que te parece Evie. Y, sinceramente, no entiendo por qué piensas así. Ella no está mal, ¿sabes? A mí me cae bien pero, lo que es más importante, parece que Mark la quiere, así que ¿por qué no te haces un favor y te tranquilizas un poco? Puede que ahora mismo sea a ti a la que haya que cuidar y consentir.

Aminah dijo las últimas palabras con ternura y, durante una milésima de segundo, Cleo sintió el deseo de dejarse llevar y permitir que la vida siguiera su curso sin sentir la obligación de controlarla. Pero ya había tenido su oportunidad y había tomado una decisión, aunque no estaba dispuesta a admitirlo delante de Aminah.

Su momento de introspección pasó cuando llegó a su mesa una bandeja con pasteles. Miró a Aminah negando con la cabeza con fingida consternación.

—¿Qué? —preguntó Aminah mientras daba un bocado a una especie de dulce de chocolate que hizo que Cleo se estremeciera—. Me gustan los pasteles. Son uno de los placeres de mi vida. Soy tu mejor amiga y te quiero, pero ¿de dónde sacas tus placeres? Pasas el día tratando de hacer que Mark se sienta motivado y esforzándote por mantener esa figura tan verdaderamente fabulosa que tienes. Pero ¿a qué precio? ¿Por qué no tomar una copa, picar algo, buscar a un hombre y hacer el amor de forma salvaje y apasionada en la playa a plena luz del día?

Aminah sonrió a Cleo, que estuvo tentada de confesar lo a menudo que deseaba hacer lo que su amiga sugería. Pero siempre había tenido miedo de que, si bajaba la guardia, aunque solo fuera un poco, todo se desmoronara.

—No andas lejos de los cuarenta, Cleo. Una buena edad para disfrutar. Pero ¿eres feliz? Porque eso es lo único que deseo para ti.

Aminah extendió una mano por encima de la mesa para acariciar la mano de Cleo, pero esta conversación tenía que tomar otro camino.

—No te preocupes por mí. Estoy bien, de verdad. Y afrontémoslo, ya me has dado antes tus maravillosos consejos. —Cleo sonrió para evitar cualquier escozor en sus palabras—. Tú solo dime qué debo hacer con respecto a Evie. ¿Crees que, dada su propensión a los accidentes, es seguro que cuide de Lulu?

—Lo siento, cariño. Esa decisión no te corresponde a ti. Con que solo le sugieras a Mark que Evie no es apta para cuidar de su hija porque ha tenido un par de accidentes domésticos, abrirás una enorme brecha entre vosotros dos. Hiciste algo muy parecido cuando estuvo casado con Mia, así que no vuelvas a cometer el mismo error. Te quedaste bastante destrozada la última vez, cuando él cortó toda relación contigo.

Cleo se quedó en silencio. Aminah tenía razón. No le había gustado Mia y había tratado de hacer que Mark viera que su mujer estaba asfixiándolo a él y a su talento. Pero Evie era distinta. Parecía apoyar a Mark de manera incondicional, así que ¿por qué se desmoronaba cada vez que él se iba de casa?

Cleo notaba que Aminah no estaba al cien por cien de su parte. Ella y Evie tenían mucho en común: las dos tenían hijos y, según Aminah, compartían algunos vicios. Cleo no podía evitar preocuparse de que su amistad en ciernes empujara, poco a poco, con el tiempo, su relación con Aminah a un segundo plano. Apenas una semana antes había pasado junto a la cafetería y, al mirar dentro, las había visto a las dos disfrutando de una porción de tarta de chocolate y riéndose juntas de algo. No había entrado para unirse a ellas. Pensó que quizá las molestaría.

Solo había tres personas en la vida de Cleo que le importaran ahora —Mark, Lulu y Aminah— y, en ese momento, sintió como si Evie se estuviese convirtiendo rápidamente en el eje central alrededor del cual giraban los tres, con Cleo al margen, mirando sin poder participar.

4

Mientras Cleo empujaba el cochecito de Lulu por el sendero escarpado que llevaba a la casa de Mark, trató de sacarse de la cabeza las palabras de Aminah. Era cierto que no le había gustado Mia, tanto por su arrogancia como por su costumbre de hacer que Cleo se sintiera estúpida por mostrarse tan entusiasta con respecto a la obra de Mark. De familia muy rica, Mia desprendía el aire de esas personas que se creen con derecho a todo. Trataba a Mark más como a un adolescente recalcitrante que como a un marido, sonriendo con condescendencia cuando él hablaba, y Cleo había cometido el error de decírselo a su hermano. Casi provocó una ruptura que no pudo ser subsanada hasta que Cleo se disculpó a regañadientes. Pero se sentía culpable por haber acercado a Mark y a Mia.

Al igual que Evie, Mia había llegado un día a la galería buscando contratar a un fotógrafo, en su caso para tomar unas fotos a lo largo de las distintas estaciones de su increíble casa nueva con sus grandes ventanales que daban al mar. Cleo se había esforzado mucho por conseguirle el trabajo a Mark y, durante un año, él había estado subiendo hasta allí cada pocas semanas para pasar varios días a la espera de que el tiempo o la luz fuesen los adecuados. Nunca se le había ocurrido a Cleo que su hermano se interesaría por esa americana delgada de rostro casi cadavérico y no se había dado cuenta de que habían ido intimando hasta que su hermano anunció que se iban a casar.

Y ahora estaba Evie, muy distinta en muchos aspectos. ¿Por qué no le gustaba más a Cleo? Le agradecía a Evie que hubiese sacado a Mark de la oscura caverna en la que se había escondido desde la muerte de Mia, pero no podía evitar sentir un pellizco de resentimiento por que Evie hubiese tenido éxito en algo en lo que ella había fracasado tan estrepitosamente.

—Yo no soy más que una mujer de mediana edad y gruñona, Lulu —le dijo a la niña que iba en el cochecito, segura de que ni la entendería ni podría repetir nada de lo que oyera—. Pero quiero mucho a tu papi y lo único que he deseado siempre es que sea feliz. Aunque no creo gustarle a tu mami.

Suspiró, consciente de que esa era la verdad. Se había alojado en la casa con Evie durante la última semana, para cuidar tanto de ella como de Lulu. Eso debería haberlas unido pero, aunque Evie se mostraba educada, Cleo no sentía nunca que formaran una familia. Estaban Cleo y Mark o Evie y Mark. Y Lulu, claro. Aunque solo fuera por la niña, necesitaba mantenerse cercana a Evie. Las probabilidades de que Cleo tuviese hijos propios eran cada año más remotas y necesitaba verter todo su amor maternal en Lulu.

Por un momento, pensó en el amor que había tenido pero que había rechazado. Darle la espalda a Joe fue una de las cosas más difíciles que había hecho nunca, pero habría supuesto demasiados sacrificios. No solo por parte de ella, sino también de Joe.

—Vamos a llevarte a casa, cariño. Ya es hora de tu siesta —dijo, sin hacer caso de las lágrimas que le escocían en el interior de los ojos.

Al llegar al largo muro blanco de la casa, Cleo se dirigió hacia el garaje. Una puerta poco usada detrás de dos coches que había aparcados se abría a un jardín privado que recorría un lateral de la casa, con su otro extremo dando al mar y proporcionando unas vistas estremecedoras por encima del acantilado de las dos plantas más bajas de la casa, construidas en el interior de la roca. Cleo tenía su propia llave de la puerta principal, pero Evie no lo sabía y no quiso que fuera ese el momento de revelar su existencia.

Por un segundo, recordó aquel día de hacía más de tres años en que llegó hasta allí, sin que nadie la llamara, para ver a Mia. Entró, segura de que Mia ni sabía ni aprobaría el hecho de que ella tuviese llave, pero deseosa de provocar una discusión, una excusa para dar rienda suelta a su rabia por el modo en que Mia trataba a Mark.

Cleo respiró hondo esforzándose por apartar de su mente las imágenes de ese día. Las pesadillas casi habían desaparecido ya y era mejor no recordar.

Mientras entraba por la puerta trasera del garaje al jardín, Cleo miró por la larga ventana que daba a la zona de la cocina de la enorme sala de estar. Pudo ver a Evie sentada en la barra, encorvada, con la cabeza apoyada en los brazos cruzados. ¿Estaba llorando? ¿Le había pasado algo más?

Corrió hacia la puerta y la abrió, tirando del cochecito tras ella.

—Evie, ¿ocurre algo? —gritó.

Evie levantó la cabeza. Tenía los ojos enrojecidos, pero secos.

—Estoy bien. Solo es cansancio.

Cleo cerró la puerta y levantó a Lulu del cochecito.

—¿Por qué no vas a acostarte otra vez?

—No es necesario, de verdad. Si me duermo ahora no podré dormir por la noche.

—¿No te ayudan las pastillas? —preguntó Cleo mientras quitaba con dificultad el abrigo a Lulu.

—Un poco, pero, si me duermo profundamente, me giro sobre el brazo y luego me duele a rabiar.

Cleo colocó a Lulu en su mecedora y le acercó un par de sus juguetes preferidos. Se le daba muy bien entretenerse sola y le encantaba cualquier cosa que hiciera ruido o que tocara alguna melodía.

—Te voy a preparar un café —se ofreció Evie bajándose del taburete.

—Siéntate. Yo lo hago. Estoy aquí para ocuparme de las dos.

—Cleo, eres muy amable y te agradezco tu ayuda, pero estoy bien. Me las puedo arreglar con todo menos con Lulu. Y, además, lo único que tengo que hacer es pulsar botones. Solo necesito una mano para eso.

Cleo se quedó mirando la espalda de Evie. Aun después de los obligados cambios de alojamiento de esa semana, seguían danzando una alrededor de la otra diciéndose tópicos. Evie se había vuelto más reservada en las últimas semanas y Cleo sabía demasiado bien el motivo por el que no intentaba acercarse más, hacerle más preguntas a Evie.

Era porque no quería oír las respuestas.

5

Mark volverá a casa en cualquier momento y puedo notar que la sangre me hierve en las venas a medida que aumenta la presión dentro de mí. Cleo sigue aquí. Lleva aquí desde que me lesioné hace una semana, y ha pasado aquí las noches para ocuparse de Lulu. Creo que le gustaría llevarse a Lulu a su casa, donde podría colmarla de atenciones y fingir que es hija suya. Pero eso no va a suceder.

Nada nos advierte de la llegada de Mark. Las paredes son tan anchas que no oímos que se acerca un taxi y doy un salto cuando oigo que se abre la puerta de la calle.

Se oye un ruido sordo cuando deja su bolsa en el suelo, pero yo estoy de espaldas a él y no me giro. Estoy nerviosa y Cleo lo nota. No sé qué va a decir él ni qué espera que diga yo, pero no puedo cometer ningún error. Ahora no.

—Hola, Mark —dice Cleo a la vez que hace rebotar a Lulu sobre su rodilla. Lulu quiere a su papá y se le da mejor que a nadie mirarle con una sonrisa. Y eso no hace más que empeorar las cosas, la verdad.

—Hola, Cleo. ¿Qué haces aquí? —pregunta él mientras baja los dos escalones de la entrada a la sala de estar. Sabe que no es normal que Cleo y yo disfrutemos de nuestra mutua compañía cuando él no está.

Él se acerca por detrás de mí y se inclina para darme un beso. Es entonces cuando me ve la muñeca y la mano izquierda envuelta en escayola.

—Dios mío, ¿qué te ha pasado, Evie?

Yo miro a Cleo mientras él habla para ver a quién mira ella: si a mí o a Mark. Quiero ver su expresión, pero ella aparta la mirada y se ocupa de Lulu como si nos concediera un momento de intimidad.

—¿Evie? —repite Mark.

—Me he pillado la mano. No pasa nada, cariño. Más fastidio que otra cosa —digo sonriendo y levantando ligeramente la barbilla para poder ver su cara sobre la mía, su fuerte y rasposo mentón, el vacío negro de sus fosas nasales. No puedo ver bien sus ojos, así que no sé qué está pensando.

Baja la mano pesadamente sobre mi hombro y lo aprieta con fuerza.

—¿Por qué no me habéis llamado ninguna de las dos?

Cleo levanta la vista hacia Mark en ese momento y veo que le mira con una sonrisa de disculpa.

—Yo quería llamarte, pero Evie no me ha dejado.

Es como las chivatas del colegio, pero ya me lo esperaba. Si Mark se va a enfadar con alguien, mejor que sea conmigo.

De repente, la mano sobre mi hombro parece más pesada, como si estuviese apoyando su peso. Yo me encojo de hombros como para sentarme mejor, sobre todo para evitar que me apriete, pero lo convierto en un movimiento para levantarme.

—Ven a sentarte, Mark. Te prepararé una copa. —No necesito preguntarle qué quiere. Será una copa de vino tinto.

Ya no puedo seguir evitando su mirada.

—No, siéntate tú, Evie. Quiero saber por qué no me ha llamado nadie. Habría venido directamente.

La verdad es que Mark estaría encantado de tener cualquier excusa para no marcharse. Odia los encargos, aunque sean de mucho dinero, como este. Cleo ha hecho un buen trabajo con él desde que salió de su reclusión. Su último cliente vive en París, pero tiene una casa en Cap-Ferrat y quiere que Mark haga una serie de fotografías para formar un increíble mural en una pared. Exige mucho tiempo de Mark e insiste en que le vaya a visitar de forma regular para hablar de la temática de la obra. El cliente, Alain Roussel, ha hecho su fortuna con una cadena de casinos y le gusta mostrar a Mark como un trofeo para impresionar a sus recientes amistades entre los nuevos ricos de Francia.

Cleo considera este encargo como un gran éxito y le dice a Mark que, gracias a él, la gente no va a tardar en hacer cola para adquirir las últimas fotografías de Marcus North. La vívida descripción que Cleo hace de un futuro en el que Mark será agasajado allá donde vaya parece haber hecho mella en él y, en algún lugar de su desdeñosa actitud, estoy segura de que ha germinado la ambición. No es por el dinero, sino por el reconocimiento de su talento.

Pero, cada vez que se va de casa, estoy segura de que recuerda el momento en que dejó aquí a su mujer y, al regresar, la encontró muerta.

Yo ya sabía lo de Mia antes de conocer a Mark. Sabía quién era y cómo había muerto. No era ningún secreto por la zona. No debí insistir en que me explicara su negativa a entrar en el sótano aquel primer día, pero quería ver su reacción, hacerme una idea de cómo era ese hombre, y los ojos de Mia en la fotografía parecían provocarme.

En una de las raras ocasiones en que Mark ha hablado de su mujer, dijo que se culpaba a sí mismo por haber aceptado el encargo que hizo que tuviese que dejarla sola en la casa. No había ninguna razón lógica para su preocupación, pues ella ya había vivido allí sola desde antes de que se conocieran. Pero la idea le hacía sentir curiosamente incómodo.

El encargo lo había gestionado Cleo, pero Mark no estaba interesado en el tema. Se había sentido dividido, teniendo que enfrentarse a las opiniones opuestas de las dos mujeres de su vida: Cleo, que le instaba a sacar provecho de su potencial, y Mia, que quería que considerara la fotografía como un pasatiempo.

Por supuesto, al final, había sucumbido al poder de convicción de Cleo y él y Mia habían discutido antes de que se marchara, cosa que él nunca confesó ante la policía porque decía que no era relevante. Había tratado de llamarla desde el aeropuerto para disculparse, pero ella no había contestado. Al principio no se había preocupado, pero había llamado de nuevo cuando el avión aterrizó y, al ver que no respondía por segunda vez, había pedido a Cleo que se pasara a verla. Cleo encontró el cuerpo roto de Mia al pie de las escaleras sobre el duro suelo de piedra.

Mark me dijo que había sido espantoso, pero la policía consiguió juntar las piezas de lo que había ocurrido. Concluyeron que Mia se había caído por las escaleras unos cuarenta y cinco minutos después de que Mark saliera de la casa. Debió de bajar corriendo para entrar en el gimnasio. Tropezó y cayó. Culparon del accidente a un cordón desatado de sus zapatillas. Debió de pisárselo y cayó de cabeza escaleras abajo. El reloj se le había hecho añicos y se había detenido, y de ese modo pudieron establecer con tanta precisión la hora del accidente.

Yo siempre supe que en esa historia faltaba algo, algún pequeño detalle que Mark había decidido omitir. Al final, me contó el resto o, al menos, la versión que él creía que era la verdadera.

De repente, vuelvo al presente con un sobresalto. Lo único que se oye en la habitación es el sonido de las olas que chocan contra las rocas de abajo, pero tanto Mark como Cleo me están mirando. Mark ha debido de hacerme una pregunta y yo no he respondido. Sé que Cleo ha expresado su preocupación sobre mi capacidad para evadirme del mundo mientras mi mente explora algún otro lugar, algún otro momento. Pero no tiene ni idea de adónde voy. No creo que le guste ese lugar.

—¿Me va a contar alguien qué ha pasado? —Mark cambia la mirada de mí a Cleo, consciente de que quizá consiga más fácilmente una respuesta por parte de su hermana.

Sabe por qué no le he llamado y entro en la cocina para poner agua a hervir. Últimamente no bebo mucho alcohol y Cleo no toca nunca nada que pueda introducir veneno en su flujo sanguíneo, así que cojo una sola copa para servir un poco de vino a Mark. Le oigo hablar en voz baja con su hermana. Saben muy bien que puedo oír que están hablando, aunque no sé qué están diciendo. Es un espacio grande y Lulu está con ese canturreo extraño que hace cuando parece que está intentando cantar. La tetera borbotea cuando el agua hierve, pero se desenchufa oportunamente en el momento preciso en que Lulu deja de murmurar. Justo a tiempo de que yo pueda distinguir las palabras de Cleo:

—¿Qué vamos a hacer?

6

Me siento aliviada cuando Cleo se va. La noche ha pasado sin incidentes, aunque puedo notar la tensión que chisporrotea por la habitación.

Mark ha estado preocupado desde que ha entrado por la puerta y ha visto que Cleo estaba aquí. No sabe lo que estoy pensando. He visto que estaba inquieto, perturbado, y no le gusta. Le preocupa poder estar cayendo de nuevo en la depresión de la que cree que yo le saqué y esta noche no está siendo el regreso triunfal que él había planeado. Siento una punzada de remordimiento por lo que podría haber sido.

Cleo nos ha estado observando a los dos toda la noche, tratando de entender la dinámica de lo que pasaba y preguntándose por qué yo me apartaba de Mark cuando él se acercaba demasiado. He fingido no oír lo que ella ha dicho antes. Sabía qué era lo que estaba tratando de hacer. Desde que Mark y yo estamos juntos, siempre ha existido el peligro de que Cleo trate de meterse entre nosotros y creo que ha podido ver que esta era su oportunidad. Ese «¿Qué vamos a hacer?» los coloca a ella y a Mark a un lado y a mí en el otro. Hace que sea yo el problema: mis accidentes, mi torpeza.

Pero apartar a Cleo no es la respuesta, así que he insistido en que se quede a cenar con nosotros como muestra de agradecimiento por toda la ayuda que ha prestado durante la pasada semana. Pese a contar con una sola mano, me las he arreglado para preparar tres filetes a la plancha y Cleo ha cortado los ingredientes de la ensalada.

Yo no estaba preparada para quedarme a solas con Mark. Los dos necesitábamos antes un tiempo para calmarnos y he querido que Cleo pasara un rato con los dos, para hacerme una idea de cómo están las cosas entre nosotros.

Pero Cleo se ha ido ya y no podemos seguir evitando la conversación. Por una vez, decido tomarme una ginebra cargada.

Mark se sienta enfrente de mí y se echa sobre los mullidos cojines del sofá mientras ve cómo doy sorbos a mi copa.

—De verdad, ¿cómo estás? —pregunta él, sospechando que he puesto buena cara delante de Cleo.

—Estoy bien. Me ha dolido..., me sigue doliendo. Pero ya ha pasado.

—Debería haberme vuelto.

¿Cómo puedo decirle que no quería que lo hiciera? Sé que esto también le duele a él.

—¿Podemos cambiar de tema? —pregunto—. No he podido escribir más. Siento tener que decirlo.

Estoy hablando de su blog, que se supone que yo tengo que actualizar con regularidad para promocionarle. Se supone que debo contribuir a su carrera y las ventas por internet se han convertido en mi competencia. Es culpa mía. Para empezar, lo del blog fue idea mía.

El encargo original de una serie de fotografías de Marcus North consiguió poco más que permitirme conocerle. Yo me había esperado largas sesiones en su estudio, posando para él mientras trataba de capturarme con la cámara, conociéndole, acercándome a él. Pero solo una de las fotografías fue de estudio y, para ella, no fueron necesarias más que un par de horas. Las demás las hizo en localizaciones que él eligió, cada una de ellas con algún peso dramático. Me ordenaba que me reuniera con él en el lugar y, mientras disparaba fotografías, su mente solo estaba en su cámara mientras me daba instrucciones.

«Inclínate un poco más hacia mí. No..., la parte superior del cuerpo». O: «Echa la cabeza hacia atrás y, después, hacia delante otra vez». La cámara disparaba sin cesar mientras yo me giraba, saltaba o mantenía el equilibrio. No hubo oportunidad de hablar durante la creación de estas obras de arte.

Y, después, terminamos. Las fotos habían acabado y él tenía que retocar cada una de ellas en el ordenador para que pasaran de ser triviales a extraordinarias.

Fue después de recibir un correo electrónico de Mark en el que me pedía que fuera para ver las imágenes definitivas cuando tuve que contarle mi trágica noticia. Llegué a su puerta hecha un mar de lágrimas.

—Mark, lo siento mucho. No sé qué decir.

—¿Qué te pasa? ¿Qué ha pasado?

—Es mi padre. ¡Ha muerto!

Pronuncié aquellas palabras entre sollozos y, a pesar de su mirada de perplejidad y de inseguridad sobre qué debía hacer, Mark me invitó a pasar, me sentó y me dio un vaso de agua.

—¿Qué ha pasado? —repitió.

—Ha sufrido un infarto. Ha sido instantáneo, cosa que es estupenda para él pero una mierda para los demás.

Lloré un poco más y Mark abrió una botella de vino pensando que eso me ayudaría, con aspecto en todo momento de saber que debía hacer algo por mí, pero sin estar muy seguro de qué.

—No sé qué decirte. Todo el dinero de papá está bloqueado hasta la validación del testamento y va a ser muy difícil desenmarañarlo. Tenía demasiada familia y todas sus exesposas están reclamando lo que es suyo, que no debería ser nada, pero no sé cómo funcionan estas cosas. Calculan que pasarán, al menos, seis meses hasta que lo liberen y, entonces, todo el lote pasará sin duda alguna a la bruja de mi madrastra. —Yo mantenía la cabeza agachada, con miedo de mirarle—. No sé cómo te voy a pagar, Mark. Lo siento muchísimo. —Le hablaba en voz baja y el temblor de hombros se me calmó.

Mark dejó escapar una carcajada de alivio, como si yo hubiera podido estar esperando algo más de él. Esto en cambio era algo que se sentía capaz de manejar.

—Dios, eso no importa nada, Evie. No es más que un montón de fotografías y yo apenas necesito el dinero. Solo lo siento por ti. ¿Vivías en casa de tu padre?

—Más o menos. Yo tenía mi propio apartamento dentro de la casa, pero, claro, ahora lo tendrán que vender y yo deberé mudarme.

Mark llenó mi copa de vino.

—¿Tienes algún sitio adonde ir?

—No. —Dejé reposar esa mentira un rato mientras daba un trago al vino—. Estaba pensando mudarme por aquí. Puedo trabajar desde cualquier sitio y me ha gustado lo que he visto en esta parte del mundo. Y es mejor que Londres. Yo solo vivía allí por estar cerca de mi padre.

Él se movía por la cocina para dejarme un poco de espacio, creo. O puede que se hubiese quedado sin palabras de consuelo.

—Debería irme.

—No..., no pasa nada. Quédate un rato mirando al mar. A mí siempre me resulta relajante.

Charlamos un rato e hice lo que me sugirió. Había oscurecido y debía de haber una tormenta eléctrica en el mar, porque cada pocos momentos se iluminaba y la brillante luz blanca se reflejaba en la superficie ondulada del agua. Por fin, Mark me preguntó por mi trabajo y por qué podía moverme por ahí con libertad y yo le expliqué que hacía y gestionaba blogs de clientes.

—Me licencié en tecnología creativa en la Universidad de Kingston —le dije—. Quizá demasiado lejos de casa como para ir a diario, pero lo suficientemente cerca como para poder volver la mayoría de los fines de semana.

Mark fingió interés en mis estudios, pero ya sabía que él consideraba que el diseño realizado exclusivamente por ordenador no valía gran cosa.

—Tengo una idea —exclamé de repente, levantando la mirada hacia él con tono de entusiasmo—. Te haré un blog. Gratis, por supuesto, como forma de pago por el tiempo que has dedicado a las fotos. Te dará presencia en internet, cosa que necesitas. Lo organizaré todo y, después, solo hará falta actualizarlo con cierta frecuencia. Eso también lo podría hacer yo. ¿Puedo? Por favor, di que sí.

—¿Por qué iba a interesarse nadie por mí? —El asombro en la cara de Mark no era fingido—. Apenas he hecho nada que merezca ser publicado en un blog. ¿De qué narices voy a hablar?

Tuve que convencerle de que se equivocaba, que era un rayo de esperanza para jóvenes artistas de todos los ámbitos. Era un hombre joven con su propia galería y con éxito y estaba viviendo lo que muchos de sus contemporáneos considerarían el sueño de su vida.

—¡Venga ya! —contestó con los ojos abiertos por el asombro de que yo pudiera pensar eso—. Me casé con una rica heredera americana, por el amor de Dios. Esa es la única razón por la que tengo la casa y la galería. Mia lo pagó todo.

Ese era un argumento que costaba rebatir. Yo no estaba dispuesta a separarme de él, pero podía sentir los ojos de Mia observándome mientras hablaba.

—El modo en que llegaste aquí no importa. Es tu arte lo que la gente compra. Eso no es de ella.

Mark negó con la cabeza y se pasó los dedos por el pelo, siempre una señal de confusión, lo que le dejó un aspecto ligeramente desgarbado.

—La gente entra en la galería principalmente por las joyas de Cleo. Es artista también, pero ella no se atribuye ningún mérito. Entran en busca de una pulsera de doscientas libras y ella se rompe la espalda con tal de venderles una fotografía de dos mil libras o un encargo de aún más valor.

Le dije que eso era algo buenísimo. Podíamos publicar también las joyas de Cleo en el portal, haciendo hincapié en que él no podría haber conseguido nada sin ella.

—¿Siempre os habéis llevado bien? —pregunté.

—Ha cuidado de mí. Es dos años mayor que yo y cuando entré en el instituto fui objeto de burlas porque lo único que quería era hacer fotografías. Sufrí acoso escolar por ser diferente. Un chico en particular se portó conmigo como un verdadero cabrón.

—¿Y qué hiciste?

—Nada. —Mark apartó la vista durante un segundo y no pude ver su expresión—. Al final, el problema desapareció. Cleo se ocupó de él..., pero de eso hace mucho tiempo.

Pude ver en su cara que ya estaba dispuesto a que yo me marchara. Mis lágrimas se habían secado hacía rato. Me puse de pie y le miré cuando llegué a la puerta.

—Oye, voy a tratar de buscar una casa por aquí esta semana para alquilarla durante un mes o así. Cuando esté instalada, ¿por qué no vienes a cenar conmigo una noche? Se lo pediría también a Cleo, pero quizá sea mejor que tomes la decisión de lo del blog tú solo, porque ya sabes lo que dirá ella. —Estaba cerca de él y levanté la cara y sonreí ante la idea de la excitación de Cleo, con mi aliento acariciando su mentón—. Quizá deberíamos planearlo nosotros y contárselo cuando tengamos una idea clara de lo que vamos a hacer.

Fue el primer movimiento que hice para colocarme en el bando de Mark. Los dos juntos contra Cleo.

«Y así comenzó».

—¿Dónde quieres que te lleve a cenar? —No hice una pausa para que él respondiera y continué hablando con entusiasmo—. ¡Ah! Tengo una idea. Puede que esto parezca un poco raro y, si prefieres algo mejor, por favor, dilo, pero he descubierto un pequeño sitio de cangrejos en la costa. Es un poco cutre, pero la comida está que te mueres. Si te gustan los cangrejos, claro. ¿Qué opinas?

Su rostro se iluminó.

—¿Cómo lo has encontrado? Ese sitio es una joya. Llevo muchísimo tiempo sin ir. Iba mucho antes de Mia, pero no era el tipo de sitios que a ella le gustaban. Me encantaría volver allí.

De algún modo, había conseguido despertar una chispa de interés en un hombre que se creía emocionalmente muerto y puse en marcha una serie de acontecimientos que nos llevaron adonde estamos hoy. Después de aquello, pasé casi cada día con él, diciéndole que tenía que recompensarle por no haber podido pagarle las fotografías, trabajando en el blog pero, a menudo, ofreciéndome a hacerle la comida o la cena. Me volví indispensable. El blog —mi excusa para estar cerca de él— sí que le atrajo clientes, encargos que le alejaban de mí. Pero dejé de trabajar en cuanto me quedé embarazada, con la disculpa de que me costaba concentrarme.

Ha sido hace poco cuando he empezado a publicar de nuevo artículos sobre Mark, fundamentalmente porque Cleo no dejaba de insistir en ello. Pero ahora —con la mano escayolada— soy incapaz de continuar haciéndolo y me vuelvo a disculpar.

Hay un destello de fastidio en el rostro de Mark.

—No es a mí a quien le importa el blog. Ya lo sabes. Ese es el menor de nuestros problemas.

Terminamos la noche con una montaña de palabras sin pronunciar entre los dos y Mark decide que es hora de acostarse.

—Estaré contigo en un rato —le digo. No quiero que me vea desvestirme con esfuerzo ni tampoco que me ayude. No quiero parecer desvalida—. Voy a sentarme un momento con Lulu. Ve tú.

—Evie, lo siento. No debería haberme enfadado antes de irme. Y debí llamarte para pedirte disculpas. ¿Me perdonas y te vienes a la cama?

—En un rato —repito, sin tono de rabia ni de disculpa en mi voz. Pero siento que el corazón se me rompe un poco más al mirarle a los ojos.

Está decepcionado. A pesar de las desavenencias, Mark es un hombre de rutinas. Sus rituales le mantienen centrado y esta noche es la primera después de volver de un viaje. Deberíamos estar haciendo el amor, pero no lo vamos a hacer. He alterado sus planes, le he desestabilizado. Eso no le va a gustar.

7

Uno de los placeres de la vida es ver a mi hija dormir. Hace que me olvide de la realidad y me da paz. Cuando duerme, lo único que veo son los rasgos desnudos de su cara, como si el mar le hubiese lavado la piel y le hubiese hecho desaparecer todo salvo la pura belleza de su diminuta nariz, sus labios rosas y el tono azulado de sus párpados.

Acerco un dedo y le acaricio la suave mejilla. Yo he hecho a esa niña con Mark y quiero disfrutar de cada momento que pueda estar con ella antes de lo que inevitablemente vendrá después.

Me pregunto si podría haber sido de otro modo, si podría haber tomado un camino distinto. Siempre me ha fascinado la idea de cómo una única decisión puede alterar no solo una vida sino muchas más en potencia. ¿Cómo habría resultado todo si Mark no hubiese decidido esa noche —la noche en que Lulu fue concebida— hablarme de su infancia? ¿Habríamos terminado convirtiéndonos en pareja? Nos conocíamos ya desde hacía unos meses y, cada semana que pasaba, Mark había empezado a mostrarse más como era. Yo sabía que me encontraba atractiva, pero también que tenía que dejar que él diera el primer paso.

Ese día yo había estado trabajando mucho para él y le había preparado una pizza casera, sencilla pero deliciosa, para cenar. A él le encantaba comer cosas que habrían hecho que Cleo saliera corriendo por la puerta. Pero Mark nunca se lo decía a ella. Eso habría sido como confesarle que yo cocinaba para él a menudo y no estaba preparado para ello. Aún no.

Habíamos terminado de cenar y habíamos pasado a sentarnos cómodamente mientras compartíamos otra copa de vino. Mark me animó a que le hablara de mi padre, pues suponía que mi pena aún estaba a flor de piel, pero yo cambié el rumbo de la conversación y le pregunté por sus padres. Me contó que él y Cleo habían tenido una infancia agitada, no tanto como la mía, pero bastante complicada.

—Apenas me acuerdo de mi madre. Se fue cuando yo solo tenía siete años y nunca supe por qué. Mi padre no hablaba de ello y no nos permitía mencionar su nombre. Lo único que sé es que Cleo y yo llegamos a casa un día del colegio y papá dijo: «Se ha ido». Sí recuerdo que no hizo falta que preguntáramos quién. Subí arriba, llorando, pero me detuve al llegar a la puerta de mi habitación. Allí, en medio de mi cama, estaba su cámara. La había dejado para mí. El único recuerdo que tengo de ella es de nosotros tres en la playa. Se reía porque Cleo y yo fingíamos ser piratas que luchábamos con espadas hechas con trozos de madera y ella hacía fotos con su cámara como una loca. Pero no recuerdo mucho más. Le encantaba aquella cámara y, después de que se fuera, fue lo único que tuve de ella.

Yo me apoyé en el borde del sofá, inclinada hacia él, que estaba sentado en un sillón al lado, escuchándolo con atención. Sentí que el pulso se me aceleraba. Esa noche iba a ser el punto de inflexión. Oí una voz en mi cabeza: «Vete, vete». Era mi última oportunidad, pero no la aproveché.

—Mi padre hacía lo que podía, pero andaba perdido. Cuando Cleo y yo nos fuimos por fin de casa, él dejó de esforzarse y emprendió su propia vida. Creo que nunca llegó a recuperarse de la marcha de mi madre. Cleo me salvó después de aquello. Yo quería buscar a mi madre, pero Cleo me dijo que ella ya había tomado su propia decisión años antes y que nosotros solo nos teníamos el uno al otro. No precisábamos de nadie más. Supe a una edad bastante temprana que necesitaba vivir siguiendo unas normas, una rutina. Sentía como si la vida siempre hubiese estado fuera de mi control, así que Cleo me dijo qué tenía que hacer. No en plan autoritario, sino porque entendía que mi cabeza era, y sigue siendo, un revoltijo. Mia asumió el mando después de Cleo pero, cuando murió, esas normas se rompieron y la vida me parecía demasiado difícil. Por eso estuve tan deprimido, no solo por la idea de perderla, sino por la de no contar con una estructura a la que aferrarme.

Extendí las dos manos y agarré una de las suyas sonriéndole con ternura. Él podía tomar ese gesto como la cariñosa caricia de una amiga o como algo más. Fijó sus ojos en los míos y supe que me deseaba. Me incliné hacia delante en el sofá y sentí un ligero tirón de mis manos. Aquello fue lo único que necesité. Caí de rodillas delante de él y le solté la mano a fin de tener las dos mías libres para apoyarlas sobre sus muslos. Él me agarró con los dedos por la parte superior de los brazos, más fuerte de lo que era necesario, pero no porque quisiera infligirme dolor. Tenía más que ver con su inseguridad. Yo me acerqué y deslicé las manos por sus caderas, acercándolo a mí, y él deslizó las manos alrededor de mi cintura y me subió hacia él.

Los siguientes días fueron emocionantes. Yo sentía como si mi vida se estuviese colocando en su sitio y estuviera justo en el lugar donde deseaba estar. Mark prefería que Cleo no supiera nada de lo que estaba pasando, al menos por el momento. Y a mí me parecía bien. Sabía que ella sembraría dudas sobre mi idoneidad y cuestionaría mis intenciones.

Mark me pidió muchas veces que me quedara con él a pasar la noche, pero yo me negaba y me levantaba de madrugada para volver en mi viejo Fiesta a mi destartalado y pequeño apartamento de alquiler. Él no entendía mi renuencia pero yo le decía que, igual que él, necesitaba sentir que tenía el control de mi vida. No quería que me subestimara.

A Mark le gustaba saber cuándo estaría allí, cuánto tiempo me quedaría, a qué hora nos acostaríamos, y yo sabía que para él era una batalla enfrentarse a mi falta de previsibilidad, pero yo no iba a meterme en una rutina de martes y sábados por la noche.

Uno de los rituales de Mark era ir a casa de Cleo a cenar todos los jueves por la noche. Yo esto ya lo conocía, claro, así que, cuando un miércoles por la noche de unos tres meses después de que nos acostáramos juntos me dijo que iba a costarle esperar hasta el viernes para verme, yo le contesté que tenía pensado ir a Londres el viernes.

—No estaré de vuelta hasta el lunes o quizá el martes —dije a la vez que me sentaba en el sofá junto a él—. No me puedo creer que no vaya a verte en casi una semana. Qué pena que no podamos vernos mañana.

Mark se quedó en silencio.

—Quizá pueda pedirle a Cleo que cambie el día —sugirió, sin mucho entusiasmo.

—Como tú veas —respondí.

Un par de minutos después, se levantó del sofá y fue a por su teléfono mirándome con una sonrisa, como si fuésemos conspiradores, cosa que, en muchos aspectos, éramos. Yo le seguí mientras pulsaba la pantalla para hacer la llamada y rodeé su cintura con mis brazos desde atrás, deslizando la mano por debajo de su camiseta para acariciarle el suave vello de su vientre plano.

No pude oír lo que dijo Cleo, pero noté su decepción mientras Mark le ponía alguna excusa. Yo estaba más concentrada en él que en ella y deslicé la punta de mis dedos por debajo de la cintura de sus vaqueros a la vez que me movía hacia su lado para verle la cara. Él me miró con ojos de excitación y puso fin a la conversación de forma abrupta, dejando a Cleo a medias.

Yo me aparté rápidamente, riéndome, y corrí al otro lado de la isla de la cocina.

—Vuelve a llamar a tu hermana. Invítala a cenar el lunes. Yo vendré directamente desde Londres y prepararé la cena, pero no se lo digas. Puede ser nuestra sorpresa.

Mark sabía qué era lo que le estaba diciendo. Había llegado el momento de que Cleo supiera que éramos pareja. Pareció algo receloso, pero yo le miré con las cejas levantadas, desafiándole de tal forma que sabía que él no podría resistirse.

Llamó. Pude oír cierto tono de sorpresa al otro lado del teléfono.

—No es ninguna ocasión especial. Solo nosotros.

Cleo no había sabido entonces que ese «solo nosotros» me incluía a mí.

Ahora parece como si hubiesen pasado mil años y, mientras miro a mi preciosa hija, sé que pronto terminará, pero aún no.

Despacio, me dirijo a nuestro dormitorio, donde sé que Mark me estará esperando.

8

El discreto timbre avisó a Cleo de que alguien había entrado en la galería, así que dejó en su mesa de trabajo la tira de plata en la que había estado ocupada y apagó la máquina pulidora, se agitó un poco el pelo, adoptó su sonrisa profesional y salió de su taller a la galería.

—Ah, eres tú —dijo ensanchando su sonrisa al ver que la visita era Mark—. No te esperaba esta mañana.

—¿Tengo que pedir cita para venir a mi galería? —preguntó él con una sonrisa que no se reflejó en sus ojos.

—Perdona..., estaba concentrada en una tarea especialmente delicada, pero me alegro de verte. ¿Has venido por alguna razón en especial o solo pasabas por aquí?

Mark iba a la galería en raras ocasiones. No quería verse envuelto en conversaciones con clientes que le hacían demasiadas preguntas sobre los aspectos técnicos de sus fotos. Se sentía incómodo justificando su creatividad, así que, principalmente, pasaba a colgar sus fotos cuando la galería estaba cerrada.

—¿Tienes tiempo para un café? —preguntó a la vez que sacaba una de las sillas para las visitas que había delante del pequeño escritorio donde tenían lugar todas las transacciones.

—Claro. Sinceramente, me vendrá bien hacer un descanso.

Mientras Cleo entraba en la pequeña cocina que estaba situada entre la galería y su diminuto taller, oyó que Mark le hablaba levantando la voz.

—¿Todavía disfrutas trabajando con la plata, Cleo? Cuando quieras dejarlo, ya sabes que podemos arreglar lo de tu salario.

Cleo sonrió mientras echaba el agua hirviendo sobre el café molido. Mark creía que ella hacía joyas por el dinero, pero no podía estar más equivocado. No tenía ni idea de lo aburrido que resultaba estar sentada en esa galería, un día tras otro, con apenas algún visitante ocasional que se interesaba por las fotografías. La plata atraía a clientes y hacía que ese lugar fuese un poco peculiar, distinto. A la gente le gustaba. Y eso le daba a ella algo que hacer cuando el establecimiento estaba tranquilo.

Llevó la cafetera y una taza a la galería y se sentó en el borde de la mesa enfrente de Mark antes de servirle el café.

—Eres muy generoso, pero necesito hacer algo y, si no me gano la vida, ya sea con las comisiones por las ventas de tus fotografías o con los ingresos por mis joyas, ¿qué otra cosa voy a hacer?

—Probablemente, dedicar más tiempo a divertirte.

—Eh, no empieces —contestó Cleo riendo—. Ya tengo a Aminah para decirme lo mismo a todas horas. Estoy bien. Tengo mi trabajo, a mi mejor amiga, a mi preciosa sobrina y a ti. ¿Qué más podría desear de la vida? Tú serías el primero en saberlo si no fuese feliz.

Mark dio un sorbo al café y Cleo vio que estaba esperando a decir algo.

—¿Has superado lo de él?

Cleo no se lo esperaba. Mark evitaba casi siempre las conversaciones sobre las emociones. Nunca había hablado de cómo se había sentido con respecto a la prematura muerte de Mia, aunque el hecho de haberse encerrado durante casi dieciocho meses ya lo decía todo. Pero rara vez le preguntaba a Cleo cómo se sentía ella.

—Estoy bien.

—Eso no es lo que te he preguntado. Oye, sé que le querías y que creías que él te quería.

Cleo se mordió el labio inferior un segundo para mantener el control.

—Sí que me quería. Pero eso no importa, ¿no?

Mark la miró sorprendido.

—Algunos dirían que eso es lo único que importa.

Cleo se rio.

—Ah, sí. A mí me lo vas a contar. El amor todo lo puede y esas tonterías. Pero no soy la única que le quiere, así que ¿qué derecho tengo a anteponer mi felicidad a la de otra persona, sobre todo cuando esa persona es un niño? ¿Cómo puede ser más importante el amor que sentimos el uno por el otro que el amor de dos niños por su padre?

—¿Eso lo dices tú o Joe?

Cleo miró hacia atrás, como si alguien más pudiera oír la mención del nombre de su amante. Rara vez lo pronunciaba en voz alta. De hecho, rara vez hablaban de él.

—No es él. Soy yo. Él habría dejado a su mujer, a su familia, pero yo no se lo iba a permitir. No se puede construir una felicidad verdadera a partir del dolor de otra persona y él no es el tipo de hombre que sabe marcharse sin mirar atrás. Si lo fuese, yo no le habría querido. Así que ¿cuánto tiempo habría pasado antes de que él empezara a culparme inconscientemente de su infelicidad?

—Entonces, ¿por qué no seguir con lo que parecía que había estado funcionando bien entre los dos durante el último año?

Cleo sintió que los ojos se le llenaban de lágrimas y se las limpió con el dorso de la mano.

—Él no podía. Decía que era demasiado doloroso. O se iba o se comprometía a quedarse. Acordamos que lo que tenía que hacer era quedarse.

Mark se puso de pie y, tras dejar la taza sobre la mesa, extendió los brazos hacia su hermana.

—Ven aquí.

Cleo sintió el poco frecuente consuelo de los brazos de su hermano. A él le resultaban complicadas las muestras espontáneas de cariño y siempre se mostraba cauteloso a la hora de manifestarlas. Ella culpaba a su madre. Mark la había adorado y ella a él. Le cantaba y bailaba siempre que tenía ocasión, incluso en la cocina, mientras confeccionaba un plato de palitos de pescado y guisantes congelados, que era casi hasta donde llegaban sus aptitudes culinarias. Pero había en ella algo de ave silvestre y, durante los meses anteriores a su marcha, hubo días en que se enfadaba y empezaba a gritar y llorar casi con la misma frecuencia con la que empezaba a cantar. Mark no lo recordaba, pero hubo muchas noches durante esas últimas semanas en las que él se había metido en la cama de Cleo, con su pequeño cuerpo temblando de angustia.

Cleo era la única persona que tenía en su vida en la que podía confiar al cien por cien. Mark se sentía a salvo con ella y, ahora mismo, al abrazarla, ella supo que el vínculo que tenían no lo podría romper nadie. Ella pasó los brazos por su cintura y le abrazó también.

—No le has hablado a Evie de Joe, ¿verdad? —le susurró.

Hubo una pausa que duró un segundo más de lo que a ella le hubiese gustado.

—Claro que no. ¿Lo sabe Aminah?

—Estoy segura de que lo sospecha y, de vez en cuando, pregunta, pero no puedo contárselo. Cree que debería estar acostándome con medio condado por diversión y probablemente me metería a la fuerza un pastel de vainilla y me diría que pasara página y me divirtiera un poco.

Cleo se rio al pensar en su amiga y no fue la primera vez que deseó parecerse más a ella.

El breve momento emotivo pasó rápidamente y Mark se terminó su café mientras hablaban de algunos posibles encargos.

—Parece que tu colega francés, Alain Roussel, ha estado alardeando de ti y hemos despertado cierto interés en un conocido suyo de Croacia. Acaba de comprarse un gran yate y parece que se le ha ocurrido tener un fotomontaje tuyo en el camarote principal para que su vida sea completa. Quiere que vayas a echarle un vistazo.

Cleo tuvo que sonreír al ver la expresión de consternación en la cara de Mark. La mayoría de la gente se habría emocionado ante la idea de un viaje a Croacia con los gastos pagados.

—¿Dónde tiene amarrado el yate?

—Está en Zadar, pero el patrón puede llevarlo a Split si te resulta más fácil y él se reunirá allí contigo. No pongas esa cara tan triste, Mark. Ve. Split es un lugar precioso, según me han dicho.

Mark refunfuñó diciendo que era un viaje muy largo cuando simplemente podían ocurrírsele unas cuantas ideas mirando en internet. Solo necesitaba ir allí para la sesión de fotos definitiva.

—Si lo hago, no iré hasta que Evie esté mejor de la mano. No puedo dejarla así.

Cleo prefería no pensar en el accidente de Evie. Había hecho que en su cabeza surgieran demasiadas preguntas.

—¿Por qué no te llevas a Evie? —preguntó—. Yo podría quedarme con Lulu.

Mark no la miró a los ojos y no era la primera vez que Cleo se preguntaba qué estaba pasando entre su hermano y su pareja. Le había costado adaptarse al hecho de que su hermano tuviese otra mujer en su vida. Quería verlo feliz, pero con Evie a su lado ya no necesitaba tanto a su hermana. Y Cleo sabía muy bien que esa era la razón por la que se había enamorado tanto de Joe. Él había llenado el vacío que Evie había provocado.

Tras unos segundos de silencio, Mark levantó la mirada.

—No voy a llevarme a Evie, pero ¿podrías hacer alguna joya bonita, Cleo? ¿Algo más especial? Sé que todo lo que haces es bonito, pero me estoy refiriendo a una pieza de gran presupuesto.

—Claro. ¿Me das más detalles?

—Es para Evie, claro. ¿Es posible que esté terminada antes de que me vaya a Croacia?

Cleo pensó en los encargos que ya tenía. Siendo realistas, la mano de Evie iba a estar escayolada tres semanas más por lo menos, así que eso le proporcionaba tiempo suficiente.

—¿Qué tipo de joya estás buscando?

—Algo que refleje su personalidad. Eso se te da bien —contestó Mark. Y Cleo sabía que eso era cierto, normalmente. Pero no estaba segura de que, en este caso, fuera a salir como Mark quería.

—Dime cómo la ves tú —le pidió ella.

Mark echó la cabeza hacia atrás y cerró los ojos, como si evocara una visión de Evie.

—Guapa, por supuesto, y nada exigente, pero eso no te sirve. Es lista, creativa, pero hay algo esquivo en ella. A veces, pienso que está fuera de mi alcance.

Mientras observaba la expresión de su hermano, Cleo deseó no haber preguntado. Él abrió los ojos y la miró.

—No puedo perderla, Cleo. Eso sí que lo entiendes, ¿verdad?

Ella se inclinó hacia él y le apretó el brazo.

—No vas a perderla. Creo que ya me he hecho una idea de lo que buscas. ¿Es por una ocasión especial? Sé que no es su cumpleaños.

Mark volvió a bajar la mirada y apoyó los brazos en los muslos y juntó las manos.

—Quiero que sepa que, a pesar de todo, la quiero.

Cleo sintió que el vello se le erizaba.

—¿A pesar de qué?

Mark suspiró, pero no levantó los ojos.

—No es fácil convivir conmigo, ya lo sabes.

—Eso es una tontería. Todos tenemos nuestras manías, Evie incluida. Creo que es increíblemente afortunada por tenerte.

—No del todo. Y, en cualquier caso, está claro que ella no se siente tan afortunada.

—¿A qué narices te refieres?

—Le he vuelto a pedir esta mañana que se case conmigo.

—¿Y?

Mark contestó en voz baja:

—Ha dicho que no. Pero necesito que sepa que sigue siendo mía y que, aunque no lleve mi anillo ni mi apellido, tiene que entender que, por lo que a mí respecta, lo nuestro es para siempre.

Cleo se quedó en silencio. Llevaba mucho tiempo deseando hablarle a su hermano de sus sospechas, de que Evie había ido a por Mark desde el momento en que le conoció. Debió de haber oído hablar de él, ser conocedora de su riqueza y de su infelicidad. Era el candidato perfecto para una mujer joven y atractiva que quería mejorar su vida. Pero Evie se negaba a hacer lo único que aseguraría su futuro. Se negaba a casarse con Mark y eso no tenía ningún sentido para Cleo.

9

No, Anik, no puedes comer helado. Vamos a merendar a casa de la abuela y se va a enfadar si no te comes todo lo que te ponga en el plato.

Aminah habría dejado de buena gana que su hijo de tres años se tomara un helado si él quería, pero su suegra no aprobaba la «laxitud» de Aminah con los niños. No sabía por qué se consideraba mejor que el niño comiera la tarta de chocolate que la abuela preparaba antes de cada visita, pero no estaba interesada en iniciar ninguna batalla. Era un día demasiado bonito como para echarlo a perder con tensiones innecesarias.

Empujó la silla de paseo por los adoquines hacia el otro lado de la calle y admiró las vistas. Tras levantar a Anik de la silla, le sostuvo de tal forma que él pudiese ver por encima del malecón. Él movió en el aire sus piececitos y ella dejó que los apoyara en lo alto. Le agarraba con fuerza con las dos manos. La baja barandilla ofrecía cierta protección, pero no suficiente. A Anik le encantaba el mar tanto como a ella y los dos se quedaron mirando cómo las suaves olas mojaban las rocas de abajo.

—Hola, Aminah. —Oyó la voz antes de darse cuenta de que era Evie la que estaba justo a su lado.

—¡Hola! Me alegra ver que ya sales por ahí —dijo Aminah—. ¿Qué tal la mano?

—Bastante jodida, si te soy sincera. —Evie lanzó una mirada rápida de preocupación a Anik. Pero él estaba demasiado emocionado con las olas como para prestar atención a lo que ella había dicho—. Aunque no tan mal como para no sacar a Lulu a que tome un poco el aire.

Tras apartar a un indignado Anik de la pared, sin hacer caso de sus gritos de protesta, Aminah se inclinó para sonreír a Lulu. Era una niña de aspecto delicado, de constitución delgada y piel pálida, con su pelo oscuro y ralo cayendo en sueltos rizos sobre sus orejas. Miró a Aminah con una dulce sonrisa y esta no pudo evitar pensar en lo distinta que era Lulu de su alborotador hijo.

—Qué cosa tan bonita —dijo levantando los ojos a las mejillas pálidas de Evie.

—Gracias. Sé que no soy objetiva, pero es una niña muy buena. —Evie se agachó y besó con ternura a su hija en la cabeza—. Eres el amor de mami, ¿a que sí?

—Pero aún no tienes muy buen aspecto —observó Aminah—. ¿Seguro que estás bien?

Evie hizo un mohín.

—Me cuesta dormir, eso es todo —contestó—. No sé bien dónde poner la mano y siempre termina en algún lugar donde me causa dolor. Quizá debería adoptar tu actitud respecto al ejercicio en el futuro. Desde luego, parece mucho menos peligroso mantenerse alejada de él.

Las dos mujeres sonrieron mientras un impaciente Anik intentaba, sin éxito, subir por el muro. Aminah lo levantó hasta lo alto y le rodeó la cintura con el brazo sujetándolo con fuerza mientras hablaba con su amiga.

—No puedo apartarlo del mar. Dios sabe qué va a pasar cuando ya no pueda sostenerlo.

Como para dar credibilidad a esas palabras, Anik soltó una fuerte carcajada e intentó dar saltos arriba y abajo, tratando de escaparse del brazo de su madre.

—Basta, Anik. No voy a soltarte. Es peligroso.

Miró a Evie de nuevo, que parecía aún más pálida que un par de minutos antes. Estaba mirando al mar, como si estuviese tan fascinada por las olas como Anik.

—¿Alguna vez te ha contado Cleo que aquí murió un niño? —preguntó Aminah en voz baja.

Evie no se giró para mirarla, pero Aminah pudo ver su ceño fruncido.

—No me ha dicho nada —respondió Evie—. ¿Qué pasó?

—No estoy segura. Un niño..., un chico de unos once o doce años estaba alardeando de estar subido sobre el muro en medio de un vendaval. Cleo me contó que le estuvo gritando para que se bajara, pero no obedeció. Entonces, una enorme ola lo empujó contra las rocas. Debió de ser terrible. Supongo que por eso pusieron la barandilla por arriba, pero ya sabes cómo es esto cuando se pone tormentoso. Las olas suben por encima.

Tuvo la sensación de que Evie no la escuchaba y que su mente estaba en alguna otra parte. A veces se instalaba en ella una especie de tristeza y Aminah había intentado, sin éxito, conocer el motivo. Evie parecía aislarse. Aunque nunca había dicho nada malo sobre Cleo, no cabía duda de que a la hermana de Mark no le gustaba y era una pena. Todo el mundo necesita de una familia.

Aminah miró a Evie mientras su gesto se volvía más sombrío, un momento antes de que pareciera darse cuenta de que Aminah había dejado de hablar.

—Perdona, Aminah. Acabo de tener un pequeño espasmo de dolor. Estoy deseando quitarme esta cosa tan tonta. —Levantó una mano para rascarse alrededor del borde de la fastidiosa escayola—. Lo cual me recuerda que tengo que pedirte un favor. ¿Podrías llevarme al hospital cuando tenga que ir para que me la quiten? No será hasta dentro de un par de semanas, pero no sé si Mark estará aquí y no quiero pedírselo a Cleo porque tendría que cerrar la galería. Si cuento con alguien que me lleve sería estupendo. Tendré que llevar a Lulu, claro, así que, si supone algún problema, puedo pedir un taxi.

—Por supuesto que te llevaré. Los otros tres están en el colegio y este pequeño terror —dijo apretando a Anik con fuerza— puede quedarse con su abuela o con Zahid si no está trabajando. Tú avísame un día antes, si puedes, para organizarme.

Evie asintió agradecida, pero aún parecía distraída.

—Oye, Evie, vamos a ver a la abuela, pero siempre prepara montañas de comida. ¿Por qué no venís también Lulu y tú? A ella no le va a importar, estoy segura.

Evie se inclinó hacia delante y abrazó con fuerza a Aminah.

—Gracias, Aminah. Eres un sol, pero tengo que volver. Mark se inquieta un poco cuando estoy fuera mucho rato.

Con una débil sonrisa, Evie dio la vuelta al cochecito de Lulu.

—Adiós, Anik —se despidió, pero él no le hizo caso, todavía dando saltos cada vez que una suave ola llegaba a la orilla.

Aminah se quedó mirándola y no fue la primera vez que se preguntó cómo debía de ser vivir con un hombre tan exigente.

10

Las semanas desde que me lesioné la mano han sido tediosas. Mark ha estado muy atento y Cleo no ha dejado de venir por casa. Gracias a Dios tiene que pasar en la galería buena parte del día porque cuando está aquí me observa mientras juego con Lulu. Sé que piensa que tengo tendencia a los accidentes, pero soy cuidadosa con mi hija.

He faltado a mis sesiones de natación con Lulu. Nos encanta jugar juntas en la piscina y ella se está aficionando al agua. Pero no puedo convencer a Mark de que la lleve y Cleo no quiere molestar a su hermano divirtiéndose en el sótano. Mark me asegura que ha superado lo de Mia, que su accidente ya no le duele, pero aún dice que no puede bajar ahí, adonde ella murió.

Yo había reunido el coraje para preguntarle por ello justo antes de que se marchara a Francia. Ese es el motivo por el que discutimos.

—¿Por qué finges diciendo que nunca más vas a pisar tu precioso sótano? —le pregunté mientras me ponía la ropa de deporte—. Has bajado más de una vez. Sé que lo has hecho. Entonces, ¿qué problema hay?

Mark tiene los ojos más expresivos que he visto nunca y, en ese momento, me recordaron al mar en un día de tormenta cuando el destello de un rayo atraviesa el aire y se refleja brevemente sobre la superficie negra y salvaje del agua.

—Voy cuando lo necesito. Cuando quiero ordenar algunas cosas en mi cabeza.

Me senté en la cama y me incliné hacia atrás apoyándome en los codos, tratando de aparentar tranquilidad, como si aquella fuera una conversación normal. Mark estaba recogiendo la ropa para su viaje y metiéndola en una bolsa.

—Debió de ser un infierno para ti cuando Mia murió —dije—. Eso lo entiendo. Pero fue un accidente y quizá te resultaría más fácil vivir con esa idea si no trataras una parte de tu casa como zona restringida.

Mark pareció quedarse petrificado. Estaba de espaldas a mí e inmóvil, aferrando la parte superior de la cómoda. Pude ver lo blancos que se le habían puesto los nudillos.

—La veo cada vez que bajo ahí. En mi cabeza, imagino su cuerpo tendido sobre las baldosas, boca arriba, con los ojos abiertos. Sé qué llevaba puesto, igual que siempre sé qué llevas tú cuando haces ejercicio. Veo cómo te preparas igual que veía cómo se preparaba ella.

—¿No crees que si bajaras y subieras de ahí todos los días, si usaras el gimnasio, la piscina, esas visiones se disiparían?

Se dio la vuelta y se acercó a la cama, me agarró de la mano y tiró de mí.

—De acuerdo. Veamos si eso funciona, ¿vale? Vamos. Bajaremos al sótano y verás con tus propios ojos lo que eso me provoca.

Yo traté de resistirme, pero él siempre ha sido mucho más fuerte que yo.

Tenía razón. No cabía duda del impacto que el sótano causaba en él y nunca volveré a proponérselo. Me dejó allí abajo cuando demostró lo que decía y no le volví a ver hasta que regresó de Francia.

Mark tiene un estudio de fotografía en la planta intermedia junto a nuestro dormitorio. Es un espacio enorme cortado sobre el frente del acantilado, con ventanas al norte. Aunque es fotógrafo y no pintor, le encanta usar la luz natural siempre que le es posible para hacer sus fotografías. Nunca entendí por qué era tan importante para un artista tener una habitación con orientación norte hasta que tomó mi fotografía allí dentro. Era un día caluroso, pero me di cuenta de que los rayos del sol no podían entrar en la habitación: no podían proyectar sombras ni cambiar el color de las paredes. El nivel de luz podía variar dependiendo del tiempo o de la hora del día, pero nunca era amarilla ni estaba teñida del rojo del atardecer.

Él ha estado trabajando ahí abajo toda la mañana en el encargo francés y parece bastante contento de cómo está saliendo. Yo esperaba que estuviese ahí hasta la noche, pero oigo la pesada puerta al cerrarse con un golpe sordo y sé que está subiendo adonde estamos Lulu y yo.

—¿Una taza de té? —pregunta mientras se acerca a la cocina. Resulta sorprendente lo normal que puede parecer todo en la superficie.

—No, gracias. ¿Has terminado por hoy? Tengo que ir a que me quiten la escayola y si no vas a trabajar he pensado que podrías cuidar de Lulu.

Coge una taza del armario y la suelta con un golpe sobre la encimera.

—Claro que la cuidaré. ¿Qué pensabas hacer con ella?

—Iba a llevarla conmigo. Aminah me va a llevar en su coche.

Mark apaga el hervidor y se acerca para apoyarse en el brazo del sofá.

—Evie, ¿por qué no me lo has pedido a mí? Te habría llevado. Deberías saberlo.

No se me ocurre ninguna respuesta que no suene a que estoy complicando las cosas.

—Pensé que sería más fácil y llevo tiempo sin ver a Aminah. Pero, como estás aquí, sé que a Lulu le gustaría pasar un rato con su papá.

Lulu está arrastrándose por su alfombra de juegos y Mark se pone de rodillas para hacerle cosquillas.

Yo los miro y me pregunto, no por primera vez, si estoy haciendo lo correcto. ¿Debería dejarle, llevarme a Lulu y desaparecer para que Mark pueda continuar con su vida? Pero no puedo hacer eso. Es duro, pero no estoy dispuesta a rendirme. No después de tanto tiempo.

Suena mi teléfono y sé que es Aminah para decirme que está en la puerta.

—Tengo que irme. ¿Seguro que no te importa?

Mark se pone de pie de un salto, levanta a Lulu y le hace dar vueltas. La abraza y me la acerca.

—Despídete de mami con un beso, Lulu.

Me sonríe y, por un momento, veo los rasgos de su hermana en su rostro. Eso refuerza mi decisión.

Doy un beso a mi hija en su mejilla aterciopelada y a Mark en la suya más áspera antes de irme.

11

Gracias por hacer esto —digo mientras me acomodo en el asiento del pasajero del coche deportivo de Aminah.

Sorprende lo difíciles que resultan algunas tareas con una mano inútil, pero ya no me queda mucho. No puedo evitar preguntarme dónde pensaba ella que íbamos a colocar a Lulu si Mark no hubiese aceptado cuidar de ella, pero me responde a la pregunta sin que yo tenga que formularla.

—Es un placer y me gusta verte. Zahid se ha llevado el monovolumen para recoger a los niños, así que he cogido el bólido. Un capricho especial. He pensado que podíamos coger el tuyo si venía Lulu, pero como no viene...

Aminah pone el coche en marcha y sale a todo motor por el camino levantando fragmentos de piedra. Conduce igual que hace todo lo demás: con total abandono. En situaciones así, normalmente me agarro del asidero, pero hoy no puedo, así que me aferro al borde del asiento con la mano buena.

—Siento no haberte visto últimamente —dice cuando tomamos la carretera principal—. Empecé con una amigdalitis al día siguiente de verte junto al malecón. ¡Amigdalitis! Yo creía que solo los niños las sufrían, pero te puedo asegurar que duele muchísimo. Sentía que tenía la garganta llena de cuchillas de afeitar y no podía comer nada. ¡Casi pierdo seis kilos en una semana! —Se ríe al pensarlo—. Pero no hay problema. Unos cuantos pasteles y una chocolatina o dos y todo volverá a su sitio. Qué alegría.

No puedo evitar sonreír cuando estoy con Aminah y nunca logro saber por qué ella y Cleo son tan buenas amigas. Cleo es muy controlada, muy estirada. No pueden ser más distintas. Quizá sea eso del yin y el yang, porque parecen tener valores completamente opuestos.

—No quería venir a verte e infectarte con mis virus —añade. Es otra de sus cualidades. Nunca deja de hablar y hace que la vida sea mucho más fácil. No tengo que pensar qué voy a decir porque rara vez tengo oportunidad de hacerlo—. ¿Y qué tal tú? —pregunta—. Vale, lo retiro. Has estado hecha una mierda, ya lo sé. Además, Cleo me ha enviado algunos mensajes diciéndome lo difícil que te estaba resultando todo, especialmente con Lulu.

Apuesto a que sí lo ha hecho.

—¿Cómo se lo ha tomado Mark? Está de lo más paranoico con ese estúpido sótano. Te digo una cosa, Evie, si tienes que volver a lesionarte, ¿podrías hacer el favor de que suceda en otra parte de la casa? —Me mira de reojo—. Cleo dice que Mark sale pronto de viaje otra vez. A Croacia, creo que me ha dicho. ¿Podrás apañártelas? Porque yo siempre puedo acercarme para echarte una mano.

Espero, deseando de todo corazón que ella responda a su propia pregunta. Por una vez, no lo hace.

—Estaré bien. Cleo siempre se muestra encantada de ayudarme con Lulu si yo no puedo —respondo, pues sé que es lo que una buena cuñada diría, pero Aminah nota algo en mi voz y me mira un momento, con los ojos ligeramente entrecerrados.

—Ella quiere a Lulu, ¿sabes? —Hay otra pausa y estoy pensando qué decir cuando ella me evita el problema—. Cleo debería tener niños. Puede que así no se obsesionara tanto con Mark y Lulu. Lo mejor para ella sería tener un hijo, creo. Algunas personas son... Yo tendría otro en un abrir y cerrar de ojos... o algo así —concluye riendo.

—¿Y por qué no lo tienes?

—Zahid ha puesto el freno. Ya piensa que cuatro es una irresponsabilidad, pero Anik solo tiene tres años, así que esperaré un tiempo y después volveré a insistir. Normalmente, termina cediendo. —Sonríe—. ¿Y tú? ¿Piensas tener más?

Eso no va a ocurrir, pero no estoy segura de cómo responder.

—Es demasiado pronto —contesto. Es una respuesta corta y pienso que debería añadir algo. A pesar de aparentar que no escucha a nadie, Aminah es intuitiva y no quiero que interprete nada de mi silencio.

—¿Y cómo se le da a Mark lo de ser padre? Ha sido el foco de atención para su hermana y, después, para Mia durante tanto tiempo que yo no estaba muy segura de cómo llevaría lo de tener competencia.

Debo admitir que Mark es bueno con Lulu. El hombre al que conocí —el personaje completamente trastornado y confuso que quería mantener el mundo a raya— no habría sabido qué hacer con una niña. Pero la paternidad le ha cambiado. Al menos, cuando está con su hija.

—¿Desde hace cuánto tiempo conoces a Cleo, Aminah? —La última vez que pregunté la respuesta fue «desde siempre», pero quiero saber más detalles.

—Nos conocimos cuando me mudé aquí. Yo tenía quince años y era bastante rebelde. Sentía que tenía que serlo, porque había pocos asiáticos que vivieran en esta parte del mundo y resultaba difícil integrarse. Cleo estaba en mi clase y era bastante solitaria. Siempre se estaba preocupando por Mark y se aseguraba de que estuviese bien, y los demás chicos solían burlarse de ella, acusándola de tratarle como a un bebé y cosas así. De modo que era borde, poco popular y, entonces, aparecí yo. No es tanto que nos eligiéramos la una a la otra, sino más bien que no teníamos a nadie más. Y nos apoyamos entre nosotras.

Eso tiene sentido. La diferencia está en que Aminah ha pasado página. Tiene un marido y cuatro hijos, además de un buen puñado de amigos. Ella y Zahid suelen recibir invitados con su habitual sencillez y su casa está llena de ruido, cariño y diversión.

Por el contrario, Cleo solo tiene a Aminah como amiga. Una vez me dijo que no necesitaba a nadie más porque siempre tendría a Mark. Sé muy bien que haría lo que fuera por él, que haría la vista gorda ante cualquier cosa que hiciera, fuera buena o mala. Y Mark también lo sabe.

12

Ha pasado ya una semana desde que me quitaron la escayola y ha sido un enorme alivio. Puedo volver a coger a Lulu en brazos y bailar con ella por toda la casa al ritmo de su música preferida. No le gustan mucho las canciones infantiles, pero parece haberse encaprichado de Ed Sheeran y le encanta cuando bailamos.

Mañana Mark vuelve a marcharse. Es el viaje de preparación a Croacia y lleva varios días quejándose de ello.

—¿Por qué tengo que ir a ver el yate? Estoy seguro de que lo único que hace falta es que me den las dimensiones de lo que quieren y yo puedo encargarme a partir de ahí. Esto es una absoluta ridiculez y no sé por qué Cleo no les dice que yo no trabajo así.

Hago lo posible por tranquilizarle, pero sé que no llegará la sangre al río. Irá igual que hace siempre.

Cleo ha pasado antes por casa para decir que no es demasiado tarde si me apetece ir con él, pero le he contestado que no quiero dejar a Lulu. Tengo que reconocer, no obstante, que observar las maniobras de Cleo me parece un pasatiempo fascinante.

Recuerdo cuando le hablamos del blog. Llevaba tres semanas sin verla desde que le confesé a Mark que no iba a poder pagarle las fotos, pero sabía que él le había contado que mi padre había muerto. En ese momento no éramos pareja, pero yo empezaba a entender a Mark y pensé que podría ser la primera vez que él hacía algo sin consultárselo a Cleo. Descubrí esa misma noche que me equivocaba.

Le dijo a Cleo que se pasara a tomar una copa de camino a casa desde el trabajo, para hablar sobre la galería y sus encargos. Desde el momento en que entró por la puerta quedó claro que no tenía ni idea de que yo iba a estar allí.

Nos sentamos los tres en el sofá, Mark y yo juntos y Cleo enfrente, tratando de aparentar tranquilidad sin conseguirlo. Sus ojos son muy parecidos a los de Mark —grises y expresivos— y vi que estaba perpleja ante mi presencia. Yo no era más que una cliente, ¿no? Una cliente que no podía pagar su factura, por cierto.

Mark habló un rato sobre la galería y pude ver que estaba haciendo tiempo, como si tuviese miedo de la reacción de su hermana. Pero, por fin, abordó el tema del blog, de que llevábamos un par de semanas trabajando en él y de lo emocionado que estaba con la idea. Yo tenía mi iPad al lado, así que abrí la página y le di la vuelta para que Cleo la viera. Se quedó boquiabierta. Pero no por los diseños.

—¿Por qué habéis estado tramando este plan a mis espaldas? —preguntó con el ceño fruncido.

—No hemos tramado ningún plan —respondió Mark poniendo los ojos en blanco—. Por el amor de Dios, Evie quería hacer algo para ayudar después de los problemas con el dinero de su padre. Se ofreció y, aunque yo no estaba seguro al principio, creo que ha quedado estupendo y pensaba que a ti te encantaría. Se suponía que iba a ser una sorpresa agradable. Siempre estás hablando de que tenemos que hacer una mejor promoción y esto me parece bastante bueno, joder.

Cleo giró la cabeza hacia mí y pude ver que me estaba evaluando. ¿Estaba yo intentando interponerme entre ella y Mark o no era más que una pobre jovencita que había perdido a su padre recientemente? Aún no había respondido al entusiasmo de Mark con respecto al blog y él empezaba a enfadarse.

—No pongas esa cara, Cleo. Esto no nos va a costar nada y es buena publicidad. Evie quería que lo guardásemos como una sorpresa hasta que el diseño estuviese terminado y a mí me pareció buena idea.

Seguía mirándome con desconcierto y yo le respondí con lo que confié en que fuera una sonrisa esperanzada.

—Os propongo una cosa —dije—. ¿Por qué no os dejo un rato para que podáis hablar? Mark, ¿te parece bien que saque algunas fotos de tu estudio mientras no toque nada? Sé que no soy ninguna profesional, pero para el blog necesitamos imágenes de tu lugar de trabajo y siempre podrás sustituirlas por algo mejor cuando tengas tiempo.

Él asintió distraído, mirando a su hermana a la vez que trataba de controlar su fastidio, pero pude ver que estaba a punto de disculparse, aunque no estaba del todo segura del motivo.

Salí con mi iPad para hacer las fotografías dejando atrás la silenciosa sala de estar. Era evidente que Cleo estaba esperando a que yo no pudiera oírla.

Bajé las escaleras hasta llegar a la puerta del estudio, la abrí y dejé que se cerrara con un golpe seco. Me quedé quieta en el pasillo. Pude oír todo lo que decía.

—Mark, sé que esto no es importante. No es más que un blog estúpido, al fin y al cabo. Pero debes tener cuidado con Evie. No me fío de ella.

Oí el sonido de la botella apoyándose con todo su peso en la mesa.

—Por el amor de Dios, Cleo. ¿Qué narices te pasa? No nos va a cobrar ni un penique y probablemente nos habría costado tanto como las malditas fotos si hubiésemos tenido que pagar a alguien que nos lo hiciera.

—Estas últimas semanas has estado mucho mejor y sé que en parte se debe al trabajo que has hecho con las fotografías de Evie. Pero no quiero que te dejes engañar por otra mujer, eso es todo.

Se produjo el tipo de silencio que podía cortarse con un cuchillo. Yo no tenía ni idea de qué iba a decir ni hacer Mark a continuación. Al final, su voz sonó tan baja que apenas pude oírle.

—Exactamente, ¿qué quiere decir eso?

—Ya sabes qué quiero decir. No me contaste lo que sentías por Mia hasta que fue demasiado tarde y no quiero que cometas más errores en tu vida.

—¿Demasiado tarde? ¿Para quién, si me permites preguntar?

Había un tono letal en la voz de Mark. Yo rara vez le había oído enfadado con su hermana, pero pude notarlo incluso desde el fondo de las escaleras. Aunque eso no disuadió a Cleo.

—No era buena para ti. No tenía fe en ti ni en tu trabajo. No te animaba y consideraba tu fotografía como un pasatiempo. Oye, ya han pasado casi dos años desde que ella murió, así que seguro que por fin puedes ver la influencia tan negativa que era.

El silencio se intensificó.

—Cleo, si lo que estás diciendo es que estoy mejor sin Mia..., ¿estás diciendo también que es bueno que esté muerta?

Se oyó un grito ahogado.

—¡Claro que no! Yo jamás diría eso.

—¿Qué dirías si fuera yo quien pensara eso? ¿Si mi aparente pena fuese, en realidad, culpa porque sabía lo mala que ella era para mí y quizá yo pensaba que estaba mejor sin ella? ¿Qué dirías? —Hubo una pausa y, después, el sonido estridente de una silla que era empujada con fuerza hacia atrás sobre un sólido suelo—. Voy a buscar a Evie. Te sugiero que te marches antes de que uno de nosotros emprenda un camino del que no habrá retorno.

En silencio, abrí la puerta del estudio y la cerré con el mismo sigilo después de entrar.

13

Mark se ha ido ya. Pasó la mayor parte del día de ayer buscando una excusa para quedarse en casa con nosotras. No se siente cómodo haciendo lo que él llama «lamer el culo a los ricos» y, aunque ya no es el ermitaño de antes, sigue sin gustarle.

Se supone que esta tarde debería estar trabajando en la organización benéfica donde soy voluntaria. Me toca encargarme de los teléfonos. Llevo varias semanas sin ir porque no podía conducir y hoy voy a tener que faltar otra vez. Me siento culpable, pero sé que hago bien. Voy a tener que llamar a Harriet con alguna excusa.

La primera vez que vi a Harriet James fue en el informativo local, en la puerta de un juzgado hablando en nombre de un cliente. Una mujer menuda con pelo oscuro y liso recogido en una tirante cola de caballo, con sus ojos marrones enfervorecidos mientras explicaba por qué el juez había tomado una decisión errónea. Había en Harriet una intensidad que silenciaba a los que la rodeaban y me quedé tan impresionada por su forma de hablar que la busqué en internet. Al ver que estaba muy implicada en labores de beneficencia, ofrecí mis servicios, aunque no le he dado detalles a Mark de lo que hago.

Sin embargo, ahora mismo tengo que llamarla para disculparme de nuevo.

—Hola, Harriet —digo cuando ella contesta al teléfono.

—Hola, Evie. ¿Qué tal estás? Te hemos echado de menos. ¿Qué tal tienes la mano?

Harriet habla con el tono enérgico y eficiente de siempre y la imagino mirando el reloj mientras se pregunta cuánto tiempo va a durar esta llamada. Se preocupa, pero tiene a mucha gente de la que preocuparse y no suficientes horas en el día.

—No está mal. Me han quitado la escayola, pero no estoy para ir esta tarde. Se supone que debía estar a las tres y lamento mucho fallarte.

El tono de Harriet cambia. Puede notar algo en mi voz y, de repente, tiene todo el tiempo del mundo.

—¿Qué te pasa? Noto por tu tono de voz que algo va mal. ¿Qué es?

—Estoy bien, Harriet. No te preocupes por mí, por favor. —Oigo que mi voz se rompe y sé que ella también lo ha notado.

—¿Quieres que vaya a verte? ¿Estás sola?

Aspiro por la nariz.

—En serio, estoy bien. Tengo aquí a Lulu y creo que lo único que necesito hoy es estar con ella.

—Oye, no voy a insistirte si no quieres hablar. Pero estoy acostumbrada a guardar secretos. Forma parte de mi trabajo, así que, si cambias de opinión, ya sabes dónde me tienes. De día o de noche, Evie. —Hace una pausa un momento para ver si digo algo, pero mi silencio lo dice todo—. Te llamaré mañana para ver cómo estás. Cuídate, Evie, ¿de acuerdo?

Pongo fin a la llamada sintiéndome mal por Harriet, pero consciente de que no tengo opción. No podía permitir que me viese hoy.

Lulu está durmiendo una siesta y la oiré por el vigilabebés si se despierta, así que entro en la cocina en busca de algo con lo que ocupar mis manos con la vana esperanza de que, así, mi mente también se mantendrá ocupada. Se suponía que Aminah iba a venir para tomar un almuerzo rápido y que, después, se iba a quedar con Lulu para que yo pudiera ir al centro de acogida. Le he dejado un mensaje en el móvil diciéndole que no venga. Me pregunto, por un momento, qué va a pensar de eso y del tono de mi voz. No lo pasará por alto. Al igual que Harriet, es demasiado lista.

Mi mente viaja a la noche anterior. Mark había decidido acostarse y yo le había prometido ir enseguida. Pero eso no era suficiente. Quería que fuera con él. Era la noche anterior a un viaje y decía que quería que estuviésemos juntos. Debió de dudar de que yo fuese a cumplir mi promesa, así que esperó hasta que cedí.

Yo sabía que él quería hacer el amor. Forma parte del ritual. Justo antes de marcharse y justo después de volver de un viaje, pero a mí me cuesta cada vez más cumplirlo y mi reticencia se ha convertido en un grave problema entre nosotros. Antes de su último viaje, mi negativa a someterme a su pasión resultó dolorosa para los dos. Pero ¿cómo podría? Es pedir demasiado. Me rompe el corazón.

—Hacerte el amor me da algo en lo que pensar cuando estoy lejos y solo —dijo cuando le pregunté por qué tenía que ser siempre igual—. Me da miedo que cuando vuelva tú no estés, así que cada una de esas veces es como si fuera nuestro último momento juntos.

No me queda claro si piensa que me voy a marchar o si cree que —al igual que Mia— me voy a morir.

—Cuando regreso es como si volviese a poseerte, a recuperarte como mía. Después, me quedo de nuevo tranquilo.

A veces, trato de sacarle de sus rutinas, pero siempre me encuentro con una obstinada resistencia.

—Hacer las cosas de una manera determinada me proporciona una sensación de seguridad. Siempre que me ciña..., no, nos ciñamos a las normas, estaremos bien. Eso es lo que siento.

Tratar de demostrar lo contrario justo antes de que salga de viaje no conduce a nada aparte de enfadarnos los dos, así que lo dejo estar. A pesar de todo, tengo la extraña sensación de que le entiendo. Sé que su cabeza está llena de ideas inconexas que compiten por hacerse con el poder y, mientras la mayoría de nosotros tratamos de contener los excesos de nuestros pensamientos y gestionar nuestras emociones, como artista, Mark siente que tiene que dejarlos sueltos. Su necesidad de normas es su modo de mantener sus sentimientos bajo control y lo de anoche no fue distinto a las demás ocasiones.

Me envolvió con sus brazos y me habló con ternura:

—Evie, quiero que tengas algo para recordarme cuando esté fuera. Pero no puedes tenerlo ahora. Tendrás que esperar a la mañana. Ahora, lo único que deseo es tenerte a ti.

Noté la sonrisa en su voz y supe que estaba excitado por lo que venía después: otra parte del ritual que supuestamente tenía que llenarme de ilusión.

Suena el timbre de la puerta quince minutos después de la hora en la que estaba previsto que Aminah viniese a comer y, a pesar del mensaje que le he enviado, sé que es ella la que está pulsando repetidamente el botón. No ha debido de hacer caso a mi mensaje en el que le decía que no viniera porque querrá saber por qué he cancelado nuestra cita y preguntármelo a la cara. Si estoy enferma, querrá ayudarme.

Pero no voy a dejarla pasar.

Pulsa el timbre durante un largo rato con fuerza y puedo imaginar su fastidio porque no respondo. Después, suena el teléfono y tampoco respondo. En cualquier momento va a despertar a Lulu y necesito que siga dormida. Puede que Aminah se vaya, pero lo dudo.

Estoy en la cocina, junto a la ventana alta y estrecha que va del suelo al techo. Da al jardín del lateral de la casa y, aunque no es tan espectacular como las vistas al mar, me gusta mirar el césped bien cuidado y las plantas, sobre todo los bulbos cuando asoman sus luminosas cabezas verdes por el suelo arenoso en primavera o las rosas cuando florecen con sus capullos a principios del verano.

El jardín lateral queda oculto a la vista desde el exterior por la casa a un lado, el mar al otro y el muro alto y blanco que forma un semicírculo para delimitar el terreno. Adosado al muro y prolongándose por el jardín, hay un garaje lo suficientemente grande como para albergar tres coches, con sus paredes blancas cubiertas de clemátides y madreselva.

Continúo mirando por la ventana. No voy a abrir la puerta por mucho que ella llame al timbre o a mi móvil.

Después de cinco minutos, deja de hacerlo y Lulu empieza a llorar. Tengo que ir con ella. Pero todavía no. Puede que vuelva a tranquilizarse.

Miro por la ventana sin fijar la vista en nada mientras mi mente me devuelve al instante inmediatamente anterior a que Mark se marchara. Es un momento antes de darme cuenta de que Aminah está en el jardín. Debe de haber entrado por el garaje y haber salido por la puerta del jardín. Hace gestos sin parar hacia mí señalando a su teléfono.

Me giro ligeramente hacia ella y, por una vez, se queda muda. Detiene su marcha hacia la casa y baja la mano en la que lleva el teléfono. Me mira con los ojos abiertos de par en par. Después de no más de dos o tres segundos, bajo la persiana para que no me vea la cara.

Pero sé que la ha visto. Ha visto la piel azul y roja alrededor de mi ojo derecho.

14

Cleo estaba lanzada, elogiando animadamente una de las últimas fotografías de paisajes locales de Marcus North ante un posible cliente, cuando oyó el discreto sonido que indicaba que había entrado alguien más en la galería.

Giró la cabeza para sonreír al recién llegado y se sorprendió al ver que se trataba de Aminah y que no le estaba devolviendo la sonrisa. La distracción de Cleo mientras miraba perpleja a su amiga hizo que probablemente perdiera al cliente. Su cabeza se giró también hacia la puerta en la dirección de los ojos de Cleo y distrajo su atención de la fotografía.

—Voy a pensármelo —dijo con una sonrisa a la vez que ponía la mano sobre la cintura de su mujer para llevarla hacia la puerta.

Cleo se sintió frustrada. Cinco minutos más y se lo habría metido en el bolsillo, estaba segura. Pero no era culpa de Aminah. Parecía preocupada.

—Lo siento —dijo Aminah cuando la puerta se cerró al salir los potenciales clientes.

Cleo contuvo el suspiro que notó que se formaba en su interior.

—No te preocupes. Aunque habría sido estupendo vender una fotografía. Parece que he perdido el gancho. Pero bueno, ¿qué haces aquí? —preguntó—. Pensé que ibas a comer a casa de Evie y que, después, te quedarías con Lulu.

Aminah estaba inusualmente callada y no había interrumpido a Cleo ni una sola vez.

—¿Qué pasa?

—¿Puedo hacerte una pregunta? —preguntó Aminah.

—Claro. No te garantizo que vaya a responder, porque dependerá de la pregunta, pero házmela. —Sonrió para dejar claro a su amiga que no estaba hablando en serio.

Aminah hizo una pausa, como si se estuviese pensando la pregunta.

—¿Crees que Mark tiene problemas para controlar sus arrebatos de ira?

Cleo no se esperaba aquello.

—¿Por qué narices me preguntas eso? ¿Por qué te lo planteas siquiera?

—No es una pregunta difícil de responder.

Cleo se quedó callada. Algo estaba pasando, algo que Aminah no le había contado.

—No. —No sintió la necesidad de desarrollar su respuesta pero pronunció la palabra con más fuerza de la necesaria.

—No te enfades conmigo, Cleo. Tenía que preguntártelo.

—Pero ¿por qué? ¿Has visto que haya perdido el control o algo parecido? ¿Te ha estado contando Evie alguna mentira sobre él?

El rostro de Aminah no decía nada, cosa que, como poco, no era normal. Por un momento, ninguna de las dos habló.

—Aquel incidente..., hace años, cuando erais niños. Tú siempre dijiste que Mark no tuvo nada que ver, pero ¿le estabas encubriendo?

Cleo supo de inmediato a qué incidente se refería Aminah. Fue mucho antes de que las dos chicas de quince años se hicieran amigas, pero era una historia bien conocida en la zona, una historia en la que Cleo se negaba a pensar. Cerró su mente al sonido de las gaviotas que graznaban sobre sus cabezas, a las olas que azotaban el malecón y a un largo y estridente grito.

—No vayas por ahí, Aminah. Aquello no tuvo nada que ver con Mark, pero tienes que decirme ya a qué viene todo esto.

Aminah volvió a guardar silencio mientras se mordía el interior de la mejilla, como si estuviese sopesando qué hacer.

—No —contestó—. No tengo por qué decírtelo. Siento haberte preguntado. Vamos a olvidarlo.

—¡Desde luego que no! No puedes acusar a mi hermano de algo y, después, no explicar de dónde has sacado esa idea tan ridícula. —Cleo sabía que estaba exagerando y vio una mirada de perplejidad en los ojos de Aminah. Pero no podía evitarlo—. ¿Es que Evie te ha contado algo? Mark no debió permitir nunca que se mudara a su casa.

Aminah miró a su amiga con una media sonrisa.

—No le estaba acusando y, si no recuerdo mal, Evie se resistió a la mudanza durante un tiempo. Estaba embarazada de seis meses cuando por fin aceptó.

Eso era cierto. Evie dijo que Mark no había sugerido tener una relación a largo plazo antes de que ella se quedara embarazada de forma inesperada. Por eso, no iba a obligarle a comprometerse con ella ni con el bebé. Al final, la había tenido que convencer de que eso era lo que él quería de verdad.

—Sí, pero eso fue antes. Mira, si Evie está dando a entender que él le está haciendo algún tipo de daño...

—Yo no he hablado con ella, así que no ha dado a entender nada.

Cleo podía ver que Aminah le estaba ocultando algo y no estaba segura de a quién trataba de proteger su amiga.

—Olvida lo que he dicho —insistió Aminah.

—¿Cómo lo voy a olvidar?

—Porque no voy a decir nada más ni a ti ni a nadie hasta que conozca los detalles.

—¿Qué detalles? ¿De qué mierda estás hablando, Aminah? —Cleo sintió que el corazón se le aceleraba. Aunque no sabía qué era lo que había levantado las sospechas de su amiga, sí sabía exactamente a qué se refería Aminah y no podía negar que últimamente se había introducido en su cabeza una sombra de duda, hasta que se había obligado a rechazarla. Pero bajo ningún concepto iba a admitir algo así—. Si te dice que él le ha hecho daño, la mataré con mis propias manos.

Por la expresión de Aminah, Cleo supo que esta vez había ido demasiado lejos. Tenía que hacer creer a Aminah que no lo había dicho en serio, pero ya era demasiado tarde. Sin añadir nada más, Aminah se giró y fue hacia la puerta.

—No quería decir eso, Aminah —murmuró Cleo—. Yo nunca le haría daño a Evie.

Al llegar a la puerta, Aminah miró levemente hacia atrás y Cleo pudo ver que no la había creído. ¿Por qué iba a hacerlo?

Cleo levantó las manos a ambos lados de su cabeza y apretó con fuerza, como si pudiera alejar el recuerdo de su mente. Solo necesitó un segundo: un momento de locura, un único empujón, un par de ojos, abiertos de par en par por la sorpresa, y un grito estridente que aún la acosaba por las noches.

15

Cleo tardó treinta segundos en decidir qué hacer después de que Aminah se marchara. Colocó el cartel de cerrado, cogió su bolso y las llaves de su coche, conectó la alarma y salió corriendo de la galería. Maldecía a Evie entre dientes, pero tenía que verla, saber qué le había dicho a Aminah para hacerla reaccionar así.

El trayecto fue cuestión de minutos y el coche de Cleo derrapó al detenerse junto al largo muro blanco. Entendía por qué no había ventanas en ese lado pero, en ese instante, aquello suponía un fastidio. Le habría encantado ver la cara de Evie ante la visita inesperada de la hermana de su pareja. Mark había pedido a Cleo un tiempo atrás que hiciera el favor de llamar antes de ir de visita y, desde entonces, nunca se le había ocurrido pasarse por allí sin anunciarlo antes. Pero seguro que Mark se lo perdonaría.

Salió del coche y fue hacia la puerta de entrada donde empezó a llamar con fuerza sobre la madera y apretar el timbre de forma simultánea.

No sucedió nada. Volvió a probar.

—Mierda —murmuró al ver que Evie no iba a dejarla entrar.

Miró hacia el garaje con la esperanza de llegar al jardín por ahí. Se dirigió con fuertes pisadas a la puerta y la agitó, pero estaba cerrada con llave. Tras dar a la puerta una última patada por si acaso, volvió a mirar hacia la casa. Por mucho que Evie no le hiciera caso, no le iba a quedar más remedio. Tendría que dejarla entrar.

De repente, su mente fue bombardeada por imágenes de la última vez que había utilizado a toda prisa su llave «de emergencia». Había sido el día en que Mia había muerto y, entonces, la había usado no una vez, sino dos. La primera había entrado llena de furia, como estaba haciendo hoy, y el recuerdo la hizo detenerse en seco. Tenía que tranquilizarse. No podía repetirse aquel espantoso día ni todo lo que vino después.

Sacó la llave de su compartimento del bolso y la insertó en la cerradura. Probó a girarla, pero no se movía. Trató de apoyarse sobre la puerta por si la cerradura no estaba bien nivelada, pero siguió sin girar.

Solo podía haber una razón para aquello. Habían cambiado las cerraduras.

Se giró y lanzó la llave con fuerza por el borde del acantilado hacia las rocas de abajo.

Tras volver a subir al coche, Cleo cogió su móvil y marcó el número de Mark, casi con la esperanza de que no respondiera.

Para su sorpresa, respondió al segundo tono.

—Hola —dijo—. ¿Qué pasa?

Era evidente que a Mark no se le había ocurrido que ella pudiera llamar para charlar con su hermano pero, en esta ocasión, hacía bien en suponer que pasaba algo.

—¿Has hablado con Evie? —preguntó con brusquedad.

—Todavía no. Acabo de bajar del avión. La iba a llamar cuando llegara al yate, cosa que será dentro de media hora, según dice el taxista. ¿Ha pasado algo?

Cleo se detuvo un momento. No quería decir nada que pudiera afectar al posible encargo y, si Mark se preocupaba, sería incapaz de concentrarse. Puede que incluso se diera la vuelta para volver directo a casa. Cleo se obligó a reducir el ritmo de la respiración.

—No, pero he decidido de forma improvisada llamarla para ver si quiere compañía una noche mientras tú no estás.

—¿En serio? No parece muy propio de ti.

—No seas malo, Mark. Estoy intentando llevarme bien con ella y adoro a Lulu.

Oyó una carcajada.

—Cleo, no estás intentando nada. Pero no tienes que pedirme permiso para ir a verla, ya lo sabes.

—No, pero no abre la puerta. He pensado que quizá ha salido, así que iba a entrar para dejarle una nota, pero parece que mi llave no funciona.

Hubo un momento de silencio.

—No. No va a funcionar. Cambiamos las cerraduras.

Cleo sintió un sofoco de lágrimas. Su hermano le había cerrado la puerta de su casa.

—¿Y por qué has hecho eso? Yo soy la única que tiene llave, por el amor de Dios.

—No es nada personal, Cleo. Cuando empecé a salir de viaje de trabajo después de que Evie se mudara, ella propuso que contratáramos una de esas empresas de seguridad que pasan de vez en cuando para comprobar que va todo bien. Pensé que era una buena idea y lo primero que hicieron fue cambiar las cerraduras por otras más seguras. Eso es todo.

—¿Y no pensaste en contármelo?

—Lo siento. No se me ocurrió. Evie se encargó de todo y yo me enteré de que habían cambiado la cerradura porque ella me dio una llave y dijo que la empresa de seguridad había insistido en cambiarla.

Cleo quería preguntarle si le daría una llave pero la idea de que le dijera que no era demasiado desagradable como para pensar en ella.

—En serio, ¿qué está pasando, Cleo?

Iba a tener que decirle algo y se le ocurrió de repente.

—Se suponía que Aminah iba a quedarse con Lulu mientras Evie iba a la asociación, pero lo ha cancelado. Pensé que eso debía de significar que pasaba algo pero puede que, al final, haya ido y se haya llevado a Lulu con ella. ¿Sabes dónde está ese sitio donde ella va de voluntaria?

—No. Y si lo supiera no te lo diría. Por el tipo de organización que es, se supone que no debe dejar que la gente sepa que trabaja allí. Supongo que es como el centro de los Samaritanos. Si la gente cree que puede haber algún conocido al otro lado del teléfono, se le quitan las ganas de llamar. Así que sé que ella va allí y sé que espera ser de ayuda, pero eso es todo.

Seguro que sí podría contárselo a Mark. Era muy poco probable que él fuese a necesitar llamar a un teléfono de socorro, pero parecía típico de Evie ocultar algo que no era necesario ocultar.

—Cualquiera pensaría que es un agente secreto del MI5 en lugar de trabajar para una puñetera organización benéfica.

Oyó un suspiro de fastidio al otro lado del teléfono.

—Perdona —dijo. Estaba dejando que Evie abriera una brecha entre ella y Mark y no podía permitir que eso sucediera de nuevo. Ya había fallado a su hermano una vez esta semana, no porque no tuviera tiempo de hacer lo que él le pedía, sino porque no sintió que tuviera que hacerlo—. Perdona, Mark. Y siento también no haber conseguido terminar esa pieza de plata para Evie. He tenido más trabajo del que pensaba.

—No pasa nada. Oye, tengo que dejarte. Creo que nos estamos acercando al puerto. Pero no te preocupes por la joya. Ella no sabía lo que yo tenía planeado. Le regalé otra cosa, así que podemos dejarlo para otra ocasión.

Mark colgó el teléfono.

Cleo se quedó sentada en el coche diez minutos más, preguntándose qué debía hacer. Parecía que Aminah pensaba que algo iba mal, aunque no hubiese dado más detalles. Fuese lo que fuese, Cleo tenía que arreglarlo. Quizá se alegrara de que las cosas entre Evie y Mark fueran mal. Pero si Evie se iba, ella se quedaría sin Lulu. Y eso no podía ocurrir.

16

Mark lleva ya diez días fuera, que es más tiempo del que él había calculado. En el viaje de vuelta se ha visto obligado a pasar un par de noches en Londres para hablar con una galería interesada en incluir algunas de sus fotografías en una exposición y tenía más sentido quedarse que regresar a casa y volver dos días después.

No he visto a Cleo ni a Aminah desde aquel primer día, aunque sé que Cleo estuvo un rato en la puerta de la casa, sentada en su coche. Hay una mirilla en la puerta y la vi dando golpes en el volante con las palmas de las manos llena de frustración. Tanto Cleo como Aminah han tratado de llamarme y, aunque no les he hecho caso durante un par de días, sabía que, en algún momento, tendría que contestar.

Al final, hablé con Cleo. Mark me pidió que le explicara a su hermana por qué iba a tener que pasar más tiempo fuera del previsto, alegando que él no quería hablar con ella porque estaba rara y quería ahorrarse que le sacara de quicio.

—En serio, Evie, es mejor que la tengamos contenta. Solo se preocupa por nosotros.

Por «nosotros» se refiere a él y a Lulu. Pero no gano nada con decirlo.

Mark no es igual cuando está fuera. A veces, dependiendo de cómo hayan ido las cosas entre nosotros antes de irse, no hablamos durante todo el tiempo que está de viaje. No sé por qué se somete a esas situaciones, y de paso nos somete a los demás, si tanto lo odia. Pero no le desanimo. De hecho, me empeño en animarle. Necesito que se vaya de vez en cuando. Sería imposible si estuviese siempre aquí.

Hoy ha hablado con lo que parecía ser verdadero cariño, diciendo lo mucho que deseaba volver a casa y estar con nosotras. Yo trato de responderle pero, a veces, resulta difícil. Noto cómo espera, instándome a decirle que le quiero. A veces, las palabras salen. A menudo, no. Y sé que cuando esté en casa eso va a suponer un problema y que me voy a arrepentir de mi incapacidad de participar con eficacia en el juego. Cuesta mucho dejar que se acerque cuando pienso en el dolor que vendrá después.

Pero he hecho lo que me ha pedido y he llamado a Cleo. La conversación ha sido corta. Ella quería saber qué es lo que le he contado a Aminah sobre Mark y yo le he dicho que no le he contado nada en absoluto, cosa que es completamente cierta. Me ha preguntado si podía venir a casa para ver a Lulu y yo le he dicho que sería mejor que lo hiciera cuando Mark esté de vuelta. Eso no le ha gustado, pero creo que las dos hemos dejado de fingir que podemos ser amigas. Hemos llegado a un punto en el que nos las arreglamos para decirnos la una a la otra palabras correctas, pero huecas: un bonito envoltorio para una caja vacía.

Pero ahora ya no importa.

Aminah, por supuesto, es otra cosa. Me llama sin cesar queriendo saber qué me ha pasado en el ojo.

—Ah —le digo—. El ojo morado. No sabía que lo habías visto. Fue Lulu. Le estaba poniendo el pañal y ella estaba dando patadas con sus piernas cuando, «pum», dio con su piececito directamente en mi ojo.

—¿Y por qué no abriste la puerta cuando me viste en el jardín? —pregunta, con razón.

—Porque de verdad creí que no lo habías visto y supuse que si te dejaba pasar lo verías y pensarías lo peor: o que he tenido otro accidente tonto o que me han dado un puñetazo. —Suelto una pequeña carcajada ante lo absurdo de esta idea—. Me pareció mejor no ver a nadie para no tener que dar excusas. La gente nunca te cree, ¿verdad?

Aminah se queda en silencio y supongo que está sopesando si hacerme una pregunta directa. Pero sabe, por lo que ya le he dicho, que le voy a mentir. Así que no tiene sentido.

—No lo olvides, Evie. Soy tu amiga —afirma—. Si alguna vez necesitas a alguien, llámame. ¿De acuerdo?

Ese es el momento en que me doy cuenta de que esto ya ha durado demasiado. Ha llegado el momento de ponerle fin. Tiene que terminar pronto.

Él está de regreso. Llegó a última hora de la tarde, entró en la casa, dejó su bolsa junto a la puerta y se tiró sobre el sofá, con las piernas extendidas por delante de él.

—No dejes que vuelva a estar fuera tanto tiempo, Evie. Ha sido un infierno.

No me notó ningún cambio en la cara, pero ha estado fuera diez días y, en ese tiempo, cualquier ojo morado se difumina. Solo Aminah lo sabe y es poco probable que se lo cuente.

Mark bañó a Lulu y la acostó. Oí cómo ella se reía y él le cantaba. Quiere a su papá, cosa que hace que todo sea mucho más difícil.

Ahora es bastante tarde. Abrimos un buen vino para tomarlo con la cena y decidí «mandar al infierno la sobriedad». Cuando se acabó la primera botella abrimos otra. Mark ha bebido sin parar y hasta yo he bebido bastante más que mi ocasional copita. Me contó todo su viaje a Croacia.

—No me apetecía mucho la idea del viaje en el yate, pero lo cierto es que ha estado bien —dijo—. Y sí que me ha proporcionado algunas ideas para el mural. Pero os he echado de menos a ti y a Lulu.

Sé que esperaba que yo dijera que nosotras también le habíamos echado de menos, pero no lo he hecho.

—¿Sabes, Evie? Soy el primero en admitir que no es fácil vivir conmigo. Hay cosas mías que deben de volverte loca. Pero, en cierto modo, parece que te las arreglas para lidiar con ellas. Quiero que sepas cuánto valoro eso. Voy a esforzarme más. Lo prometo.

—¿Eras igual con Mia? —pregunté en voz baja.

—No lo sé. Cuesta verte a través de los ojos de otra persona, pero Mia era mucho más directa que tú. Creía saber lo que era mejor para mí. —Dio un largo trago a su vino—. Cuando era niño se burlaban de mí, eso ya te lo he contado. Juré que nunca dejaría que nadie volviese a poder conmigo, así que, cuando Mia me decía qué hacer, es probable que yo... No sé. Después de su muerte, pasé un año o así deseando haber sido un mejor marido, eso sí que lo sé.

—Pero aún dejas que Cleo te diga lo que tienes que hacer. ¿No es eso lo mismo?

Mark se quedó perplejo.

—¿Crees que es muy autoritaria conmigo?

Solté una carcajada.

—¡Joder, Mark, haces todo lo que ella te dice!

Su expresión cambió y pude ver que se había enfadado conmigo por atreverme a criticar a Cleo. Tuve que cortar de raíz antes de que se convirtiera en una discusión.

—Pero es bastante normal —dije con una sonrisa—. Es tu hermana mayor y lo único que quiere es asegurarse de que eres feliz. No tiene nada de malo.

La noche siguió desarrollándose razonablemente bien hasta que Mark recibió una llamada de Alain Roussel desde París. Yo ni siquiera sabía que tenía el número de nuestra casa y me cuesta creer que Mark se lo haya dado. Puede que haya sido Cleo.

Parece que monsieur Roussel quiere que Mark vaya a verle a París cuanto antes. Ha tenido más ideas sobre las fotografías. Mark le dijo que ahora mismo le resultaría difícil porque tiene varios encargos que terminar, pero Roussel insistió en que debe ir. Incluso desde donde yo estaba sentada pude oír cómo chapurreaba en inglés diciéndole de forma clara y tajante que, puesto que él va a pagar las fotografías, Mark debería estar dispuesto a bailar al son —en este caso, las palabras— que él le marque.

El impacto en el ánimo de Mark fue considerable.

—Quiero mandar al infierno a ese cabrón —dijo mientras colgaba el teléfono con un golpe—. No necesito en mi vida este tipo de estrés.

Después, la conversación se cortó y ahora los ánimos se han venido abajo.

No pasa mucho rato antes de que Mark diga que está cansado y que necesita acostarse. Pero está nervioso y hay pocas posibilidades, por no decir ninguna, de que se duerma. Sé que quiere que yo también me acueste y, a pesar de todo, accedo. Necesito mantenerlo de buen humor o lo más animado que me sea posible durante los pocos días que quedan hasta que se marche a París.

Pero es difícil. Más de lo que me había imaginado.

17

Los cinco días desde el regreso de Mark han pasado rápidamente y en razonable armonía, aunque me está costando mantener los nervios bajo control. La cuestión es que sé lo que va a pasar. Me he estado imaginando cada uno de los momentos de la noche anterior a su viaje a París y no me gusta lo que he visto. Pero, ahora, esa noche ha llegado y tengo miedo.

Le he comprado un regalo a Mark y lo trajeron ayer, justo a tiempo antes de su partida. Quiero que esté contento y encantado por cuánto me preocupo por él. Es un telescopio, una cosa que lleva meses diciendo que quiere comprar porque las vistas del cielo desde la ventana de la sala de estar son impresionantes. Está envuelto y a la espera de que se lo dé esta noche, como regalo de despedida. Le diré que así tendrá algo ilusionante que le estará aguardando a su regreso de París. Aunque está en nuestro dormitorio y no lo va a ver hasta que nos vayamos a acostar.

He colocado velas alrededor de la habitación y he cambiado las sábanas. Cuando hace tanto calor solo nos cubrimos con la sábana de arriba sin edredón. Nunca cerramos las cortinas del dormitorio. Nadie puede ver su interior. La luna siempre hace una breve aparición desde detrás de alguna nube e inunda de luz la habitación. Todo está perfecto. Mis ojos miran la fotografía de encima de la cama. Es un retrato mío, el preferido de Mark de los que hizo para mi padre. Parezco despreocupada, con el viento moviéndome el pelo por encima de las mejillas y los ojos encendidos por la risa. La expresión de mi cara transmite una sensación de felicidad que no puede estar más alejada de lo que siento ahora.

Vuelvo a la sala de estar para esperar a que Mark diga que está listo para irse a la cama y, cuando lo hace, le susurro al oído mientras va hacia las escaleras que bajan al dormitorio. Mark ha sido siempre el que organiza lo que él llama sus pequeñas sorpresas antes de salir de viaje, pero esta noche me toca a mí.

—Tengo una cosa para ti. —Apoyo las manos por detrás de sus hombros al hablar. Él va por delante de mí por las escaleras e intenta girarse, pero no le dejo—. Está en el dormitorio.

Cuando entramos en la habitación, extiendo una mano para encender la luz. Hay una diminuta explosión y no pasa nada. Las luces del pasillo también se han apagado.

—Joder —se queja Mark—. El cuadro eléctrico ha saltado por algún motivo. —Está junto a la puerta, al parecer reacio a entrar en la habitación.

Yo siento un pálpito en mi pecho, pero la luna se pone de mi parte en ese momento y asoma por detrás de una nube el tiempo suficiente para que yo busque unas cerillas y encienda las velas.

—Esto es mejor que una bombilla, ¿verdad?

No se lo esperaba y veo en sus ojos un destello de interés. Siente curiosidad por esta versión mía. Su regalo está sobre la cama, cuidadosamente envuelto en papel negro y dorado con un enorme lazo.

Puedo ver que se está pensando si abrirlo ahora o venir hacia mí.

—Ve abriéndolo. Yo iré a por unas tijeras. Creo que el empaquetado va a necesitar algo más que unos dedos para abrirlo.

Solo me he ido un par de minutos y las luces siguen apagadas.

—Iba a arreglar las luces pero no he podido ver qué interruptor se ha bajado en la caja de fusibles —digo—. Pero las velas están bien, ¿no? No nos preocupemos de eso ahora. He traído algo para abrir el paquete.

Mark se gira hacia mí y extiende los brazos.

—Sabes que te quiero, ¿verdad, Evie? —pregunta y yo escondo la cabeza en su hombro.

—Vamos —susurro mientras lo aparto con suavidad—. Abre tu regalo.

Le doy el largo y fino cuchillo para trinchar que he cogido de la cocina y me paso al otro lado de la cama.

Mark me está mirando con una expresión que reconozco. Sus ojos relucen de emoción y no es mi regalo lo que lo provoca. Levanta el cuchillo y mira la hoja.

—No quiero que te olvides de mí cuando me haya ido —dice—. Sabes que ese es mi mayor temor. Tengo preparado algo mucho más especial para ti por la mañana, pero puede que sea mejor que te lo dé ahora.

Rodea la cama y viene hacia mí. Está pasando. Por fin ha llegado el momento.

SEGUNDA PARTE

La habitación está a oscuras. Así es como a él le gusta. Sabe bien qué está haciendo: no puede soportar ver unos ojos llenos de odio devolviéndole la mirada. Pero le gusta el sonido: el chasquido del látigo atravesando la carne y los gritos ahogados.

18

La sargento Stephanie King deseó con todo su corazón no haber sido quien estaba de servicio esa noche cuando recibieron la llamada de socorro. Desde el momento en que ella y Jason habían abierto la puerta del muro blanco y sin ventanas, había sabido que aquello iba a ser grave. Pero no esperaba que lo fuera tanto.

Tras mandar a Jason a que fuera a buscar al bebé que lloraba, Stephanie se vio sola en una habitación con, al menos, un cadáver, si no dos. No había habido nada más que indicara que uno de ellos seguía vivo desde aquel leve gemido de unos momentos después de que llegaran y estaba empezando a preguntarse si se lo había imaginado. Pero no podía arriesgarse. Tenía que asegurarse. Los dos cuerpos estaban enredados en las sábanas empapadas en sangre y no tenía ni idea de cuál de ellos podría haber sobrevivido a cualquiera que fuera la atrocidad que allí había ocurrido.

Consciente de que posiblemente estaba destruyendo pruebas, Stephanie tenía, en cualquier caso, el deber de preservar la vida, así que iluminó el suelo con su linterna y se movió lo más deprisa que se atrevió hacia el otro lado de la cama, donde estaban amontonados los cuerpos, haciendo lo posible por esquivar cualquier cosa que pudiera ser fundamental para la investigación.

Solo una cara era visible, y estaba muerta. No cabía duda alguna. Los ojos estaban abiertos, de par en par y ciegos. No pestañearon cuando Stephanie dirigió el haz de su linterna directo hacia ellos.

La cara de la segunda persona estaba oculta bajo la masa revuelta de tela ensangrentada y, cuando Stephanie se inclinó hacia delante y extendió una mano para tocar un hombro por encima de la delgada sábana, el torso de una mujer joven, de repente, se elevó, liberando la cabeza de entre la ropa de cama. Stephanie retrocedió, sobresaltada, cuando un par de ojos, llenos de miedo o de horror, la miraron y un profundo aullido de angustia atravesó el silencio.

Antes de que Stephanie pudiese hacer nada, oyó un grito y unos pies que corrían.

—Sargento, ¿está bien?

Stephanie giró la cabeza hacia la puerta.

—¿Dónde está el bebé?

Jason no respondió. Miraba entre la penumbra hacia la figura que había en la cama, su cuerpo esbelto desnudo de cintura para arriba, la piel cubierta de sangre. Su grito inicial se había convertido en sollozos y Jason parecía haberse quedado petrificado.

—Jason..., el bebé —insistió Stephanie.

—Está a salvo. Es demasiado pequeña como para andar y está en su cuna. —No había apartado los ojos de la chica.

—Tenemos que inspeccionar la casa. No parece que haya entrado nadie, pero no podemos estar seguros. Si la niña está bien, mira en el sótano. Hay un gimnasio y una piscina abajo.

Stephanie se inclinó hacia la mujer de la cama.

—¿Está bien? ¿Está herida?

Podía ver cortes en los brazos y el pecho de la mujer, pero no podían ser la única causa de tanta sangre. La mujer la miraba sin expresión, con lágrimas cayéndole por la cara. Stephanie volvió a acercar la mano y tocó la piel de la mujer. A pesar de ser una noche cálida, estaba fría al tacto y se dio cuenta de que estaba en estado de shock.

Stephanie miró hacia atrás.

—¿Por qué sigues aquí, Jason? Ve, registra ya la casa y no des un paso más en esta habitación. Tenemos que hacer lo posible por preservar cualquier prueba que yo no haya destruido ya.

Cogió su radio y, sin apartar la mirada de la joven que estaba en la cama, pidió que enviaran una ambulancia urgentemente. Sabía que en poco tiempo toda la casa iba a estar plagada de detectives, investigadores de la escena del crimen y técnicos sanitarios. Iba a estar encantada de pasarle aquello a otra persona.

Miró a su alrededor y vio una colcha de lana sobre un sillón cerca de la cama. La cogió y la puso alrededor de los hombros de la mujer.

—¿Está bien? —preguntó de nuevo—. ¿Quiere contarme qué ha pasado?

La mujer bajó la cabeza, con el cuerpo temblándole, pero, al oír un grito de la niña, levantó el mentón y el cuerpo se le puso en tensión.

—¿Lulu? —dijo mirando por primera vez a Stephanie a los ojos.

—¿Es su hija? —La mujer se apresuró a asentir—. Está bien. Está en su cuna y nos ocuparemos de ella en cuanto podamos. Pero, por ahora, está a salvo. ¿Tenemos que buscar a alguien más? Mi compañero está registrando la casa, pero sería de ayuda si usted pudiera contármelo.

Sin embargo, ella ya sabía que no habría ningún intruso escondido entre las sombras. Si alguien había estado allí, ya se habría ido desde hacía rato y era poco probable que hubiese dejado atrás su arma.

Sus ojos se vieron atraídos hacia la única prueba que nadie debía tocar. Apoyado sobre la almohada junto al cuello cortado del hombre muerto, el mango de acero inoxidable de un caro cuchillo de trinchar centelleó bajo el haz de luz de la linterna, con su hoja cubierta de sangre.

Stephanie no oyó llegar a los técnicos sanitarios. El dormitorio estaba en el lado de la casa que daba al mar y, aunque había hecho lo que había podido por consolar a la mujer de la cama, sus sollozos no habían cesado y ni había confirmado ni negado si había alguien más implicado. Los lloros del bebé que estaba en una habitación no muy apartada resultaban también angustiosos de oír y Stephanie se sintió enormemente aliviada al oír el estrépito de unas pesadas botas bajando por la escalera de madera.

—Hola, Steph, ¿qué tal? —dijo su técnico sanitario preferido en voz baja. Al igual que Stephanie, él ya había estado en esta casa. Solo que la última vez fue de un cuerpo roto a los pies de las escaleras del sótano de lo que tuvieron que encargarse.

—Estoy bien, Phil. Pero es el escenario de un crimen, así que cuidado por dónde pisáis.

—¿Podemos encender las luces?

—Parece que han saltado. No quiero revolver nada hasta que hayan llegado los de la policía científica.

Stephanie siguió la mirada de Phil al dirigirla él hacia la cama.

—Un muerto; otra víctima aparentemente con fuerte conmoción —dijo en voz baja.

—Vale. Déjanoslo a nosotros.

Stephanie negó con la cabeza.

—Mejor me quedo para ver qué tocáis. Pero tengo que ir a por esa bebé. Parece muy angustiada y aún no he podido salir de aquí.

—Seremos todo lo rápidos que podamos.

Phil se acercó a la cama y dejó a su compañera —una joven a la que Stephanie no había visto antes— junto a la puerta.

—Quédate ahí, Lynne, por si necesitamos algo de la ambulancia —dijo él—. No tiene sentido que estemos los dos pisoteando por todas partes si no es necesario.

Dio la vuelta hacia el otro lado de la cama y se inclinó por encima del hombre. Era el técnico de emergencias quien debía declarar la defunción y asintió mirando a Stephanie sin pronunciar las palabras en voz alta. Se inclinó sobre la mujer, aún acurrucada contra la espalda del hombre muerto.

—Muy bien, cariño —dijo—. ¿Cómo te llamas? Yo soy Phil y soy técnico sanitario.

Los sollozos se volvieron más fuertes.

Phil miró a Stephanie para solicitar su permiso para subir a la cama y ella se encogió de hombros. Tenían que asegurarse de que la chica no estaba malherida y estaba tan alejada del borde de la cama que esa parecía la única forma de hacerlo. Él la iluminó con la linterna para buscarle heridas graves, pero, sin hurgar debajo de las sábanas, iba a ser difícil estar seguro.

—¿Estás herida, cariño? —preguntó él. Ella no dijo nada durante un momento y, después, negó con la cabeza—. Vale, eso es bueno. ¿Puedes moverte hacia este lado un poco para que yo pueda mirarte? Tienes algunos cortes y necesito ver si alguno es profundo.

Por un momento, Stephanie pensó que la mujer no se iba a mover pero, por fin, se apoyó sobre su brazo izquierdo y se arrastró por la cama.

—¿Puedes decirme tu nombre, cariño? —volvió a preguntar Phil, pero no hubo ninguna respuesta—. Vale. Voy a examinarte rápidamente y, después, te llevaremos al hospital. Creo que sufres una fuerte conmoción. Lynne, creo que no vamos a necesitar camilla, así que ¿puedes ir a ver a la bebé, por favor?

—¿Lulu? —La mujer pronunció la palabra con un grito ahogado, como si se hubiese olvidado de la niña.

—No te preocupes —dijo Phil—. Está bien. Solo necesita que la abracen un poco, así que no te preocupes por ella. Es tu hija, ¿verdad?

La mujer asintió y, en ese momento, el sonido de los gritos rabiosos desde la habitación de la niña se redujeron a un suave gimoteo.

—Lynne tiene un toque mágico con los niños. No te angusties.

Mientras hablaba, Phil buscaba en la mujer algún indicio de sangrado pero, aparte de algunos fuertes arañazos en los brazos y en el pecho donde parecía que el cuchillo había provocado heridas superficiales, parecía estar bien. Miró a Stephanie y asintió.

Stephanie sabía que tenían que sacarla de la habitación. El cuerpo del hombre tendría que quedarse allí hasta que viniera el patólogo forense y Dios sabría cuándo sería eso. Pero tenían que llevarse a la joven.

Oyó que Jason hablaba en lo alto de las escaleras y eso quería decir que el inspector Brodie había llegado para encargarse del caso. Stephanie sintió que su cuerpo se calentaba. No quería ver a Brodie pero no sabía cómo esquivarlo.

Habló en voz baja con el sanitario sin moverse de la puerta.

—Necesito un nombre, Phil.

Él asintió y habló en voz baja con la mujer. Stephanie oyó que ella respondía pero no logró distinguir las palabras.

—Evie Clarke —dijo Phil mientras la ayudaba a levantarse de la cama.

—Muy bien, Evie, ¿me puede decir cómo se llama el hombre que tiene a su lado? —preguntó Stephanie.

Esta vez, Evie levantó la cabeza. Stephanie no consiguió verle los ojos con claridad entre las oscuras sombras que proyectaban las parpadeantes velas.

—Se llama Mark North.

—¿Y sabe qué es lo que ha pasado aquí esta noche, Evie?

Evie Clarke giró la cabeza y miró a Stephanie a los ojos. Por un momento, no dijo nada y Stephanie esperó. Evie cerró los ojos unos segundos.

—Yo le he matado —dijo.

19

Mientras el técnico de emergencias envolvía a Evie Clarke en una manta térmica, Stephanie oyó una voz detrás de ella.

—Stephanie, me alegro de verte.

Habría reconocido ese fuerte acento escocés en cualquier sitio y trató de actuar con indiferencia, girando la cabeza por encima del hombro para mirar a su superior. Se había dejado crecer la barba y llevaba su pelo negro y ondulado un poco más largo. Le quedaba bien.

—Lo mismo digo, señor —contestó y fue recompensada con un leve bufido. Angus Brodie la conocía lo bastante bien como para saber que tenía que esconderse tras una actitud profesional cuando lo veía. De nada iba a servir que toda la policía local supiera que apenas pasaba una hora sin que él invadiera sus pensamientos.

—Y bien, ¿qué es lo que ha pasado aquí? —Gus mantenía la voz baja para que Evie Clarke no le oyera.

Stephanie se giró hacia él.

—Tenemos que enviar a un agente con ella al hospital y tú tienes que hablar con ella.

Gus no le pidió más información.

—Está muy nerviosa —continuó Stephanie—. No la hemos detenido pero dice que le ha matado ella.

Gus parecía impactado.

—Joder —dijo él—. Eso lo complica todo.

—Lo siento. Lo ha soltado sin más y no se me ha ocurrido leerle sus derechos. Creía que estaba más herida de lo que en realidad está.

—No es culpa tuya, Steph. Esperemos que no lo niegue después. Si lo hace, seguro que la defensa lo excluirá.

Gus levantó una mano para rascarse la nuca, un gesto que Stephanie había visto a menudo cuando él le daba vueltas a algún problema.

—¿Y cómo cojones lo hacemos? —murmuró—. Ella tendrá que ir al hospital pero Dios sabe con qué más puede salir. —Levantó ligeramente la voz—. Phil, ¿estáis ya listos?

Phil asintió y, tras rodear a Evie Clarke con un brazo, la condujo hacia la puerta.

—Llévala arriba, siéntala y que se caliente un poco. Tengo que hablar con ella antes de que te la lleves.

Phil volvió a asentir y, despacio, pasó junto a Stephanie y Gus en dirección a las escaleras.

—Creo que lo mejor es que suba yo con ella, le leo sus derechos por si dice algo más y, después, la arresto —continuó Gus—. Esperemos que no me echen la bronca por haber tomado la decisión equivocada.

Soltó un largo suspiro y fue a coger la linterna de la mano de Stephanie. A ella le costó no sobresaltarse cuando el dedo pulgar de él le tocó la parte interior de la muñeca. Encendió la linterna para iluminar primero la cama y, después, la movió alrededor de la habitación. Stephanie se mantuvo en silencio mientras él observaba los detalles. Siempre se le había dado bien interpretar el escenario de un crimen.

—¿Qué ha pasado con las luces? —Estaba claro que el contacto entre la piel de él y la de ella no había causado ningún efecto en Gus.

—No lo sabemos. No he querido tocar el cuadro de luces hasta que los técnicos lo hubiesen inspeccionado todo.

—¿Sabemos quiénes son?

—La mujer es Evie Clarke. El hombre que está en la cama es Mark North. Tiene un estudio en la ciudad. Se hace llamar Marcus a nivel profesional.

—Suena un poco pretencioso.

Stephanie sonrió.

—Creo que fue idea de su hermana.

—¿Cómo narices sabes eso? —preguntó Gus.

—Yo ya he estado aquí antes.

Gus se giró para mirarla con expresión de sorpresa.

—Ah. Es el caso del que me hablaste. La americana muerta. ¿No era su mujer?

—Lo era, sí. —La cara de Gus no expresaba nada y Stephanie estuvo segura de que él no recordaba dónde se encontraban cuando ella había compartido ese recuerdo con él. Fue la primera vez que pasaron juntos una noche entera, en una época en la que todo parecía posible.

—Refréscame la memoria.

—Mia North. La encontraron muerta al pie de la escalera que lleva a la planta de abajo hace unos tres años y medio. Se culpó de la caída a un cordón de zapato suelto. La encontró la hermana de Mark North, Cleo. No se hallaron pruebas de criminalidad y, al parecer, su marido estaba en un avión en el momento de la muerte. Yo le vi poco después de su regreso y parecía realmente destrozado.

Gus asintió.

—Gracias. No hay ninguna relación clara, pero dos muertes en una misma casa no me parecen muy lógicas. ¿Ha dicho algo más Evie Clarke?

Stephanie negó con la cabeza.

—No. Solo ha dicho que le ha matado ella.

—Más vale que vaya a hablar con ella. ¿Quieres venir?

—No. Uno de los técnicos de emergencias está cuidando ahora de la hija de Evie, pero tendrá que irse en la ambulancia. Yo me ocuparé de la niña hasta que sepamos qué va a pasar con ella.

Esta vez, Gus se giró del todo para mirarla. Extendió un dedo y le acarició suavemente la mejilla.

—¿Seguro que lo quieres hacer?

Stephanie le apartó la mano sin hacer caso de su mirada de preocupación.

—Claro que sí. ¿Por qué no iba a querer?

Se dio la vuelta y le dejó en la puerta. Sabía que él la estaba mirando, pero no se giró.

20

La casa, tan silenciosa cuando Stephanie había llegado, estaba ahora llena de gente que hacía su trabajo mientras hablaba entre susurros. Las habitaciones, antes a oscuras, estaban iluminadas con fuertes proyectores de arco voltaico mientras las luces de la casa seguían desconectadas. Otra agente se había ofrecido a cuidar de Lulu, aunque Stephanie se mostró reacia a dejar a la niña. Pero cuando vio los pies de Gus bajando de nuevo por las escaleras, se apresuró a pasársela a la otra mujer.

Gus había llegado al escalón de abajo y Stephanie supo que estaba esperando para hablar con ella. La agente se llevó a Lulu arriba murmurando que iba a buscar algo para darle de beber y Stephanie volvió al dormitorio a oscuras de Lulu sabiendo que Gus iría detrás.

—¿Seguro que estás bien, Steph? —preguntó él.

Stephanie pasó al otro lado de la cuna para que hubiese un objeto físico entre ellos.

—Estoy bien. ¿Qué ha dicho Evie?

—Exactamente lo que me has dicho tú. Le he leído sus derechos y la he arrestado. Pero ha confirmado que ella le mató. Se ha negado a decir nada más sin su abogado.

—¿Tiene alguno?

—Harriet James.

—¿Qué? —Harriet James era la abogada más célebre de esa parte del país. Como famosa defensora de los derechos de las mujeres, había fundado una organización benéfica que ofrecía refugio a mujeres maltratadas y a sus hijos. Dura, peleona, no toleraba tonterías por parte de nadie.

—Eso mismo he pensado yo —dijo Gus—. No va a ser un caso fácil si Harriet está involucrada.

—¿Has dejado que Evie la llame?

—Era una decisión difícil y espero haber tomado la correcta. En condiciones normales, habría esperado a que estuviese bajo custodia, pero no he visto que hubiera nada malo en dejar que hiciera la llamada si yo estaba presente. Harriet sabe lo que vamos a hacer. Habrá que realizarle un examen minucioso a Evie, le tomarán muestras, fotos y demás antes de que pueda hablar con nadie. Dice que va a esperar pero, en cuanto tengamos lo que necesitamos, quiere ver a su cliente.

—¿Te ha dicho Evie algo más? —preguntó Stephanie.

—Solo que la niña puede irse con su tía, Cleo North. Ya he mandado que la busquen.

En ese momento, sonó el móvil de Gus.

—Angus Brodie —respondió a la vez que se apoyaba en la pared, como si lo acontecido en la última media hora le hubiese dejado agotado. Stephanie aprovechó la oportunidad para observarlo desde su rincón en sombra. A pesar de que eran agentes del mismo cuerpo de policía, estaban destinados a varios kilómetros de distancia y rara vez se veían, pero, en ese instante, los anchos hombros en los que ella tantas veces había apoyado la cabeza parecían estar llamándola. Quizá las arrugas de expresión alrededor de los ojos de él estuviesen un poco más marcadas, pero tenía buen aspecto. Demasiado bueno.

—Sí, señor —oyó que decía—. No. Entendido. La sargento King está aquí conmigo. Se lo comunicaré. —Se quedó un momento en silencio—. Bien. De acuerdo. —Colgó.

Stephanie se dio cuenta de que él parecía ligeramente incómodo.

—¿Qué pasa?

—Al parecer, hace un tiempo hablaste sobre un ascenso y pediste un traslado al Departamento de Investigaciones Criminales.

—Eso fue hace meses. Ya lo sabías.

—Sí. Pero parece que ha llegado tu momento. Hay muchos agentes de vacaciones y andamos algo escasos de personal para enfrentarnos a una muerte sospechosa. A partir de ahora, respondes ante mí.

De repente, Stephanie sintió que empezaba a sudar. Hacía calor en la habitación y se acercó a una ventana para abrirla. El sonido del mar chocando contra las rocas de abajo era relajante, así como un recuerdo de que hay fuerzas de la naturaleza que no se pueden contener.

—Eso es una mierda, Gus, y lo sabes.

Él guardó silencio un momento.

—¿Qué quieres que haga? ¿Decir que no puedo trabajar contigo porque eres una inútil? ¿Decirles que nuestra relación nos impide trabajar juntos?

—¿Qué relación, joder? —replicó ella sin darse la vuelta. Notó en su propia voz la ligera amargura que tanto se había esforzado por no sentir.

No podía seguir más tiempo en esa habitación con Gus. La cuna que había entre los dos parecía tener un significado simbólico y Stephanie la rodeó para dirigirse hacia la puerta. Por un instante, cuando se acercó a él, pensó que la iba a agarrar, pero en ese momento una de las jóvenes investigadoras de la policía científica asomó la cabeza por la puerta.

—Señor, tiene que venir a ver esto.

Stephanie miró la cara de Gus y vio que apretaba un poco la boca, pero él respiró hondo y se giró para ir detrás de la chica.

—¿Qué es lo que estoy viendo?

Stephanie estaba al otro lado de la puerta del dormitorio, donde Gus hablaba con la técnico, pero podía oír cada palabra que decían.

—Este interruptor, señor.

Era evidente que la chica había desatornillado la tapa del interruptor de la luz y lo inclinaba hacia Gus con los cables aún conectados.

—Lo siento, pero no soy electricista —dijo él—. Vas a tener que explicármelo.

—Mire este cable de aquí —le señaló ella—. Es el cable de alta tensión y debería ir a este terminal, pero lo han cambiado aquí. Cuando la luz se encendió, debió de provocar un cortocircuito y eso habría hecho saltar al instante el disyuntor.

—¿Me estás diciendo que ha sido algo deliberado?

—No me corresponde a mí decirlo, pero o alguien ha estado haciendo chapuzas en casa y la ha cagado o lo han hecho adrede. La cuestión es que no veo por qué razón iba a tener que manipular nadie el interruptor. Parece bastante nuevo.

La atención de Stephanie se distrajo por el sonido de la voz de Jason en lo alto de las escaleras. Al no tener ninguna tarea mejor que ofrecerle, le había dejado allí para que indicara a los que fueran llegando el camino hasta el dormitorio.

—Es ahí abajo, señorita —dijo él. Stephanie supuso que esa «señorita» debía de ser la patóloga forense de la sede central, Molly Treadwell. Sonrió, consciente de que el hecho de que la hubieran llamado «señorita» le habría hecho gracia a Molly. Sus pies sonaron por las escaleras y apareció ante sus ojos. Nunca con prisas, pero siempre sin aliento, Molly parecía tener el mismo aspecto cualquiera que fuera la hora o el día. Stephanie sabía que, bajo la ropa protectora, llevaría puesto un traje pantalón de una talla demasiado grande —«Así es más cómodo»— y una blusa blanca medio sacada del pantalón. Su pelo gris, como siempre, estaba recogido en una especie de moño.

—¿Quién es el gracioso que está arriba? —preguntó Molly.

—Jason. Está en prácticas —respondió Stephanie—. Deberías sentirte halagada por que te haya llamado «señorita». Has debido de asustarle.

Molly soltó una carcajada y fue hacia la puerta del dormitorio.

—Vaya, si es nada más y nada menos que Angus Brodie. Qué suerte he tenido —dijo en voz baja mientras miraba a Stephanie con las cejas levantadas.

Ajeno a los murmullos, Gus se giró.

—Me alegro de que hayas venido, Molly —dijo—. Necesitamos llevarnos el cadáver cuanto antes para poder registrar bien la habitación.

—Todo a su debido tiempo. Ya sabes eso de «vísteme despacio que llevo prisa».

Stephanie entró en la habitación y se quedó en silencio en la puerta mientras Molly se acercaba a la cama.

—Madre mía. El pobre hombre no tenía muchas posibilidades de sobrevivir, ¿verdad? —Empezó a tararear de forma poco melodiosa y en voz baja y Stephanie cruzó la mirada con Gus. A pesar de todo, compartieron una breve sonrisa.

Aquello iba a durar un rato. Pero aunque Molly no era la más rápida en su trabajo, no cabía duda de que era exhaustiva. Gus se quedaría con ella hasta que diera su permiso para que metieran el cadáver en un plástico protector y lo llevaran al depósito de cadáveres, pero Stephanie no tenía por qué estar presente.

El proceso de búsqueda de todos los ordenadores y teléfonos de la casa habría empezado ya y, de algún modo, tendrían que desentrañar los acontecimientos que habían conducido a la muerte de Mark North. ¿Había sido planeado? ¿Algo había provocado a Evie? Stephanie no tenía ni idea pero, como había dicho Gus, esta casa había visto ya dos muertes terribles y cualquiera podía entender que eran demasiadas.

21

Cleo había estado inquieta toda la noche, incapaz de tranquilizarse. Pensó que podría ser por el inusual calor que hacía pero, en cierto modo, cuando sonó el timbre de la puerta, sintió como si hubiese estado esperando ese momento con angustia.

Mientras cogía su bata de seda azul y se la ponía, corriendo escaleras abajo, no le cupo duda de que tenía que tratarse de una mala noticia. Era plena noche y nada bueno podía traer una visita a esas horas. Abrió la puerta y se vio ante un hombre y una mujer con ropa ligeramente arrugada, con aspecto de haber salido de la cama y haberse puesto la indumentaria del día anterior.

—¿Señorita North? —preguntó el joven.

Los dos visitantes sostenían en alto sus placas de identificación y se presentaron, pero sus voces se mezclaron en un balbuceo a la vez que el corazón de Cleo se aceleraba. No le importaba cómo se llamaran. Solo necesitaba saber qué era lo que habían venido a decir. Apenas podía respirar.

—¿Qué pasa? —preguntó—. ¿Qué ha pasado?

—¿Podemos pasar, señorita North? —preguntó la joven—. Creo que será mejor que hablemos dentro.

No parecía tener sentido ponerse a protestar, así que se giró y entró en la sala de estar, dejando que los dos la siguieran. Con una mano les señaló el sofá, pero ella continuó de pie, paseando de un lado a otro.

—Creo que va a preferir sentarse —dijo el joven.

—Estoy bien. Dígamelo ya.

Fue la mujer quien habló.

—Lamento decirle que su hermano, Mark North, ha muerto esta noche.

La mujer seguía hablando, pero sus palabras no llegaban a Cleo. Resultaba irrelevante. Ni cómo había muerto ni cuándo había muerto ni dónde estaba ahora. Su hermano, la persona más importante de su vida, se había ido.

Cleo sintió que en su interior se iba formando un grito. Levantó el mentón y echó la cabeza hacia atrás mientras se oía a sí misma gritar: «¡No!», una y otra vez. Sentía como si sus piernas cedieran bajo su peso y se acercó a trompicones hasta una silla. El hombre salió rápidamente de la habitación y la agente se puso de pie y fue hacia Cleo, pero ella movió la mano para que no se acercara a la vez que trataba de controlar la respiración y recuperaba el aliento entre jadeos.

¿Cómo podía ser verdad? Había pasado la mayor parte de su vida protegiendo a Mark. ¿Cómo podía haberle fallado ahora? ¿Había ocurrido algo en la casa? ¿Había habido algún accidente? ¿Un incendio?

La agente de policía permanecía en silencio para dar a Cleo tiempo para asimilar la devastadora noticia. Unos momentos después, una palabra penetró la niebla que la envolvía.

Lulu.

Dejó caer la cabeza y miró a la mujer.

—A Lulu no le ha pasado nada, ¿no?

—No, señorita North. Lulu está bien. Pero su madre ha pedido que la cuide usted durante un tiempo.

—¿Por qué? ¿Ella también está herida? No habrá sido uno de esos tontos accidentes de Evie, ¿verdad? ¿Ha sido culpa de ella? Dígame qué ha pasado. —Sabía que estaba gritando, pero no le importaba. Había un muro de dolor en su interior. En cualquier momento iba a estallar y estaría perdida.

Cuando el hombre volvió con una taza de té ella vio que intercambiaba una mirada nerviosa con su compañera.

—Me temo que la señorita Clarke está en el hospital —dijo la mujer.

Cleo se quedó mirándola. No se había preocupado en ningún momento por Evie.

—Lo sabía. Sabía que tenía que ser por algo que ella ha hecho. Dios. Mark, no puedes estar muerto. ¡No puedes!

Cleo le había dicho a Aminah que la torpeza de Evie podía ser peligrosa, pero nadie la había creído y, ahora, mira lo que había pasado. Ya no podía contener más las lágrimas y se llevó las rodillas al pecho, rodeándose las espinillas con los brazos en un intento por controlarse.

—No creemos que haya sido un accidente y estamos tratando la muerte de su hermano como sospechosa. Las heridas de la señorita Clarke no son graves, pero está en estado de conmoción.

Solo había entendido una palabra. «Sospechosa». ¿Qué narices significaba eso?

—¿Qué le ha pasado a mi hermano? ¿Dónde está? ¿Dónde está Lulu?

—A su hermano lo están llevando al depósito de cadáveres. Tendremos que pedirle a usted que venga a identificarle, pero no ahora mismo. Lulu está bien; por favor, no se preocupe por ella.

Había algo que no le estaban contando. Estaba ahí, en la habitación, y Cleo tenía deseos de gritarles, de obligarles a que le contaran todo.

Cuando la mujer volvió a hablar, lo hizo con voz suave, casi vacilante, como si no quisiera tener que contarle a Cleo la verdad.

—Es probable que la señorita Clarke solo tenga que pasar una noche en el hospital, pero los Servicios Sociales querrán saber si usted puede cuidar de Lulu durante un periodo más largo. Esto va a resultarle difícil, señorita North, pero me temo que a la señorita Clarke la han arrestado. Ha declarado haber matado a su hermano, aunque hasta ahora no tenemos forma de saber si es cierto.

A pesar de ser una noche cálida, Cleo sintió que la piel se le erizaba. Se quedó mirando a la agente de policía mientras se preguntaba si la había oído bien, pero sabía que sí. Nunca debió haberse fiado de Evie. Había tenido sus dudas con respecto a ella. ¿Por qué no había hecho algo? ¿Por qué no había convencido a Mark de que la echara? ¿Por qué no había encontrado ella misma el modo de alejar a Evie?

Le había fallado a Mark.

Le había prometido desde que era un niño que ella le cuidaría. Había corrido tras sus acosadores, le había protegido de todas las cosas malas que habían pasado, había mentido por él para mantenerle a salvo. Y ahora esto. ¿Cómo era que no había visto que se avecinaban problemas? ¿Cómo había fracasado tan estrepitosamente a la hora de protegerle?

Cleo apoyó la cabeza sobre sus rodillas levantadas, meciéndose adelante y atrás, sollozando sin poder controlarse. Los agentes de policía le dieron un tiempo, pero su mente corría en todas direcciones y empezó a marearse. Creyó que iba a vomitar y, con dedos temblorosos, cogió la taza de té y dio un sorbo al líquido caliente. La cabeza volvía a darle vueltas, el dolor de la pérdida de Mark casi ocultaba el impacto ante la noticia de que Evie le había matado. Ella había sospechado de que estaba con Mark solo por su dinero, pero nunca la había considerado una asesina.

De repente, sintió que Lulu era lo único que importaba. Al menos, Cleo podría mantenerla a salvo y querer a esa niña podría ayudarla a aliviar lo peor de aquel dolor.

—¿Dónde está? ¿Dónde está Lulu? Necesito tenerla conmigo.

Pudo entrever cómo la mujer comenzaba a fruncir el ceño, pero no le importó. La pérdida de Mark hacía que sintiera como si un torno gigante le estuviese aplastando el cuerpo, sacándole todo el aire. Evie había acabado con su vida y Cleo jamás se lo perdonaría, nunca lo superaría. Pero Evie le había dado también una razón para seguir viviendo. Le había dado a Lulu.

22

Harriet James caminaba por el laberinto de pasillos, el repiqueteo de sus tacones sonando exageradamente fuerte en el silencio del corredor. La habían llamado para que fuese a ese hospital en plena noche más veces de las que podía recordar, normalmente por alguna pobre criatura que había recibido una paliza de su pareja y quería que la llevaran a la seguridad de la casa de acogida. Esta vez, sin embargo, era distinto y fue repasando las preguntas que se le acumulaban en la mente.

Lo único que sabía era que habían arrestado a Evie y que había matado a Mark North. No sabía por qué ni cómo había sucedido y tenía que mantener la mente abierta. ¿Había arremetido Evie contra él en medio de una discusión? ¿Había planeado matar a Mark? Y, de ser así, ¿por qué? ¿Por dinero? ¿Por venganza? ¿O es que él la maltrataba y ella le había matado en defensa propia?

Especular no la estaba ayudando, pero en lo más profundo de la mente de Harriet había una terrible sospecha de que debería habérselo visto venir. Había sabido que ocurría algo cuando Evie no había podido acudir recientemente a la casa de acogida y tenía pensado hablar con ella la próxima vez que fuera. Pero no había llegado a haber una próxima vez.

También recordaba haber oído a Evie hablar con una de las mujeres de la casa de acogida sobre cómo enfrentarse al maltrato. Sus palabras eran reflejo de los consejos que a todas ellas les habían dicho que tenían que dar, pero había una seguridad en la forma de hablar de Evie que había intrigado a Harriet. Quizá hablaba desde la experiencia personal, pero le había parecido que estaba muy calmada, completamente equilibrada. Si había sido una víctima, ¿cómo era que Harriet no se había dado cuenta, sabiendo que casi siempre eran las menos probables?

Necesitaba acabar con todas estas suposiciones. Pronto averiguaría la verdad.

Los pasillos del hospital parecían mucho más largos de noche, sin el ajetreo de pacientes, visitantes y personal. No había nadie por allí a quien preguntar dónde encontrar a su cliente, pero supo que estaba en el sitio adecuado cuando vio a un policía sentado delante de la puerta de una habitación.

—¿Evie Clarke? —preguntó.

—Bueno, no soy yo —respondió él con una sonrisa.

Harriet le fulminó con la mirada.

—Soy su abogada, Harriet James. Me gustaría ver a mi cliente.

Ruborizándose ligeramente por su poco apropiado sentido del humor, el policía sacó su radio para pedir autorización para dejarla entrar y ella le enseñó su permiso de conducir para confirmar su identidad. Con un movimiento de la cabeza hacia un lado, indicó a Harriet que podía entrar en la habitación, pero la puerta permaneció abierta. Podría oír cada palabra.

Evie parecía muy frágil en la estrecha cama de hospital. No tenía ninguna marca en la cara, pero en sus brazos apoyados sobre las sábanas Harriet pudo ver varias tiras de gasa, algunas con manchas de sangre que se había filtrado. Miró el rostro pálido de Evie, manchado por las lágrimas. Se acercó al sillón para las visitas y se sentó.

—Evie, me alegra que me hayas llamado. No sé qué ha pasado ni por qué, pero voy a hacer todo lo que pueda por ayudarte.

Evie movió lentamente la cabeza de un lado a otro y, cuando habló, su voz sonó apagada.

—No estoy segura de que ni tú ni nadie me pueda ayudar, pero gracias por venir.

Harriet había visto antes este tipo de desapego de la realidad y sabía que era una reacción ante los acontecimientos de las últimas horas.

—Necesito saber qué le has contado a la policía, pero recuerda que es muy posible que nuestra conversación esté siendo escuchada. —Hizo un movimiento hacia la puerta con la cabeza.

—No he dicho nada. Solo que le he matado yo —respondió Evie en voz baja—. No tenía sentido negarlo. Éramos las únicas dos personas en la casa, aparte de Lulu, y Mark estaba muerto. Han recogido muestras de todas partes, me han hecho fotografías y me han quitado lo que llevaba puesto, que no era mucho.

—Entiendo por qué les has contado que le has matado tú pero, por favor, no les digas nada más a menos que yo esté contigo. No te van a interrogar mientras estés aquí, así que vamos a ceñirnos a las normas.

—¿Y qué voy a decir? —preguntó Evie con el ceño fruncido—. Yo le he matado. ¿Importa el por qué?

Harriet miró hacia la puerta abierta y se inclinó hacia Evie para hablarle en voz baja.

—No vuelvas a decir eso. Hasta que yo tenga toda la información y hayamos considerado todas las opciones, no digas nada. No tiene por qué ser tan claro como piensas. Deberás contarme todo lo que ha pasado esta noche y tendrás que hablarme de tu relación con Mark, pero habrá que esperar a que salgas de aquí.

Evie levantó los brazos vendados.

—Me estaba atacando, Harriet. Tenía un cuchillo. Me estaba haciendo cortes. Tuve que pararle.

Evie no dijo nada más, pero eso fue suficiente. Deberían dejar los detalles para la privacidad de una sala de interrogatorios pero, si había matado a Mark en defensa propia y Harriet conseguía hacérselo ver a la policía, Evie quedaría libre. Harriet iba a tener que hacer todo lo que le fuera posible por proteger a esta mujer de los cargos que le imputaran.

—¿Te había hecho daño antes? —preguntó, manteniendo la voz baja.

Evie bajó la mirada a sus manos mientras retorcía los dedos. Se encogió de hombros y, con eso, lo dijo todo.

—Trabajabas en la casa de acogida, Evie, rodeada de mujeres que han sufrido lo mismo. Podrías haber acudido a nosotras en cualquier momento, también con Lulu. Podríamos haber cuidado de ti. ¿Por qué seguías con él?

Evie levantó los ojos y Harriet vio el dolor que había en ellos.

—Ya sabes cómo es. Nadie quiere admitir que ha permitido que la maltraten. Estaba avergonzada y, como una tonta, pensaba que pararía. La mayor parte del tiempo Mark era bueno, ¿sabes? Yo sabía que estaba confundido, perturbado, y la vida se le hacía complicada. Pero era un padre estupendo y Lulu le adora. —El tono de su voz bajó a poco más que un susurro—. Le adoraba.

El uso del pasado pareció romper la contención de Evie y los ojos se le llenaron de lágrimas. Las detuvo parpadeando y se mordió el labio superior, como si tratara de recuperar la compostura. Harriet no podía imaginar lo traumático que debía de ser vivir con un hombre que, en un momento dado, era un padre cariñoso y, al siguiente, una bestia violenta.

—Pensaba que podría aguantar hasta que Lulu fuese mayor —continuó Evie—. Estaba segura de que no me haría daño por si ella le veía. Intenté marcharme, pero él me dijo que, si lo hacía, se mataría y yo no quería eso, aunque quizá habría resultado mejor que esto. En otra ocasión dijo que daría conmigo allá donde yo fuera y que se llevaría a Lulu a algún sitio donde yo no pudiera encontrarla. Tenía tanto dinero que estoy segura de que le habría resultado fácil.

Harriet extendió la mano para agarrar la de Evie y le dio un rápido apretón a la vez que la miraba a los ojos, esperando ver en ellos dolor, culpa o posiblemente alivio. Pero lo que vio fue confusión.

—No debería haberle matado, Harriet. Debería haberle puesto fin antes de llegar tan lejos.

—¿A qué te refieres? —preguntó Harriet en un murmullo.

Evie cerró los ojos y respiró hondo.

—No importa. Ni yo misma le veo el sentido, mucho menos tú.

—Las dos sabemos que no es fácil conseguir que alguien deje de hacerte daño. No puedes culparte por lo que él hacía.

Evie negó con la cabeza.

—Solo pasaba cuando él tenía que salir de viaje. Era como si algo le atrapara y se apoderara de él la noche antes de marcharse. No sé si es por lo que le pasó a su mujer cuando estaba fuera.

Harriet no sabía nada de ninguna mujer.

—¿Qué es lo que le pasó?

—Se cayó por las escaleras y se rompió el cuello.

Harriet sintió un hormigueo helador que le recorría la espalda.

—¿Dónde estaba Mark?

Evie miró a Harriet a los ojos. Había en su expresión una intensidad que Harriet no supo interpretar.

—Se había ido poco antes de que ella muriera. Sé lo que estás pensando, pero lo investigaron a conciencia. Mia, su mujer, había hablado con alguien por teléfono después de que Mark saliera de la casa. Así que lo que pasó no podía tener nada que ver con él.

—¿Con quién había hablado? —preguntó Harriet.

—Con Cleo, la hermana de Mark.

23

Stephanie apretó el dedo brevemente sobre el timbre de Cleo North. Gus le había dicho que Cleo ya sabía lo de la muerte de su hermano, pero en su nuevo rol como subinspectora, quería hablar con Cleo para averiguar lo que pudiera con respecto a la relación de Mark North con Evie.

La puerta la abrió uno de los dos agentes que habían enviado antes para dar a Cleo la mala noticia y Stephanie le siguió hasta la sala de estar. Recordaba a la hermana de Mark por la investigación de la muerte de su esposa tres años y medio antes, pero la mujer que estaba acurrucada en el sofá con una bata de seda de llamativo color azul se parecía poco a la que había conocido entonces. Antes tenía el pelo más largo y dorado, pero su reacción ante la muerte de Mia no fue nada en comparación con la angustia que sufría ahora. El color le había desaparecido de la piel, incluso de los labios, y tenía los ojos negros por la conmoción.

—Señorita North, soy la sargento Stephanie King. Permita que le exprese mi pesar por su pérdida y le pido disculpas por molestarla en un momento así.

Cleo levantó la mirada pero Stephanie no vio en ella señal alguna de que la reconociera, algo que probablemente era bueno.

—¿Dónde está Lulu? —preguntó con los ojos clavados en la puerta, como si estuviesen a punto de hacer entrar a la niña en la habitación.

—Se la traeremos en cuanto hayamos mantenido una breve conversación, si le parece bien. Para su información, la señorita Clarke se ha mostrado conforme a que Lulu quede bajo sus cuidados, pero tendrá que haber una reunión de emergencia y los Servicios Sociales querrán asegurarse de que el bienestar de la niña está garantizado.

Cleo asintió despacio, como si la hubiese oído, pero Stephanie podía ver que, en realidad, no estaba escuchando nada.

—¿Le importa que le pregunte sobre la relación de su hermano con la señorita Clarke?

Cleo movió la cabeza hacia Stephanie ante la mención de su hermano.

—¿Cómo lo ha matado?

Expulsó la pregunta como si hubiese estado formándose en su interior desde el momento en que supo la terrible noticia y no tenía mucho sentido que Stephanie tratara de ocultarle la verdad. Antes o después, todo saldría a la luz, pero quería evitarle la peor parte hasta que Cleo se hubiese hecho más a la idea de que su hermano estaba muerto.

—No sabremos exactamente lo que ha pasado hasta que recibamos el informe de la patóloga forense. Pero parece que ha perdido mucha sangre tras un incidente con un cuchillo. Eso es lo único que sabemos por ahora.

Stephanie había creído que a Cleo le iba a ser imposible estar más pálida, pero se había equivocado. Su cara se volvió casi gris y Stephanie se apresuró a dejar atrás los detalles de la muerte.

—¿Qué me puede contar de su hermano, señorita North?

Cleo se acercó aún más las rodillas al pecho y hundió el mentón en ellas.

—Era un hombre bueno, sensible y detallista —contestó con la mirada perdida—. Pero tenía un gusto de mierda con las mujeres.

—Entonces, ¿a usted no le gustaba Evie Clarke?

Cleo levantó la cabeza de repente con una mirada de incredulidad en sus ojos grises abiertos de par en par.

—¿Qué cree usted? Ha matado a mi hermano. Así que no. No me gusta. ¡La odio, joder! —Respiró hondo y pareció calmarse un poco—. Al principio, era diferente. Parecía que podría ser buena para él. Pero algo cambió y estuve segura de que quería que me mantuviera apartada. Me quería fuera de su vida.

Stephanie guardó silencio para dar más tiempo a Cleo.

—Mark y yo siempre hemos tenido una relación muy cercana y a ella no le gustaba. —Su voz sonaba como si su mente estuviera lejos, en otra época, en otro lugar. Pero volvió al presente con un chorro de palabras que se fueron amontonando unas sobre otras—. ¿Por qué le ha matado? ¿Por qué? ¿Qué motivos podría tener?

—No sabemos la respuesta a eso. No podemos interrogarla mientras esté en el hospital, pero cuando le den el alta irá directamente a la comisaría y empezaremos con todo el procedimiento. Como ha confesado que le ha matado, imagino que será imputada y enviada ante el juez en cuanto sea posible.

—¿Y luego la encerrarán?

—No me corresponde a mí decirlo. Imagino que la mantendrán en prisión preventiva hasta que sea el juicio. Pero eso depende de las circunstancias. Al estar la niña, puede que el abogado solicite la libertad bajo fianza.

—¿Qué? ¡Es una asesina! No pueden dejarla libre. No pueden permitir que salga libre a la calle y mucho menos que cuide de una niña.

—Lo siento, señorita North, pero hasta que sepamos algo más no puedo decir qué va a pasar.

Stephanie sabía que tenía que calmarla pero, al mismo tiempo, había preguntas que necesitaba hacer.

—¿Se le ocurre alguna razón por la que quisiera matarle? ¿Habían discutido? ¿Tenían una relación especialmente inestable?

Cleo volvió a quedarse con la mirada perdida, sumida en sus pensamientos. Los otros dos policías habían permanecido sentados y en silencio durante la conversación hasta ese momento, pero el joven agente se inclinó hacia delante como si fuese a hablar. Stephanie negó con la cabeza brevemente para indicarle que no dijera nada.

—Sin importar que yo pensara que ella era buena o no para él, el caso es que Mark quería a Evie. Cada vez que tenía que salir de viaje, por razones de trabajo únicamente, me decía que le dejaba algo para que ella le recordara. Un pequeño detalle, imagino. Pero Evie siempre se las ingeniaba para crear una situación que le hiciera sentir culpable por haberse marchado, algún incidente que no habría tenido lugar si él hubiese estado allí. Ella sabía que él tenía miedo de dejarla sola por lo que le había pasado a su mujer y Evie se aprovechaba de eso. Era muy manipuladora. Mark quería casarse con ella, el muy idiota, aunque yo le advertía que no lo hiciera, pero ella siempre decía que no. Para mí, eso no tenía sentido, pero me alegraba de que fuera así. El primer matrimonio de él no había ido muy bien, según mi opinión, y yo no quería que cometiese otro error.

—¿Se refiere a Mia?

Cleo entrecerró los ojos y miró a Stephanie.

—Usted se acuerda, ¿verdad?

—Sí, me temo que sí.

Había en la cara de Cleo una expresión que Stephanie no sabía interpretar, pero, antes de tener oportunidad de hacerle más preguntas, Cleo bajó las piernas al suelo y se inclinó hacia delante.

—Basta —dijo con la voz entrecortada—. Necesito tener a Lulu aquí conmigo, que es donde debe estar. Y luego quiero que nos dejen en paz.

Unas lágrimas nuevas empezaron a caer por sus mejillas en silencio.

Stephanie sintió un pequeño escalofrío en la espalda al oír las palabras «que es donde debe estar» y se preguntó cómo se tomaría Cleo el hecho de que a Evie Clarke la dejaran salir bajo fianza.

Se puso de pie para marcharse, consciente de que tendría que retomar esta conversación. Ahora mismo no iba a conseguir sacar nada más de esa mujer destrozada, pero había algo en las palabras de Cleo que Stephanie estuvo segura de que le proporcionaría una pista de lo que había pasado esa noche.

24

Harriet llegó temprano a la comisaría. Sabía que a Evie le iban a dar el alta en el hospital y que la policía la llevaría directa allí. Quería pasar un tiempo a solas con ella antes del interrogatorio oficial para poder entender exactamente qué había pasado y por qué.

El sonido de unos pasos pesados interrumpió sus pensamientos y se giró para ver la ancha figura del inspector Angus Brodie dirigiéndose hacia ella por el pasillo.

—Harriet —la saludó con un cortés movimiento de cabeza.

Probablemente, ella era una de las pocas mujeres que no había sucumbido a sus encantos, y él lo sabía.

—Angus —respondió ella.

—La sargento Stephanie King, a la que han trasladado al Departamento de Investigaciones Criminales para este caso, ha ido con uno de los agentes al hospital a recoger a la señorita Clarke. Supongo que querrás pasar un rato a solas con tu cliente antes de que empiece el interrogatorio. Aunque ha confesado que le ha matado ella, así que será rápido.

—No sé por qué supones eso. Vi en sus brazos lo que podían ser heridas por haberse defendido, así que, con suerte, no la acusarán y la sacaré hoy de aquí.

Angus Brodie levantó las cejas y sonrió.

—No voy a discutir esto ahora contigo. Tenemos que interrogarla y, después, informaremos a la fiscalía de nuestra recomendación. Y, antes de que lo preguntes, nos opondremos a la libertad bajo fianza —dijo él a la vez que se metía las manos en los bolsillos del pantalón, un gesto desafiante donde los haya.

—Eso no lo vas a conseguir. ¡Tiene un bebé de once meses!

—Harriet, lo ha matado ella. No lo ha negado. Podría ir a la cárcel de por vida y ese es un gran aliciente para tratar de influir en los testigos o salir huyendo. En fin, ¿quién dice que al salir no va a matar a otro pobre pringado? ¿Quieres cargar con esa responsabilidad?

Harriet chasqueó la lengua ante esa actitud. Estaba tratando de provocarla, pero no iba a permitírselo. Por ahora, no tenía intención alguna de mostrar sus cartas. Necesitaba hablar con Evie y, después, tomarían una decisión.

—Deja que te lleve a una sala de interrogatorios —dijo Brodie extendiendo un brazo para acompañarla—. Pero en cuanto el agente encargado de la detención registre los datos de Evie, empieza la cuenta atrás.

Harriet odiaba las salas de interrogatorios con sus mesas con tablero de melamina, sus sillas incómodas y sus paredes desnudas. Siempre parecía que había un olor subyacente a sudor inducido por el miedo y, sin ninguna ventana que pudiera abrirse, era como si la respiración acumulada de cientos de delincuentes se mantuviera aún en las paredes.

A pesar del entorno, le encantaba su trabajo. En cuanto Evie llegara, todo lo que no fueran su cliente y el caso pasaría a ser un trasfondo difuminado, pero era la espera lo que no podía soportar y ya llevaba media hora allí sentada. Golpeteaba la mesa con las uñas y empezaba a preguntarse el porqué de la demora pero, en cuanto Evie entró en la habitación, Harriet pudo ver que no se encontraba bien.

—Evie..., ven a sentarte —dijo apartando una silla—. ¿Te han dado el alta antes de tiempo? Estás muy pálida.

—Me he mareado cuando he llegado aquí. Pero ya estoy bien.

—¿Estás segura? ¿Te traigo agua?

—No, gracias. Acabo de tomar. Creo que hasta ahora no había sido consciente de la realidad de lo que he hecho. Han sido las esposas. Siempre que he visto en la televisión a delincuentes esposados, he pensado en lo degradante que debía de ser, pero nada me había preparado para tanta vergüenza.

Evie no era la primera persona en sentirse así, pero Harriet estaba un poco sorprendida por la fuerza de su reacción. Consideraba a su cliente una mujer joven y con aplomo aunque, por su labor en la casa de acogida, sospechaba que bajo su sonrisa había una sensibilidad bien disimulada. Varias de las residentes habían comentado que Evie sabía escuchar. Se sentaba con ellas durante horas mientras le describían las heridas —tanto físicas como mentales— que habían sufrido. Ahora, era a Harriet a la que le tocaba escuchar.

—Necesito saber al detalle qué es lo que pasó anoche, Evie. Sé que te va a resultar doloroso, pero tienes que contármelo todo. Solo entonces podremos decidir qué camino es mejor tomar.

Evie levantó los ojos.

—Ya sabes qué pasó. Le maté. Aún me cuesta creer que lo haya hecho. —Se llevó las manos a las mejillas y se quedó mirando a Harriet horrorizada—. Le corté el cuello con un cuchillo para trinchar y, después, me tumbé en la cama abrazándole mientras moría.

Evie bajó los brazos a la mesa y apoyó la cabeza sobre ellos mientras sus hombros se movían entre sollozos.

—Lo siento, Mark —susurró—. No te merecías esto.

Harriet se había acostumbrado a no mostrar ninguna reacción ante nada de lo que sus clientes dijeran, pero la mezcla de la crueldad de la muerte con la profunda sensación de intimidad durante los últimos momentos de Mark resultaba difícil de entender.

—Evie, siento tener que insistir cuando estás tan turbada, pero anoche vi que tenías unas heridas en los brazos y en el pecho —dijo retomando el pragmatismo—. ¿Te atacó antes Mark?

Evie se incorporó en su asiento y asintió, pero sus ojos inyectados en sangre se vidriaron y Harriet supuso que estaba reviviendo ese momento, preguntándose si había tenido otra opción.

—¿Pensaste que iba a matarte? —preguntó.

Evie negó con la cabeza.

—No sé qué pensé. Estaba aterrorizada. Él nunca había usado un cuchillo conmigo y no tenía ni idea de lo lejos que podría ir.

—Me contaste en el hospital que había un patrón en sus malos tratos. Que siempre tenían lugar antes de que saliera de viaje.

—Era casi como si declarara que le pertenecía. Tenía miedo de perderme, ¿sabes?

Harriet nunca había entendido la mentalidad de los maltratadores y Mark North no era una excepción. Las complejidades de su personalidad no iban a ser de mucha ayuda durante las siguientes veinticuatro horas y lo único que a ella le preocupaba era conseguir el mejor resultado para su cliente. Necesitaba aprovechar bien su tiempo con Evie para devolver la conversación a lo que había acontecido la noche anterior.

—¿De dónde sacaste el cuchillo? —preguntó—. ¿Lo llevó Mark al dormitorio con la única intención de hacerte daño?

—No. Lo cogí yo del juego de cuchillos de la cocina. Era para abrir el regalo que le había comprado, pero, en cuanto tuvo el cuchillo en la mano, el regalo dejó de ser lo más importante que había en su mente. Lo vi en sus ojos. Fue entonces cuando empezó a hacerme cortes.

Harriet necesitaba pensar. No estaba siendo tan sencillo como se había esperado, pero Evie era inteligente y sabría comportarse ante el juez cuando llegara el momento. Era un buen caso para Harriet y esperaba que también para las mujeres maltratadas, en general.

Podía imaginarse a Angus Brodie recorriendo el pasillo de un lado a otro, sintiendo cada vez más la frustración del retraso. Su equipo estaría listo, preparado, la estrategia del interrogatorio bien clara y, como había dicho, había empezado la cuenta atrás. Harriet tenía que decidir cuál iba a ser su defensa y, para ello, necesitaba que Evie le diera más información.

—¿Cómo te hiciste con el cuchillo? ¿Te enfrentaste a él para cogerlo?

Evie bajó la cabeza, como si estuviese avergonzada. Su voz sonó tan baja que Harriet tuvo que esforzarse para oír lo que decía.

—Lo dejó sobre la mesita de noche.

—¿Había dejado de hacerte cortes? ¿Ya no te estaba amenazando?

—Quería hacerme el amor. Los cortes, la sangre, le habían excitado y fue entonces cuando se me fue la cabeza. Cuando se tumbó sobre mí fue como si perdiera el control de mis actos. Estaba aterrorizada por lo que él me pudiera hacer después y me vi cogiendo el cuchillo, casi como si me estuviese observando desde arriba, y no pude parar. El dolor de los cortes en los brazos y el pecho hicieron desaparecer de mi mente todo pensamiento consciente. No podía seguir soportándolo.

Evie empezó a llorar en silencio y Harriet se vino abajo. Ya había sospechado que las heridas de Evie no eran por haberse defendido. No eran profundas y ninguna de ellas había necesitado de puntos. Estaba segura de que Brodie no iba a aceptarlas tampoco. Esos cortes formaban parte del ritual de Mark North, lo cual no lo hacía mejor, pero sí que significaba que no era un claro caso de defensa propia. Si Evie hubiese tenido que enfrentarse a Mark por el cuchillo —una lucha que costaba imaginar que ella fuese a ganar— probablemente habría tenido que cogerlo por la hoja.

—Necesito que me escuches con atención —dijo Harriet—, porque es fundamental para nuestra forma de proceder. Tenemos posibilidades, pero todo depende de lo que podamos probar y lo que no. Vas a tener que explicarle a la policía lo que pasó anoche. Puedes decir: «No voy a declarar nada», pero eso no le va gustar al jurado cuando llegue el momento del juicio y lean en voz alta la transcripción de tu interrogatorio. Si declaramos que fue defensa propia y la policía cree que tenemos pruebas que apoyen esa vía, es poco probable que la fiscalía pretenda ir más lejos.

Evie entrecerró los ojos, como si no comprendiera lo que Harriet estaba diciendo.

—Sé que piensas que te estabas defendiendo —continuó Harriet—, pero el fiscal evaluará si en ese momento fue necesario el uso de la fuerza y si fue excesivo. Podrían argumentar que ya no corrías peligro, pues Mark había dejado el cuchillo.

Por eso, sospecho que si decimos que fue en defensa propia podríamos perder. No lo sabremos seguro hasta que hayan llegado todas las pruebas forenses, pero estoy basándome en lo que tú me has contado.

Harriet se preguntó si estaba tomando la decisión correcta, pero, si fallaba la declaración de defensa propia, no habría forma de dar marcha atrás.

—Necesito que pienses muy bien esto —prosiguió—. Está claro que la muerte de Mark no ha sido ningún accidente y me temo que eso significa que vas a tener que prepararte para el hecho de que la policía va a querer acusarte de asesinato.

Harriet había pedido agua para Evie, quien se había tomado la amenaza de la acusación de asesinato mejor de lo que se había esperado. Quizá no había asimilado del todo la realidad de su situación y necesitara tiempo para hacerlo. Pero ese era un lujo que Harriet no podía permitirse.

—Hay otra posibilidad —continuó, hablando rápido y con tono de urgencia. Necesitaba que Evie comprendiera lo importante que esto era—: Podemos alegar pérdida de control. No es tan claro pero, basándonos en todo lo que me has contado, creo que será nuestra mejor opción. Es una defensa parcial ante una acusación de asesinato y, si podemos probarlo, serás culpable de homicidio, cosa que proporciona al juez un margen mucho mayor para la sentencia.

Estaba a punto de lanzarse a una mayor explicación de su plan cuando Evie habló por fin.

—Yo no lo planeé, ¿sabes? —dijo—. Eso servirá de algo, ¿no?

Harriet no podía ofrecer muchas palabras de consuelo, pero hizo todo lo que pudo por tranquilizar a su cliente.

—Por supuesto, aunque el hecho de que tú llevaras el cuchillo al dormitorio va a ser, sin duda, algo a lo que nos vamos a tener que enfrentar.

Evie frunció el ceño.

—¿Por qué? —preguntó—. Podría haber mentido y decir que lo había llevado Mark. No tendrían forma de demostrar lo contrario. ¿Mi sinceridad no juega a mi favor?

—Sí que podrían demostrarlo, así que has hecho lo correcto. Habrían buscado las huellas de Mark en el bloque de madera de los cuchillos, por ejemplo. Cuentan con todo tipo de herramientas forenses de las que servirse, así que es mucho mejor que hayas dicho la verdad. Si te descubrieran en una mentira así, no podríamos hacer nada más. Lo importante es que has matado a Mark porque sentiste verdadero miedo de un grave acto violento. Vas a tener que estar muy segura cuando la policía te interrogue. Las siguientes horas van a ser difíciles y sé que parece duro después de todo lo que has estado viviendo, pero es importante que no sugieras en ningún momento que has matado a Mark como un acto de venganza por todo lo que él te había hecho. Eso acabaría completamente con la defensa de pérdida de control. Yo voy a estar presente y te voy a guiar, así que debes confiar en mí.

Evie asintió, pero Harriet no estaba segura de si la había entendido o no.

—Voy a hacer todo lo posible por garantizar que no acabas en prisión preventiva —dijo—. Y voy a pedir que te dejen libre bajo fianza mientras preparan el caso. Puede que nos cueste, pero voy a hacer todo lo posible. También tengo que advertirte de que, si lo conseguimos, es poco probable que los Servicios Sociales te permitan que te encargues en exclusiva de los cuidados de tu hija durante el periodo de tu puesta en libertad por miedo a que puedas volver a perder el control.

Evie soltó una pequeña carcajada.

—Como si yo pudiera hacer daño a Lulu.

—Lo sé, pero solo te estoy diciendo cómo son las cosas.

—No importa. —Evie se inclinó sobre la mesa—. No quiero la libertad bajo fianza.

Harriet se quedó mirándola preguntándose si el impacto de todo lo que había pasado le había hecho perder el raciocinio.

—¿Qué quieres decir? Si no consigo la libertad bajo fianza vas a pasar varias semanas o meses encerrada en un centro de prisión preventiva hasta que se fije la fecha del juicio.

—No quiero la libertad bajo fianza.

—¿Por qué narices no quieres?

—Por el impacto que puede suponerle a Lulu. No voy a ser capaz de hacer bien las cosas. El estrés de lo que he hecho y de lo que me espera va a influir en mi comportamiento y ya has dicho tú que probablemente no me confíen su cuidado en exclusiva. Lulu necesita amor y seguridad. Está mejor con Cleo.

Por un momento, Evie se detuvo, como si dudara, pero cuando volvió a hablar parecía de nuevo decidida.

—Eso es lo que quiero.

—¿Confías en Cleo? —preguntó Harriet.

—¿Con mi hija? Absolutamente. —Evie hizo una pausa—. En cualquier otra cosa, para nada.

25

Stephanie miraba la pantalla que estaba conectada con la sala de interrogatorios. Evie Clarke estaba sentada enfrente de los dos detectives encargados de interrogarla y parecía pálida, con los ojos ligeramente bajados, como si evitara la mirada de los que estaban en la habitación. A su lado, estaba su abogada, Harriet James, de quien Stephanie había oído hablar pero a la que no conocía en persona. Actuaba con seguridad y con una actitud de calmada eficacia, con la espalda recta y la cabeza ligeramente inclinada a un lado, como si estuviese preparada para escuchar lo que los detectives dijeran pero también para rechazar cualquier pregunta inapropiada.

El primer detective, Nick Grieves, se ocupó de los formalismos de las presentaciones de todos para que quedara claro en la grabación y, después, comenzó con el interrogatorio. Había en Evie una quietud que costaba relacionar con la mujer trastornada de la noche anterior y Stephanie se preguntó por los pensamientos y sensaciones que debían de haberla bombardeado luego, cuando empezó a entender lo que había hecho.

Stephanie era incapaz de mirar a Gus mientras estaban sentados uno junto al otro en la sala de observación viendo cómo se desarrollaba el interrogatorio, pero sí notaba la tensión del cuerpo de él. Debía de estar completamente concentrado en cada palabra, cada matiz, pero a ella le costaba estar con él en un espacio tan pequeño, sintiendo el calor de su cuerpo, su pierna tan cerca de la de ella.

Se alegraba de que no le hubiesen encargado a ella interrogar a Evie, tener que obligarla a revelar los escabrosos detalles de todo lo que había pasado, pero mientras escuchaba el relato de esa mujer sobre cómo había sido su vida con Mark North, sintió una profunda simpatía por ella. Su voz sonaba baja y regular, pero apenas vacilaba antes de dar sus respuestas.

—Hábleme del cuchillo, Evie. ¿Cómo terminó en el dormitorio? —preguntó el detective.

Harriet se movió como si fuese a darle algún consejo, pero Evie levantó un poco la mano para indicar a su abogada que no dijera nada. Harriet pareció ligeramente sorprendida, pero guardó silencio.

—Yo llevé el cuchillo al dormitorio.

—Nos ha contado a lo largo de esta entrevista que Mark North parecía disfrutar haciéndole daño. Si sabía eso, ¿cuál era su intención al llevar el cuchillo al dormitorio?

Los ojos de Evie se habían empañado, como si estuviese reviviendo cada momento de esa noche.

—Fue una estupidez. Ahora me doy cuenta. Le había comprado un regalo a Mark, un telescopio, y necesitaba algo para abrirlo. Fui a por unas tijeras, pero la luz se había ido así que cogí un cuchillo del bloque de madera de la cocina. Estaba muy emocionada. Mark parecía distinto y pensé que había sido gracias al regalo, que había logrado romper el patrón y hacer que esa fuese una noche distinta a las otras anteriores a su marcha. Nunca antes me había hecho cortes, ¿sabe? Así que no pensé en que sería peligroso hasta que vi la expresión de sus ojos cuando le di el cuchillo. —Hablaba en voz baja mientras meneaba la cabeza, como si sintiera desesperación al pensar en sus propios actos.

—Evie, aunque fuera por un momento, ¿pensó en el cuchillo como un arma? —preguntó Nick.

—Al principio, no. No hasta que vi cómo me miraba. Después sí, por supuesto. Pero ya era demasiado tarde.

Evie parecía haberse derrumbado un poco en su silla, retorciéndose el pelo alrededor del dedo y retirándolo tras la oreja derecha.

—Creo que necesitamos un descanso —intervino Harriet lanzando a Nick toda la fuerza de su expresión severa.

Evie movió la mano para tocar el antebrazo de Harriet.

—No, está bien, Harriet. Terminemos con esto.

El detective hizo una pequeña pausa mientras Evie bebía un sorbo de agua. La joven cerró los ojos brevemente.

—No me refería a que fuese un arma para Mark —dijo el agente—. Me refería a un arma para usted.

Evie abrió los ojos de par en par y se quedó mirándole, con el ceño fruncido.

—Por supuesto que no.

—Mentira —murmuró Gus inclinándose sobre la pantalla de vídeo y apoyando los brazos en los muslos—. No la creo, Steph.

Stephanie no dijo nada y vio cómo el detective continuaba con sus preguntas. No pudo evitar comparar el aplomo tranquilo de Evie con la actitud puramente emocional de Cleo la noche anterior.

—¿Por qué preparó la escena con tanto cuidado? La agente que acudió dijo que la habitación estaba llena de velas. ¿Era un decorado para seducirle? —preguntó Nick.

—Ya se lo he explicado. Quería romper el patrón. A Mark le gustaba que el dormitorio estuviese a oscuras. Creo que no quería verme la cara cuando me hacía daño. Pensé que las velas le podrían distraer, que quizá dieran la luz suficiente para detenerlo. Sería más difícil soplar una docena de velas que apagar una lámpara y yo siempre he sospechado que la oscuridad le permitía imaginarse que era a otra persona a quien hacía daño. A Mia, quizá.

Stephanie sintió que el pulso se le aceleraba. Siempre había tenido sentimientos encontrados con respecto a la muerte de Mia North. ¿Mark la había maltratado también a ella?

—¿Por qué iba a querer imaginarse que le estaba haciendo daño a Mia? —preguntó el detective, ganándose un gruñido de reproche por parte de Gus, a quien, por supuesto, no podía ver ni oír.

—Mark siempre había sentido el peso de la culpa por la muerte de Mia. Creo que se sentía responsable en cierto modo, como si pudiera haberlo evitado. Pero también la culpaba a ella. Quizá quería castigarla por haberle abandonado. No sé. Nunca he sabido cómo funciona su mente. ¿Alguien puede entender cómo piensa un maltratador?

—Vamos, sigue —susurraba Gus con impaciencia. Stephanie chasqueó la lengua y él se giró para mirarla—. ¿Qué?

—¿No deberíamos saber si se trataba de un patrón de conducta? —preguntó ella.

—No es a Mark North a quien estamos juzgando. Ni él ni su mujer están vivos para contarnos qué pasaba en su matrimonio, así que tenemos que centrarnos en la muerte de él, no en algo de lo que solamente podemos hacer suposiciones.

Gus volvió a girarse y Stephanie odió tener que admitir que quizá estaba en lo cierto. Volvió a dirigir su atención al interrogatorio.

—A ver si lo dejamos claro —prosiguió el detective—. Usted quería cambiar el ambiente encendiendo velas. Casualmente, la luz se había ido. ¿Me está diciendo que no tuvo usted nada que ver con eso?

Evie se quedó mirándole sin pestañear.

—Por supuesto que no. Cuando las luces estaban encendidas yo estaba a salvo. Cuando se apagaban, corría peligro. Puede que Mark hiciera algo con el interruptor para que todo estuviese a oscuras desde el principio. Precisamente al haber puesto las velas me encontraba a salvo, o eso creí.

—Entonces, cuéntenos qué pasó con el cuchillo.

Evie irguió la espalda y se inclinó ligeramente hacia delante con un atisbo de fastidio apareciendo por un momento en su rostro.

—Ya se lo he dicho. Le di el cuchillo para que abriera el regalo.

—¿Y qué pasó después?

—Dijo que lo abriría más tarde y me pidió que me desvistiera y me preparara para acostarme. Fue entonces cuando empecé a asustarme, pero creí que podría distraerle. Se metió en la cama a mi lado y fui a abrazarle, pero el cuchillo era una tentación demasiado grande. Por primera vez, no parecía importarle que no estuviésemos completamente a oscuras.

Evie levantó los brazos vendados como para mostrar la prueba.

—Me tumbó en la cama y me agarró las dos muñecas por encima de la cabeza con una de sus manos. Cogió el cuchillo y empezó a hacerme cortes en los brazos y en el pecho. Yo gritaba y él no dejaba de decir que quería darme algo para que lo recordara. Entonces, empezó a hacerme el amor y dejó el cuchillo en la mesita de noche. Los pelos de su pecho se frotaban contra mis heridas abiertas y me dolía mucho. Eché mi brazo a un lado y grité y bajo la luz de las velas pude ver el deseo en sus ojos, el entusiasmo por mi dolor. Golpeé el cuchillo con la mano y lo cogí, pensando que podría hacerle también un corte, para ver si le gustaba. Y entonces, no sé qué pasó. No lo recuerdo. Solo recuerdo el dolor de su sudor goteando sobre mis heridas y que perdí la cabeza. No quería matarle. Solo quería que parara, pero no pude contenerme. Era demasiado y estaba segura de que él iba a seguir cortándome una y otra vez, ahora que le había cogido el gusto.

Tras la descripción de Evie de los últimos momentos de vida de Mark North, todos acordaron que sería buena idea hacer un descanso y Evie no se opuso esta vez.

Gus y Stephanie se habían escapado a por una muy necesaria taza de café y, mientras removía el suyo, Gus miraba el líquido arremolinándose.

—A lo largo de los años he visto muchos casos tristes de malos tratos pero nunca he obtenido una respuesta convincente a una pregunta. ¿Qué es lo que hace que una mujer siga estando con un hombre que le hace tanto daño?

—No lo sé —contestó Stephanie—. La gente se hace daño de muchas formas y, a veces, me pregunto si no hay un atisbo de masoquismo en todos nosotros.

—Eso es un poco cínico, incluso para una agente de policía —repuso Gus con una breve carcajada.

La intención de ella no había sido lanzarle ninguna indirecta o, al menos, no de forma consciente.

—Hay una cosa que he querido decirte desde anoche —continuó Gus tras una breve pausa. Seguía sin mirarla—. En realidad, llevo queriendo decírtela desde hace mucho tiempo, pero como tú no me hablabas... Así que te la voy a decir ahora, que no puedes salir corriendo. Me he comportado como un gilipollas y siento haberte hecho daño.

—No me has hecho daño —contestó Stephanie—. Me decepcionaste.

—Lo que tú digas, Steph, pero tienes que dejar que te pida disculpas. Tenemos que trabajar juntos y creo que deberíamos calmar los ánimos.

Stephanie sintió que las mejillas se le calentaban. No podía permitir que él volviera a acercarse.

—Déjalo, Gus. —Notó el tono áspero de su propia voz—. Hace meses ya nos dijimos todo lo que había que decir. Concéntrate en Evie Clarke y Mark North.

—Dios, qué testaruda eres —contestó él.

—Y tú, a veces, eres un capullo repulsivo, Angus Brodie, pero esta es mi oportunidad de entrar en el Departamento de Investigaciones Criminales y no voy a fastidiarla por tener la mala suerte de que me asignen a tu equipo.

Él levantó la cabeza para mirarla y asintió brevemente.

—Entendido —dijo—. No voy a complicar las cosas. Eres un buen fichaje para este equipo y quiero que lo hagas bien.

Por un momento, ninguno de los dos habló.

—¿Qué línea van a seguir cuando retomen el interrogatorio? —preguntó Stephanie y oyó que Gus se reía un poco entre dientes ante su intento de sacar la conversación del terreno personal.

—Van a insistir en por qué lo ha matado, qué otras opciones tenía y van a tratar de averiguar si fue por venganza. Necesitamos ver cada ángulo antes de hacer una acusación, pero no me cabe duda alguna de que la haremos.

—¿No crees que fue en defensa propia?

Gus chasqueó la lengua.

—Por supuesto que no fue en defensa propia. Ella no tuvo que quitarle el cuchillo, eso ya lo sabemos. Creamos o no las historias terribles de lo que pasaba en esa casa, lo cierto es que esperó a que él estuviese distraído haciéndole el amor, nada menos. Según la ley, eso lo convierte en asesinato, Steph.

26

Lo estás haciendo bien, Evie —dijo Harriet—. Se están centrando en preguntar sobre anoche, lo cual tiene sentido, pero van a querer conocer también los antecedentes. Deberíamos aprovechar bien este descanso. Necesito que me cuentes cómo empezó todo. ¿Siempre te ha maltratado? Porque, si es así, querrán saber por qué te fuiste a vivir con él.

Evie volvía a tener esa mirada perdida, como si pudiese tener una clara visión de cada detalle de los acontecimientos que la habían llevado hasta ahí.

—Mark no empezó a hacerme daño hasta después de que Lulu naciera. No me hizo nada cuando estuve embarazada, pero para cuando comenzó ya sabía que algo no iba bien. Llevaba días notando cómo se iba fraguando. Me miraba y me sonreía, pero había en sus ojos una especie de locura que no había apreciado antes. Pensé que tendría que ver con algo de su trabajo, alguna obsesión con su último proyecto.

Evie bajó la mirada y Harriet la dejó un momento tranquila, pero no podían permitirse perder mucho tiempo.

—¿Qué pasó?

—Estábamos en la cocina. Yo acababa de acostar a Lulu y había ido a prepararme una taza de té. Fuera estaba oscuro. Lo recuerdo como si fuera ayer. Tú no conoces nuestra casa, pero hay un enorme ventanal que da al mar. Era una de esas espectaculares noches de invierno en las que se pueden oír las olas chocando contra las rocas de abajo, pero no se podía ver mucho más aparte de la espesa lluvia cayendo por las ventanas. Fui a encender la luz, pero Mark me lo impidió. «No», me dijo. «Me encanta mirar por la ventana en noches así». Yo sabía a qué se refería. Si hubiese encendido la luz, lo único que se habría visto habría sido nuestro propio reflejo en el cristal.

Evie hizo una pausa y se miró los brazos vendados, frotándose de nuevo la superficie. Harriet guardó silencio, consciente de que estaba reuniendo la energía para continuar con lo que tenía que ser una historia dolorosa.

—Me acerqué al hervidor de agua y lo encendí. Mark estaba apoyado en la encimera, mirándome. Metí las bolsitas de té en las dos tazas y el agua empezó a hervir. «Yo lo hago», dijo. «Dame la mano». No sabía a qué se refería, pero extendí la mano derecha hacia él. La agarró con la izquierda y me acarició la piel con el dedo pulgar. Pensé que iba a tirar de mí hacia él para darme un beso, pero me miró. Sus ojos estaban en llamas. Después, cogió el hervidor y me echó agua hirviendo en el brazo.

Mientras Evie continuaba enumerando heridas y cómo se las había infligido, nada de lo que decía sorprendía a Harriet. Ya había oído todo eso antes, y cosas peores, demasiadas veces. Pero había algo en la forma que Evie tenía de contarlo que le producía escalofríos. Era como si estuviese hablando de otra persona, alejándose de lo sucedido de forma que ya no podía hacerle tanto daño.

—Y creo que ya está —concluyó dirigiendo su mirada inexpresiva a Harriet—. Te lo he contado todo. ¿Es suficiente?

—Evie, para mí, uno solo de esos sucesos sería suficiente. Tenemos que volver ya pero, como te he dicho, lo estás haciendo bien. De verdad.

Mientras Evie y Harriet volvían a entrar con paso enérgico en la sala de interrogatorios, Stephanie miró la cara de la abogada y, aunque no cabía duda de que Harriet era una experta a la hora de ocultar sus sentimientos, Stephanie estuvo segura de que había en su expresión un toque más de angustia. Aunque previamente su preocupación por su cliente había parecido real a nivel profesional, había algo ahora en el comportamiento de la abogada que no había estado ahí antes. Parecía más solícita y Stephanie se preguntó de qué habrían estado hablando durante el descanso.

El interrogatorio se reanudó despacio, volviendo a los comienzos de la relación de Evie y Mark.

—Cuando conocí a Mark, él era un despojo. No hay otra palabra para describirlo. No creo que se preocupara nada por sí mismo. Se esforzaba un poco por resultar presentable solo porque Cleo le decía que lo hiciera. Pero cuanto más intimamos Mark y yo, menos le gustaba a Cleo. Y cuando me quedé embarazada, ella se mostró horrorizada.

—¿El embarazo estaba planeado?

Stephanie notó que el cuerpo se le ponía en tensión y mantuvo la mirada fija en el cuaderno que tenía delante. Podía notar que Gus la estaba mirando pero no iba a ceder a la tentación de devolverle la mirada.

—No. Ni por un momento se me había ocurrido que tuviéramos un hijo juntos. Tardé un tiempo en creerme que estaba ocurriendo de verdad, pero fue un completo accidente, aunque no estoy segura de que su hermana se lo creyera.

—¿Cómo reaccionó Mark al hecho de que se quedara usted embarazada?

Evie sonrió a medias.

—Parecía realmente sorprendido, como si no se creyera que fuera capaz de hacer un bebé. —La sonrisa se convirtió en un ceño fruncido—. Y después empezó a negarlo. Decía que no podía ser un bebé suyo o que quizá yo lo había hecho a propósito. Incluso me preguntó si podría abortar.

—¿Y cuál fue su reacción ante eso?

—Le dije que era perfectamente capaz de criar a un hijo yo sola sin que hubiese un hombre en mi vida. Él se lo perdía. Al final, vino a pedirme disculpas, diciendo que había sido una gran sorpresa para él. Empezó a emocionarse y a suplicarme que me fuera a vivir con él.

—¿Qué pasó entonces?

—Le dije que era demasiado pronto como para tener ese tipo de compromiso. Antes de quedarme embarazada, Mark no había mostrado nunca ningún interés en que viviéramos juntos. Quería que me quedara a dormir cuando le venía bien, pero yo siempre me negaba y lo último que quería era que un hombre estuviese conmigo solo porque era lo correcto. Él tenía que desear vivir conmigo, con o sin bebé. Tardó seis meses en convencerme.

La mente de Stephanie empezó a distraerse. Vio ante sus ojos destellos de imágenes del día en que le dijo a Gus que estaba embarazada y de su mirada de incredulidad. El embarazo había sido un accidente, pero era un hijo de los dos que había germinado a partir de lo que ella pensaba que era amor y, para ella, la reacción de él fue muestra de algo distinto.

El sonido de unos silenciosos sollozos se abrió paso a través de los recuerdos de Stephanie y sus ojos volvieron a fijarse en la pantalla. Evie tenía la cabeza inclinada y los hombros le temblaban, sus palabras resultaban apagadas y difíciles de distinguir.

—Pensé que ya había pasado suficiente tiempo. Estaba segura de que, si había algo malo en Mark, ya habría salido a la luz. Sé que había preguntas sobre la muerte de su mujer y no me cabía duda de que Mark había tenido problemas de depresión, pero yo le quería. Pensaba que todo iba a ser perfecto. ¿Cómo pueden las mujeres equivocarse tan a menudo?

Evie se limpió las lágrimas con el dorso de la mano y levantó los ojos enrojecidos hacia la cámara.

—Fui una tonta. Debería haberme dado cuenta.

27

Al final de la jornada, la energía de Evie parecía estar desvaneciéndose. Gus se mostraba contento por cómo había ido todo, pero Stephanie se sentía algo incómoda ante su convicción desde el principio de que a Evie Clarke había que acusarla de asesinato, por no hablar de que la abogada de Evie, Harriet James, parecía igual de segura de que Gus se equivocaba. Su espalda recta y su mentón ligeramente levantado eran muestra de su serena confianza y nunca hubo en su mirada un destello de duda ante cualquier cosa que los detectives preguntaran. Se había enfrentado a ellos en más de una ocasión, cada vez que había apreciado el más mínimo atisbo de presunción de culpabilidad en alguna de sus preguntas. Harriet era definitivamente alguien a quien Stephanie querría tener de su lado si alguna vez se metía en líos.

La abogada era tan delgada que parecía como si fuese a romperse en dos, pero estaba claro que era una mujer formidable. Aunque joven para tratarse de una persona con tan impresionante reputación, daba la impresión de que nada podía perturbarla. Había en ella algo casi impoluto, como si fuese imposible que pudiera tener un aspecto desaliñado. Llevaba su pelo oscuro bien recogido hacia atrás y sus enormes ojos marrones centelleaban con una feroz determinación, con las pupilas ligeramente dilatadas, como si estuviese llena de adrenalina. Al lado de Harriet, Evie parecía demacrada; su pelo de mechas rubias tenía un leve resplandor amarillo bajo las luces de la sala de interrogatorios, lo cual no servía para mejorar la palidez de su piel.

Stephanie se agitó el pelo con las dos manos. Llevaba varias noches de guardia cuando a ella y a Jason los habían llamado para ir a casa de Mark North y había ido directamente al centro de coordinación después de salir de la casa de Cleo a primera hora de la mañana. Llevaba en activo más de veinticuatro horas y sabía que su melena corta y ondulada tendría ahora un aspecto lacio y despeinado. Tampoco llevaba maquillaje. Se sentía como una sombra pálida al lado de Harriet James, cuyo pelo era más oscuro y estaba más limpio y mejor peinado, y cuyos labios nunca parecieron apagarse a lo largo de todas las horas del interrogatorio.

—Tienes buen aspecto, Steph. Deja de tocarte el pelo.

No había oído a Gus acercarse y no pudo evitar ver la expresión divertida en sus ojos. Pese a ser un hombre grande, sabía moverse en silencio cuando quería. No se había acostumbrado a verle con barba y se preguntó qué se sentiría al besarle. Cerró los ojos un segundo, furiosa consigo misma por ser tan débil.

—He estado revisando el registro de llamadas —dijo ella—. Parece que Evie ha hablado muy a menudo con una mujer llamada Aminah Basra y, a veces, con Cleo North, pero la mayoría de esas llamadas eran entrantes. Ha llamado a la casa de acogida donde trabajaba de voluntaria unas cuantas veces, pero no con frecuencia. Pero hay un número que me parece interesante. Llamó a los Samaritanos en más de una ocasión.

Gus sacó una silla del otro lado de la mesa y se sentó.

—Será mejor que pidamos una orden judicial para enterarnos de qué les contó. Puede que tengamos suerte y averigüemos que les dijo que iba a matarle.

Stephanie soltó un gruñido.

—Lo dudo, sinceramente. Creo que lo que vas a ver es que normalmente la gente llama al teléfono de los Samaritanos cuando creen que van a matarse a sí mismos, no a otra persona.

—¿Crees que es un error acusarla de asesinato, Steph? —preguntó él con una expresión repentinamente seria.

Era una pregunta difícil. Evie no había declarado que hubiese sido en defensa propia, cosa que era normal, pues no había apenas ninguna prueba en la que basarse, pero eso no quería decir que sus actos hubiesen sido premeditados.

—Me preocupa un poco que tú parezcas tenerlo tan claro, que desde el principio hayas decidido acusarla de asesinato. No puedo evitar sentir compasión por ella, después de todo lo que ha debido de aguantar. Pero, por otra parte, no fue un accidente. ¿Me ha parecido oír que Harriet te ha dicho que probablemente no vayan a pedir libertad bajo fianza cuando hagas la acusación? ¿Qué pasa con Lulu? Me resulta extraño que Evie no quiera hacer todo lo posible por volver a casa con su bebé.

Gus apoyó la espalda en la silla y estiró sus largas piernas por delante de él.

—Estoy de acuerdo. No sé qué pensar de Evie Clarke pero, en cierto modo, me cuesta imaginar que ella permitiera que North la sujetara mientras le hacía los cortes. Parece más de las que le habrían dado una patada en las pelotas, aunque sé que rara vez es tan sencillo.

—Es probable que le aterrara pensar que, si se defendía, él le haría más daño. A mí me pasaría si supiera que estoy viviendo con un sádico.

—Eso lo entiendo y sé que para muchas mujeres la única respuesta es aguantar y seguir adelante, por desgracia. Pero Evie no me parece como ellas. Mira cómo ha evitado que Harriet interviniera para hablar por ella en un par de ocasiones durante el interrogatorio. Ni siquiera cuando ha tocado fondo, que es como debe de sentirse ahora mismo, se muestra como una pusilánime. Eso es lo único que digo.

—Yo creo que hay algo más. Recuerda que yo estuve allí y Evie estaba abrazada a Mark, rodeándolo con los brazos. No parecía sentir ni un ápice de odio hacia él.

Gus suspiró y se frotó la nuca. Los dos se quedaron en silencio, perdidos en sus propios pensamientos durante unos momentos.

—Quería preguntarte..., ¿qué te ha parecido la hermana? —dijo él cambiando de tema.

—No le gusta Evie, de eso no hay duda. Me ha dado la clara impresión de que adoraba a su hermano y no pensaba que hubiese ninguna mujer lo suficientemente buena para él. Parece que tampoco tenía muy buena opinión de su mujer. Vamos a tener que volver a revisar las pruebas de aquel caso. Seguro que la defensa lo va a hacer. Me gustaría encargarme yo. ¿Le parece a usted bien, señor? —preguntó.

Gus miró a su alrededor. No parecía que nadie pudiera oírle.

—Steph, quizá te parezca apropiado llamarme señor, pero la mayoría de la gente de por aquí es lo suficientemente perspicaz como para notar el tono de sarcasmo en tu voz. Llámame Gus. Todos entenderán que nos conocemos lo suficiente para que sea así sin necesidad de saber toda la historia.

Stephanie se sintió avergonzada. No quería que Gus supiera que la situación estaba pudiendo con ella.

—Perdona. Te llamaré Gus. Prometo comportarme bien y no cometeré más actos de insubordinación.

Apartó la mirada y removió algunos papeles de su mesa. Últimamente había llegado casi a convencerse de que, a pesar de que él aparecía en su mente en los momentos más inoportunos, Gus Brodie ya no le importaba. Eso parecía ser así cuando no le veía, pero actuar como si no fuese más que otro superior cualquiera suponía ahora mismo una tortura.

—Volvamos a la muerte de Mia North —dijo con tono profesional—. Hay una cosa que me choca, pero no estoy segura de qué es. Yo fui la primera agente que llegó al lugar de los hechos, ¿sabes?

—Sí que lo sé, Steph. No he olvidado dónde estábamos cuando me lo contaste.

Stephanie no podía mirarle a los ojos. Cogió su bolso y se lo colgó del hombro.

—Nos vemos por la mañana, Gus.

No estaba segura, pero creyó oír un suspiro de fastidio mientras se dirigía hacia las escaleras.

28

En el momento en que la puerta de la entrada se cerró tras ella, Harriet se dirigió a la cocina y al frigorífico. Necesitaba una copa de vino frío y vigorizante y estaba deseando sentarse en el jardín, sola y en silencio, para poder pensar.

Evie había respondido a todas las preguntas que los detectives le habían hecho. Había estado calmada durante todo el proceso, mostrando tan solo un momento de emoción al recordar la vida que había esperado tener, pero la policía necesitaba más tiempo. Evie estaba ahora en una celda, intentando lograr el descanso que tanto necesitaba mientras esperaban a que les concedieran una prórroga.

Tras coger su copa y una botella de agua mineral, Harriet abrió la puerta corredera que daba a la terraza. Había sido un día de bochorno, pero el aire era ahora un poco más fresco. Tras dejarse caer en una tumbona, aguó un poco el vino y se recostó, mirando la condensación que se formaba por la parte exterior de la copa.

La principal preocupación de Harriet tras el primer interrogatorio era que Evie no tuviese ninguna prueba que demostrara su declaración de que Mark la había estado maltratando, a excepción de los cortes en los brazos y en la parte superior del cuerpo la noche de su muerte. La policía le había dado mucha importancia al hecho de que, cada vez que él la había herido, ella había contado a los que le preguntaban que las heridas eran resultado de algún accidente. ¿Cómo iban a demostrar que eran otra cosa?

A menudo, a la gente le avergüenza mucho confesar que su pareja la maltrata, por lo que su secretismo no quería decir nada. Harriet había escuchado esa misma historia muchas veces.

«Nadie quiere admitir que se ha equivocado al elegir a su pareja, que su decisión fue errónea», le había explicado una mujer. Otra le dijo: «Es porque la gente no entiende por qué permites que eso ocurra. Piensan que es fácil salir corriendo. No entienden que te han hecho creer que es culpa tuya, que él ha tenido que pegarte y cada gramo de confianza en ti misma se desmorona hasta quedar en nada. Después, hará algo especialmente bonito y tú empezarás a engañarte a ti misma diciendo que todo se va a solucionar».

El hecho de que una de cada cuatro mujeres de toda condición social haya sufrido malos tratos en algún momento de su vida —y cada vez más hombres— era una idea que siempre rondaba en la mente de Harriet. Estaba molesta consigo misma por no haber reconocido los síntomas en Evie. Su labor era defender a mujeres como ella pero, por un momento, se preguntó si su obsesión por dedicar su atención a la causa de las mujeres en general podría estar impidiéndole ver las necesidades de las que tenía más cerca.

Recordó el momento en que conoció a Evie. Había presentado una solicitud como voluntaria en la casa de acogida y Harriet había acordado reunirse con ella en una cafetería para explicarle cómo funcionaba la organización. Evie había parecido estar realmente preocupada por la mala situación de las personas a las que ayudaban y no mostró ninguno de los síntomas clásicos de maltrato. Actuó de forma relajada y habló de sus amigas de una forma bastante abierta, y Harriet había determinado que no era una mujer que estuviese asustada ni aislada por otras personas. Había llegado en taxi y había ofrecido pagar el café, así que era poco probable que estuviese controlada económicamente. Harriet incluso creía recordar que Evie había recibido una llamada mientras estaban charlando, y había supuesto que sería su pareja. No le había parecido que se mostrase incómoda al responder y le había preguntado si podía devolverle la llamada después. Incluso se había reído por algo que él había dicho. Pero claro, quizá no fuese Mark.

Nada de aquello había indicado que Evie fuera una mujer maltratada. Ni siquiera la llamada de Evie para cancelar su turno en la casa de acogida había alertado a Harriet. Sabía que algo le pasaba, pero podría haber sido una discusión con algún amigo o un mal día con Lulu. No había hecho ninguna suposición, sobre todo porque su primera impresión de Evie no había dado muestras de que ella y Mark tuviesen una relación problemática.

Harriet le había preguntado por ello durante el descanso del interrogatorio.

«No había empezado todavía», había dicho Evie encogiéndose de hombros. «Fueron los viajes los que lo precipitaron todo. Yo siempre había creído que estaba relacionado con la muerte de su mujer. Ya te conté lo que pasó cuando él estaba fuera, ¿no?».

El recuerdo de aquella conversación provocó que algo resonara en su cabeza y Harriet se levantó de un salto de la tumbona y entró corriendo en la casa para coger un cuaderno y un lápiz. La primera de sus tareas sería investigar la muerte de la mujer de Mark North. Si Mark era un maltratador, era poco probable que se tratara de algo nuevo. Tenía que haber alguna prueba que demostrara que había maltratado a Mia, aunque no le hubiesen encontrado culpable de su muerte. Aquel era un punto de partida, pero había muchas más cosas por hacer.

Volvió a tumbarse y respiró hondo mientras intentaba alejar de su mente la imagen de Evie tumbada en un catre de una celda de la comisaría.

El sonido sordo de la puerta de la celda al cerrarse detrás de mí se refleja en los latidos de mi corazón. Yo no debería estar aquí. Debería estar en casa con Lulu, bañándola, cantándole, esperando a que llegara su papá para darle un beso de buenas noches.

Pero estoy en una habitación de paredes de un brillante color verde claro y un catre con un colchón azul oscuro cubierto con un plástico. Hay un retrete que apenas se esconde de la mirilla de la puerta y no quiero hacer uso de él a menos que sea necesario. Y eso es todo. Me dicen que me van a dar de comer pero no quiero comida. Me haría vomitar.

Me acerco a la cama y resisto la tentación de inclinarme para oler el colchón y ver si lo han limpiado después del último ocupante. La habitación huele a desinfectante, así que lo tomo como una buena señal y me dejo caer con cuidado sobre la superficie a la vez que oigo un soplo de aire que se escapa a través del plástico.

Mientras me quedo mirando la pared de enfrente, siento, de repente, como si no estuviese sola. Es como si los anteriores ocupantes estuviesen allí conmigo, gritando de rabia, llorando aterrorizados o sentados entumecidos mientras se hacen preguntas sobre la cadena de acontecimientos que los ha traído hasta aquí, igual que a mí.

Los veo caminar de un lado a otro, tumbados a mi lado en la cama, recostando sus cabezas sobre los brazos cruzados y apoyados contra la pared, desesperados. Esta celda ha debido de ver tanto a inocentes como a culpables, los verdaderos criminales. Pero supongo que eso es lo que la policía piensa ahora de mí.

«Soy una asesina».

Pensar en Mark y en su forma de morir hace que se me escape un grito ahogado. Tengo que pensar en otra cosa para no darle vueltas a todo en mi cabeza; cada decisión, cada paso dado. ¿Hice lo correcto? ¿Había otro camino?

Pienso en las mujeres que he conocido en la casa de acogida y en las historias que me han contado de las crueldades que han sufrido. Yo las escuchaba porque quería aprender de ellas, pero descubrí que había pocas cosas que no supiera ya. El maltratador medio, al parecer, carece de imaginación.

¿A cuántas personas les importará que yo esté aquí? A Aminah, quizá. A nadie más. Lulu es demasiado pequeña como para darse cuenta y Cleo esperará que la experiencia resulte lo más espantosa posible. Ahora que Mark no está, no queda nadie más, nadie que se pregunte cómo estoy llevando los interrogatorios de la policía y el continuo análisis de cada momento de las últimas veinticuatro horas.

Harriet sí se preocupa, como yo ya sabía que pasaría. Si alguien puede ayudarme, es ella. Ahora mismo es como si fuese la única persona que tengo de mi parte. El interrogatorio de hoy ha sido duro a pesar de sus esfuerzos, porque me he visto obligada a cuestionarme cada acto, pero, por lo demás, ha sido fácil porque conocía todas las respuestas. No he tenido que improvisar nada. Mañana habrá más y tengo que descansar para no desmoronarme por la presión.

Quiero encontrar el modo de decirle a Mark que lo siento. Pero no sé si es verdad.

29

Harriet apenas había dormido y, cuando pudo hacerlo, había soñado con las mujeres a las que había defendido en el pasado. Siempre trataba de guardarlas en algún compartimento de su mente en un intento de no obsesionarse con las imágenes inquietantes de sus miradas afligidas, pero dudaba de si sus recuerdos de Evie alguna vez desaparecerían por completo. Había en ella algo diferente. Las clientes de Harriet se dividían normalmente en dos tipos: las que alimentaban su rabia con las atrocidades que habían tenido que soportar y las que habían sufrido un daño psicológico tan grande que eran incapaces de pronunciar una palabra en su propia defensa. Las respuestas y reacciones de Evie no correspondían a ninguno de esos dos perfiles y, a pesar del agotamiento que se veía en sus ojos, Harriet estaba decidida a dar el máximo de sí misma en este caso. Evie merecía lo mejor que ella pudiera dar.

Cuando volvió a la comisaría, pudo ver que Evie también parecía agotada, pero apenas le sorprendió. Pese a los círculos oscuros que había bajo sus ojos, se mostraba calmada y Harriet se preguntó si había preparado lo suficiente a su cliente para lo que venía a continuación. Sus miedos aumentaron cuando vio la expresión del detective que dirigía el interrogatorio, Nick Grieves. Parecía ansioso y esa no era una buena noticia.

El interrogatorio empezó de nuevo y Evie se estaba desenvolviendo bien, con voz serena, pero había en la sala una sensación de impaciencia, como si todos estuviesen esperando que llegara un momento crítico.

Por fin, cuando Harriet creía que ya no quedaba una sola pregunta más que hacer, el detective Grieves pidió de nuevo a Evie que describiera cómo había matado a Mark North.

—No ha cambiado nada desde que me lo preguntó ayer —respondió ella—. Cuando mis dedos tocaron el mango del cuchillo, algo pasó dentro de mí. Yo estaba tan angustiada que creo que no era capaz de pensar con claridad y fue como si el dolor acabara de empezar. Nunca había visto a Mark con una excitación tan frenética.

—¿Con qué mano cogió el cuchillo?

Evie empezaba a parecer frustrada ante tanta repetición y Harriet acercó la mano para tocarle el brazo con suavidad. Ella entendió el gesto y se calmó.

—Fue con mi mano derecha.

—¿Y qué pasó después?

—Pasé la mano alrededor de sus hombros y le corté el cuello.

Nick Grieves cogió una hoja de papel de la mesa.

—¿Ha dicho que le cortó? Nos ha llegado ahora el informe de la autopsia y el primer informe del forense. Por la altura de la salpicadura de sangre por encima de la cama queda claro que se cortó una arteria del cuello de Mark North. Queda ahora confirmado que solo recibió un corte en su cuerpo y fue en el lado derecho del cuello. Eso parece concordar con su declaración de que cogió el cuchillo con la mano derecha y, como Mark estaba tumbado encima de usted, le rodeó con el brazo. ¿Está de acuerdo?

Evie asintió.

—Sí, tal y como yo he dicho.

—En el cuchillo están sus huellas y las de Mark North. Esto era lo que esperábamos. Según el informe, el cuchillo, pese a estar razonablemente afilado, debió de necesitar que se aplicara una presión importante para producir una herida tan profunda. —Hizo una pausa y lo significativo de sus palabras quedó flotando en el aire—. Se trata de algo más que una represalia ante los cortes tan poco importantes que usted tenía, ¿no? Su intención era infligir un daño grave. La patóloga forense ha confirmado que el cuello de Mark North recibió el corte desde debajo de su mentón hasta justo debajo de la oreja, seccionando tanto la arteria carótida como la yugular.

Harriet mantenía una expresión neutra y resistió la tentación de mirar a Evie. Sabía qué iba a pasar a continuación.

—Usted no niega haber infligido esa herida, ¿verdad, Evie?

—No.

—Pongo fin a este interrogatorio y usted será conducida de nuevo a su celda de forma temporal.

Evie giró la cabeza hacia Harriet y en su mirada se leía la pregunta: «¿Ya está?». Harriet le había explicado el procedimiento y asintió brevemente antes de que Evie fuera acompañada de vuelta a su celda.

Ahora era cuestión de esperar, pero Harriet sabía que no tardarían mucho.

Han venido a por mí. Me acompañan de nuevo a la sala de interrogatorios y van a leerme los cargos. Sabía que esto iba a pasar. Lo he sabido desde el principio, pero eso no lo hace más fácil. Tengo los dientes apretados dentro de la boca mientras me digo a mí misma una y otra vez que no tenía otra elección.

Otro detective entra en la habitación. Creo que es el que me arrestó, pero no puedo estar segura. La habitación esa noche estaba llena de sombras y, hasta que habla y oigo su acento, no sé con seguridad que se trata de él.

—Evelyn Clarke —dice—. Se la acusa de haber asesinado a Mark North el día 17 de agosto contraviniendo lo establecido por el ordenamiento jurídico.

Ya está. Creía que estaba preparada, pero necesito toda mi fuerza de voluntad para mantenerme erguida y contener un grito de angustia.

30

Cuatro meses después

Cleo estaba decidida a llegar pronto al Tribunal Superior de lo Penal. No estaba segura de cuánto duraría el viaje de cincuenta kilómetros y deseaba con desesperación ver el comienzo del juicio, oír cómo leían los cargos, ver la entrada del jurado y ser testigo de la vergüenza que Evie seguramente sentiría. Iban a citarla para prestar declaración y no iban a permitirle entrar en el tribunal hasta después de que la interrogaran. Aun así, quería hacerse una idea del lugar para, cuando la dejaran salir de la sala de testigos, saber cómo acceder a la galería del público.

Aminah se había ofrecido a cuidar de Lulu siempre que Cleo tuviese que estar en el juzgado y, aunque la relación entre las dos mujeres se había vuelto tensa, Cleo había pasado apuros para arreglárselas los últimos meses sin ella.

La puerta de la calle que conducía a la galería del público parecía estar cerrada y había fuera un guardia de seguridad con una chaqueta amarilla reflectante tras una barrera que Cleo supuso que habían puesto para controlar las colas. ¿Tanta gente estaba interesada en el juicio?

—Va a entrar en la galería, ¿señorita? —preguntó el guardia de seguridad.

—No. Todavía no. Espero entrar después, pero tengo que prestar declaración antes. ¿Es por aquí por donde tengo que entrar si quiero ver el resto del juicio?

—Sí, pero espere un momento, señorita —respondió él, alzando la mano en un gesto para detenerla. Ella miró a su izquierda y vio el motivo. Por el estrecho camino que llevaba a una entrada cerrada por la que se accedía al tribunal avanzaba una gran furgoneta blanca con pequeñas ventanillas de cristales de espejo dispuestas en lo alto, por encima de la línea de visión de Cleo. La furgoneta esperó mientras se levantaba lentamente la persiana gris oscura, dejando ver una rampa pronunciada y oscura que conducía a las entrañas del edificio.

Por un momento, Cleo sintió un escalofrío que le recorrió el cuerpo al pensar en lo que se debía de sentir al estar en ese furgón, desapareciendo de la vista para adentrarse en los negros pasillos de hormigón que estaban debajo del edificio y siendo conducida al tribunal para ser acusada públicamente de asesinato. Aquella idea le revolvió un poco el estómago. Qué impactante y degradante debía de ser, sobre todo para los que eran inocentes.

—¿Está bien, señorita?

Cleo no reunió las fuerzas para responder. Trató de sonreír, negó con la cabeza y se dirigió hacia la entrada que él le había indicado, de repente más consciente que nunca del horror de lo que le iba a ocurrir a Evie.

He tenido tiempo suficiente para prepararme para el día de hoy: cuatro meses en prisión preventiva, y me dicen que tengo suerte de que no haya sido más tiempo. Cuatro meses en una cárcel llena de mujeres, muchas de ellas desconcertadas al ver cómo sus vidas se han convertido en eso. Por supuesto, yo no soy la única que está en la cárcel por haber matado a su pareja, pero la mayor parte de las otras ya han recibido sentencia de cadena perpetua. Algunas de ellas habían sido maltratadas durante años antes de vengarse. Pero la ley no contempla la venganza como defensa y, por desgracia, estas mujeres no han tenido la suerte de tener una abogada como la mía, que entiende cómo una persona puede romperse y hacer algo tan salvaje en el fragor de una pelea y a la que preocupa el resultado de este juicio probablemente más que a mí.

Es la humillación lo que me está costando y hoy ha sido el peor día. El viaje hasta aquí en un furgón de la cárcel, bajar de él en los sótanos del juzgado y, finalmente, ser llevada para sentarme en el banquillo de los acusados, que no es como yo me esperaba ni como había visto en televisión. No es abierto, como pensaba que sería, y estoy aislada del resto del juzgado por un cristal, como si estuviese sufriendo una enfermedad contagiosa o fuera un animal peligroso. Quizá lo sea.

Delante de mí hay dos equipos de abogados. Una enorme cantidad de gente a cada lado para lo que, al menos para mí, parece un caso sencillo. Están de espaldas a mí. Todos estamos de cara al juez, un hombre de aspecto serio y labios finos que se curvan hacia abajo por las comisuras, como si se hubiese olvidado de cómo se sonríe. No puedo evitar preguntarme cómo será su aspecto sin la peluca ni la toga roja. Normal, supongo.

El jurado está a mi izquierda en dos filas. A la derecha está el público y los asientos de la prensa. No voy a mirar hacia allá. No quiero saber quién ha venido a observar, pero Harriet me ha advertido de que estará lleno de periodistas. Estoy bastante segura de que no habrá venido nadie a apoyarme, así que los del público me estarán odiando por lo que hice o sentirán curiosidad por ver a una asesina en carne y hueso.

Siento que mi humillación queda al desnudo y, durante los meses que he pasado en prisión, he tenido tiempo de pensar en todo lo que ha sucedido. Ha habido ocasiones en las que he cuestionado mis decisiones, preguntándome si podría haber encontrado otro camino. Y, a veces, los momentos de pena por Mark han sido difíciles de soportar.

Pero no debo volver a pensar esas cosas. Sería como burlarme de todo lo que he tenido que vivir y el dolor que he soportado. Tengo que creer en mí misma, aunque nadie más lo haga.

31

Harriet se giró en su silla para ver la cara de Evie mientras leían en voz alta los cargos. Evie confirmó su nombre y el secretario del juzgado leyó la primera acusación.

—Se le acusa de que el día 17 de agosto asesinó a Mark North contraviniendo lo establecido en el ordenamiento jurídico. ¿Cómo se declara?

—Inocente.

La voz de Evie sonó calmada. Parecía guardar la compostura y, tras un breve vistazo a su alrededor, mantenía ahora la mirada directamente al frente, fijada en los ojos del juez. Había en ella un aire de seguridad, como si supiera que tenía que estar ahí, pero creyera por completo en su inocencia.

Aunque, en un principio, a Evie la habían acusado solamente de asesinato, Harriet había expuesto en su escrito de argumentación de la defensa a la fiscalía que era su intención presentar pruebas de pérdida de control. En consecuencia, la fiscalía había añadido una segunda acusación de homicidio imprudente, ante la que Evie no tenía más remedio que declararse culpable.

Harriet casi sonrió al pensar en el desagrado de Angus Brodie ante aquella decisión. Él quería que Evie fuese juzgada por asesinato, pero la fiscalía no podía arriesgarse a que la declararan inocente de ese cargo y saliera libre. Como ella había confesado haber matado a Mark North, el cargo inferior de homicidio imprudente les garantizaba una condena.

Volvió a dirigir sus pensamientos a su cliente cuando leyeron en voz alta la acusación de homicidio imprudente.

—¿Cómo se declara?

—Culpable.

Evie dejó caer la cabeza, haciendo ver su remordimiento. Volvió despacio a su asiento y pareció sacudirse su momentánea falta de confianza levantando la cabeza para fijar la mirada en la fiscal, que estaba a punto de dar comienzo a su alegato de apertura.

Harriet estaba encantada de haber fichado al letrado Boyd Simmonds para representar a Evie. Era el contrapunto perfecto para la fiscal, Devisha Ambo, y, basándose en el relato que Evie había hecho de lo acontecido en la noche de la muerte de Mark y de todo lo que se había visto obligada a soportar durante los meses anteriores, él y Harriet habían preparado de manera concienzuda la estructura de la que iba a ser su defensa.

—Nuestra prioridad es asegurarnos de que el jurado no te vea como culpable de asesinato —le había explicado Harriet a Evie—. Nunca resulta fácil en un caso como el tuyo y mentiría si te dijera lo contrario. Pero Boyd y yo creemos en ti y pensamos que tenemos posibilidades. Hemos de demostrarle al jurado que Mark te había estado maltratando desde hacía un tiempo y que la noche de su muerte perdiste el control debido al peligro de violencia grave y a un auténtico miedo a lo que te podría hacer después. Si conseguimos hacerlo bien, serás culpable de homicidio voluntario en lugar de asesinato.

Evie había asentido y Harriet había visto que iba asimilando cada una de sus palabras.

—Lo segundo que debemos tener en mente es la sentencia. No hay sentencia de cadena perpetua obligatoria como sí la hay por asesinato pero, aun así, el juez puede imponer la cadena perpetua si lo desea. Así que debemos diseñar una estrategia que le permita ser indulgente. No debe tener duda alguna de que tú usaste el cuchillo simplemente porque estaba allí. Que no lo llevaste a la habitación con el fin de matar a Mark.

Al oír aquello, Evie había abierto los ojos de par en par.

—Pero es que esa es la verdad —había dicho.

Harriet la creía.

—Lo sé. Y el hecho de que demostraras tu inmediato arrepentimiento cuenta a tu favor. Sufriste un alto grado de provocación y eso es bueno, como lo es el hecho de que Mark supusiera una amenaza continua. Es importante que entiendas todo esto, Evie, para que sepas qué va a pasar en el juicio y cómo se va a desarrollar nuestra estrategia. ¿Tienes alguna pregunta?

Evie había entrecerrado los ojos. Parecía estar pensando seriamente en todo lo que le había dicho y Harriet había estado a punto de sonreír. Cualquiera que fuese el resultado de ese juicio, la historia de Evie iba a provocar titulares a nivel nacional y tenía el potencial de convertirse en un caso emblemático en su incesante batalla contra los malos tratos.

—No, no se me ocurre ninguna pregunta —había contestado Evie a la vez que negaba con la cabeza despacio—. Sé que no va a resultar fácil convencer al juez de que fue un acto improvisado e impulsivo pero es la verdad, Harriet. Espero que me creas.

Harriet confiaba en su palabra por completo, pero la fiscalía estaba decidida a que Evie fuese declarada culpable de asesinato. Habían presentado sus pruebas al grupo de la defensa y algunas de ellas no dejaban a Evie en muy buen lugar. Harriet las había repasado una a una con su cliente, consciente de que, a menudo, los acusados se venían abajo al darse cuenta de lo expuestos que iban a estar ante el juez, pero, una vez más, Evie la había sorprendido al escuchar con atención y darle explicaciones válidas para cada caso.

La única vez que se había mostrado menos segura había sido cuando habían pasado a tratar el carácter de Mark y la dicotomía entre su faceta de padre cariñoso y tierno y la de maltratador cruel y salvaje. Ella parecía tener la capacidad de separar los actos cometidos por Mark del Mark hombre y hablaba de sus heridas sin un atisbo de inquietud, pero parecía mucho menos segura cuando se le preguntaba por la personalidad de Mark. Era como si no quisiera denigrarle. Pero cualesquiera que fuesen sus sentimientos hacia el padre de su hija, era una víctima y la tarea de Harriet y de Boyd Simmonds era demostrarlo.

Harriet se acomodó en su asiento y la sensación de expectación y nervios que siempre sufría antes de un juicio la obligó a sentarse con la espalda erguida y una apariencia de confianza. Estaba decidida a que este caso saliera bien. Sería la forma de validar todo aquello por lo que había estado luchando.

Tanto la fiscalía como la defensa habían hecho sus alegatos de apertura, y en ninguno había habido sorpresas. Había llegado el momento de la primera testigo de la fiscalía. Cleo North.

Cleo sentía las manos sudorosas y las piernas le temblaban. Era la primera en salir y eso, en ciertos aspectos, era bueno, porque implicaba que habría terminado enseguida. Pero no sabía cómo se sentiría cuando volviera a ver a Evie. No había hecho caso a sus súplicas de que llevara a Lulu a la cárcel alegando que iba a alterar a la niña y que estaba demasiado lejos como para ir hasta allí. Así que ahora prestaba juramento sin levantar la vista hacia el banquillo de los acusados y, en su lugar, fijó la mirada en la fiscal, una mujer alta y corpulenta de origen afrocaribeño con una amplia sonrisa que parecía algo inadecuada para la ocasión. Su voz sonaba cálida y persuasiva y Cleo supo que estaba tratando de hacerla sentir cómoda. Pero no estaba funcionando.

—Señorita North, sé que esto no debe de ser fácil para usted, pues ha perdido a un miembro de su familia al que estaba muy unida. ¿Puede decirnos qué tipo de hombre era su hermano?

Cleo entendía que tenía dos cometidos en el juicio: explicar cómo se habían conocido Mark y Evie y actuar de testigo del carácter de su hermano. Deseaba con desesperación que el jurado sintiera empatía por Mark y por lo que le había pasado para que no se fiaran de nada de lo que Evie dijera cuando llegara su turno de prestar declaración.

—Mark era un hombre amable y sensible. Como muchos artistas, supongo. Pero se preocupaba profundamente por aquellos a los que tenía cerca, especialmente por Evie y Lulu, su pequeña.

Cleo no se había perdonado todavía por su participación en el hecho de que se conocieran y se trababa a la hora de explicar por qué había presentado a Evie y Mark.

—Fue culpa mía, ¿sabe? Mark había estado deprimido durante un tiempo y pensé que le vendría bien aceptar el encargo.

—Dice que las fotografías eran para su padre. ¿Alguna vez conoció al padre de la señorita Clarke, habló con él o mantuvo algún tipo de correspondencia con él?

—No. Nunca. Evie nos contó que su padre había muerto justo antes de que el álbum quedara terminado.

—Entonces, ¿no iba a haber ningún tipo de pago? —preguntó la fiscal.

—Eso es.

—¿Preguntó si había dinero en su herencia para cubrir esos gastos?

—Sí, por supuesto —respondió Cleo, perpleja al ver que le estaban dando a aquello tanta importancia—. Pero Evie dijo que su madrastra se iba a quedar con todo y que ella no iba a heredar ni un penique.

La fiscal extendió la mano hacia su ayudante, que le pasó un documento.

—Presento ante el tribunal la prueba documental JC/9. —Devisha Ambo hizo una pausa hasta que encontraron los documentos pertinentes—. Esta es una copia del certificado de nacimiento de la señorita Clarke. Como verá, el espacio para el nombre del padre está en blanco. Nació en Norfolk y, desde muy temprana edad, estuvo al cuidado de su abuela materna. Aunque la señorita Clarke aseguró haber vivido en un apartamento de su padre en Londres, es una absoluta invención. Nunca ha vivido en ninguna parte de Londres y no hay pruebas que indiquen que la señorita Clarke conozca ni el nombre ni el paradero de su padre. De hecho, había estado viviendo en un piso de protección oficial en Leicester.

Hubo un silencio de perplejidad. Cleo sintió que cada músculo de su cuerpo se tensaba y la respiración se le volvió entrecortada. Por primera vez, levantó los ojos hacia Evie y la miró fijamente a través del panel de cristal, con la esperanza de ver en ella algún síntoma de remordimiento. La expresión de Evie no decía nada.

Devisha Ambo hizo una pausa a fin de dar al tribunal tiempo para considerar lo que había dicho.

—¿Se le ocurre alguna razón por la que ella mintiera en este aspecto? —preguntó.

Cleo negaba con la cabeza, desconcertada.

—Solo que quisiera conseguir las fotografías gratis, supongo. Pero no proporcionamos nada aparte de una imagen de baja resolución hasta que se ha realizado el pago completo. Así que no tiene sentido.

—¿Cuál fue la reacción de su hermano ante el hecho de que ella no pudiera pagar?

—Mark se portó muy bien. Ya le he dicho que era un hombre bueno. Hizo que ella se sintiera mejor al permitir que le diseñara un blog y así es como ella encontró el modo de entrar en su vida.

—Entonces, por lo que usted sabe, él nunca supo que ella le había mentido.

—No. Me lo habría dicho.

—¿Qué puede contarnos sobre la relación entre su hermano y Michelle Evelyn Clarke durante los meses previos a su muerte? —preguntó Devisha.

Por un momento, Cleo se sintió confusa y volvió a mirar hacia Evie. No sabía que su primer nombre fuese Michelle. Otra cosa más que había ocultado.

—Creo que las cosas no estaban siendo fáciles entre ellos. Me di cuenta cuando Mark volvió de un viaje y ella se apartó de él cuando trató de abrazarla. Y pude ver cuánto le dolió a mi hermano aquella reacción. Pero era muy bueno con ella. Incluso me pidió que le hiciera una joya exquisita para demostrarle lo mucho que la quería.

—¿Existía algún patrón de conducta entre los dos que usted percibiera?

—Había un patrón de conducta en Evie, eso seguro. Mientras Mark estaba fuera, parecía volverse muy torpe, propensa a tener accidentes, como si le estuviese castigando por dejarla sola. Estaba tratando de controlarle.

—¿Él estaba de viaje cada vez que ella tenía alguno de sus accidentes?

—Sí.

—Y, sin embargo, la señorita Clarke asegura que era él quien le provocaba esos daños. ¿Cómo puede ser eso, señorita North, si él estaba fuera cada una de las veces que ella se hizo daño?

—No tengo ni idea —respondió Cleo, girándose para dirigir su respuesta al jurado. Tenían que creer esto. Si veían que Mark no había maltratado a Evie, no habría defensa ante lo que ella había hecho—. Quizá quiera que todos crean que era un maltratador, pero es imposible que él le hiciera daño.

—Entonces, ¿cree usted que miente? ¿Por qué cree que le acusa ahora a él de ese comportamiento?

—Por supuesto que miente. Tiene que buscar alguna excusa para lo que le ha hecho. Se lo ha inventado todo.

—Señorita North, en su primera declaración a la policía usted dijo que su hermano le había pedido a la señorita Clarke en repetidas ocasiones que se casara con él. ¿Es correcto?

—Sí. No entendía por qué se negaba. Él hacía todo lo que podía por hacerla feliz.

—Así pues, en su opinión, Mark no tenía ni idea de que la señorita Clarke está, en realidad, ya casada desde hace unos años.

Cleo sintió que el mundo se detenía. El ruido en la sala se desvaneció mientras, una vez más, miraba el rostro impasible de la asesina de su hermano. Evie le devolvió la mirada directamente a los ojos y, por un momento, Cleo se sintió incómoda, como si fuese ella la que estaba equivocada.

—Zorra —dijo Cleo en voz baja.

32

El barullo en la sala del juzgado se había desvanecido ya después de la reprimenda que Cleo había recibido del juez. El corazón seguía latiéndole a toda velocidad mientras continuaba el interrogatorio, pero era consciente de que, al demostrar que Evie era una mentirosa, la fiscal iba a socavar cada parte de su declaración. Pese al impacto de aquellas revelaciones, Cleo sintió un hormigueo de emoción. El jurado jamás creería ya lo que Evie dijera de Mark.

Por fin, la fiscal terminó con sus preguntas y llegó el turno del letrado de la defensa, de quien le habían dicho que era un hombre llamado Boyd Simmonds. Cleo no deseaba la llegada de ese momento y se esperaba a un personaje brusco y agresivo entregado a argumentar a favor de Evie. Pero el hombre que se puso pesadamente de pie mientras se empujaba un poco las gafas sobre la nariz parecía bastante agradable y ella sintió que se tranquilizaba un poco.

—Señorita North, como ha señalado mi colega, este debe de ser un momento difícil para usted y voy a intentar que mis preguntas sean claras y directas.

La miró con una sonrisa afable.

—¿Le gustaba Evie Clarke? —preguntó él con la cabeza hacia un lado, como si le estuviese preguntando la hora.

Cleo se sorprendió ante aquella pregunta tan súbita y directa, pero mantuvo la respiración inalterable.

—No, no me gustaba. Lo intenté, pero la verdad es que nunca congeniamos y ahora la desprecio. Siempre sospeché que era una intrigante. —Lanzó a Evie una mirada venenosa, pero no pareció tener ningún impacto—. Y ahora sé que lo es.

—¿Le gustaba la esposa de su hermano, Mia North?

—No veo la razón de que eso sea relevante.

—Por favor, señorita North, responda a la pregunta —dijo el juez.

Cleo sabía que iba a sonar mal, pero lo cierto era que ninguna de aquellas dos mujeres había sido buena para Mark y no estaba segura de cómo iba a poder explicarlo.

—Entonces, tendré que decir que no. No me gustaba Mia. Pero por razones distintas.

—¿Cuáles?

—No apreciaba el talento de Mark y le menospreciaba —respondió Cleo—. Perdió confianza en sí mismo cuando se casó con Mia. Yo le dije que era una mala elección, pero él juraba que la quería. En mi opinión, era demasiado controladora.

—¿Ha dicho controladora? —Boyd hizo una pausa y consultó un papel que tenía en la mano—. Voy a leer sus comentarios con respecto a la señorita Clarke: «Estaba tratando de controlarle», ha dicho usted. ¿Pensaba que todo aquel que se acercaba a su hermano trataba, por defecto, de controlarle?

Cleo no sabía cómo hacerles entender la manera en que había sucedido todo. Estaba intentando decir la verdad, pero este abogado de apariencia agradable, por muy suaves que fuesen sus maneras, la estaba haciendo quedar como una estúpida. Y tampoco parecía que fuese a aflojar.

—Le ha dicho a este tribunal que la señorita Clarke «encontró el modo de entrar» en la vida de su hermano. ¿Cuánto tiempo pasó desde que lo conoció hasta que se quedó embarazada?

—No sé. Unos cuantos meses.

—¿Su hermano estaba contento?

—Creo que estaba sorprendido. Me contó que nunca habían hablado de tener hijos y que creía que habían tomado precauciones. Pero quería a Lulu.

—Estoy seguro de que era así. ¿Y qué pensó usted de ese embarazo?

Cleo se sintió claramente incómoda. Esto no estaba yendo como se había esperado.

—Me pregunté si quizá ella le habría engañado.

—¿Con qué objetivo en mente?

Cleo se inclinó hacia delante para apoyar los brazos en el borde del estrado de los testigos, tratando de captar la atención de todos los que estaban presentes en la sala.

—Mi hermano era un hombre muy rico. Era atractivo, bueno, un fotógrafo brillante y vivía en una casa increíble. Era un buen partido para cualquiera. Y ahora estoy más convencida que nunca de que eso era lo que ella buscaba. Atraparle.

El abogado consultó sus notas.

—Usted piensa que ella deseaba atraparle a pesar del hecho de que antes ha descrito a su hermano como una persona depresiva y un poco ermitaño. —El abogado hizo una pausa en busca de efecto y, de nuevo, Cleo se puso nerviosa—. Entonces, dado que su principal objetivo era atrapar a su hermano, ¿cuánto tiempo tardó después de descubrir que estaba embarazada en mudarse a su casa?

—Unos meses.

Boyd dejó que la mano donde sostenía los papeles cayera a un lado.

—Unos meses —dijo despacio, haciendo hincapié en cada palabra—. ¿Dos? ¿Tres?

—Cinco. —La voz de Cleo era un susurro.

—Si lo piensa bien, yo creo que fueron, en realidad, seis. Así que, en su intento por atrapar a su depresivo hermano, no quiso mudarse a su casa hasta que estuvo embarazada de seis meses. ¿Le parece eso propio de una mujer cuyo objetivo es conseguir a un hombre, señorita North?

De nuevo, hizo una pausa un momento antes de continuar con las preguntas. Aquello parecía un ataque y Cleo se iba sintiendo cada vez más incómoda.

—Da la impresión de que usted y su hermano, Mark North, estaban muy unidos. ¿Diría que era así?

Cleo asintió, y una punzada de dolor al pensar en el vacío que Mark había dejado en su vida la mantuvo en silencio por un momento.

—Desde luego que sí.

—Sabemos que Evie Clarke manipuló un poco la verdad cuando habló de su padre... —continuó él.

—No, no hizo eso. —Las palabras salieron de la boca de Cleo sin poder controlarlas—. Mintió.

—... y es posible que, en su debido momento, sepamos por qué tomó esa decisión. Se está haciendo mucho hincapié en el hecho de que ella mintió a su hermano, pero eso no es más que una suposición. ¿No es así, señorita North?

—¿A qué se refiere?

—El hecho de que usted no supiera la verdad no demuestra en absoluto que él tampoco la supiera, ¿no?

—Él no lo sabía. Estoy segura de ello —replicó Cleo levantando la voz, cada vez más preocupada por el rumbo que estaba tomando el interrogatorio—. Me lo habría dicho.

—¿Por qué debemos suponer que la señorita Clarke no le había contado a su hermano todo sobre su pasado? Tenían una relación amorosa, tenían una hija en común. ¿No es probable que él fuera del todo consciente de su pequeña alteración de la verdad al comienzo de su relación y que ella le dijera también que estaba casada?

—No. Eso no es posible. Como le he indicado, me lo habría contado.

—Él se lo contaba todo, ¿verdad?

—Por supuesto —contestó Cleo elevando la voz—. Estábamos muy unidos.

Boyd Simmonds asintió mirándola por encima de sus gafas. Le brindó otra de sus agradables sonrisas.

—¿Puede hacer el favor de decirnos cuándo supo que su hermano mantenía una relación con Evie Clarke?

—No lo sé con exactitud. Me invitaron a su casa a cenar cuando empezaron a verse y entonces me lo dijeron.

El abogado asintió despacio.

—Acababan de empezar a salir, ¿no?

—Sí —respondió Cleo—. Evie había estado trabajando un poco en el blog que estaba haciendo para Mark, pero había sido una cosa puramente platónica.

—Permita que la ayude con las fechas, señorita North. Creo que su primera cena con la señorita Clarke y su hermano, como pareja, fue el 21 de febrero. ¿Le suena que fuese así?

Cleo se encogió de hombros.

—Puede ser. Tendría que mirarlo.

—¿Y cuándo nació Lulu, su sobrina?

Cleo cerró los ojos. Sabía hacia dónde llevaba aquello y no había forma de detenerlo.

—Agosto —respondió en voz baja.

—Así que su hermano, el cual se lo contaba todo, había tenido en realidad una relación sexual con Evie Clarke en, al menos, una ocasión, aproximadamente tres meses antes de que usted tuviese conocimiento de la relación y es muy posible que se hubiesen estado viendo en secreto ocultándole a usted la verdad durante todo ese tiempo. Porque su hermano decidió no contárselo.

Cleo se quedó mirando a aquel hombre afable y con sobrepeso que ella había pensado erróneamente que iba a tratarla con suavidad. No había nada que pudiera decir porque era consciente de que él tenía razón. Mark le había ocultado cosas y no entendía por qué ni cómo había ocurrido. Antes no era así.

—Sabemos que usted no estaba informada de que la señorita Clarke es en realidad huérfana, y que lo es desde su infancia. Además, ella tampoco le mencionó a usted nunca que estuviese casada. Pero dado que su hermano ya le había ocultado a usted la verdad, no creo que sea acertado suponer que él lo desconociera. ¿No cree?

Cleo dudó qué responder. Resultaba vital que el jurado creyera que Evie era una mentirosa, que todas sus pruebas podían ser puestas en duda. Pero no sabía cómo encontrar el modo de expresarlo bien.

—En realidad, es posible que la única persona que mintiera fuese su hermano... a usted. ¿Está de acuerdo?

—Es posible, pero yo no lo creo.

Si aquello era verdad, ¿qué más le había ocultado Mark? Durante un segundo, la imagen de Mia muerta en el suelo al fondo de los escalones que bajaban al sótano apareció en su mente y se apresuró a bloquearla. «No vayas por ahí», pensó.

El abogado aprovechó su evidente confusión para lanzarse a su siguiente pregunta.

—Ha dicho que la señorita Clarke sufrió una serie de accidentes cuando su hermano estaba fuera. ¿Qué pasó?

—Una vez se hizo una quemadura en el brazo. Dijo que no era nada, pero yo lo vi. Lo tenía lleno de ampollas. Y luego se pilló la mano con las pesas en el gimnasio.

—¿Cuándo tuvieron lugar esos accidentes?

—Después de que Mark se marchara a uno de sus viajes.

—Y, exactamente, ¿cómo sabe usted el momento en que tuvieron lugar los accidentes?

Cleo bajó la mirada. ¿Cómo podía responder? Nunca había visto a Evie entre la partida de Mark y el momento de los accidentes. Sabía que aquello suponía un vacío en su argumentación pero, al mismo tiempo, no podía permitir que el jurado pensara que tenía alguna duda.

—Me lo contó Evie. Me llamó por teléfono cuando se pilló la mano. Mark se había ido hacía una hora. No creo que se quedara allí sentada tanto rato y sufriendo tanto dolor si había ocurrido antes de que él se fuera. ¿Por qué iba a hacerlo?

Cleo miró a Evie, deseando que se levantara y proclamara al mundo entero que todo aquello era una mentira y que Mark nunca la había tocado.

—¿A cuántas mujeres maltratadas ha conocido usted, señorita North?

Cleo estaba confusa ante la trayectoria que había tomado el interrogatorio.

—No lo sé. Que yo sepa, a ninguna.

—Exacto. Y no tengo la menor duda de que, por las estadísticas, es probable que conozca a unas cuantas. Le aseguro que usted no sabe cuáles de sus amigas o conocidas son maltratadas porque no quieren decirlo. ¿No es posible que Evie Clarke no quisiera que usted supiera que su hermano la maltrataba cada vez que estaba a punto de salir de viaje?

—¡No! —Cleo sintió que la garganta se le cerraba y la aterró poder estallar en ríos de lágrimas en cualquier momento.

—¿Cuándo murió la mujer de Mark?

Cleo se quedó mirándole. Sabía que no se refería al mes o al año. Sabía adónde quería ir a parar con esas preguntas y tenía que cambiar de rumbo. ¿Le había leído la mente?

—Eso fue completamente distinto —respondió ella notando el tono inseguro de su propia voz.

—Usted la encontró, ¿verdad? ¿No tengo razón al pensar que murió al caerse poco después de que Mark se marchara en un viaje de trabajo?

—Sí. Pero yo hablé con ella ese día después de que él se marchara. Estaba bien en ese momento. Habíamos quedado a comer.

—¿Quedó a comer con alguien de quien ya nos ha dicho que no le gustaba? Tendremos que fiarnos de lo que usted nos cuenta, señorita North. Pero cuando empezaron a aparecer las heridas en Evie Clarke a las pocas horas de las salidas de su hermano, ¿no se le ocurrió nunca ni por un momento que podrían ser otra cosa en lugar de accidentes y que podrían haber ocurrido una hora antes, más o menos, cuando él aún estaba en la casa?

Cleo vaciló apenas un segundo. Un segundo demasiado largo. Antes de que tuviese tiempo de responder, fue el señor Simmonds quien habló:

—Volvamos a las heridas de la señorita Clarke. Usted dice que se «pilló la mano con las pesas». ¿No han sido esas sus palabras? ¿No es eso quedarse un poco corto?

El abogado miró al jurado.

—Quiero que miren sus pantallas. Lo que ven es una radiografía de la mano de la señorita Clarke después de que se la «pillara». Aun sin tener conocimientos médicos, creo que podrán ver que hizo algo más que simplemente «pillársela».

La sala quedó en silencio un momento mientras el jurado estudiaba sus monitores y Cleo miró al abogado de la defensa. ¿Cómo se había podido equivocar tanto con él? Había perdido la expresión paternal y ahora parecía un bulldog a punto de atacar.

—¿Cómo dijo Evie Clarke que se había hecho esa lesión? —preguntó Boyd.

Los miembros del público que se había amontonado en la galería escuchaban entre fascinados y horrorizados la versión de Cleo de cómo se habían desarrollado los acontecimientos, cómo Evie había soltado sin querer la barra cuando la mano estaba entre las pesas.

—Tengo entendido que usted misma es aficionada al ejercicio, señorita North. ¿No le pareció que se trataba de un accidente muy poco probable?

—Pero no podía tener nada que ver con Mark. —Las palabras salían a borbotones de la boca de Cleo. Debía evitar que siguieran pensando así—. Él nunca bajaba al sótano. No desde que su mujer murió allí abajo.

—Desde luego —dijo Boyd, dejando un espacio para que quienes escuchaban sacaran sus propias conclusiones.

Cleo se quedó en silencio y Boyd continuó.

—¿Cómo se quemó la señorita Clarke?

—Estaba sirviéndose agua caliente del hervidor en la taza. Se le resbaló de la mano. Creo que estornudó o algo parecido.

Boyd volvió a girarse hacia el jurado para pedirles que miraran las fotografías que había ahora en sus pantallas y que había proporcionado el hospital.

—Señorita North, por casualidad, ¿sabe usted si la señorita Clarke es diestra o zurda?

Cleo se quedó pensándolo un momento.

—Diestra, creo. Sí, estoy bastante segura.

—Y, sin embargo, se hizo esas quemaduras en el brazo derecho. Normalmente, ¿una persona diestra coge una jarra llena de agua hirviendo con la mano izquierda? No es imposible, pero a mí me habría parecido poco probable. Y con la primera salpicadura, ¿no habría sido normal que retirara el brazo lo más rápido posible en lugar de que el agua hirviendo le recorriera el brazo de arriba abajo de tal modo que le quemara la piel desde el codo a la muñeca?

Cleo bajó la mirada. De repente, sintió como si fuera a ella a quien estaban juzgando. Y la habían declarado culpable.

33

Stephanie no estaba esperando con anhelo que la interrogaran. Había declarado como testigo en muchas ocasiones, pero nunca le había resultado fácil. Era muy importante dejarlo todo claro.

Ella y Gus estaban sentados juntos en la sala de espera de los testigos y él acercó la mano para agarrarle la suya con suavidad. Por una vez, ella no la apartó. Se había ido acostumbrando cada vez más a los contactos ocasionales durante los últimos meses y sabía que él estaba intentando darle confianza. El tiempo de trabajar juntos terminaría pronto y tendría que decidir entonces si era una buena idea que los dos hicieran su propio análisis *post mortem* de lo que había ido mal entre ellos o si prefería dejar las cosas tal cual estaban. Pero ahora tenía que concentrarse en transmitir de forma precisa y sucinta los hechos relativos a la muerte de Mark North.

—¿Sargento Stephanie King? —El ujier sostenía la puerta abierta.

—Te toca —dijo Gus con un rápido apretón de los dedos—. Nos vemos luego.

Stephanie entró en la sala, prestó juramento y respiró hondo un par de veces. Trató de no mirar a Evie.

Cuando Devisha Ambo se puso de pie, Stephanie se tranquilizó al ver su amplia y blanca sonrisa. La fiscal comenzó con el interrogatorio haciendo preguntas sobre los hechos: detalles de la llamada, cómo habían entrado ella y Jason en la casa, el papel del guardia de seguridad... La mente de Stephanie se inundó con las imágenes de esa noche, de la luz de la luna, las velas y los dos cuerpos sobre la cama.

—¿Cuál fue su primera impresión cuando entró en la habitación?

—Había sangre. Mucha. Había por las paredes y en la cama y de inmediato pensé que se trataba de sangre arterial. Ya he visto antes ese tipo de salpicaduras.

Stephanie miró por un momento hacia la galería, donde pudo ver el brillante pelo de Cleo North, y deseó que la hermana de Mark se hubiese marchado después de prestar declaración. Sus mejillas tenían un aspecto demacrado y lucía oscuras ojeras bajo los ojos. Seguro que le iba a costar escuchar cómo la fiscal trataba de demostrar que su hermano había sido cruelmente asesinado mientras la defensa aseguraba que se trataba de un bruto agresivo y no la persona que ella creía que había sido.

Volvió a dirigir su atención a su testimonio y trató de centrarse en describir los primeros minutos tras su llegada a la casa de Mark North.

Las preguntas de la fiscal continuaron de forma fluida, pero Stephanie sintió un nudo en el estómago cuando Boyd Simmonds se acercó al estrado de los testigos.

—Sargento King —dijo el abogado de la defensa—. ¿Cuál fue su impresión con respecto a las personas que estaban en esa habitación?

—Supuse que los dos estaban muertos porque ninguno de ellos se movía.

—¿Y después?

—Oí un sonido que venía de la cama. Me di cuenta de que uno de ellos estaba vivo y de que necesitaba mi ayuda.

—¿Puede decirme cómo estaban colocados los cuerpos?

Stephanie se había preparado para aquella pregunta.

—Estaban enredados en la sábana, por lo que resultaba difícil saber con exactitud, pero los dos se encontraban en un lado de la cama.

—¿Los dos juntos, quiere decir?

—Sí, eso parecía.

—¿Y la conducta de la señorita Clarke? ¿Estaba furiosa o se mostró agresiva?

—Ninguna de las dos cosas. Estaba aturdida. Conmocionada.

—Usted es una agente de policía con experiencia, sargento King. ¿Fue capaz de observar la escena, el estado de la acusada y su evidente angustia?

—Sí.

—Según su experiencia, ¿le pareció que la acusada había planeado y ejecutado un asesinato concienzudamente preparado?

Stephanie miró hacia Evie. No la había vuelto a ver desde el interrogatorio tras la muerte de Mark North y, entonces, lo único que había visto era a una mujer destrozada con los ojos enrojecidos y el pelo recogido para apartarlo de su cara pálida y llena de manchas. La mujer que veía ahora iba bien vestida con un traje azul marino pero, a pesar de su intento por ponerse un poco de maquillaje, tenía la piel amarillenta de una persona que no sale a menudo a tomar aire fresco. Nada de eso contaba para Stephanie. Lo cierto era que cuando miraba a Evie Clarke lo único que podía ver era a una víctima.

Apartó la mirada.

—No saqué ninguna conclusión. No tenía base alguna para hacerlo y mi única preocupación en ese momento era asegurarme de que la escena no se alterara.

No miró de nuevo a Evie pero la intensidad de la mirada de Harriet James desde el banco de la defensa resultaba turbadora, así que Stephanie miró en su lugar a los desconocidos que se amontonaban en la galería del público. Atrajo su atención un hombre sentado en el extremo opuesto. Tenía la mirada fija en Evie sentada en el banquillo de los acusados, pero ella no miró ni una vez en su dirección. El hombre la contemplaba con desagrado y tenía la boca apretada con gesto serio.

¿Quién era ese hombre? Stephanie no lo había visto antes, pero parecía demasiado concentrado en lo que pasaba como para tratarse de un curioso en busca de emociones.

El resto de las preguntas fueron pasando sin incidentes pero en todo momento Stephanie estuvo distraída viendo cómo el hombre no apartaba su atención ni por un segundo de Evie. No miraba a Boyd cuando hacía las preguntas ni a Stephanie cuando las respondía.

Por fin, le dijeron que podía retirarse y tuvo una sensación de alivio al salir de la sala. No iba a poder hablar de nuevo con Gus hasta después de que le llamaran para comparecer, así que Stephanie decidió dirigirse a la galería del público. Había en aquel hombre una intensidad muy extraña y quería saber si aún seguía mirando a Evie.

Se dirigió rápidamente a la galería, con la esperanza de encontrar un asiento desde el que poder ver bien al hombre, y, con sigilo, abrió la puerta.

Al mirar a la izquierda vio que seguía allí y rápidamente tomó asiento al lado de uno de sus compañeros.

—¿Quién es ese hombre? —susurró señalando con la cabeza—. El pelirrojo.

—Ni idea. Nunca le había visto.

El hombre sacó un papel del bolsillo de su chaqueta. Incluso desde aquella distancia, Stephanie pudo ver que empezaba a romperse por los pliegues, como si lo hubiese leído y vuelto a doblar montones de veces. Parecía una carta. Stephanie pudo distinguir la tinta azul de algo escrito a mano. El hombre bajó la mirada y, a continuación, despacio y de manera deliberada, empezó a rasgarlo, dejando que los trozos cayeran como confeti alrededor de sus pies.

Tras mirar por última vez a Evie, se puso de pie y se abrió paso entre los demás curiosos para salir de la galería.

34

En opinión de Harriet, Boyd estaba haciendo una labor excelente echando por tierra algunos de los argumentos de la fiscal y había una posibilidad razonable de que el jurado desestimara el intento de hacer parecer a Evie como una mentirosa. Pero el hecho de que se hubiese inventado un padre que no existía era, sin duda, una mancha en la representación de su carácter.

—Sé que lo que hice está mal —le había dicho Evie—. Pero vi las fotografías de Mark en su galería y tenía que conocerle. ¿Has visto la galería, Harriet? Es increíble. Vi una foto colgada en el escaparate desde el otro lado de la calle. Era la única fotografía que había allí, ampliada hasta unos dos metros de alto; la cara de una mujer casi incorpórea, con todo ensombrecido salvo la cara, mirándome a los ojos, a mi alma. Deseé con todo mi ser que me hiciese una fotografía para ver si podía hacerme parecer así de increíble.

Harriet miró la pasión que había en los ojos de la mujer y no dudó de su palabra ni por un segundo.

—No tenía ni idea de cómo le iba a pagar. Traté de ganar algo de dinero con encargos de diseños de blogs y trabajando un poco de camarera para que él no supiera la verdad, pero fue una estupidez. Jamás habría podido permitirme pagar sus tarifas. Le dije lo que había hecho en cuanto nos convertimos en pareja y mucho antes de que yo aceptara mudarme a su casa. Le conté todo lo que había que saber de mí y me perdonó. Decidió no contárselo a Cleo porque las dos estábamos tratando de llevarnos bien y no quiso empeorar las cosas más de lo que ya estaban.

Boyd había logrado que resultara más que probable que, simplemente, Mark había decidido no contarle a Cleo la verdad sobre Evie y aquello pareció ser un punto a favor para la defensa. Pero había obstáculos más difíciles de superar y era demasiado pronto como para sacar conclusiones.

Nick Grieves, el detective que había dirigido el primer interrogatorio de Evie antes de que presentaran los cargos contra ella, fue llamado al estrado para que leyera en voz alta el contenido de su interrogatorio. Las palabras que pronunció eran las de Evie: sus respuestas a las preguntas que le habían planteado en el interrogatorio; su descripción de lo acontecido la noche en que mató a Mark North.

Harriet se atrevió a mirar a su cliente. Evie permanecía sentada, inmóvil, con sus rasgos carentes de expresión.

Pasó a declarar a la técnico encargada de examinar la escena del crimen y la fiscal hizo mucho hincapié en la manipulación de la instalación eléctrica. Pero cuando Boyd insistió, la chica confesó que le era imposible decir quién había cambiado los cables. No había huellas y Harriet sabía que, a pesar de la comprobación exhaustiva de todos los ordenadores de la casa y su historial de visitas de internet, no se había encontrado ningún enlace a ninguna web que explicara cómo cambiar el cableado de una instalación eléctrica. En la declaración de Evie a la policía estaba incluida su afirmación de que Mark solo le hacía daño cuando las luces estaban apagadas. Por tanto, su argumentación era que resultaba mucho más probable que él mismo hubiese manipulado las luces para asegurarse de que estarían a oscuras.

La fiscalía había pasado al tema de las heridas que Evie tenía en los brazos la noche de la muerte de Mark. Habían fotografiado meticulosamente las lesiones y las habían examinado para buscar el ADN de Mark mientras Evie estaba en el hospital y los resultados confirmaban que ella y Mark habían mantenido relaciones sexuales antes de que él muriera y que habían encontrado el ADN de él en los cortes de ella.

Cuando el médico forense que había examinado a Evie fue llamado al estrado, Harriet pudo ver que se movía nervioso y era incapaz de mantener las manos quietas. Harriet comprobó sus notas y, al parecer, era la primera vez que declaraba ante un juez. Solo cabía esperar que fuese bueno en su trabajo.

Una vez que el doctor fue presentado ante el juez, Devisha mostró en la pantalla una imagen de la parte interior de los brazos de Evie y de su pecho.

—¿Describiría usted estas heridas como lesiones producidas en defensa propia? —preguntó ella con una amplia sonrisa a pesar del tema que estaban tratando.

—Creo que es poco probable por el patrón de los cortes. Si la acusada hubiese mantenido los brazos en alto para protegerse la cara o la cabeza, el ángulo de los cortes habría sido distinto. Además, cuando alguien se está protegiendo contra un grave ataque con cuchillo, las heridas son normalmente mucho más profundas y se producen en la parte exterior del brazo. Estas son bastante superficiales y las que tenía en los brazos están en la piel más blanda que hay entre la muñeca y la fosa antecubital, que es la parte interior del codo.

Harriet había estado segura desde el principio de que era un error alegar defensa propia y ahora se sentía aliviada de no habérselo recomendado a Evie.

—¿Y las del pecho? —preguntó Devisha.

—También superficiales. Si él le hubiera asestado cuchilladas, yo habría esperado que las heridas fuesen de profundidades distintas, dependiendo de si conseguía dar mejor o peor en el blanco. Estas son bastante regulares en cuanto a la profundidad, casi medidas.

—Doctor Moore, dado que es poco probable que estos cortes hubiesen tenido lugar mientras la señorita Clarke se defendía de un ataque, ¿es posible que ella se hubiese infligido estas heridas a sí misma?

—No es imposible, aunque sí muy doloroso, a mi entender. Pero no hay nada que indique que se deban descartar las autolesiones.

Devisha consultó sus notas.

—Por las pruebas forenses sabemos que el cuerpo del señor North entró en contacto con los cortes en algún momento. Sabemos que, cuando encontraron a la víctima, la acusada le estaba abrazando, tumbada a su lado, con el pecho contra su espalda y los brazos alrededor de su torso. ¿Habría sido esto suficiente para que el ADN se hubiese traspasado al interior de los cortes?

—Sí.

—¿Y el hecho de que un pelo del pecho estuviera alojado en uno de los cortes?

—Sabemos que había tenido lugar una relación sexual y es muy posible que hubiese pelos del pecho en las sábanas. No hay forma de decir con exactitud cómo fueron traspasados a las heridas de la señorita Clarke.

—Entonces, si le estoy entendiendo bien, lo que usted está diciendo es que puede ser que Evie Clarke se hiciera a sí misma los cortes, que el ADN pasara a las heridas cuando ella estuvo tumbada con el pecho contra la espalda de Mark North y que el pelo pudiera proceder de la ropa de la cama. ¿Es así?

El médico asintió.

—Sí, eso es completamente viable.

Harriet resistió la tentación de mirar a Evie. Al juez podría haberle parecido que estaba compartiendo con ella un momento de duda, así que permaneció con la espalda erguida y atenta a lo que se decía.

Devisha terminó su interrogatorio y dio las gracias al testigo. Boyd se puso de pie despacio.

—Doctor Moore —dijo—. Usted ha declarado ante este tribunal que no hay forma de saber cómo pasaron los pelos del pecho y el ADN a los cortes de la señorita Clarke. Así que imagino que eso supondría que la declaración de la acusada en la que asegura que le fueron traspasados mientras hacían el amor después de que él le hiciera los cortes podría ser igualmente cierta.

La mirada del doctor se movía sin parar de Devisha a Boyd.

—Sí, supongo que eso es cierto.

—Como sabe, la señorita Clarke nunca ha declarado que mató a Mark North en defensa propia. Ni tampoco le ha acusado de blandir el cuchillo con la intención de matarla. Era algo más complicado que eso y, como veremos cuando llamemos a los testigos de la defensa, había un patrón de maltrato físico en su relación. Así pues, ¿estas heridas podrían corresponder a cortes infligidos como una forma de castigo o quizá por el puro placer de causarle dolor al otro?

Harriet miró al jurado y vio que una o dos mujeres hacían una mueca de desagrado ante aquella idea.

El médico se quedó en silencio un momento, claramente pensando en aquella pregunta.

—Si alguien hubiese estado detrás de la señorita Clarke y le hubiese agarrado las manos por encima de la cabeza, él podría haberle cortado la parte interna de los brazos rodeándola con el brazo desde atrás y también le podría haber hecho los cortes del pecho. O podría haberla tumbado sobre la cama y agarrado las manos por encima de la cabeza dejando expuesta la parte interior de los brazos y sujetándolos para apartarlos del pecho. Eso podría tener sentido en caso de que las heridas hubiesen sido infligidas por otra persona.

—Gracias, doctor Moore. No tengo más preguntas.

Para sorpresa de Harriet, el doctor continuó, aunque parecía estar hablando consigo mismo:

—Supongo que lo mismo podría decirse también de las demás cicatrices que tiene en el cuerpo.

Harriet se inclinó hacia delante en su silla y, al mismo tiempo, vio cómo Devisha levantaba la cabeza de golpe. No sabía nada de otras cicatrices. ¿Por qué no lo había mencionado Evie?

—¿Ha encontrado muestras de cicatrices previas en el cuerpo de Evie Clarke? —preguntó Boyd.

—Sí, lo siento. —El doctor movió rápidamente los ojos por la sala, desde el juez hasta el jurado y la acusada—. Quizá no debería haberlo mencionado. Soy consciente de que no es relevante para el caso. Solo pensaba en voz alta.

—¿Dónde ha encontrado esas cicatrices?

—En su abdomen. Me pidieron que informara única y específicamente sobre los cortes recientes, así que no examiné el resto de su cuerpo. Vi las demás cicatrices mientras trataba las del pecho.

De repente, Harriet deseó desesperadamente que Boyd se detuviera. Evie había dicho en su declaración que Mark nunca le había hecho cortes antes. El juez lo acababa de oír y era su absoluta justificación para no sentirse preocupada al llevar el cuchillo al dormitorio. Boyd tenía que parar en ese momento su interrogatorio. Pero Harriet no tenía forma alguna de interrumpirle y él estaba de pie delante de ella dándole la espalda, así que no podía mirarle a los ojos.

—¿Y diría usted que las cicatrices anteriores fueron resultado de unas heridas similares?

—Es muy posible. Pero es difícil saberlo.

—¿Por qué, doctor Moore?

—Bueno, muchas de las heridas se habían difuminado considerablemente. Estaban completamente curadas.

La cabeza de Harriet daba vueltas a toda velocidad. ¿Qué quería decir eso? Ella debería haberlo sabido antes. Evie debería habérselo contado. Sabía qué iba a pasar ahora, qué camino tomaría Devisha, y estaba claro que Boyd se había dado cuenta también de que se encontraban en territorio inexplorado. Trató de dar por terminada la conversación.

—Gracias, doctor. Ha sido de mucha ayuda. No hay más preguntas.

Devisha se puso inmediatamente de pie y pidió volver a interrogar al testigo.

—Doctor Moore, cuando dice que esas cicatrices ya estaban curadas, ¿cuánto tiempo calcula que tendrían?

Cualquiera que fuese la respuesta, Harriet se temía que aquello supondría un regalo para la fiscal.

—Es imposible decirlo con exactitud. La gente cicatriza a ritmos diferentes y puede depender de todo tipo de factores. Tras el proceso de formación de la costra, la cicatriz normalmente se queda de color marrón o rosa durante bastante tiempo. No he examinado las cicatrices al detalle pero, dada la edad de ella y su forma física, yo diría que las cicatrices que vi tenían varios años.

—¿Por varios quiere decir dos o más de dos? —preguntó Devisha ampliando su sonrisa.

—Un mínimo de dos, diría yo. En realidad, las heridas podrían datar de hace mucho tiempo, incluso de la adolescencia.

—Entonces, dado que Evie Clarke no conoció a Mark North hasta hace dos años y medio y se mudó a su casa hace tan solo dieciocho meses, ¿diría usted que, ciñéndonos al factor del tiempo, es poco probable que estas heridas las pudiera haber infligido Mark North?

El doctor soltó un largo resoplido e hizo una pausa por un momento.

—Teniendo en cuenta ese marco temporal, él tendría que haber provocado esas heridas, más o menos, el primer día en que se conocieron y, aun así, yo diría que eran más antiguas. Necesitaría echarles otro vistazo para estar seguro.

—Y, al igual que los demás cortes, ¿podrían ser autoinfligidas?

—Preferiría echarles otro vistazo antes de comprometerme con una respuesta.

No importaba. El daño ya estaba hecho. Harriet se resistió una vez más a la tentación de girarse para mirar a Evie. En lugar de ello, miró alrededor de la sala con expresión de seguridad, como si hubiese tenido conocimiento de esas cicatrices desde el principio.

—¿Por qué no me hablaste de las otras cicatrices? —preguntó Harriet a Evie. El juez les había concedido un breve receso y ese momento le ofrecía una oportunidad de hablar con su cliente—. En serio, Evie, tienes que contármelo todo.

Trató de no mostrar su frustración, pero sabía que las posibilidades de que declararan a Evie inocente de asesinato pendían ahora de un hilo, por muy bien que Boyd lo estuviese haciendo.

—Se me había olvidado que las tenía —respondió Evie—. Ahora forman parte de mí y nunca pienso en ellas.

—¿Fue Mark? —Había quedado bastante claro con la declaración del médico que no era así, pero tenía que preguntarlo.

—No tiene sentido tratar de atribuirlas a Mark. El médico me volvería a examinar y quedaría demostrado que soy una mentirosa. Así que no, no fue Mark. Son de antes.

—¿De tu marido, Nigel?

Harriet sabía que algunas mujeres eran adictas a las relaciones de maltrato. Tenían una autoestima tan baja que se veían atraídas por personas que las trataban como si no valieran nada. Si llevaba a Evie al estrado y salía esto a la luz, podría hacer que la simpatía del jurado hacia ella aumentara, pero solo si estaba preparada para contarlo.

—No son de Nigel. Él nunca me puso una mano encima.

Al parecer, estaba resultando difícil localizar al marido de Evie, Nigel Clarke. Evie no había contado mucho de él alegando que era irrelevante para el caso. Lo único que Harriet sabía era que se habían casado antes de que Evie cumpliera los veinte años y que Nigel la había tratado bien.

—Resulta espantoso decirlo, pero le dejé porque me aburría —le había dicho Evie—. No íbamos a ninguna parte y yo sentía que en la vida había algo más. No me siento orgullosa de ello.

Harriet podía entenderlo. Nunca había tenido tiempo para un hombre en su vida y, tras haber visto la devastación que algunos de ellos eran capaces de provocar, no había mostrado interés por ninguna relación que durara más de una semana.

La fiscalía había tratado de localizar a Nigel, pero Evie le había dicho a Harriet que creía que se había marchado del país y que no tenía contacto con él.

—Lo cierto es que si tienes otras heridas antiguas, Evie, vas a tener que explicar de qué son. La fiscal está tratando ya de sugerir que los cortes te los hiciste tú misma y es fundamental demostrar sin dejar lugar a dudas que Mark te maltrataba. Es tu única defensa y unas cicatrices sin explicación no van a ayudarte con eso. Tienes que contármelo, Evie. No quiero más sorpresas.

Evie se quedó mirándola y no dijo nada durante unos segundos. Harriet estaba a punto de preguntarle de nuevo cuando, para su sorpresa, Evie se puso de pie y se quitó la chaqueta. Tras darle la espalda a Harriet empezó a desabrocharse la camisa.

Habló por encima del hombro sin darse la vuelta.

—El médico solo me examinó las heridas recientes de los brazos y el pecho. Yo no sabía que me había visto las cicatrices del estómago.

Dejó caer la camisa sobre la cintura y Harriet se quedó mirando, muda, el dibujo en forma de cruz de unas cicatrices blancas en la espalda.

—¿Ya has visto suficiente? —preguntó Evie mientras volvía a ponerse la camisa unos momentos después—. ¿Crees que me lo he podido hacer yo misma?

Harriet guardaba silencio mientras Evie se vestía, esperando a que la joven se volviese a sentar.

—¿Qué pasó? —preguntó en voz baja.

—Si el médico quiere volver a examinarme, creo que con una inspección más minuciosa verá que estas marcas se hicieron con otra cosa que no era un cuchillo. De hecho, se hicieron con un látigo de cuero.

—Dios mío, Evie, ¿quién te hizo eso?

—Eso no importa ahora. No tiene nada que ver con esto y no quiero hablar de ello.

Harriet había visto todo tipo de malos tratos, o eso creía ella, y por desgracia no era nada inusual que una mujer recibiera latigazos.

—Evie, esto podría ayudar en tu caso. Necesito pensarlo, pero podríamos usarlo en nuestro provecho.

Evie se levantó de la silla y se inclinó sobre la mesa que la separaba de Harriet.

—¡No! —exclamó con brusquedad—. Quieres que todo el mundo sienta pena por mí, por la víctima a la que han maltratado no una, sino dos veces en su vida. Este juicio es sobre Mark y yo y no quiero que nadie sepa nada de esto. ¿Entendido?

Harriet asintió despacio, aunque no estaba de acuerdo.

—Creo que, a partir de lo que ha dicho el médico, la fiscal va a tratar de esforzarse más por buscar a Nigel, sea él o no quien te hizo eso.

—Pues que les vaya bien —dijo Evie con una sonrisa torcida que iluminó su seria expresión—. Ni siquiera sé dónde está.

35

Ojalá no me hubiese visto obligada a enseñarle a Harriet la espalda. ¿Por qué ha tenido que hablar el médico de las otras cicatrices? No se lo habían preguntado, así que no tenía por qué haber dado esa información por su cuenta.

Harriet se ha quedado pálida cuando me he negado a contarle cómo me las hice. No le gusta que le oculte nada, pero solo contaré esa historia como último recurso.

Pensar en ello hace que me den ganas de acurrucarme, hacerme una bola y abrazarme las rodillas contra el pecho. Aún puedo sentir los ribetes del cuero clavándose en mis muñecas y tobillos mientras estoy tumbada en la cama, boca abajo, desnuda. Solo le he enseñado a Harriet la espalda. El resto se lo he ahorrado.

El recuerdo de la voz de él, áspera de tantos cigarros y tanto alcohol, el hedor de su cuerpo esquelético y sucio, casi me dan ganas de vomitar.

—Te crees especial, ¿no? —preguntó con sus labios pegados a mi cara. Yo aparté la cabeza para no oler su aliento agrio ni sentir la saliva que escapaba de entre sus dientes podridos.

No sé si fue el primer latigazo el que más me dolió o si fue el último. El primero supuso un impacto, con el dolor atravesándome entera y la piel abriéndose. Traté de bloquear todos los sentidos en mi mente, como había hecho tantas veces mientras él experimentaba otras formas de hacerme daño. El látigo fue su última idea y cuando el fino cordón de nailon de la lengua golpeó las heridas abiertas del anterior latigazo tuve que morder la almohada para no gritar. Sabía que él quería que suplicara clemencia, pero no iba a darle esa satisfacción.

Pero ya ha terminado. Está muerto. Ya no puede hacerme más daño. Nadie puede hacérmelo.

36

Cleo sentía como si le hubiesen dado vueltas en una lavadora y la hubiesen tendido para que se secara. Le dolía el cuerpo de tanta tensión contenida durante todo el día. Le había costado abrirse camino entre las hordas de periodistas que estaban en la puerta del juzgado, tratando de no prestar atención a los gritos de «¡Cleo!» o «¡Señorita North!» de reporteros hambrientos que competían por llamar su atención, pidiéndole que hiciera un comentario sobre lo que se había dicho sobre su hermano. Le dolía la cabeza y estaba deseando tumbarse sobre una almohada fresca y suave, pero iba a tener que sacar energías para Lulu.

Condujo como una autómata por la carretera de doble sentido, sin sentir nada y casi olvidándose de girar hacia los estrechos caminos que la llevarían a su casa. No sabía cómo había conseguido evitar atropellar a un ciclista que se cruzó delante de ella mientras hacía una señal de giro a la derecha, pero de manera inconsciente dio un volantazo e ignoró luego las gesticulaciones e insultos que siguieron.

Por fin, se detuvo delante de la casa de Aminah. Se quedó sentada en su asiento unos minutos, respirando hondo y tratando de calmarse hasta que vio la cara de uno de los hijos de Aminah en la ventana y supo que tenía que ponerse en marcha. Se obligó con movimientos cansados a salir del coche y recorrió despacio un camino de entrada lleno de juguetes de niños hasta la puerta de la casa.

Aminah abrió la puerta.

—¿Estás bien, Cleo?

—La verdad es que no. —Cleo se esforzaba por controlar las ganas de llorar. Todo lo que había oído en el juicio había sido casi peor que oír que Mark estaba muerto. Apenas podía soportar mirar a Aminah, pero cuando por fin levantó los ojos se sorprendió por un breve momento al ver a su amiga. Tenía manchas oscuras debajo de los ojos y dos profundas arrugas entre las cejas.

—Cariño..., me gustaría invitarte a entrar pero no es fácil. No me importa cuidar de Lulu, pero sabes que no podemos hablar del caso.

Cleo sintió que su preocupación desaparecía para ser sustituida por la rabia. Quizá el evidente estrés de Aminah fuese el resultado de un sentimiento de culpa.

—¿Cómo vas a poder reunir el valor de comparecer en el juicio y hablar en defensa de Evie? No lo entiendo.

—Lo hemos hablado cien veces, así que no discutamos. Estoy muy preocupada por ti, Cleo, y no soporto la idea de hacerte daño. Pero no creo que decir la verdad signifique que me esté poniendo del lado de la defensa ni de la fiscal. Solo voy a responder a las preguntas que me hagan y lo voy a hacer con sinceridad.

—Todo eso son tonterías y lo sabes. Mark no habría hecho daño a una mosca. Ella dice que siempre la maltrataba estando a oscuras... ¡Pero si a Mark le daba miedo la oscuridad!

Aminah apretó los labios.

—Por el amor de Dios, Cleo, no quiero saber nada de eso. Además, Mark no era ningún niño. Me cuesta creer que un hombre de treinta y siete años siguiera teniendo miedo de la oscuridad. La verdad es que nunca dejaste de considerarle un niño, ¿verdad?

—No lo entiendes —dijo Cleo mientras la rabia la abandonaba. Nadie podía entender lo que había hecho por Mark.

—En fin, me encanta saber que mantienes a Evie viva en los pensamientos de Lulu.

Cleo no dijo nada pero evitó mirar a Aminah a los ojos.

—Hoy ha estado todo el día balbuceando en ese idioma que solo ella entiende, pero hay una palabra que parece haber aprendido: *mamá*. O «mama», como dice ella. Bien hecho, Cleo. Eso me hace sentir orgullosa de ti.

—¿Dónde está? —preguntó Cleo, con una repentina necesidad de salir de allí y alejarse de Aminah lo más rápido posible.

—Está jugando con Anik. Zahid los está vigilando. ¿Vas a volver mañana al juzgado?

—Claro —respondió Cleo—. Pero buscaré algo para Lulu. Veo que a ti te resulta difícil y probablemente sea mejor que no nos veamos hasta que todo haya acabado.

—No seas absurda. Estamos encantados de tener a Lulu con nosotros siempre que quieras. Es una niña preciosa y no da ningún problema. —Aminah suavizó la voz—. Cleo, tú y yo somos amigas desde hace mucho tiempo. Puede que no estemos de acuerdo en esto, pero eso no tiene nada que ver con nuestra amistad, ¿no? Yo solo voy a contar la verdad, no voy a hacer ningún juicio. Estoy segura de que lo entiendes.

Cleo se ahorró la molestia de tener que responder cuando Zahid entró en el recibidor con Lulu en brazos.

—Debe de haber oído tu voz, Cleo —dijo. Zahid no sonreía y eso era poco habitual en aquel hombre normalmente afable y alegre—. Creo que te estaba llamando.

Cleo extendió los brazos para coger a la emocionada Lulu.

—Mama —dijo Lulu echando los brazos hacia ella.

Pareció pasar una eternidad hasta que Lulu estuvo en el asiento del coche. Cleo había notado que Aminah y Zahid la observaban, pero no puso ninguna excusa. No era asunto de ellos. Había evitado la mirada de sorpresa de Aminah y se había limitado a darse la vuelta y recorrer el camino de entrada, tropezando con una pequeña bicicleta que había en medio.

—Cleo, vuelve para que podamos hablar de esto —había dicho Aminah a su espalda, pero ella no le había hecho caso.

No había forma alguna de poder explicar su decisión para que Aminah la entendiera. ¿Qué se esperaba que hiciera? Lulu ni siquiera se acordaría de su madre y Evie iba a ir a la cárcel e iba a estar encerrada hasta que Lulu fuese una adolescente. Seguro que era mejor que Lulu creyera que Cleo era su madre. Se mudarían a una ciudad donde nadie las conociera. Cleo se cambiaría el apellido. No iba a poder cambiar el de Lulu sin el permiso de Evie, pero, si no lo daba, ella se cambiaría el apellido por el de Clarke para que todos creyeran que Lulu era hija de ella. Evie había insistido en que su hija llevara el apellido Clarke y no North hasta que ella y Mark estuviesen casados. Siempre había dicho que, si su relación no funcionaba, no quería que su hija tuviese un apellido distinto al suyo. Bueno, pues si tanto le preocupaba el bienestar de su hija, no se opondría a que Lulu creyera que era la hija de una madre cariñosa y no de alguien que se estaba pudriendo en la cárcel por cometer un asesinato.

Estaba deseando llegar a casa. Ese día había anochecido pronto. Era diciembre, pero el calor de los últimos días tan poco propio de esa época del año había cambiado y estaba empezando a formarse una tormenta.

Mientras Cleo metía el coche por su camino de entrada, los faros iluminaron durante un instante la sala de estar.

Sintió un sobresalto, pero la imagen desapareció cuando las luces giraron a la derecha para iluminar la puerta del garaje. Sin embargo, no se lo había imaginado.

Apenas por un segundo, mientras giraba el volante, estuvo segura de haber visto la silueta de un hombre de pie tras la ventana.

37

Stephanie se alegraba de que ese día hubiese llegado a su fin. Por desgracia, eso quería decir que quedaba un día menos para el momento en que tendría que volver a ponerse el uniforme, pero estaba segura de que había hecho un buen trabajo como subinspectora y esperaba poder solicitar un puesto permanente en el Departamento de Investigaciones Criminales con el respaldo de Gus.

Por supuesto, cuando el juicio terminara, ella y Gus no tendrían motivos para verse. Él no dejaba de hablar de ir a tomar una copa y charlar un poco antes de su marcha, pero quizá fuera mejor para los dos que ella lo sacara de su vida por completo y pasara página. Había otro par de unidades de mando en la policía a las que podría solicitar su acceso sin tener que mudarse a una zona del país completamente distinta. Eso sería lo mejor.

Mientras salía del juzgado, Stephanie vio con tristeza que empezaba a llover. Bajó la cabeza y corrió por las calles hacia donde tenía aparcado el coche, pero la lluvia estaba arreciando y se había olvidado el paraguas. No había nada que hacer. No tenía otra opción que meterse en el bar y esperar protegida de la lluvia. Eso o echar a perder la falda nueva de seda verde que se había comprado especialmente para su comparecencia en el juicio.

Abrió la puerta y entró en un local prácticamente vacío. Era esa hora tan curiosamente tranquila antes de la avalancha de gente que llegaba para tomar una copa después del trabajo y celebrar de forma ruidosa el final de otra jornada, gente que probablemente no tenía prisa porque nadie le estaba esperando en casa. En realidad, como ella en gran medida.

Soltó la puerta tras ella pero, antes de que se cerrara, volvió a abrirse. Por algún motivo, a Stephanie no le sorprendió ver a Gus entrando a grandes zancadas.

No había pasado ese día mucho tiempo en el estrado. Solo para prestar declaración sobre el arresto. Pero ella había disfrutado escuchando su voz segura y viendo lo bien que el jurado reaccionaba ante él. Había tenido una sensación de orgullo, como si él le perteneciera.

—Me ha parecido que eras tú —dijo él siguiéndola hacia la barra.

—¿Me estás acosando? —preguntó ella con media sonrisa.

—Sí. Me has pillado. ¿Qué quieres tomar?

Gus colocó la mano bajo el codo de Stephanie y la apartó de la barra para llevarla a un rincón tranquilo de la parte de atrás. Ella le miró con las cejas levantadas, pero él se limitó a sonreír.

—Bueno, como invitas tú, tomaré una copa grande de malbec, por favor.

Gus se giró hacia la barra y ella le miró desde atrás. Siempre había pensado que caminaba como los italianos, con ese leve contoneo que les venía de una sensación innata de seguridad en sí mismos inculcada por sus devotas madres. Había cierta soltura en él que normalmente hacía que los demás se sintieran cómodos en su compañía. Tenía en Stephanie el efecto opuesto, la ponía en guardia.

Le oyó reír con el camarero por alguna cosa. Siempre sabía qué decir. Pero ella era consciente de que ese era su lado afable. Cualquiera que hubiese visto a Gus enfadarse se lo pensaría dos veces antes de hacerle enojar. Su cara se congelaba y esos cálidos ojos marrones, que en ese momento se reían con facilidad y distensión, se volvían negros y realmente aterradores.

Eran los ojos que dirigía hacia Evie Clarke cada vez que la miraba. Había algo que él podía ver pero Stephanie no.

38

Cleo seguía sentada en su coche, sin saber qué debía hacer. Estaba segura de que había un hombre en su casa, de pie junto a la ventana. Lo había visto. ¿O se lo había imaginado?

Por un momento ridículo y loco había pensado que era Mark y el estremecimiento de placer que había sentido durante esos microsegundos antes de que la lógica se impusiera la había dejado afectada y con el anhelo de poder ver a su hermano.

Quiso llamar a Aminah para pedirle si podía ir Zahid en su ayuda, pero pasaría un tiempo hasta que lograse olvidar la expresión de consternación en el rostro de su amiga cuando la había dejado un rato antes y Zahid parecía haberse quedado paralizado cuando Lulu la había llamado «mama».

¿Debía llamar a la policía? Había visto la silueta apenas un segundo. Podría haberse tratado de la sombra de un árbol reflejada en el cristal e iba a quedar como una tonta. ¿Y si pensaban que el juicio la estaba desquiciando? No quería dar ninguna muestra de estar emocionalmente incapacitada para cuidar de Lulu. Podrían quitarle a la niña y no soportaba pensar que eso pudiera pasar.

No le quedaba nadie más a quien acudir. Tenía que enfrentarse a esto sola.

Por mucho que odiara la idea de dejar a Lulu en el coche, aunque fuera por dos minutos, no podía arriesgarse a entrar en la casa con una niña pequeña en brazos si había alguien allí dentro.

—Lulu, cariño, mamá va a dejarte en el coche un momento. —Se giró para mirar a la niña que ahora consideraba como propia, bien sujeta a su asiento. Su cabecita con su bonito y ralo pelo moreno estaba apoyada en el alero de la silla y, entre la penumbra, Cleo pudo ver que estaba dormida. Bien. Lulu no iba a saber que estaba sola.

Abrió la puerta del coche, salió lo más sigilosa que pudo y pulsó el mando para bloquear todas las puertas. Manteniéndose pegada a la pared, deslizó la llave de la entrada en la cerradura y la giró despacio. ¿Debía encender las luces o entrar a oscuras en la sala de estar para ver si el hombre seguía ahí? Quizá debería fingir que no lo había visto y entrar en la casa con despreocupación, encender las luces e ir directa a la cocina dejando la puerta de la casa abierta. Si él estaba allí, eso le daría la oportunidad de escapar.

Sentía el corazón como si se le fuera a salir del pecho y por la boca. Cada centímetro de su cuerpo parecía palpitar al compás de sus rápidos latidos. Podía oírlo igual de bien que lo sentía.

Cleo no se atrevió a hacer lo que había planeado. No quería verle la cara a quienquiera que fuese porque se convertiría en el rostro de sus pesadillas.

Abrió la puerta despacio. Si permanecía donde estaba y gritaba, quizá él iría hacia ella.

Con la puerta aún abierta a su espalda para poder salir corriendo a la calle y pedir auxilio a voces si era necesario, Cleo habló en voz alta:

—¿Hola? Sé que estás ahí. Te he visto. ¿Quién eres? ¿Qué quieres?

Por un momento, no pasó nada. Después, oyó un golpe procedente de la sala de estar. Sonó como si se hubiese tropezado con la mesita de centro.

—Voy a volver al coche. Me voy a encerrar en él. Así podrás irte. Llévate lo que quieras.

Había empezado a retroceder hacia la puerta cuando oyó una voz que hablaba en voz baja, casi como un susurro:

—¿Cleo?

Cleo se quedó inmóvil, paralizada. Conocía esa voz. La habría reconocido en cualquier parte.

39

Stephanie jamás se habría imaginado que terminaría la jornada tomando una copa con Gus, pero él se estaba comportando relativamente bien y solo había hablado del caso. Aún no se había adentrado en el terreno personal.

—La defensa está peleando bien. Ya me he topado antes con Boyd Simmonds y consigue engañar a todo el mundo haciéndoles creer que es benévolo para, después, derribarlos, como me han dicho que ha hecho con Cleo North. Pero, a pesar de su astucia, sigo pensando que a Evie Clarke la van a encerrar de por vida.

—Entiendo que acusarla de asesinato era nuestra única opción tras haber quedado claro que no le mató en defensa propia, pero ¿sería el fin del mundo si su eximente parcial saliera adelante y la condenaran por homicidio? ¿No crees que estás siendo un poco duro al querer que la condenen por asesinato? North llevaba meses maltratándola, Gus. No me sorprende que perdiera la cabeza.

Gus dio un sorbo a su cerveza y negó con la cabeza despacio.

—Steph, sabes muy bien que considero a los maltratadores la escoria de este mundo. Deberían estar encerrados, hasta el último de ellos. Se me revuelven las tripas cuando oigo que hay mujeres que tienen que aguantar esa mierda. Pero esa no es la cuestión. No estamos hablando de si la estaba maltratando o no. De lo que se trata aquí es de su estado mental cuando lo mató. Hay algo en Evie que me hace pensar que ahí ha pasado algo más. Parece tener demasiado control emocional como para haber perdido la cabeza en un momento dado. Es demasiado lista como para correr el riesgo de ir a parar a la cárcel toda la vida.

Stephanie soltó un suspiro. Le costaba creer que Gus fuese tan intransigente. No era propio de él. Sin duda, había algo en Evie Clarke que le obsesionaba.

—Tú ves a Evie como una mujer controlada e inteligente, Gus. Yo veo a una persona que ha sufrido muchísimo. Y, de todos modos, el que sea lista no le impide tener una relación de maltrato. No es una situación que esté limitada a las personas débiles y necesitadas.

Gus dejó su vaso de cerveza en la mesa y se inclinó hacia atrás en su silla.

—Lo sé. No me refería a eso. Pero no es a Mark North a quien se está juzgando aquí, aunque parezca lo contrario. Estás diciendo que, en realidad, la culpa de él demuestra que ella es inocente. Pero eso no es cierto y él no está aquí para defenderse. Estamos tratando de averiguar si ella planeó matarle, si fue un asesinato. Piensa en las consecuencias si a Evie la declaran inocente. ¿Servirá eso para que otras víctimas de malos tratos planeen un asesinato y digan que ha sido por la tensión del momento?

No tenía sentido discutir. No importaba cuántas veces lo hablaran porque Gus se mantenía firme en que Evie no se adecuaba a su idea de una mujer que pudiera perder el control.

—Hay algo en ella, Steph. Una especie de calmada seguridad que no se corresponde con una persona que pasa al ataque en un momento de locura.

Stephanie entendía lo que quería decir, pero Gus no había sido el primer agente en llegar al lugar para ver el cuerpo roto de Mia North hacía menos de cuatro años y ella sabía que su malestar con respecto al veredicto del forense sobre aquella muerte estaba influyendo en su opinión sobre esta. Siempre había creído que allí había pasado algo más.

Stephanie recordaba aquel día con claridad. Había estado en la casa desde el descubrimiento del cadáver y varias horas después oyó cómo Mark entraba corriendo por la puerta gritándole a su hermana:

—Cleo, ¿qué le ha pasado a Mia? ¿Qué ha ocurrido?

Habían llamado a Mark para que volviera de su viaje de trabajo pero, cuando llegó a casa, ya se habían llevado el cuerpo de Mia del lugar. Stephanie había visto la conversación entre los hermanos y en aquel momento pensó que había algo ligeramente extraño. No sabía exactamente qué, pero había algo raro. Había sido Cleo quien había encontrado el cuerpo de Mia al pie de las escaleras del sótano y parecía más inquieta que consternada.

—Lo siento mucho, Mark —había dicho envolviéndolo entre sus brazos para abrazarlo—. Le he tomado el pulso. No sabía si debía hacerlo o no, pero quería estar segura.

En opinión de Stephanie, no había nada de lo que asegurarse, pues Mia tenía los ojos completamente abiertos, con la mirada perdida en el techo. Después, Stephanie había oído cómo Cleo suplicaba a Mark que no hablara con la policía hasta consultar antes con un abogado. Recordó mirar en el interior del dormitorio principal y verle con la cabeza agachada y los hombros agitándosele y a Cleo dando vueltas inquieta mientras le decía una y otra vez que no pasaba nada, que ella estaba con él.

La muerte de Mia había sido considerada como un accidente, pero, como parte de la investigación anterior al juicio en el caso de Evie Clarke, Gus había dado a Stephanie permiso para que echase otro vistazo. Si Mark había estado maltratando a Evie, podría haberle hecho lo mismo a su esposa y debían tener en cuenta cualquier cosa que la defensa pudiera aportar en el juicio. Cuando por fin reconoció que no había nada más que buscar, Stephanie comprendió que había esperado encontrar pruebas de una serie de lesiones causadas a Mia North antes de su muerte y había tenido que admitir que solo había una causa posible para su decepción. Quería creer en la inocencia de Evie.

—Sé que no estabas en la sala cuando presté declaración —dijo ella tras decidir que había llegado el momento de llevar la conversación a un tema menos polémico—, pero había un hombre entre el público que me ha llamado la atención.

Gus la miró con sorpresa.

—Ah, no me refiero a eso —dijo con un chasquido de lengua—. Estaba mirando a Evie como si quisiera meterse dentro de su cabeza para extraer lo que fuera que hubiese ahí escondido. Era una mirada intensa. Subí a la galería para verlo mejor, pero no tengo ni idea de quién era. Hubo algo que le puso nervioso y terminó rompiendo un papel en pedazos y tirándolos por el suelo.

Sacó los trozos de papel de su bolsillo y los puso sobre la mesa.

—¿Los recogiste? Qué limpia eres. ¿Quieres que busque una papelera? —preguntó Gus.

—No. Me preguntaba si hay algo en ellos que pudiese ser interesante. —No hizo caso de la mirada fulminante de Gus—.

Cuando alguien se comporta así, quiero saber la razón. Llámame entrometida.

Por desgracia, la lluvia se había calado en los bolsillos de su chaqueta y, cuando Stephanie empezó a separar los trozos empapados mientras Gus iba a por otra copa, se dio cuenta de que iba a resultar difícil sacar de ellos algo que tuviese sentido.

—Se han mojado dentro del bolsillo —dijo ella mientras él dejaba los vasos sobre la mesa—. Se ha corrido la tinta. Y no puedo enviarlos al laboratorio porque no tengo ni idea de si son o no relevantes. Es solo que, si él conocía a Evie, podría ser una persona más con la que poder hablar.

Gus cogió algunos de los trozos que Stephanie había conseguido separar. La tinta azul había quedado reducida a poco más que una serie de manchas inconexas.

—Está claro que es algún tipo de carta. Pero no tenemos ninguna prueba de que este hombre esté relacionado con el caso, así que no creo que debas preocuparte.

Stephanie no le escuchaba y trataba de juntar los trozos. La carta estaba doblada cuando la rompió, así que varios de los trozos tenían una forma idéntica. Resultaba difícil saber cómo juntarlos con la tinta corrida emborronando las letras.

—Mira esto, Gus. Empieza diciendo: «Cariño mío», aunque no hay ningún nombre detrás, lo cual no sirve de nada. Después parece que dice algo de que alguien ha muerto. Solo puedo distinguir las palabras «muerto ya». —Stephanie estudió el papel con más atención—. ¿No te parece interesante?

—Vamos a echarle un vistazo —respondió Gus rodeando la mesa para mirar desde detrás de ella—. Estos dos trozos los has colocado mal. Mira..., es así. —Invirtió la posición de los dos trozos.

Stephanie se quedó mirando la nueva disposición de los papeles.

—Ahora dice: «Yo he muerto ya». Es un poco raro, ¿no?

Entre los dos, consiguieron distinguir algunas palabras y frases, pero seguía sin estar claro.

—Es evidente que se trata de un mensaje de despedida de alguien que espera morir. Pero no entiendo por qué importa —comentó Gus—. La firma dice: «Para siempre, con amor, S. Besos». Lo siento, Steph. Admiro tus habilidades detectivescas, pero creo que esto no te va a llevar a ningún sitio.

Stephanie no pudo evitar sentirse decepcionada. Recogió los trozos y volvió a metérselos en el bolsillo.

40

Cleo no se había recuperado aún del susto tras oír aquella voz. Una voz que tiempo atrás lo había significado todo para ella.

Se quedó inmóvil, esperándole oír hablar de nuevo. Quizá el estrés del día estaba haciendo que se imaginara cosas.

—Cleo, soy yo —dijo.

Esta vez vio una sombra que salía de la sala de estar y se colocaba junto a la puerta, claramente inseguro de si era bienvenido.

—Siento haberte asustado. —Su voz sonaba baja, casi nerviosa.

—Asustarme... Me has aterrorizado —contestó ella, con la voz saliéndole como un graznido agudo—. ¿Qué haces aquí?

Cleo giró la cabeza hacia el coche. Ahora que sabía que no había ningún peligro, podría ir a por Lulu.

—He estado hoy en el juicio, sentado en la galería, detrás de ti. Necesitaba saber si estabas bien, pero no estoy seguro de que lo estés.

Ella suspiró y se apoyó en la pared junto a la puerta de la casa, lista para salir corriendo a por Lulu si se despertaba y empezaba a llorar.

—Joe, acordamos no volver a vernos. Me alegra que te preocupes, pero no sirve de nada.

—Pero te escribí. Bolígrafo, papel..., todo el tinglado.

Ella podía notar cierta sonrisa en su voz. Siempre le había encantado recibir cartas, podía guardarlas para volver a leerlas en el futuro, al contrario que los más efímeros correos electrónicos y los mensajes. Pero no era ninguna tonta y sabía por qué él había preferido escribirle. Su mujer podría rastrear con facilidad cualquier cosa relacionada con el teléfono o el ordenador de Joe.

—Recibí tu carta y te doy las gracias. Pero difícilmente podía responder, ¿no?

Oyó que él expulsaba el aire por la boca despacio.

—Supongo que no. ¿Podemos hablar un poco, ya que estoy aquí? Quiero asegurarme de que estás bien. No puedo soportar verte sufrir.

Joe no tenía ni idea. ¿Cómo le iba a explicar que se sentía como si tuviese el cuerpo dentro de un torno, con la misma presión que tenía cuatro meses antes? Solo había una cosa que la hacía seguir adelante.

—Sabes que tengo a Lulu, ¿no?

—Claro. Que ya no te vea no significa que no sepa lo que pasa en tu vida.

Cleo sintió un leve estremecimiento de inquietud. ¿La había estado vigilando?

—¿Quieres que vaya yo al coche a por Lulu? —preguntó él.

—No te conoce. Se asustaría. Mira, entra en la sala de estar, cierra las cortinas y enciende las luces. Yo la llevaré directa a la cama. Ha estado jugando con los hijos de Aminah todo el día, así que debe de estar agotada. Estaré contigo en un minuto.

Casi podía sentir cómo el cuerpo de Joe se ponía en tensión mientras se obligaba a no mirar el reloj. Durante todo el tiempo que habían pasado juntos, ese había sido un asunto que la hacía enfadar. Él siempre estaba mirando la hora para comprobar si se suponía que debía estar en casa o si aún seguía siendo seguro continuar con el cuento de que iba a trabajar hasta tarde.

A ella ya no habría debido importarle, pero le importaba. Le dio la espalda y salió corriendo al coche, con la lluvia cayendo ahora con fuerza. Al inclinarse para soltar a Lulu sintió las frías gotas que caían sobre su espalda y se deslizaban bajo la cintura de su falda.

—Venga, chiquitina. Vamos dentro.

Lulu empezó a protestar por que la hubieran despertado, gimoteando y pronunciando dos de las pocas palabras que sabía decir: «No, mama, no».

Cleo la besó en su suave mejilla y la levantó, protegiéndole la cabeza con la mano. Subió corriendo los dos escalones y entró por la puerta. Pudo ver que la luz de la sala de estar estaba ya encendida, pero no se detuvo y continuó subiendo las escaleras con Lulu, que empezaba a cabecear otra vez.

Tras asegurarse de que Lulu estaba seca, Cleo decidió que no habría nada de malo si la dejaba en la cuna un rato. La desvestiría cuando Joe se hubiese ido. No se quedaría mucho tiempo, a menos que la situación en su casa hubiese cambiado algo y, de todos modos, tampoco quería ella que se quedara. Él suponía otro recuerdo de algo que había perdido.

Despacio, bajó las escaleras de nuevo mientras se preguntaba qué iba a decirle.

—¿Quieres tomar algo? —preguntó al abrir la puerta de la sala de estar. Esa pregunta siempre era una prudente forma de iniciar una conversación. Joe se había sentado en el sofá, pero en el borde, con las manos unidas entre las rodillas, como si estuviese a punto de echar a volar en cualquier momento. No era un hombre grande, pero esa noche parecía más pequeño y delgado de lo que ella recordaba.

—No, pero si tú quieres algo, adelante.

—¿No tienes que volver? —preguntó ella, avergonzada por el tono ligeramente amargo de su voz. No tenía por qué comportarse así.

Joe tuvo la sensatez de no responder y esperó a que ella volviera a entrar con un vaso grande de gin-tonic. Después del día que había tenido, lo necesitaba.

—Cuéntame cómo estás —dijo él—. Cómo estás de verdad.

Ella no podía hacerlo. Si abría la boca para hablar del dolor de haber perdido a Mark se rompería y no debía hacer eso delante de Joe. La tentación de ceder y dejar que él la consolara sería demasiado grande.

—No estoy mal. Pero no deberías estar aquí. ¿Cómo has entrado?

—Aún tengo llave. Nunca me pediste que te la devolviera.

Joe solía venir a su casa cuando podía escaparse sin peligro. La llamaba a la galería y ella dejaba lo que estuviese haciendo para salir corriendo a verlo. Había empezado cuando Mark comenzó a pasar cada vez más tiempo con Evie y su relación en ciernes había provocado un enorme vacío en la vida de Cleo.

Al principio, el tiempo que pasaba con Joe era poco más que una forma de rellenar sus horas de soledad y sabía que para él era algo parecido a una aventura. Era el tipo de hombre que nunca se arriesgaba, pero, cuando había entrado en la galería en busca de una joya para su mujer, juró que Cleo le había trastornado por completo.

—Estabas..., no, estás... llena de energía —le había dicho él—. Todo en ti, desde tu impresionante pelo blanco y corto hasta tu ropa de colores llamativos resultaba cautivador. Me pareciste excitante, diferente, peligrosa. Representabas todo aquello que nunca en mi vida había experimentado.

Para Cleo, Joe pasó a ser la persona de la que dependía. A pesar del hecho de que le estuviese siendo infiel a su mujer, cosa que a él siempre le costaba creer de sí mismo, en todos los demás aspectos era serio y digno de confianza.

Le dijo que, más que nada, lo que quería era estar con ella permanentemente, vivir juntos, quizá tener hijos en común. Pero tendrían que irse de aquella zona.

—No es justo para Siobhan que yo siga por aquí —había señalado—. Pero si nos vamos a otro sitio, no tan lejos como para que no pueda volver a ver a los niños los fines de semana, claro, pero lo suficiente como para que ella no tenga que ser testigo de nuestra felicidad, podríamos empezar desde cero.

Mark era la única persona que conocía la existencia de Joe. Ella le había contado que había puesto fin a la relación porque no tenía derecho a robarle el marido a otra mujer, que era lo que ella sentía y lo que de verdad creía. Pero esa no era la única razón.

En el momento en que Joe había sugerido mudarse a otro sitio, lejos de Mark, lejos de la bebé que estaba creciendo dentro de Evie y que ahora estaba tumbada en su cunita, Cleo había sabido que no podría hacerlo.

Lo cierto era que no creía tampoco que pudieran durar como pareja y reconocía que los dos se habían utilizado mutuamente para satisfacer una necesidad temporal. Ella necesitaba a alguien que se preocupara por ella y él buscaba emoción. ¿Habría sido lo mismo cuando alguien tuviera que salir bajo la lluvia para sacar la basura o cuando uno de ellos estuviese tumbado en la cama con un resfriado fuerte? Lo dudaba.

Vendió como virtud su decisión de poner fin a la relación antes de que Siobhan lo descubriera, pero su aparente sacrificio había sido solo una verdad a medias.

41

El juicio había llegado al momento crítico. Habían concluido las declaraciones de los testigos de la acusación y comenzaba la parte de la defensa. El jurado había escuchado a la policía científica, al médico forense y a otros tantos expertos y para Harriet no había habido más sorpresas que la de las otras cicatrices del cuerpo de Evie. Ahora mismo, era probable que el jurado estuviese más inclinado a creer en la fiscal, por lo que dependía del equipo de la defensa —y, en particular, de Boyd Simmonds— cambiar su percepción.

Aún tenían que decidir si Evie iba a subir al estrado. Sería lo más lógico, pero a Harriet le preocupaba cómo la vería el jurado. Podía parecer fría, distante, y aunque Harriet estaba segura de que esa era la forma que Evie tenía de protegerse a sí misma ante lo que estaba ocurriendo en su vida, debía aparentar ser la víctima que, sin duda alguna, era. Habría de convencer al jurado y al juez de que cuando llevó el cuchillo al dormitorio no tenía intención de herir a Mark, que no fue algo premeditado ni un acto de venganza. Un paso en falso sin querer, una palabra imprudente, y el caso se volvería del revés. Pero tenían tiempo para tomar la decisión. Hasta entonces, irían viendo cómo se desarrollaba la defensa.

Boyd Simmonds llamó a su primer testigo.

—Doctor Chaudhry, tengo entendido que usted trató a la señorita Clarke cuando llegó a la unidad de accidentes y urgencias del hospital en el que usted trabaja. ¿Es correcto?

—Sí, así es. Estaba sufriendo dolores considerables.

—¿Me puede contar qué heridas tenía?

—Sufría una grave lesión por aplastamiento y tenía rotas las falanges proximales de tres dedos. —El médico levantó la mano y señaló el hueso por encima del nudillo. Después, se agarró el extremo del dedo corazón—. También se había lesionado la falange distal de dos dedos y dos metacarpianos. Por suerte, no parecía que ningún nervio fuese a sufrir un daño a largo plazo.

—¿Puede hacer el favor de explicar a este tribunal a qué se refiere con lesión por aplastamiento, doctor?

—Una lesión por aplastamiento tiene lugar cuando se aplica sobre los tejidos una fuerza compresora. En el lugar de la lesión, los tejidos experimentan distintas fuerzas de manera simultánea. Imagínese, por ejemplo, pillarse la mano con un rodillo antiguo. —El doctor, al que claramente le gustaba hacer demostraciones, levantó una mano extendida en horizontal mientras con la otra hacía girar una manivela imaginaria—. Puede haber todo tipo de implicaciones pero parece que la señorita Clarke pudo sacar la mano rápidamente, lo que probablemente la salvó de sufrir daños en los vasos sanguíneos.

—¿Y le explicó la señorita Clarke cómo se había hecho esa lesión?

—Sí. Me dijo que se había pillado la mano entre unas pesas en el gimnasio de su casa.

El médico explicó con detalle cómo le contó Evie que se había provocado la lesión, acompañando la explicación de elaborados movimientos de la mano.

—¿La creyó usted?

—Las lesiones se correspondían con el accidente que ella describió, sí.

—¿Se creyó usted que ella estaba sujetando la barra que levantaba las pesas y que se le escapó de la mano?

El doctor negó levemente con la cabeza.

—Técnicamente, es posible que lo hiciera pero muy poco probable. No la creí, si le soy sincero.

—Aparte de pensar que se trataba de un accidente poco probable, ¿había algún otro motivo para no creerla?

—Sí. Comprobé su historial médico y ya había venido a vernos con anterioridad. La última vez con una quemadura especialmente grave en el antebrazo derecho y, antes de eso, le habían hecho radiografías de las costillas por una posible fractura, aunque no se halló ninguna, y se había roto un par de dedos del pie en una ocasión, al parecer tras darle una patada a una mesita. Había unas cuantas notas en los informes de su médico de cabecera que me preocuparon también.

Boyd le interrumpió. La siguiente testigo sería una enfermera del consultorio médico y resultaría mucho más impactante oír esa declaración directamente de ella.

—Por lo que leyó en las notas, doctor Chaudhry, ¿pensó que estas lesiones correspondían a algún patrón?

—Estoy seguro de que entenderá usted que vemos a muchas personas, no solo mujeres, que han sido objeto de malos tratos. Sin duda, en este caso, se me encendió la luz de alarma.

El médico miró a Evie con media sonrisa de compasión. Evie dejó caer la cabeza, como si le diera demasiada vergüenza mirar al médico o al tribunal.

—¿Le preguntó a la señorita Clarke si estaba sufriendo malos tratos?

El doctor asintió levemente.

—Sí, pero ella no dejaba de mover la cabeza de un lado a otro y negarlo. A mí no me convenció su reacción.

La defensa terminó con sus preguntas y, cuando Boyd tomaba asiento, Harriet levantó la vista hacia la galería. Cleo North estaba sentada justo delante, prácticamente colgada por encima de la barandilla. Su mirada era lúgubre, su cara estaba pálida y, de nuevo, Harriet volvió a sentir una profunda compasión por aquella mujer. Qué terrible debía de ser oír que una persona a la que querías le había hecho unas cosas tan terribles a otra.

Volvió a girar la cabeza cuando Devisha Ambo se levantaba para empezar su interrogatorio.

—Para dejarlo todo claro, doctor Chaudhry, cuando la señorita Clarke se presentó en el hospital y le explicó que la lesión de su mano era el resultado de un accidente, ¿podía estar diciendo la verdad?

El médico cerró la boca en una línea apretada. Solo había una respuesta que dar, aunque claramente no le gustaba.

—Sí —contestó.

—Y cuando le preguntó si la estaban maltratando, según usted, ella respondió que no. ¿Es eso correcto?

El doctor parecía incómodo.

—Sí —respondió en voz baja.

—Entonces, si he entendido bien sus respuestas, usted decidió no creer lo que ella le decía simplemente por la expresión de sus ojos y porque usted había tenido que tratar en el pasado con mujeres maltratadas. Dicho de otro modo, usted hizo una suposición, ¿no es así, doctor Chaudhry?

Harriet miró a la galería y vio que Cleo North cruzaba los brazos y apoyaba la espalda en su asiento con un mínimo de más color en sus mejillas.

42

Estoy dejando que todo lo que pasa en el tribunal resbale sobre mí sin afectarme porque un pensamiento, una imagen, hace que todo lo demás quede empujado hasta el fondo. En mi cabeza, es como si estuviese mirando una de las fotos de Mark: el elemento central bien iluminado y claramente enfocado, y todo lo que hay alrededor a oscuras, borroso, difuminado.

En el centro de la imagen que hay en mi mente está mi hija: Lulu.

Ha pasado mucho tiempo desde que la vi por última vez y me he perdido su primer cumpleaños. He intentado no pensar demasiado en ella, no echarla de menos, pero he estado alejada de ella cuatro meses y lo que ocurra en los próximos días va a decidir si la voy a ver pronto.

Desde que estoy en prisión preventiva, me he puesto en contacto con Cleo en repetidas ocasiones para pedirle que traiga de visita a Lulu pero ella dice que es demasiado perturbador para una niña tan pequeña. Y, por supuesto, Cleo no quiere verme. He matado a su hermano; si fue un acto justificado o no, a ella le da igual. Si le maté por el modo en que me trataba, ella supondrá que había algo en mí que le obligaba a comportarse como lo hacía. Cleo jamás podría permitirse creer que Mark era capaz de maltratar a nadie y, por mucho que digan los tribunales, jamás lo hará. Pero sí cree que él era capaz de agredir en un momento de rabia. Eso lo sé.

Probablemente podría exigir ver a mi hija, quizá acudir a los Servicios Sociales. Pero sé qué dirá Cleo. No para de repetir las mismas excusas una y otra vez: está muy lejos como para ir; puede perturbar a Lulu; es demasiado pequeña. Si fuerzo la situación, ella hará todo lo que pueda por poner a mi hija en mi contra. ¿Cómo lo llaman? Alienación parental, creo. Cleo no tendría que esforzarse mucho por hacer que la visita resultara desagradable para Lulu. Solo con asegurarse de que mi hijita estuviese cansada antes de llegar para que estuviera gruñona y llorosa sería suficiente para que le horrorizara tener que volver a visitarme.

Si salgo de aquí en unas semanas, podré recuperar a Lulu... por fin. Si me declaran culpable de asesinato, podría ser mejor para ella que no tenga que visitarme en la cárcel una semana tras otra a lo largo de su infancia. No es el mejor lugar y resultaría muy difícil explicarle —cuando sea suficientemente mayor como para entenderlo— por qué estoy aquí dentro y no en casa con ella.

¿Y qué le iba a decir yo? «Estoy aquí porque maté a tu papá».

¿Debería decirle: «Se lo merecía», como si todos formáramos parte de un culebrón de la televisión?

Lo más triste es que Lulu va a tener que enterarse de la verdad en algún momento y no es lo que yo quiero para ella. ¿Qué sería peor para ella, haber tenido un padre maltratador o una madre asesina? No veo ningún final feliz para mi hija en esta historia y no es así como debería ser. Sé por instinto que tampoco va a ser más feliz con Cleo, cuya retorcida versión de la realidad y su amargo odio hacia mí va a teñir seguramente la vida de mi hija.

Sea lo que sea lo que Cleo decida creer, me cuesta aceptar que durante los seis meses anteriores a que yo matara a Mark ella no sospechara nada de lo que estaba pasando. Seguro que debió de notar lo nerviosa que yo me ponía cada vez que Mark salía de viaje y lo introvertida que me mostraba cuando regresaba, cómo me encogía con sus caricias. Estaba segura de que vería que algo iba mal.

Hice todo lo que pude, salvo decir abiertamente que su hermano me estaba maltratando, para hacerla creer lo que yo quería que creyera. Pero estaba ciega. Quizá debería haber sido más clara, haber pronunciado en voz alta las palabras.

Seguro que ahora debe de tener dudas. Por fuerza ha de creer que él era un maltratador. Necesito que lo crea.

Ha estado todo el día en el juzgado, pero yo no puedo verla a no ser que gire la cabeza. Sin embargo, sé que está ahí. De vez en cuando, cada vez que alguien hace un comentario sobre Mark que a ella no le gusta, oigo un pequeño grito ahogado. A nadie más de los que están en la galería le podría importar tanto lo que se diga, así que tiene que ser Cleo, probablemente sentada en primera fila, deseando que no hubiera un cristal entre nosotras para poder lanzarme una cuerda al cuello y estrangularme. Al principio, pensé que el cristal era para proteger al tribunal de acusados violentos. Pero quizá es al revés.

Durante la mayor parte de esta sesión, con un desfile de testigos que han relatado las cosas terribles que yo sufrí, he mantenido la cabeza agachada con gesto de vergüenza. Nadie desea que todo el mundo sepa que permitió que le maltrataran, y no quiero que nadie me vea los ojos ni lo que se esconde tras ellos. No quiero mirar a la gente que tiene que comparecer en el juicio para hablar de mis lesiones.

Por supuesto, ellos no saben ni la mitad.

Por mucho que alguien pueda decir en este tribunal, por muchas lesiones que describan, nunca entenderán el dolor que he sufrido ni experimentarán el odio que siento por la persona a la que hago responsable. Puede que ya se haya hecho justicia. Puede que por fin pueda olvidarlo para continuar con mi vida.

Pero, para que eso sea posible, Harriet y su valioso abogado de la defensa van a tener que hacer un milagro y, en este momento, estoy convencida de que eso no va a ocurrir. Puede que pase en prisión una larga temporada.

43

Stephanie miró de reojo a Gus. Él mantenía las mandíbulas apretadas mientras escuchaba las pruebas presentadas para la declaración de inocencia de Evie. Resultaba difícil para el jefe de la investigación; siempre quedaba la sensación de lo desconocido: algún dato u otro que la defensa podía sacarse de la chistera y que podía echar por tierra el caso que con tanto cuidado había presentado la fiscal. Sintió deseos de extender una mano hacia él para mostrarle su apoyo. Pero resistió la tentación.

La noche anterior casi había sido como si volvieran a ser una pareja, pero, cuando agotaron el tema del caso, Stephanie había empezado a sentirse incómoda. Si se hubiese quedado un rato más, la conversación se habría vuelto demasiado personal y habrían tenido que sacar a la luz todas las verdades de su relación de las que no habían hablado, así que se había disculpado y se había marchado. Ahora, viéndole inclinado hacia delante mientras la siguiente testigo ocupaba el estrado, se preguntaba si había cometido un error.

La defensa había llamado a declarar a una enfermera del consultorio médico. La enfermera, una mujer alta de aspecto alegre con un pelo muy rizado y una gran sonrisa, no parecía nada alterada por la situación.

—Señora Gifford, usted es la enfermera del consultorio médico de Church Street, ¿es correcto?

—Sí, así es.

—¿Y vio a la señorita Clarke para una citología unos meses después de que diera a luz a su hija?

—Sí, creo que la niña tenía unos siete meses cuando ella vino.

—¿Conocía a la señorita Clarke de antes?

La señora Gifford se giró para sonreír a Evie, pero esta mantuvo la cabeza agachada, como había hecho durante la mayor parte del día.

—La he visto varias veces. Vino una o dos veces con la niña y le cambié las vendas cuando se quemó el brazo un mes antes. Lo tenía muy mal. Pensé que era una mujer muy valiente.

—Sí, gracias, señora Gifford. Ya sabemos lo de la quemadura. En la ocasión en que fue a hacerse la citología cervical, ¿le pareció que había algo de especial interés en el comportamiento de la señorita Clarke?

—Pensé que estaba un poco nerviosa. Pero, bueno, a nadie le gusta que le hagan una citología.

—¿Qué pasó cuando empezó a examinarla?

De nuevo, la señora Gifford miró a Evie y, esta vez, ella levantó la mirada y dedicó a la enfermera una sonrisa tensa, como si se disculpara por hacerla pasar por esa situación.

—Pude ver que la pobrecita estaba muy magullada —respondió—. El tejido blando del interior de los muslos tenía coloraciones, unos moretones púrpura rojizo que indicaban que eran bastante recientes y algunos síntomas de daños anteriores, quizá de unos días antes.

—¿Y se lo comentó a la señorita Clarke?

—Sí. Quería que me contara cómo habían aparecido esas magulladuras porque, a veces, pueden ser síntoma de otros problemas o enfermedades y, si no me hubiera dado ninguna explicación, habría tenido que hacerle algunas pruebas o pedirle al médico que le echara un vistazo.

Boyd Simmonds asintió, como si de verdad fuera la primera vez que escuchaba todo aquello.

—¿Y le pudo dar ella alguna explicación?

La señora Gifford asintió con fuerza.

—Sí, pero no me estaba diciendo la verdad. Lo supe porque no me miraba a los ojos. Dijo que se había caído de la bicicleta.

—¿Y qué pensó usted al respecto?

—Le pregunté si se había caído dos veces, porque tenía dos tipos de magulladuras, y ella me dijo que el camino de la casa en la que vivía estaba cubierto de gravilla y que era fácil resbalarse. Pero las magulladuras estaban en los dos muslos y habría tenido que rodar varias veces con la bicicleta entre las piernas para que hubiese pasado eso.

—¿Llegó usted a alguna conclusión por su cuenta?

—Llevo mucho tiempo siendo enfermera, señor, y diría que esas marcas eran resultado de un sexo bastante violento.

—Gracias, señora Gifford.

Boyd Simmonds se dirigió de nuevo a su asiento mientras la fiscal se ponía de pie.

—Señora Gifford, ¿le preguntó a la señorita Clarke si la habían violado?

Por primera vez, la mujer pareció un poco incómoda.

—No; con esas palabras, no. Pero sí que le dije que si alguien la estaba maltratando podía contármelo.

—¿Y lo hizo?

—No. Me repitió que se había caído de su bicicleta. ¡Dos veces!

Devisha miró a la testigo con una de sus sonrisas más relucientes.

—Según su experiencia como enfermera, ¿diría que hay personas, tanto hombres como mujeres, que disfrutan del sexo duro?

—Pues sí. Supongo que sí. Cada uno tiene sus gustos —contestó la señora Gifford con un ligero encogimiento de hombros.

—¿Y hay algún motivo para no suponer que la señorita Clarke es una de esas personas y que, en realidad, las magulladuras fueron el resultado de un sexo duro en el que ella había participado de manera absolutamente activa?

—No puedo decirlo, claro. Pero no parecía contenta ante lo que yo había visto.

—Gracias, señora Gifford. No tengo más preguntas.

Stephanie miró de nuevo a Gus de reojo.

—¿Y bien? —preguntó ella.

—Imposible saber quién va a ganar.

Tenía razón. Stephanie tampoco tenía ni idea de cómo terminaría esto.

44

Cleo había temido el momento en que Aminah ocupara la silla del estrado. Le costaba creer que a su amiga la hubiese llamado la defensa y se preguntaba si su amistad se recuperaría alguna vez. Trató de imaginarse la vida sin ella y le parecía casi imposible. Ya había perdido a Mark y, si perdía también a Aminah, se quedaría completamente sola.

Por un momento, la noche anterior había considerado seriamente retomar su relación con Joe, pero, por mucho amor que sintiera por él en el pasado, estaba segura de que él no era su futuro.

Cleo ya no se sentía especialmente triste por Joe. No había espacio para más penas. La agonía de perder a Mark le atravesaba el cuerpo constantemente y, a veces, le provocaba enormes oleadas de tristeza que amenazaban con envolverla y arrastrarla hasta las profundidades de una desesperación de la que quizá nunca regresaría. Ya resultaba bastante duro perder a su hermano, pero perderlo así, con tanta publicidad y con las acusaciones de que era un maltratador, resultaba insoportable.

Y ahora, de repente, su mejor amiga prestaba declaración bajo juramento en su contra.

El interrogatorio dio comienzo y la actitud aparentemente afable del abogado de la defensa se convirtió de repente en el centro de la rabia de Cleo. ¿Qué derecho tenía a arrastrar el nombre de su hermano por el fango una y otra vez?

—Señora Basra, me gustaría que regresara a la tarde del 7 de julio, si es posible.

Cleo observaba el rostro de Aminah. Normalmente era alegre pero hoy parecía como si estuviese controlando las ganas de llorar. Levantó los ojos a la galería y cruzó la mirada con la de Cleo mientras esta notaba que alguien ocupaba el asiento de al lado y le agarraba la mano. Aminah miró al recién llegado y trató de sonreír. Cleo giró la cabeza. Era Zahid.

—Aminah quería que tuvieras a alguien a tu lado —susurró él. Le apretó la mano entre las suyas y la dejó allí, devolviendo su atención a su esposa.

Cleo sintió una enorme oleada de emoción hacia su amiga. Incluso después de la forma en que se había comportado el día antes, los grandes corazones de Aminah y Zahid no iban a dejarla pasar por esto sola.

—Fue usted a la casa del señor North para ver a la señorita Clarke. ¿Es eso correcto?

—Sí. Me había invitado a comer pero, después, lo canceló.

—Aun así, usted fue de todos modos.

—Estaba preocupada por ella. Me envió un mensaje y traté de llamarla, pero no respondió.

—¿Por qué la preocupó eso? Desde luego, no es tan raro que la gente cancele sus citas.

—Ya llevaba un tiempo algo preocupada por ella. Poco antes la había llevado al hospital para que le quitaran la escayola de la mano y me pregunté si estaba bien. Sabía que Mark se había ido de viaje la noche anterior, ¿sabe? Y si ella lo estaba pasando un poco mal, pues estaba segura de que la mano le seguía doliendo, quería que supiera que podía contar conmigo.

—¿Y qué pasó cuando usted llegó a la casa?

—Llamé al timbre de la puerta varias veces pero no respondió. La llamé al teléfono de la casa y a su móvil y tampoco. Así que ahí ya me preocupé de verdad y estaba a punto de llamar a Cleo, la hermana de Mark, cuando vi que la puerta del garaje estaba abierta.

Cleo se incorporó en su asiento. Eso no podía ser verdad. No tenía sentido.

—¿Y el garaje lleva directamente al interior de la casa?

—No, pero hay una puerta por detrás que da acceso al jardín lateral que está al mismo nivel de la planta superior de la casa. Así que entré. Evie estaba en la cocina, junto a la ventana. Tenía la mirada perdida. Creo que no me vio.

—¿Y qué pasó entonces?

—Se giró hacia mí. Parecía sorprendida y solo la vi un momento antes de que corriera la cortina.

—Pese a que la vio, ¿cerró la cortina?

—Sí. Creo que no quería que viera que tenía un ojo ennegrecido. Tenía todo un lateral de la cara hinchado..., púrpura y rojo. Debía de ser muy doloroso.

—¿La dejó pasar entonces?

—No. Estuve intentando hablar con ella durante un par de días después de eso, enviándole mensajes, llamándola, yendo a su casa sin avisar... Al final respondió.

—¿Y le preguntó por el ojo morado?

Aminah sonrió incómoda.

—Sí, claro. Dijo que Lulu le había dado una patada mientras le cambiaba el pañal. Por eso se había encerrado en casa durante esos últimos días. No quería que nadie la viera.

—¿Y a usted le parece poco convincente esa excusa?

—Mire, yo tengo cuatro hijos y he cambiado más pañales de los que se pueda imaginar. Y me han dado con los pies en la cara, por supuesto. Pero ¿ha visto usted a Lulu, la pequeña de Evie? Es más pequeña que un bichito y ni siquiera mis bestias infinitamente más fuertes me habrían dejado nunca una marca así en la cara. Se lo estaba inventando.

Cleo había dejado de escuchar. La fiscal se había puesto de pie y le estaba haciendo un par de preguntas, pero nada de eso importaba. Soltó la mano de Zahid y se inclinó hacia delante, con la cabeza agachada para poder pensar. Giró rápidamente la cabeza. ¿Había todavía agentes en la sala? Sí, la mujer que había ido a verla, la sargento King, estaba sentada en la parte de atrás de la galería.

Cuando dijeron a Aminah que podía dejar el estrado de los testigos, Cleo se puso de pie de un salto y empujó a Zahid y al resto de gente de la fila para pasar. Oyó que Zahid la llamaba, pero iba hacia donde estaba la sargento King. Había en esa historia algo que no era verdad.

Stephanie había visto la inquietud de Cleo y también que se había girado para buscar a alguien en la galería. Tuvo claro que ese alguien era ella y, mientras Aminah Basra dejaba el estrado de los testigos, Cleo se acercó corriendo y se inclinó entre dos miembros del público que se estaban hablando entre susurros.

—¿Tiene un momento? —preguntó con voz rápida y entrecortada.

Stephanie se disculpó mientras pasaba por delante de la pareja para llegar al pasillo. El juez estaba a punto de anunciar un receso, así que no iba a perderse nada importante.

—Salgamos fuera para hablar —dijo tras acariciar suavemente el brazo de Cleo como un pequeño gesto de consuelo. Sentía que en aquel caso no había ganadores. Solo perdedores. Y Cleo era una de ellos.

Había carteles por todo el juzgado que advertían a la gente de que no hablaran sobre los casos, así que Stephanie sacó a Cleo del edificio. Por suerte, era un día bueno aunque frío, y encontraron un banco donde daban algunos débiles rayos de sol.

—¿En qué puedo ayudarla, señorita North? —preguntó.

—Hay una cosa que ha dicho Aminah ahí dentro que no es verdad.

—¿Quiere decir que no la cree?

Cleo negó rápidamente con la cabeza.

—No. Aminah no mentiría nunca. No es eso. Es sobre la puerta del garaje.

Stephanie hizo a Cleo lo que esperaba que fuese un gesto de aliento para que siguiera hablando, pero no tenía ni idea de adónde llevaba aquello.

—¿Por qué estaba abierta la puerta del garaje?

Stephanie se encogió de hombros.

—No tengo ni idea. ¿Por qué cree usted que eso es importante?

—Mire, resulta que sé que Mark fue esa mañana al aeropuerto en taxi, así que no tuvo ninguna necesidad de abrir el garaje. Apuesto a que si le pregunta a Aminah le dirá que el coche de Mark estaba allí.

—Va a tener que explicarse mejor, señorita North. Lo siento, pero no lo entiendo.

—Ellos siempre tenían la puerta del garaje cerrada con llave porque era la única forma de que alguien pudiese entrar, aparte de por la casa. Era el único punto débil de su sistema de seguridad. Así que estoy convencida de que estaba cerrada cuando él se fue esa mañana. ¿Por qué estaba abierta cuando Aminah fue a la casa? Evie debió de abrirla, pero ¿por qué iba a hacerlo, a menos que quisiera que Aminah la viera?

Stephanie se encogió ligeramente de hombros.

—Puede ser que la señorita Clarke saliera.

—No, no. Eso no es verdad. Ya ha oído a Aminah. Evie le dijo que había estado encerrada en casa por lo del ojo. No veo por qué motivo iba a abrir la puerta del garaje.

Cleo la había agarrado del brazo, como para que la escuchara con más atención, pero, por mucho que quisiera ayudar a esa mujer, a Stephanie le resultaba imposible pensar en qué sentido podría servir aquello a la fiscal del caso.

—Y cuando yo fui más tarde —continuó Cleo, con tono de urgencia—, el garaje estaba cerrado y no pude entrar. Mire, ellos se tomaban tan en serio la seguridad que habían cambiado las cerraduras de las puertas y ni siquiera mi llave servía ya. No tiene sentido.

Stephanie habló con tono suave, sin querer aumentar la angustia de Cleo.

—Si Evie sabía que la señora Basra había entrado por el garaje, eso pudo haberle servido de recordatorio para cerrar la puerta. Eso explicaría por qué estaba cerrada cuando usted llegó. Y podría haber varias razones por las que la hubiese abierto. No estoy segura de que podamos conseguir nada con esto.

Cleo chasqueó la lengua con gesto de frustración.

—¿Puede hacer una cosa por mí? Por favor —hizo una pausa y esperó hasta que Stephanie respondió.

—Haré lo que esté en mi mano, pero no sé qué puede ser.

—¿Le podría pedir a la fiscal que le pregunte a Evie por qué estaba abierta la puerta del garaje?

Sus ojos la miraban suplicantes y Stephanie trató de responderle con una sonrisa de simpatía, pero Cleo apartó la vista como si le desagradara.

—Se lo diré. Claro que sí. Pero no hay ninguna garantía de que la defensa vaya a llevar a la señorita Clarke al estrado.

Cleo giró rápidamente la cabeza hacia Stephanie con la boca ligeramente abierta.

—¿Qué? ¿Me está diciendo que hay una posibilidad de que no la llamen para contar lo que hizo, que no va a tener que dar explicaciones ante el jurado?

Stephanie miró la cara pálida de la mujer y sus oscuras ojeras. No quería angustiarla más, pero no podía darle falsas esperanzas.

—La interrogamos cuando fue arrestada y ya hemos contado al tribunal lo que dijo. Sospecho que la defensa solo la llamará si necesita alguna parte de su testimonio para convencer al jurado de la verdad de su versión.

—¿Y no puede llamarla la fiscal? —Cleo estaba elevando la voz y Stephanie volvió a acariciarle el brazo.

—Sé que esto debe de ser terrible para usted, señorita North, pero la única forma de que suba al estrado es si sus abogados creen que se puede conseguir algo con ello. Si tengo que darle mi opinión ahora mismo, diría que no lo van a hacer.

Cleo se levantó del banco de un salto.

—Tienen que obligarla a hablar. El jurado debe ver cómo es. Tienen que saber que mi hermano no era el maltratador que ella asegura que era.

Se dio la vuelta y volvió con paso rápido hacia la sala del tribunal.

45

Estaban a punto de llamar al último testigo de la defensa y Harriet aún no estaba segura de si habían hecho suficiente. Seguramente el jurado creería ya que Mark había maltratado a Evie. Pero, en cuanto al resto, era mucho más difícil de demostrar. ¿Cómo se puede probar de forma concluyente que alguien ha perdido el control y no que tenía planeado matar? Había puntos a favor de Evie y Boyd se serviría de ellos en sus conclusiones. Pero, aunque la defensa consiguiera su cometido, necesitarían estar seguros de que la demostración de la existencia de brutalidad era suficientemente fuerte como para limitar la condena de prisión y esa decisión correspondía al juez.

La fiscal iba a tener que jugar fuerte la carta de que había sido Evie quien había llevado el cuchillo al dormitorio, pero hasta ahora no habían podido sacarle mucho partido aparte de para exponer los hechos. No tenían a nadie a quien interrogar. Si Evie ocupaba el estrado tendrían entonces su oportunidad. Así que ella y Boyd tenían que estudiar los riesgos y las ventajas de escuchar su explicación de todo lo que había pasado. Buena parte de lo que el tribunal pensara de Evie podría depender de su testimonio.

Harriet dejó de pensar en los pros y los contras de subir a Evie al estrado. Tenían el fin de semana para prepararse pero, antes de eso, iban a llamar a una testigo que podría facilitarles el trabajo, al menos en parte. La presentaron como Deborah May y su aspecto era como si una ráfaga de viento fuerte se la hubiera llevado por delante. Miró alrededor de la sala, como si no estuviese del todo segura de cómo había llegado allí.

—Señora May —dijo Boyd—, ¿puede hacer el favor de exponer al tribunal de qué conoce a la señorita Clarke?

Los ojos de la mujer pasaron rápidamente al banquillo de la acusada y, después, los apartó.

—Trabajo en los Samaritanos. Hablé con la señorita Clarke por teléfono en varias ocasiones.

—Todos sabemos que cualquier cosa que se diga a los Samaritanos es confidencial, así que ¿podría explicar al tribunal por qué está hoy aquí?

—Podemos transmitir información si tenemos el consentimiento de la persona interesada o si recibimos una orden judicial. En este caso, no ha sido necesaria la orden judicial porque la señorita Clarke ha dado su autorización.

—¿Nos puede hablar de esas llamadas telefónicas?

—Yo hago labores de voluntariado una noche a la semana, normalmente los martes, y la señorita Clarke llamó cuando yo estaba de guardia. Me dijo que se llamaba Evie y yo le dije que mi nombre era Debbie. Llamó de nuevo a la semana siguiente y preguntó por mí.

Hablaba con rapidez, al parecer ansiosa por soltar cuanto antes lo que tuviera que decir. Boyd le dio un momento de descanso mientras él consultaba el documento que tenía en la mano.

Harriet vio que ella respiraba hondo y, después, soltaba el aire despacio a través de sus labios apretados.

—¿Es eso normal? ¿Pedir hablar con la misma samaritana?

—No es buena idea que quienes llaman se vuelvan dependientes de un único samaritano, porque, si tienen una crisis y la persona con la que han establecido la relación no está allí, podría resultar catastrófico. Pero Evie averiguó el horario en el que yo estaría de guardia y trataba de llamar en esas horas.

—¿Siempre atendía usted sus llamadas?

—Por desgracia, hubo veces en las que yo ya estaba con una llamada de otra persona, así que uno de mis compañeros trataba de hablar con ella. Pero Evie siempre decía que llamaría después.

—¿Cuántas veces habló usted con ella en total, señora May?

—Seis veces.

—¿Y qué nos puede contar de la naturaleza de la conversación?

Debbie May miró a Evie con el ceño fruncido, como si estuviese diciendo algo que no debía.

—Evie estaba mal porque el hombre con el que vivía era violento. De repente, por alguna razón que ella desconocía, él le hacía algo tan impactante o doloroso que ella sencillamente se desmoronaba.

Boyd se giró para mirar a Evie y los ojos del jurado hicieron lo mismo. Él meneó la cabeza ligeramente para mostrar su compasión.

—¿Alguna vez se había atrevido ella a preguntarle por qué la maltrataba?

—Creo que lo intentó. Pero dijo que era como si él no supiera que le hubiese hecho nada y siempre se mostraba horrorizado y sorprendido de que ella hubiese tenido un accidente.

Debbie May frunció un poco los labios al pensar en que Mark alegara ignorancia.

—¿Y cuál era el estado de ánimo de la señorita Clarke cuando la llamaba a usted?

—Resultaba extraño porque parecía perpleja, como si no entendiera lo que estaba pasando ni por qué. Decía que sus estallidos de violencia parecían desatarse con el hecho de que él tuviese que salir de viaje y ella empezó a temer esos viajes aunque, a la vez, se alegraba de que se fuera, si es que eso tiene sentido. No es nuestra labor dar consejos, pero yo quería decirle que saliera corriendo de allí, lo más rápido que le fuera posible.

Boyd asintió y volvió a ordenar sus papeles. Harriet sabía que estaba esperando a ver si la señora May decía algo más sin que él le preguntara nada.

—Nadie debería tener que soportar algo así —añadió ella, como para llenar el silencio, y Harriet estuvo a punto de sonreír.

—¿Alguna vez le sugirió ella que estuviese pensando dejarle? —preguntó Boyd.

—Creo que fue como en la tercera ocasión. Estaba llorando y pude oír de fondo a la bebé llorando también. Él se acababa de marchar y ella no me quería decir qué le había hecho, pero decía que le dolía mucho. «Debería dejarle», dijo. «Pero no tengo adónde ir y tampoco tengo dinero mío». Yo le expliqué que había casas de acogida a las que podría acudir.

«Como ella muy bien sabía», pensó Harriet con un momentáneo destello de irritación. Cuando Harriet le había preguntado a Evie por qué no había ido a la casa de acogida, ella le había dicho que estaba demasiado avergonzada y que le preocupaba qué podrían pensar de ella las mujeres a las que había estado ayudando si ella misma no era más capaz que ellas de poner en orden su vida.

—Pero no le abandonó.

—No. Él la amenazaba con todo tipo de cosas si se iba: desde matarse a sí mismo hasta matarla a ella. Incluso le dijo que secuestraría a la niña y se iría del país.

—¿Sabía ella por qué le angustiaba a él tanto el tener que dejarlas cuando debía salir de viaje por trabajo?

—Ella sospechaba que podía tener algo que ver con la muerte de su mujer. Evie había estado haciendo algunas averiguaciones y pensaba que quizá padeciera un trastorno de ansiedad por separación, una enfermedad relacionada con el sufrimiento de ataques de pánico cuando alguien se ve obligado a separarse de un ser querido, quizá por miedo a que pueda pasarle algo. Pero yo no soy ninguna experta.

Harriet se incorporó en su asiento. Era la primera vez que mencionaban aquello. Si Mark sufría algún tipo de trastorno psicológico, ¿ayudaría eso a la defensa? Podría ser, si es que conseguían demostrarlo. Evie no les había dicho nada de eso, pero las mujeres maltratadas estaban, a menudo, tan traumatizadas que no podían recordar los pormenores. Necesitaban saber más al respecto. Gracias a Dios, contaban con el fin de semana.

Devisha Ambo se puso de pie.

—Señora May, en todas sus conversaciones con la señorita Clarke, ¿hubo algún momento en el que ella sugiriera que deseaba hacer daño al señor North?

—No. Rotundamente no. Simplemente no sabía qué hacer para evitar que él siguiera haciéndole daño a ella.

—Entonces, ¿estaba tratando de urdir un plan para evitarlo?

La señora May fulminó con la mirada a la fiscal.

—Eso no es lo que yo he dicho.

—Ya nos ha contado usted que ella trató de hablar con él, así que ¿qué más hubiera podido hacer aparte de urdir un plan?

La señora May parecía incómoda y Devisha no le concedió un momento para que se recuperara.

—¿En algún momento sugirió la señorita Clarke que quería vengarse de él por todo lo que le había hecho? ¿Quizá usó expresiones que pudieran indicar que él «recibiría lo que se merecía» o algo parecido?

La señora May abrió los ojos de par en par.

—No lo hizo, pero tampoco la habría culpado si lo hubiera hecho. Me costaba entenderlo. Hablaba bien de él. Trataba de ser justa y averiguar conmigo si podría ser culpa de ella. Yo le dije que no era así. Que no había ninguna excusa. Ninguna.

Devisha revisó sus notas y la señora May miró nerviosa a Harriet, que intentó hacerle una señal con la cabeza para que se tranquilizara.

—Señora May, dice usted que sugirió que, si la señorita Clarke quería dejar al señor North, usted podría pasarle una lista de casas de acogida, ¿es correcto?

—No intentaba empujarla a ello, solo quería que supiera que tenía opciones.

—Está bien. Nadie la está acusando de haber dicho nada inapropiado. Pero ¿le mencionó la señorita Clarke en ese momento que ya trabajaba como voluntaria precisamente en el tipo de casas que usted le estaba recomendando?

La señora May frunció el ceño y miró a Evie.

—Pues no. No recuerdo que dijera nada de eso.

—¿No le parece extraño que alguien que trabajaba para una casa de acogida para mujeres maltratadas tuviera que llamar a los Samaritanos cuando contaba con un montón de personas bien preparadas a las que podía acudir?

El rostro de Debbie May recuperó la calma y las comisuras de su boca se elevaron.

—En absoluto. Cuando la gente se encuentra en apuros prefiere el anonimato. Para algunas existe una especie de inexplicable sensación de vergüenza unida a su maltrato. Probablemente, sus parejas ya les han hecho sentirse unas inútiles y la idea de soportar la compasión de otros les supone algo demasiado difícil de sobrellevar.

Harriet apoyó la espalda con alivio. «Bien dicho, Debbie». La fiscal había tenido una oportunidad razonable de asestar un golpe, pero había fallado.

46

Cleo consiguió llegar al baño de señoras justo a tiempo. Poco más podía salirle del estómago, solo la taza de café que se había tomado cuando llegó al juzgado. Apenas había podido comer desde el comienzo del juicio, pero hoy había sido, con mucho, el peor día. Saber que Evie había pasado meses llamando a los Samaritanos le había supuesto un golpe más fuerte que cualquier otra prueba. En su mente, había podido encontrar explicación para todo lo demás que se había dicho y había desestimado las acusaciones considerándolas mentiras. Pero la idea de que Mark estuviese traumatizado cada vez que salía de viaje era devastadora. Había sido ella la que, cada una de esas veces, le había convencido de que se fuera.

¿Era todo culpa de ella? ¿Significaba eso que lo que habían estado diciendo de Mark podría ser verdad? ¿Que sí había maltratado a Evie? No. ¡No! Seguía negándose a creerlo. Cada pequeña duda que se adentraba en su mente era apartada con fuerza y jamás cesaría en su lucha por demostrar su inocencia.

Se dejó caer en el suelo del retrete, con la espalda contra la puerta, tratando de contener los sollozos que la estaban destrozando por dentro. Levantó las rodillas y apoyó en ellas la frente, con las manos juntas por detrás de la cabeza, empujando la cara hacia abajo para ahogar los sonidos que estaba emitiendo.

—¿Cleo? —Creyó que estaba teniendo alucinaciones cuando alguien pronunció su nombre. Pero la voz volvió a sonar con más fuerza—. Cleo, soy Aminah. Sal, cariño. Deja que me ocupe de ti.

—Vete, Aminah. No puedo soportar mirarte después de lo que has dicho. ¿Cómo has podido contarle al tribunal que Mark pegó a Evie? ¡Le conocías desde hacía años!

Oyó un profundo suspiro.

—Yo no he dicho que él le pegara, Cleo. He dicho que ella tenía un ojo morado y que trató de ocultármelo. Nunca he dicho que fuese Mark.

—No hacía falta que lo dijeras, ¿no? ¿Quién más habría podido ser? ¿Y qué problema había en declarar que muy bien podía haber sido Lulu la que le dio una patada en el ojo? No todo el mundo es tan experto en cambiar pañales como tú.

—Cleo, para ya. He dicho la verdad. No me he inventado nada, y hasta tú tienes que admitir que, si Lulu hubiese sido la que de verdad le había puesto el ojo morado, ella no habría sentido la necesidad de ocultármelo. Me habría dejado entrar y nos habríamos partido de risa a costa de eso. Sé cuánto te está doliendo todo esto, cariño. Debe de ser insoportable y no sé por qué te obligas a venir. Vamos, sal de ahí y deja que te dé un abrazo.

Cleo no quería levantarse del suelo. En cierto modo, con la espalda apoyada contra la puerta, acurrucada en un espacio pequeño y con los brazos y las piernas protegiéndola, se sentía a salvo. Pero no podía quedarse ahí toda la noche y no tenía ni idea de a qué hora cerraría el juzgado.

—No voy a ir a ninguna parte hasta que salgas —insistió Aminah y Cleo estaba segura de que lo decía en serio, así que empezó a levantarse pesadamente del suelo. Colocó un pie debajo de ella y, de repente, tuvo que agarrarse a la taza del váter. La habitación le daba vueltas y cerró los ojos mientras respiraba entrecortadamente sintiendo que le faltaba el aire.

—¿Qué te pasa? Cleo, ¿estás bien?

Recuperó el equilibrio y se arriesgó a abrir los ojos. Las paredes seguían en el mismo sitio.

—Estoy bien. Me he mareado un poco. Eso es todo.

—Dios mío, ¿cuándo ha sido la última vez que has comido algo?

Cleo abrió la puerta y vio a Aminah rebuscando en su bolso.

—Toma. Cómete esto —dijo poniéndole en la mano un paquete de chocolatinas a medio comer.

Cleo abrió la boca y dio cuenta de lo que quedaba.

—Madre mía, ahora sí que estoy segura de que no estás bien —dijo Aminah rodeando a Cleo con el brazo para atraerla hacia ella—. Venga. Vamos a sentarte en algún sitio con una taza de té o algo y, después, te llevaré a casa. Zahid y yo volveremos después a por tu coche. No puedes conducir así.

Por un momento, Cleo apoyó la cabeza en el cómodo hombro de Aminah.

—Todo son mentiras, ¿sabes? —dijo.

Aminah no respondió nada y Cleo se apartó un poco y giró el cuello para fulminarla con la mirada, con la esperanza de poder persuadirla.

—Le he dicho a la agente de policía que me parece raro que la puerta del garaje estuviese abierta cuando fuiste. Pero no sé si harán algo al respecto.

Vio que Aminah se mordía el labio inferior con el ceño fruncido. Estaba claro que pensaba que Cleo estaba dándole demasiadas vueltas. Cleo notó el tono de urgencia en su propia voz y trató de suavizarlo un poco para convencer a su amiga de que lo que pensaba tenía lógica.

—No es solo eso, Aminah. Es todo lo demás. No puedo imaginarme a Mark haciendo ninguna de esas cosas. Cuando oí el testimonio de lo del interruptor de la luz, me pareció todo muy raro. Mark nunca habría querido estar a oscuras. Nunca le gustó la oscuridad.

—¡Vamos, Cleo! Ya hemos tenido esta conversación y creo que estás exagerando.

—No —respondió Cleo apartándose de Aminah y yendo a apoyarse sobre el lavabo—. No quiero decir que le tuviera miedo. Él siempre decía que cuando estaba completamente a oscuras sentía como si estuviese solo en el mundo, y eso lo odiaba. Lo de que quisiera pegar a Evie a oscuras es mentira.

Tenía que convencer a Aminah. Necesitaba que al menos una persona creyera que tenía razón, que una persona no creyera que Mark era el demonio.

—Por favor, Aminah, te estoy diciendo la verdad. Cuando mi madre nos dejó, la sensación de soledad de Mark empeoró. Y, después, con el acoso en el colegio tuvo que dejar los estudios, solo porque era un poco diferente. Empezó a sentir que nuestro hogar era el único sitio seguro, con aquellos que le querían. Bueno, conmigo, supongo. Ni siquiera podía soportar ir a las excursiones del colegio ni pasar una noche en casa de algún amigo.

—Seguramente, todo esto está relacionado con lo que ha dicho la mujer de los Samaritanos. Si sufría ese trastorno por separación o comoquiera que se llame, ¿no haría eso que sus viajes le resultaran más difíciles? Si tenía miedo a que les pasara algo malo a las personas a las que quería cuando estaba fuera, ¿no pudo empeorar aún más al morir Mia en su ausencia?

Cleo no quería pensar en Mia.

—Muy propio de Evie buscar algún trastorno al que agarrarse. Aunque eso fuese verdad, ¿en serio te imaginas a Mark haciendo las cosas que ha contado? Vamos, Aminah. ¿De verdad te lo puedes imaginar?

Aminah se cruzó de brazos y respiró hondo.

—Si te soy completamente sincera, no me imagino a nadie cometiendo la mitad de las cosas espantosas que pasan en el mundo. Lo cierto es, Cleo, que por muy cerca que estés de alguien, nunca sabes de verdad lo que le pasa por dentro.

Cleo sintió que el pecho se le tensaba. Sabía que Aminah tenía razón, pero no podía admitirlo. Un secreto se había cernido de forma siniestra sobre ella y Mark, y los dos habían tenido demasiado miedo de admitirse el uno al otro lo que habían hecho. Y ahora era demasiado tarde.

47

Harriet y Boyd están preocupados. Puedo verlo en sus caras. Sé que han realizado un trabajo excelente y que Boyd ha hecho pedazos a algunos de los testigos. Sobre todo, a Cleo. Pero no pueden predecir las divagaciones de un jurado y existe un delicado equilibrio aquí entre hechos irrefutables y conjeturas.

Yo creía que me había resignado a lo que pudiera pasar, pero pensar en Lulu me ha debilitado. Aunque no puedo permitir que lo sepan. Tengo las manos bien apretadas en el regazo, escondidas, y me estoy hincando los pulgares en las palmas para mantener la concentración.

—¿Qué tengo que hacer? —les pregunto con voz tranquila.

—Siempre hemos sabido que, para tener más oportunidades de convencer al jurado de tu inocencia, quizá podrías subir al estrado —responde Harriet con tono más enérgico y profesional que nunca—. Si lo haces, tendrás que contar por qué le dijiste a Mark que tu padre iba a pagar las fotografías.

En mi opinión, eso no tiene relevancia con respecto a su muerte, pero sirve para poner a prueba tu absoluta fiabilidad y honestidad. Si mentiste en eso, ¿en qué más podrías haber mentido? ¿Entiendes a qué me refiero?

Les contesto asintiendo con la cabeza y sé exactamente qué voy a decir y cómo me voy a excusar.

—Así que tenemos que demostrar sin lugar a dudas que perdiste el control como consecuencia de un miedo a un acto de violencia extrema. Yo creo que hay pruebas de sobra de la crueldad de Mark, pero no debe quedar nada que indique que tus actos fueron premeditados o movidos por un sentimiento de venganza. Debo hacer mucho hincapié en esto.

—Entonces, ¿habéis decidido que es necesario que preste declaración? —pregunto, sabiendo lo que van a responder.

Estoy segura de que a Harriet le preocupa lo que me pase, aunque esté hablando de forma brusca. Yo soy para ella una especie de cliente emblemática. Cree con firmeza que no se ha hecho lo suficiente por ayudar a las mujeres maltratadas y que, si gana este caso, contará con un estrado aún más grande desde el que gritar.

—Habríamos preferido valernos de la transcripción de tu interrogatorio por parte de la policía en lugar de dar a la fiscal la oportunidad de interrogarte, pero necesitamos que el jurado crea en ti. Y el juez tiene que estar convencido de tu honestidad, porque, por mucho que diga el jurado, la sentencia queda, en última instancia, bajo su control. Nadie más puede ganarse sus corazones y sus mentes, Evie. Solo tú.

Por supuesto, sé que el cuchillo va a ser un gran problema. Pero eso siempre lo he sabido.

—El hecho de que, en teoría, las marcas de tu pecho y tus brazos te las puedas haber infligido tú misma es un tema del que preocuparse y estoy segura de que Devisha querrá insistir en ello. Pero sabemos, aunque el jurado no, que tienes viejas cicatrices en la espalda que es muy poco probable que te las hayas podido hacer tú. Será necesario que las veamos. Esa es otra razón por la que queremos que ocupes el estrado, porque no hay otra forma de presentar esa prueba ante el tribunal.

—¿A qué te refieres? —pregunto, pensando por un momento que voy a tener que enseñar la espalda en el juicio.

—Les enseñaremos una fotografía de tu espalda. Y me temo que vas a tener que decir cómo ocurrió. A mí no me lo has contado aún y, antes de subirte al estrado, vas a tener que hacerlo. No puedo defenderte, ni tampoco Boyd, si no conocemos la verdad, Evie. Debes contármelo.

Voy a tener que desenterrar muchos recuerdos que preferiría mantener bajo tierra, pero no puedo dejar que eso me debilite. Tengo que ser fuerte, asegurarme de que no cometo ningún error.

—Vale, hazme la foto y Boyd podrá preguntarme por las cicatrices. Pregúntame por otras lesiones, ¿por qué no? Puedo hacerte una lista.

Harriet se inclina hacia mí.

—Aquí no estamos hablando de Mark, ¿verdad, Evie?

—No. Son de mucho antes de Mark y tampoco tienen nada que ver con Nigel, mi marido.

Una parte de mí desea no hablar de ello porque no quiero tener que decirlo más de una vez, pero sé que eso no lo van a aceptar. Deben saberlo todo para poder hacerme las preguntas adecuadas.

Nunca se lo he contado a nadie. Mark sabía lo de las cicatrices, por supuesto, igual que Nigel. Pero ninguno de ellos conocía la verdad y me aterra que contar mi historia pueda romper el dique que lo contiene todo. Y, entonces, solo Dios sabe qué más podría revelar.

Pero no tengo otra opción. Pronuncio las palabras a trompicones y siento la piel pegajosa por el sudor, pero lo cuento. Hasta el último detalle. Y veo cómo Harriet abre los ojos de par en par, impactada e incrédula.

48

Stephanie había decidido que iba a tener que darse unos caprichos durante el fin de semana. Llevaba demasiado tiempo estresada. Trabajar con Gus y verse incapaz de darle la razón en su plena convicción de que Evie Clarke había cometido un asesinato cuidadosamente planeado le había pasado factura.

Para olvidarse de todo, los próximos dos días iba a dedicarlos por completo a la autocomplacencia. Le encantaba cocinar pero rara vez tenía tiempo de hacerlo, así que iba a preparar su plato de invierno preferido: un chile muy picante y especiado. Y mientras la carne se hacía lentamente en el horno, iba a sumergirse en un baño aromático rodeada de velas. Y no iba a pensar en Gus. Ni un solo minuto.

El grifo de la bañera estaba abierto y acababa de echar una buena dosis de aceites cuando sonó el timbre de la puerta.

—Maldita sea —dijo. Deseaba no contestar pero, en cierto modo, dado su trabajo, nunca le parecía lo más adecuado. Cogió un viejo albornoz de detrás de la puerta del cuarto de baño y, tras cerrar el grifo, bajó.

Pudo ver la silueta de amplias espaldas a través del cristal esmerilado de la puerta de la calle. ¿Qué narices estaba haciendo hoy aquí? Era imposible que tuviera relación con el caso. Habían acordado que iban a pasar el fin de semana tranquilos.

Con un gesto fastidio, abrió la puerta.

—Gus —dijo a modo de saludo.

—¿Qué es ese olor tan delicioso? —preguntó él colándose en el interior de la casa mientras olfateaba.

—Eh... No recuerdo haberte invitado a entrar —dijo ella—. Estoy ocupada. ¿Qué quieres?

—Quiero un poco de lo que estás cocinando, eso seguro.

—Pues no lo vas a probar, así que vete.

—Vamos, Steph. Sabes que tenemos que hablar y no del trabajo. Estás evitando quedarte a solas conmigo. Incluso cuando nos quedamos atrapados en aquel bar juntos, te escabulliste en cuanto hice la más mínima mención a algo personal. Estaba claro que preferías empaparte hasta los huesos antes que hablar conmigo. —Gus suavizó el tono—. Ya es hora de que tengamos una conversación, creo yo. ¿Podemos hablar?

Stephanie se quedó junto a la puerta con los brazos cruzados.

—Bueno, pues adelante.

—Vamos a sentarnos o ve a darte tu baño y yo me quedo viendo la tele hasta que acabes. Oye, nos hemos llevado bastante bien durante las últimas semanas, ¿no? Estoy preparado para cualquier cosa que me quieras lanzar a la cabeza, pero tengo la sensación de que los dos estamos dando vueltas en una secadora, sujetos a lados opuestos del tambor.

Stephanie notó que empezaba a ceder un poco. Puede que Gus tuviera razón. Puede que estuviese siendo una testaruda.

Gus continuó adentrándose en la casa y se tiró sobre el sofá, justo en el mismo sitio donde siempre solía sentarse.

Stephanie tuvo una extraña sensación en el pecho, casi como si le costara respirar. Atravesó la habitación y se sentó enfrente de él, en el borde del asiento.

—Tranquila, Stephie —dijo él—. ¿Quieres que abra una botella o algo?

Ella casi se retorció cuando la llamó Stephie, un nombre que él usaba en raras ocasiones y solamente con tono de cariño.

—No. No vas a moverte por aquí como si esta siguiera siendo tu segunda casa. Di lo que tengas que decir y, después, te vas.

Gus trató de ocultar una sonrisa sin conseguirlo.

—Estás decidida a ponérmelo lo más difícil posible, ¿no? Vale. Empecemos por el principio. —Respiró hondo y la miró directamente a los ojos—. Siento muchísimo no haberme puesto a dar saltos de alegría cuando me dijiste que estabas embarazada. Fue una enorme sorpresa. No sabía si estaba preparado para tener un hijo y, hasta ese momento, tampoco estaba muy convencido de que tú lo estuvieses. —Levantó las manos en el aire como para protegerse de la defensa que iba a tener como respuesta—. Ahora sé que estaba equivocado. Pero si me hubieses dado un momento para pensarlo, estoy completamente seguro de que habría estado encantado. Pero no esperaste. Tomaste el control. Tu capacidad de recuperación, tu fuerza y tu determinación son algunas de las cosas que más me gustan de ti, pero eres muy rápida tomando decisiones y algunos necesitamos uno o dos segundos más.

Stephanie no podía hablar. Se había quedado aturdida al darse cuenta de que Gus había malinterpretado por completo lo que había pasado.

—¿Por qué me echaste, Steph? —preguntó él con dulzura—. Deberíamos haberlo hablado, haber tomado juntos la decisión adecuada, cualquiera que fuese. Debió de ser un infierno para ti hacer lo que hiciste estando completamente sola.

—¿Qué hice, Gus? —preguntó Stephanie en voz baja.

—No te culpo por haber abortado. Era decisión tuya. Pero ¿por qué me echaste?

Stephanie estaba inmóvil. No sabía si reír o llorar.

—Para ser policía, a veces puedes resultar increíblemente corto —fue lo único que dijo.

—¿A qué te refieres? Yo te quería. Sigo queriéndote, joder. Pero estás tan decidida a hacer las cosas a tu manera que no permites que nadie más exprese su opinión. Yo me habría hecho a la idea. Me habría parecido bien. Jamás te habría dejado pasar por eso a solas.

—¿Te habrías hecho a la idea? Dios mío. Era un bebé. Haces que parezca como si hubiese cambiado tu lujoso coche por otro cochambroso sin decirte nada.

—Sabes que no lo he dicho como algo negativo. Deja de ponérmelo tan jodidamente difícil. Te negaste a hablar conmigo y cuando te arrinconé porque resultó evidente que ya no estabas embarazada, me dijiste que el problema había desaparecido. Que no tenía de qué preocuparme. Pero sí estaba preocupado. Estaba preocupado por ti.

—Me partiste en dos, Gus. Hiciste que me sintiera como si yo sola hubiese creado esa vida dentro de mi cuerpo o que quizá había tratado de tenderte una trampa.

—Lo siento. Lo he dicho mil veces en mi cabeza y en persona siempre que he podido, cuando me has querido escuchar. Estaba en medio de aquel caso infernal, estresado a más no poder y reaccioné mal.

Ella no podía continuar con aquello. La rabia se había evaporado y la había dejado débil y vulnerable. Se esforzó por controlar la voz.

—No interrumpí el embarazo. Nuestro bebé, un niño, por si quieres saberlo, decidió dejar mi cuerpo cuando estaba embarazada de dieciséis semanas. Un mes después de que te fueras. Ya estaba embarazada de tres meses cuando te lo dije, porque tenía miedo de tu reacción y sabía que aquel caso te estaba hundiendo.

Gus se quedó boquiabierto y ella pudo ver el destello de muchas emociones que atravesaban sus ojos. Culpa, pena, sorpresa. Se dio cuenta de que con su propio dolor no se había parado a pensar en el de él pero, en cierto modo, la única forma en la que había sido capaz de afrontar la pérdida de su amante y, después, de su diminuto bebé era apartando de su mente y con todas sus fuerzas todo tipo de sentimiento hacia Gus.

—Steph, ven aquí. —Extendió los brazos y ella se levantó del sillón para arrodillarse en la alfombra, delante de él. La envolvió con sus brazos y la abrazó con ternura mientras las lágrimas de ella empezaban a fluir para, después, convertirse en sollozos. Él se inclinó y la levantó sobre su regazo y ella enterró la cabeza en el cálido hueco de su hombro.

49

Harriet había pasado todo el fin de semana trabajando. No podía quedarse quieta. Había obligado a Evie a que le hablara de las cicatrices y el relato que ella había esbozado fue suficiente para romper el corazón del abogado más duro.

Nada de lo que Evie había dicho era nuevo, pero fue el modo escalofriante en el que lo contó y el evidente daño que le había provocado lo que Harriet no podía sacarse de la mente.

Más que nunca, sentía que le debía a Evie asegurarse de que no la declararan culpable de asesinato, que el juez y el jurado entendieran el porqué y el cómo había perdido por completo el control y dictaran una sentencia poco severa.

Mientras tomaba asiento en el juzgado, contenta de que el fin de semana y la espera hubiesen concluido, Harriet se hizo las mismas preguntas que se había planteado cada día. «¿He hecho lo suficiente? ¿He conseguido todo lo que me propuse? ¿He puesto en este caso todo lo que tengo?». Nunca parecía suficiente, por mucho que se esforzara, y, en el caso de Evie, las preguntas parecían más contundentes e insistentes que nunca.

Uno de los aspectos más complicados del caso había sido siempre demostrar que Mark maltrataba a Evie de forma habitual, casi como un ritual. Si eran incapaces de convencer al tribunal de que esto era cierto, la pregunta de por qué ella le mató resultaba irrelevante. Si él no la estaba maltratando, ella no tenía defensa.

Había resultado difícil entender por qué los malos tratos solamente parecían ocurrir justo antes de que Mark saliera de viaje por trabajo. Parecía algo incongruente e irracional. Pero, si sufría un trastorno de ansiedad por separación, eso aportaba credibilidad a su comportamiento y reforzaba el testimonio de los malos tratos.

Seguramente, el alegato final de Devisha Ambo se apoyaría con firmeza en el hecho de que no era a Mark North a quien se juzgaba. No había pruebas firmes e irrefutables de delito. Además, ¿no era bastante probable que las lesiones de Evie se las hubiese infligido ella misma? Pero si el jurado creía que el trastorno de ansiedad por separación afectaba al estado mental de Mark, tendría menos motivos para cuestionar el testimonio de Evie. Se habría ganado media batalla.

Tenían un testigo más al que llamar antes de que Evie ocupara el estrado y Boyd se puso de pie pesadamente para explicar al juez y al jurado por qué se le había invitado a prestar declaración. Miró al impaciente joven, que parecía estar moviendo constantemente su peso de un pie a otro, empujándose las gafas sobre la nariz y lanzando su sonrisa a toda la sala.

—Doctor Perkins, ¿qué me puede contar sobre el trastorno de ansiedad por separación?

—Ah, pues muchas cosas —contestó el médico, hablando de forma rápida y entrecortada—. Fundamentalmente, alguien que padece este trastorno experimenta una ansiedad y miedo extremos cuando se separa de alguien a quien tiene un apego importante, a menudo su pareja. Les preocupa que puedan sufrir algún daño sus más allegados si no están con ellos.

—¿Es un trastorno común?

El médico volvió a sonreír, claramente entusiasmado con el tema.

—Lo cierto es que es más común de lo que se pueda pensar. Es posible que entre un seis y un siete por ciento de la población adulta pueda sufrirlo en cierto grado.

Asintió, como si aquello fuera una buena noticia.

—Doctor Perkins, ¿puede explicarnos cómo puede manifestarse este trastorno?

—Sí, por supuesto. Algunos de los que lo sufren sienten una excesiva angustia cuando se ven separados de la persona o del lugar al que se sienten apegados. A otros les cuesta estar solos y eso puede resultar muy difícil para sus parejas, quienes pueden verse incapaces de salir y dejarlos en casa. A veces, les cuesta dormir solos.

—¿Alguno de estos síntomas explicaría por qué Mark North atacaba de forma repetida a la acusada, la señorita Clarke, antes de salir de viaje durante un tiempo?

—No. Por sí solos, no. No lo creo.

Harriet vio que Boyd se ponía rígido por un momento. Estaba claro que eso no era lo que se había esperado.

—Doctor, cuando dice que «por sí solos, no», ¿indica eso que puede haber otros problemas relacionados?

—Pues sí, pero sin conocer al paciente no podría decirlo. Es cierto que el TASA, perdón, el trastorno de ansiedad por separación de adultos, tiene lugar de manera frecuente junto con otros problemas psiquiátricos, fobias, TOC, pero existe también una alta probabilidad de que las personas con este trastorno experimenten alguna clase de trastorno del estado de ánimo.

Boyd pareció tranquilizarse un poco.

—¿Y alguno de esos trastornos del estado del ánimo están relacionados con la violencia?

—Bueno, si una persona sufriera también un trastorno explosivo intermitente, por ejemplo, y ambos trastornos han estado relacionados en algunos casos, no sería improbable que el estrés que aparece por la separación pudiera provocar que pierda los estribos.

—¿Puede hacer el favor de explicarnos qué es el trastorno explosivo intermitente, aunque el nombre por sí mismo ya nos lo sugiera con bastante claridad?

—Básicamente, es la incapacidad de controlar impulsos de agresividad. Los ataques pueden ser causados por la tensión o, a veces, por la excitación. El acto de la agresión les proporciona una inmediata sensación de alivio y termina tan pronto como empieza.

—¿Sienten remordimientos por sus actos?

—La gente reacciona de distintas maneras. Algunos parecen arrepentirse de verdad de sus actos, otros se sienten avergonzados y pueden tratar de fingir que nunca ha sucedido.

Boyd asintió y dirigió su mirada hacia el jurado.

—¿Y qué indican las investigaciones sobre la vida de una persona que vive con alguien que sufre alguno de estos trastornos y, más aún, ambos?

El doctor Perkins negó con la cabeza y dejó de sonreír en ese momento.

—Cielo santo, no es nada agradable. El trastorno de ansiedad por separación es extremadamente complicado en las relaciones. Quienes lo sufren son muy dependientes y puede ser muy difícil de manejar. Si esa misma persona sufriera trastorno explosivo intermitente, eso obligaría a quienes están más cerca a permanecer en guardia constantemente, asegurándose de no hacer nada que pueda provocar una crisis en quien sufre el trastorno.

—Y en su opinión, doctor, ¿ese nivel de presión sería suficiente para que alguien cercano al que sufre el trastorno tenga momentos en que le sea imposible soportar esa mezcla de conductas?

—Desde luego. Habría ocasiones en que se desesperarían.

—Gracias, doctor Perkins. No tengo más preguntas.

Devisha Ambo se puso de pie rápidamente.

—Doctor Perkins, ¿a qué edad suelen aparecer estos trastornos?

—El trastorno de ansiedad por separación no se reconoció como tal en adultos hasta hace unos veinte años. A menudo, aparece durante la infancia. De igual modo, el trastorno explosivo intermitente suele aparecer al final de la infancia o durante la adolescencia. Pero no de forma exclusiva.

—Entonces, cabría esperar que este problema lo notara una persona cercana al sujeto. Por ejemplo, alguien como su hermana.

—Depende de lo unidos que estén y de la frecuencia con que se vean. Sin duda, si tienen una edad parecida, ella ha debido de verlo cuando crecían.

—Entonces, ¿se podría esperar que ella describiera a su hermano como... —consultó sus notas— «amable y sensible»?

El psicólogo negó con la cabeza.

—Era su hermano. Está muerto. Estoy seguro de que querrá recordar sus mejores aspectos. Es lo que hacemos todos, ¿no? Y si ella no era la persona a quien estaba más apegado, es posible que nunca sufriera su ansiedad por separación.

Harriet sintió deseos de levantar un puño en señal de victoria. La respuesta perfecta.

Pero Devisha no había terminado.

—¿Alguna vez conoció o vio usted a Mark North como paciente?

—No.

—Entonces, ¿todos los comentarios que ha hecho hoy son puramente hipotéticos?

El doctor Perkins miró a la fiscal con el ceño fruncido.

—Se me ha pedido que hable de dos trastornos y de cómo pueden aparecer. No se me ha pedido que diagnostique a ninguna persona que haya conocido. Yo no puedo decir si él sufría alguno de esos trastornos o los dos. Lo único que puedo contarles es en qué consisten.

—Dicho de otro modo, su testimonio y Mark North no guardan ningún tipo de relación.

—No, ninguna.

La fiscal se giró hacia el jurado y, después, de nuevo al doctor.

—Entonces, no tenemos ninguna prueba de que Mark North sufriera alguno de estos trastornos. Lo único que tenemos es el testimonio de una samaritana a la que Evie Clarke, la mujer acusada de su asesinato, expresó sus sospechas basadas en una búsqueda de internet. ¿Es correcto?

—Me temo que no podría saberlo. No conozco los pormenores del caso. He venido como testigo experto en psicología.

—Gracias, doctor Perkins. Ha sido usted de gran ayuda.

«Mierda», pensó Harriet. Deberían haberse ahorrado todo esto. Ahora tendrían que esperar que el jurado no desestimara el testimonio del doctor Perkins. No podía perder este caso.

Harriet sentía una presión cada vez mayor en el pecho. Ya solo le quedaba Evie. Todo dependería de su testimonio.

50

Cleo no estaba segura de tener suficientes fuerzas para permanecer sentada durante todo el testimonio de Evie. No diría más que mentiras. A Evie ni siquiera le preguntarían por la puerta del garaje, según la sargento King, porque, al parecer, la fiscal no lo consideraba importante. Estaban seguros de que ofrecería una razón convincente de por qué estaba abierta cuando Aminah había aparecido. Para ellos era un detalle sin importancia pero, para Cleo, había sido como una luz de esperanza.

Lo único que quería ahora era saber el veredicto y, aunque el jurado la defraudara al declarar a Evie inocente de asesinato, esperaba y rezaba por que el juez tuviera la sensatez de encerrarla durante años por homicidio. No se merecía estar en libertad tras haber dejado a Cleo sin un hermano maravilloso y a Lulu sin un cariñoso padre. Si Evie recibía una sentencia de cadena perpetua, Cleo se aseguraría de que Lulu se criara sabiendo qué había ocurrido y lo maravilloso que era su padre.

Aminah había preguntado a Cleo si quería que la acompañara durante las últimas etapas del juicio, pero le había dicho que no. Quería estar sola. De sentir la más ligera brisa de compasión por Evie por parte de Aminah, perdería la cabeza.

Evie estaba prestando juramento y Cleo la miraba con desagrado. Iba vestida con una falda azul oscuro que se ajustaba bien a sus esbeltas caderas sin quedarle demasiado ceñida y había elegido una blusa de seda blanca que le caía suelta pero sin ocultar a la mujer que había debajo. Se había recogido su largo y rubio pelo en un pequeño y bien peinado moño y llevaba un maquillaje sencillo. A Cleo le parecía que había conseguido un aspecto que no podría ofender a nadie pero que, al mismo tiempo, reflejaba que era una mujer equilibrada y pulcra. Una idea inteligente.

La apertura del abogado de la defensa sorprendió a Cleo.

—Señorita Clarke, en este tribunal se ha presentado una gran cantidad de pruebas relacionadas con sus espantosas y más recientes lesiones, el resultado de lo cual fue una pérdida de control que terminó con la muerte de Mark North. La fiscal ha sugerido que estas lesiones, además de las más antiguas que el doctor Moore vio en el hospital, podrían haber sido autoinfligidas. ¿Podría hacer el favor de explicar al tribunal el origen de las viejas cicatrices que vio el doctor?

Vio que Evie tragaba saliva. Respiró hondo y pareció contener el aliento mientras hablaba.

—Fue mi tío —dijo.

Cleo casi soltó una fuerte carcajada. Estaba claro que Evie solía encontrar a alguien a quien culpar de cosas que le sucedían a ella. Seguro que el tribunal no se iba a tragar aquello.

—Y esas lesiones no se limitaban a su pecho y vientre, las heridas que vio el doctor y sobre las que hizo su comentario. De hecho, también están en su espalda, ¿no es así?

—Me provocó muchas heridas en el cuerpo. —Su voz era tan suave que Cleo tuvo que esforzarse por oírla.

El abogado de la defensa pidió al juez y al jurado que miraran las pantallas que tenían delante y les concedió un tiempo para que estudiaran las fotografías. Desde donde Cleo estaba sentada, no podía ver las imágenes al detalle, pero sí pudo ver miradas de desasosiego en los rostros del jurado, algunos de los cuales miraron preocupados a Evie con el ceño fruncido, casi como si no quisieran que ella supiera que estaban contemplando fotos de su cuerpo.

—Exactamente, ¿cómo causó su tío estas y otras heridas? —preguntó por fin el abogado.

—Las cicatrices que pueden ver en la fotografía y las otras de las que habló el doctor y que tengo en el pecho, el vientre y los brazos me las hizo con un látigo de ganado.

Se oyó un pequeño grito entrecortado de horror proveniente de la mujer que estaba a la izquierda de Cleo.

—Para que lo sepa este tribunal, un látigo de ganado consta de una sola soga o tira y, en principio, como indica su nombre, se usa para los animales. La parte principal del látigo, a menudo conocida como correa, está normalmente hecha de cuero trenzado. En el extremo va un trozo de cuero flexible, que está unido a la lengua, que es una especie de borla hecha de cuerda o nailon o de otros materiales. La longitud del látigo en total puede ser desde un metro hasta siete.

El abogado entregó unos papeles al ujier para que los repartiera.

—Le hemos pedido a un médico que examinara a la señorita Clarke este fin de semana y, en su informe, del cual tienen ahora ustedes una copia, ha confirmado que las cicatrices del cuerpo de la señorita Clarke podría haberlas provocado un arma de ese tipo. Está dispuesto a prestar declaración en caso de que el tribunal así lo solicite.

Boyd concedió tiempo al jurado para que leyera los documentos antes de continuar.

—Queda bastante claro con esta prueba que estas cicatrices más antiguas no fueron autoinfligidas y, por tanto, no hay motivo alguno para creer que las más recientes lo sean también, como se sugirió previamente. —Hizo una pausa para que esas palabras tuvieran su efecto—. Señorita Clarke, tengo entendido que estas no son las únicas lesiones que su tío le provocó. ¿Puede hablarnos de las demás, por favor?

—Me rompió el cúbito izquierdo y, en otra ocasión, la clavícula. Tuve fractura de costillas en dos ocasiones y también en algunos huesos del pie.

Evie hablaba con frialdad, como si se estuviese refiriendo a otra persona que no fuera ella y Cleo miraba fijamente a la mujer a la que creía conocer. ¿Podía ser verdad? Pero Evie no podía mentir, al menos no con respecto a los huesos rotos. Una radiografía demostraría de inmediato si se lo estaba inventando.

—¿Puede hacer el favor de contarnos las circunstancias en las que esto ocurrió, señorita Clarke?

—Tuvieron que ocuparse de mí desde los nueve años. Mi madre era alcohólica y murió alrededor de un año después de que me apartaran de ella. Los Servicios Sociales se pusieron en contacto con mi abuela. Mi madre y ella no se hablaban desde que mi madre se fue de casa justo después de que yo naciera, pero querían saber si ella se haría cargo de mí. Por supuesto, a ella solo le interesaba saber si la podrían clasificar como cuidadora de acogida para recibir dinero por ocuparse de mí, en lugar de actuar como una abuela preocupada. En lo que se refería al dinero, probablemente merecía la pena quedarse conmigo, aunque por poco. Mi tío era su hijo menor, un hermanastro de mi madre.

—¿Y él vivía en la casa de su familia?

—Al principio, no. Estaba casado, pero su mujer le echó de casa y le amenazó con denunciarle a la policía por su comportamiento. Así que volvió a la casa de mi abuela.

—¿Los malos tratos físicos empezaron de forma inmediata?

Evie se encogió de hombros.

—En cierto modo, pero, al principio, no eran muy graves. Comenzó con pequeños actos de crueldad. Un pie extendido, un grito de dolor cuando mi rodilla golpeaba contra el suelo. Empezó a encontrarle el gusto. Me empujaba, me abofeteaba, le divertía muchísimo hacerme tropezar para que yo cayera al suelo despatarrada. Ese tipo de cosas. Pero parecía volverse cada vez más furioso a medida que pasaban los años.

—¿Por qué cree que era?

—Estaba enfadado con la vida. Las mujeres no le encontraban atractivo. No creo que le gustara a nadie porque tenía un permanente gesto malencarado. Era tan agresivo que rara vez conseguía conservar un trabajo más de una o dos semanas, así que al final se iba y se dedicaba a robar.

—¿Y cuándo empezó a darle palizas?

Evie cerró los ojos un momento, como si el dolor de lo que estaba a punto de decir resultara insoportable. Cleo vio que se mordía el labio inferior.

—Yo tenía unos trece años. Me obligó a desnudarme de cintura para arriba y, después, me dio latigazos.

El abogado defensor le concedió un momento, pero el silencio de la sala era tenso, como si cada persona que estaba allí se hubiese quedado inmóvil, temerosa de romper la tensión.

—¿Las agresiones eran sexuales aparte de físicas? —La voz del abogado era tranquila y Evie contestó en el mismo tono.

—Solo en su imaginación. Darme palizas o hacerme daño de cualquier otra forma parecía proporcionarle alguna especie de placer.

El abogado la miró por encima de sus gafas.

—Lamento mucho hacerla pasar por esto, señorita Clarke, pero en vista de que se habían mencionado esas cicatrices y se estaba sugiriendo que eran pruebas de lesiones provocadas por usted misma, ha sido necesario contar la verdad. —Evie agachó la cabeza como señal de asentimiento y él continuó—: ¿Qué hacía su abuela mientras ocurría todo esto?

—Fingía no saber nada. Me dijo, solo en una ocasión, que si alguna vez se lo contaba a alguien me llevaría hasta el borde de un precipicio, me dejaría colgada del pelo y me soltaría. La creí. Me había acogido por el dinero y no iba a echar a mi tío porque sus robos resultaron ser también lucrativos. Solo fui dos veces al hospital, cuando me rompí el brazo y la clavícula. Lo de las costillas y el pie lo dejaron que se curara solo. Me llevó a dos hospitales distintos y dio los nombres de otros niños de mi colegio para no dejar rastro documental.

—Una última pregunta, si me lo permite, señorita Clarke. ¿Cuándo consiguió escapar de la tiranía de su abuela y de su tío?

—Intenté fugarme varias veces, pero no tenía dinero y no se me daba bien. Al final, se lo conté a una amiga y me dio cincuenta libras de sus ahorros para que pudiera huir. Me fui justo antes de cumplir los quince años.

En ese momento, el abogado pidió un receso, asegurando que la señorita Clarke necesitaba un descanso antes de continuar con sus preguntas, y Cleo notó que casi un suspiro de alivio recorrió la sala del tribunal. No había sido fácil escuchar aquello y, por un momento, había sentido una paradójica compasión por Evie. La infancia de Cleo no había sido para nada perfecta, pero quedaba muy lejos de la de Evie y, si ella misma se sentía así, ¿cómo se estaría sintiendo el jurado? Tenían que ver que, a pesar de su empatía por Evie como víctima, nada de eso importaba. Evie había matado a Mark. Eso era lo único que debía interesarles.

Se levantó bruscamente de su asiento. Por un momento, no pudo evitar desear que la abuela de Evie hubiese cumplido su amenaza y la hubiese tirado por aquel precipicio.

51

El receso fue corto y, poco después, Evie estaba de nuevo en el estrado de los testigos. Tenía las mejillas pálidas, pero parecía controlada. Había una silenciosa seguridad en ella, como si supiera que tenía la razón. Con Evie, nunca se sabía. Cuanto más la conocía Harriet, más se daba cuenta de lo introvertida que era.

Boyd se puso de pie.

—Señorita Clarke, siento tener que hacerle más preguntas, pero hay algunos asuntos que necesitamos aclarar. ¿Puede explicar al tribunal por qué fingió usted que su padre iba a pagar la serie de fotografías que le encargó al señor North?

Evie dejó caer la cabeza.

—Ahora me avergüenzo de eso, aunque se lo expliqué a Mark y él me comprendió. Me perdonó.

Harriet oyó lo que parecía un débil siseo de Cleo en la primera fila de la galería.

—Yo estaba de visita por la zona. Iba caminando un día por la ciudad y vi una fotografía impresionante en el escaparate de la galería de Marcus North. Era un fotógrafo maravilloso y parecía capaz de hacer que cualquiera pareciera hermoso. Durante toda mi vida me habían dicho que era fea y quise saber si Marcus North podría hacer una foto que me permitiera cambiar la percepción que tenía de mí misma.

Evie lanzó una mirada de súplica al jurado.

—Fue mi tío, ¿saben? —Apretó los labios y sus palabras salieron con dureza—. Me decía que era un pedazo feo de mierda y que nadie me querría nunca. Necesitaba probarme a mí misma que no era espantosa del todo. Cuando te han hecho pedazos la confianza durante toda tu vida, cuesta explicarlo.

Miró de nuevo hacia el frente y negó ligeramente con la cabeza.

—Yo nunca habría podido permitirme los precios de Mark, pero pensé que si le tentaba con un padre bien relacionado podría convencerle. Por eso me lo inventé.

—¿Era ese el único motivo? —preguntó Boyd.

—No, también quería aprovechar la experiencia para aprender de Mark. Básicamente, era una forma muy descarada de conseguir clases gratis, porque me encanta la fotografía pero no se me da muy bien. Esperaba poder serle tan útil, tan buena compañía que quizá él me tomara como ayudante.

—¿Y le contó usted todo esto al señor North?

—No, al principio no. Cuando supe que me iba a ser imposible reunir el dinero para pagarle, pensé que simplemente tendría que decirle que mi padre había muerto y, después, disculparme y desaparecer. Pero Mark me gustaba de verdad y creía que yo le gustaba, así que me quedé e hice lo que pude por pagarle la deuda. Cuando empezó a interesarse en mí como persona, como novia, pensé que tenía que decirle la verdad. Lo comprendió. Mark tenía sus problemas, pero, cuando dejabas de lado la parte malvada, podía ser muy amable.

Harriet oyó otro siseo y, esta vez, distinguió las palabras «zorra mentirosa» entre susurros. El juez estaba demasiado lejos como para oír lo que se decía, pero lanzó una mirada furiosa hacia la galería, sin saber seguro de dónde venía exactamente la interrupción. Si Cleo no tenía cuidado, iban a expulsarla de la sala.

Boyd continuó con sus preguntas tratando de clarificar parte del contenido de la declaración inicial de Evie, pero Harriet estaba segura de que él había hecho un buen trabajo. Sin embargo, Devisha no iba a ser tan benévola.

Devisha Ambo se puso de pie rápidamente y se quedó mirando a Evie unos segundos. Harriet se dio cuenta de que era una estratagema para poner nerviosa a su cliente, pero fue demasiado breve como para provocar ningún comentario por parte del juez.

—Solo tengo que hacerle unas cuantas preguntas, señorita Clarke. Cleo North declaró ante este tribunal que el señor North sentía una fuerte aversión a bajar a la planta inferior de la casa, el sótano donde estaba el gimnasio, pues había sido el escenario del accidente de su mujer. Dijo que se negaba a bajar allí. Pero usted asegura que el señor North le atrapó la mano entre las pesas de una máquina del gimnasio que estaba situada en esa misma sala del sótano. ¿Cómo pudo pasar eso si el señor North no entraba nunca en esa parte de la casa?

Harriet observó el rostro de Evie, preocupada de que esa pregunta pudiera derribarla. Pero no tenía por qué inquietarse. Evie tenía todo el control de la situación.

—Fue antes de que Mark saliera a uno de sus viajes. Yo estaba segura de que iba a hacerme daño, así que me escondí en el sótano, consciente de que no me seguiría hasta allí. Cleo tiene razón en que él casi nunca bajaba allí, de modo que pensé que estaba a salvo. Me tranquilicé y cometí el error de quedarme dormida mientras esperaba a que se marchara. Cuando me desperté, él estaba allí, completamente vestido y listo para salir.

Toda la sala estaba pendiente de cada palabra de Evie. Aquello no estaba siendo de ayuda para la fiscal y Harriet sabía que iba a querer resarcirse.

—Gracias, señorita Clarke. Imagino que fue entonces cuando dice usted que le provocó la lesión. —Devisha revolvió unos papeles, como si fuese a cambiar de tema.

—Tenía lágrimas en las mejillas. «Aquí no, Evie. Otra vez no», dijo. Yo no sabía a qué se refería con lo de «Otra vez no». —Evie levantó la mano y se quedó mirándola—. Me arrastró y me puso de rodillas y con la otra mano tiró de la barra de las pesas, llevó mi mano hasta ahí y, después, la dejó caer.

Las últimas palabras fueron casi susurradas y la sala del juzgado se quedó completamente en silencio.

—Y sabiendo que, según usted, era un hombre violento, ¿por qué llevó un cuchillo al dormitorio una noche en la que usted sabía que lo más probable es que le hiciera daño, la noche anterior a cuando él se iba a alejar de usted?

—¡Le había comprado un regalo! Pensé que podía ser una forma de cambiar el patrón. Había preparado la escena con velas para que no contara con la oscuridad que parecía preferir cuando me hacía daño. Y estaba emocionada porque él parecía encantado con el regalo y, con las prisas, llevé el cuchillo en lugar de las tijeras. Fue más fácil de encontrar en la oscuridad. Se habían fundido las luces de toda la casa, no solo del dormitorio.

—Señorita Clarke, yo sostengo que usted aprovechó el regalo como excusa para llevar un cuchillo al dormitorio y que había planeado matar a Mark North desde el principio. Nunca tuvo intención de llevar unas tijeras, quizá incluso provocó que las luces se fundieran para que Mark no pudiese ver que usted tenía un cuchillo en la mano.

Evie no mordió el anzuelo.

—No sé cómo se funden las luces y lo último que deseaba era estar a oscuras. ¿Por qué iba a encender las velas de ser ese el caso? Solo se me ocurre que Mark las fundió porque tenía preparado algo peor. Debía de querer empezar a pegarme enseguida y necesitaba asegurarse la oscuridad.

Se oyó un grito desde la galería y Cleo se puso de pie de un salto.

—Eso no es cierto. ¡Ni siquiera le gustaba la oscuridad!

Antes de que el juez tuviese oportunidad de expulsarla de la sala, Cleo se abrió paso entre la gente y salió corriendo.

La fiscal continuó como si nadie la hubiese interrumpido.

—Señorita Clarke, sabemos que usted ha proporcionado pruebas de sus lesiones más recientes y que quiere que creamos que fue Mark North quien se las hizo. Pero no contamos con más pruebas que su palabra para saber que fue él quien se las provocó, ¿no es cierto?

Evie miró a Devisha a los ojos.

—Así es.

—Y, una vez más, no tenemos prueba alguna aparte de su palabra, y no olvidemos que sabemos que usted había mentido antes, de que usted llevó el cuchillo al dormitorio únicamente para abrir el regalo.

Harriet estaba impactada por la frialdad de la mirada de Evie y rezó por que no fuese a perder el control.

—Si yo hubiese querido mentir con respecto a eso, habría dicho que Mark llevó el cuchillo al dormitorio. Pero, en lugar de eso, he contado la verdad.

Eso no iba a detener a Devisha.

—Aunque pudiese demostrarse que Mark North la maltrataba, cosa que no puede hacerse, yo afirmo que usted decidió que ya no podía más y trató de vengarse de Mark North por todo el daño que él le había causado. Usted planeó con cuidado un ataque contra él en una habitación casi a oscuras con un cuchillo que usted llevó allí con ese propósito.

La expresión de Evie cambió. En sus blancas mejillas apareció un color de rabia y los ojos le brillaron. Harriet quería hacerle una señal para que se calmara, pero Evie miraba fijamente a Devisha Ambo.

—¿Vengarme? ¿En serio cree que matar a alguien es una forma de venganza?

La fiscal parecía desconcertada, pero Evie no había terminado.

—Si yo hubiese clavado un cuchillo a Mark por venganza, él no habría sufrido más que unos segundos de dolor. Eso no es vengarse. La venganza es ver cómo alguien sufre durante toda su vida como pago por lo que te ha hecho pasar. Si yo hubiese querido vengarme de Mark, él no estaría muerto. Estaría sintiendo el tipo de dolor que yo he sentido cada día durante mucho, mucho tiempo.

52

Venganza. Qué palabra tan potente. Una palabra que abarca multitud de pecados. Stephanie pensó en esa palabra y en sus implicaciones. No podía evitar preguntarse si había estado intentando vengarse de Gus al negarse a hablar con él sobre su relación. ¿De verdad se estaba protegiendo de un nuevo desengaño amoroso o le estaba haciendo sufrir como una forma de castigo?

Le había costado concentrarse durante los últimos dos días. La noche del sábado la había dejado muy confundida y estaba furiosa consigo misma por haber sucumbido a sus emociones.

Al final, tras su desahogo de dolor, Gus se había quedado a cenar. Le había encantado tenerle allí, sentado enfrente de ella como tantas veces en el pasado, y él se había mostrado entusiasta con el chile. Pero para Stephanie no había sido tan delicioso. Había estado demasiado confusa por lo que sentía: la renovada tristeza por el bebé que había perdido y el placer de estar con Gus la tenían hecha un lío. Lo cierto era que, cuando le había contado a Gus que estaba embarazada, ella había interpretado su reacción como si fuese de espanto, mientras que ahora él le aseguraba que había sido de sorpresa y confusión. Se puso furiosa con él y se había quedado destrozada por la ruptura, y, después, había perdido al bebé. Más que nada, había necesitado a Gus para compartir su dolor. Había deseado que la abrazara mientras su corazón se hacía pedazos por el hijo de los dos. Pero había tenido que soportarlo sola.

No le había contado nada de eso a Gus, pero él la conocía demasiado bien.

—Steph..., siento mucho no haber estado a tu lado. Merecías que estuviera y, si no hubiese pensado que me despreciabas, habría hecho lo que fuera por tratar de ayudarte a soportarlo. ¿No podemos perdonarnos a nosotros mismos y el uno al otro?

Ella sabía que tenía razón, pero había estado tanto tiempo albergando resentimiento en su interior que no estaba segura de poder deshacerse de todo. Cuando él le preguntó si podía quedarse, ella le dijo que no.

Aun antes de cerrar la puerta cuando él se marchó, ya se estaba arrepintiendo, pensando que, al menos, podría haber disfrutado de una sola noche con él. Pero se sentía vulnerable, con miedo de amarle y perderle. No había forma alguna de que su relación pudiese volver a cobrar vida.

Gus se había girado en la puerta al salir, reacio, al parecer, a permitir que ella le echara de su casa y de su vida.

—Te quiero, Stephanie. Eres una mujer de carácter fuerte y tozuda y esa es una de las cosas que más admiro de ti. Pero cometí un error. Si hubiese tenido oportunidad, habría recibido con alegría a nuestro hijo.

—Quieres decir que fue culpa mía —dijo ella, escondiendo su dolor bajo un ceño fruncido con gesto agresivo.

—Ya estás otra vez. —Extendió una mano y la apoyó en la nuca de ella y, por un momento, estuvo segura de que iba a volver a atraerla hacia sus brazos. Pero debió de pensárselo mejor—. Oye, la gente se hace daño en las relaciones. No siempre responden como su pareja quiere o espera que lo hagan. Eso no tiene por qué significar que es el final.

La lógica era el punto fuerte de Gus. Las reacciones de Stephanie eran siempre instantáneas, emocionales, inflexibles. Y ahora mismo ella estaba contraatacando, haciéndole sentir tanto dolor como ella sentía, y las palabras de Evie sobre la venganza no paraban de penetrar en su mente.

Apartó de su cabeza aquellas palabras y su atención se vio atraída hacia la última fase del juicio. Devisha Ambo se encontraba de pie dirigiéndose al jurado y estaba en medio de su alegato final cuando sus palabras se introdujeron en la conciencia de Stephanie.

—La señorita Clarke asegura que fue maltratada de forma sistemática por el fallecido y no hay duda de que ha sufrido lesiones. Pero ¿creen que fue Mark North quien la maltrató? En ningún momento informó a nadie, aparte de a los Samaritanos, de que le estaba pasando eso. ¿Por qué actuó así? Quizá porque no era la verdad. No hubo llamadas a la policía antes del último incidente, el de la muerte del señor North. No tenemos pruebas, aparte de lo que dice la señorita Clarke, de que fuese de verdad el señor North quien le estaba provocando esas lesiones. Además, hemos oído declaraciones sobre dos trastornos que podrían, o no, haber afectado al señor North y haber provocado esos supuestos ataques. Pero a él no le habían diagnosticado nunca ninguno de esos síndromes y no hay prueba alguna que indique los sufriera. Y aunque el testimonio de la señorita Clarke sobre su tío es convincente, tenemos una vez más pruebas de las lesiones pero ninguna prueba de cómo las recibió.

La fiscal consultó sus notas y, después, dirigió al jurado una de sus miradas virulentas.

—Sabemos que la señorita Clarke llevó el cuchillo al dormitorio porque ella misma lo ha confesado. ¿Es eso lo que se esperaría de una mujer que estaba siendo maltratada, dado que ese cuchillo podría ser utilizado como arma contra ella? Yo no lo creo. Las heridas de los cortes en sus brazos eran superficiales y no se encontraba en una situación de claro peligro de que la fueran a matar, así que ¿llevó el cuchillo porque estaba a punto de vengarse por los anteriores actos de violencia contra ella? Yo les digo que todo fue cuidadosamente preparado, que la señorita Clarke planeó hasta el último detalle del asesinato de Mark North.

Stephanie miraba al jurado. Sabía que iba a ser una decisión difícil para ellos y, mientras la fiscal continuaba, Stephanie dirigió su atención de un miembro del jurado a otro en un intento por deducir qué estaban pensando. Esa mañana había llegado tarde al juzgado, así que se había sentado al final del todo. Gus estaba más adelante y ella podía ver su ancha espalda inclinada hacia el frente, concentrado con cada centímetro de su cerebro en las palabras de la fiscal.

Dirigió después de nuevo la mirada al jurado y pudo ver que uno o dos de ellos asentían ligeramente y tomaban notas. No había signos de satisfacción, ninguno de ellos estaba echado hacia atrás con los brazos cruzados como si dijeran: «Ya he tomado mi decisión», y centraban su atención en una persona.

Si Devisha podía convencer al jurado de que Evie llevó el cuchillo al dormitorio con la única intención de matar a Mark North, la declararían culpable de asesinato. No vería crecer a su hija pequeña y, de nuevo, Stephanie sintió compasión por una mujer que había sido criada durante la primera etapa de su vida por una persona alcohólica, durante la mayor parte de su adolescencia por una mujer que permitió que su hijo la maltratara físicamente y que terminó viviendo con un hombre que le hacía daño siguiendo un ritual.

53

ientras estoy sentada en el banquillo esperando a que Boyd Simmonds pronuncie su alegato final, siento que las piernas me tiemblan. He tenido tiempo suficiente para prepararme y siempre he sabido que iba a llegar este momento, pero cuando miro al jurado no puedo evitar preguntarme si me he comportado tal y como ellos se podrían esperar. ¿Cómo debería comportarse una mujer que ha matado a su pareja en un momento de absoluta locura? ¿Debería parecer arrepentida? ¿Debería estar triste? ¿O debería estar aterrada? Me sorprende estar sintiendo algo, pero sería una loca si no considerara la posibilidad de que me declaren culpable de asesinato. Siempre ha cabido esa posibilidad y yo creía que la había aceptado.

Harriet se ha esforzado mucho para convencerme con esa pasión suya de que todo saldrá bien. Me ha dicho que hay una media de dos mujeres asesinadas cada semana en el Reino Unido a manos de sus parejas o exparejas, así que seguramente el jurado crea que, al final, yo podría haber sido una de ellas si no hubiese actuado. Sé que Harriet espera que el juez y la mayoría del jurado comprendan que, aunque no llevaba mucho tiempo con Mark, el hecho de que sufriera malos tratos en la adolescencia —y tengo cicatrices que lo demuestran— podría explicar por qué no podía volver a soportarlos.

Boyd empieza a hablar. Tiene una extraña cadencia en su voz, elevando el tono al final de cada frase. Me siento hipnotizada por ese sonido que me invade, aunque no por sus palabras.

—Aquí tienen a una mujer que ya había sufrido malos tratos en su vida y que sobrevivió llena de cicatrices, pero fuerte y decidida a no dejar que otro hombre la atormentara. Y, aun así, trató de vivir con ello. Según ella misma ha declarado, Mark North no era del todo malo, y, como muchas mujeres, se aferró a todo lo bueno que él tenía con la esperanza de que los estallidos de rabia irracional llegaran a su fin. Parece claro que él necesitaba estar seguro de que ella permanecería durante su ausencia en la casa que compartían y que no tendría libertad de salir sin él ni de huir de él. ¿Era eso lo que a él le preocupaba? ¿Que ella pudiese encontrar otra vida mejor en otro lugar? Nunca sabremos lo que le llevaba a causar ese dolor a la mujer a la que aseguraba amar, a la madre de su hija.

Boyd volvió a dejar sus notas en el banco, como si ya no las necesitara. Quizá fuera verdad. Hablaba con pasión.

—Evie Clarke nunca planeó matar a Mark North. Quizá, y esto no podemos pasarlo por alto, la idea de la muerte de su anterior esposa fuera motivo de preocupación para ella. El forense declaró en las pesquisas de Mia North que, al no haber ninguna otra prueba, tenía que declarar que la muerte había sido por accidente, pero debemos prestar mucha atención a las palabras «al no haber otra prueba». Si Mark North era inocente con respecto a la muerte de su mujer no es lo importante aquí. Lo importante es que, si a Evie Clarke le preocupaba la idea de que él sí pudiera estar implicado, muy bien podía sentirse aterrada ante la idea de que los crueles ataques que sufría fueran a más. Es bastante razonable pensar que ella pudo haber entrado en el dormitorio con la esperanza de que el regalo que había comprado pudiese cambiar las cosas. Pero luego se dio cuenta de lo equivocada que estaba cuando él empezó a provocarle los cortes. Con la cabeza inundada por el miedo de lo que podría pasar después, de los planes que él podía tener para el futuro, llegó un momento en que el terror se adueñó de ella.

Sé que mi abogado defensor está haciéndolo bien. Hemos hablado una y otra vez de cómo Boyd pensaba concluir el caso y Harriet me ha dicho en repetidas ocasiones que él es el mejor. Tengo que creerla para poder confiar en él. Y sé que ella desea ganar tanto como yo.

—Evie Clarke tiene las cicatrices de lesiones previas en su cuerpo, algunas provocadas por North, otras por su tío. Imagino, y ustedes también, lo que se debe sentir al creer que has escapado de una vida de violencia para después, sin ninguna culpa por tu parte, volver a sumergirte en una situación igual de imposible. ¿No creen que, por muy racional que uno se considere, podría perder el control al menos por un momento? Imaginen que les han provocado cortes en los brazos y en el pecho, pequeñas hendiduras en la carne, y como han oído que declaró la señorita Clarke a la policía, el vello del pecho de su pareja se frota contra ellos mientras él se mueve encima de ustedes, haciéndoles el amor, excitado, entusiasmado quizá, por el dolor que ha provocado. El cuchillo sigue en la habitación. Imaginen que su pareja les dice que está a punto de darles algo por lo que le van a recordar y lo único que ustedes pueden ver es la sangre que sale de las heridas que él les ha infligido, corriéndoles por los brazos y el pecho.

Boyd toma un sorbo de agua y yo tengo deseos de mirar al jurado, pero no puedo. Si los miro a los ojos, ¿qué verán?

¿A una persona culpable o a alguien que se vio obligada a matar a ese hombre? No lo sé, así que mantengo la vista fija en un punto alto de la pared o en Boyd. No quiero bajar la mirada. Podría dar sensación de vergüenza y yo no debo estar avergonzada. No estoy avergonzada, pero tampoco me siento como me esperaba sentir.

—Evie Clarke no ha negado nunca que matara a Mark North. Llamó ella a la policía, al principio, para pedir ayuda y, después, permaneció en la cama, con el señor North, abrazándole mientras moría. Estaba llorando, destrozada, sin entender por qué había perdido el control por completo. Mostró claro arrepentimiento por sus actos. Solo los lloros de su hija, una niña que pronto sería lo suficientemente mayor como para ser testigo de cómo su padre hacía daño a su madre, la devolvieron a la realidad y, de forma inmediata, confesó a la policía que ella le había matado.

He dejado de escuchar. Tengo que bloquear el paso de todo esto a mi mente e imaginarme que estoy en otra parte antes de gritar algo inadecuado sobre que Mark no era un hombre malo. Estaba confundido, libraba una batalla contra sus propios demonios, pero no era malo. Y no puedo decirlo. No debo.

En lugar de ello, me imagino con Lulu, jugando en la playa en invierno, cuando no hay nadie y la arena está limpia, sin ninguna huella aparte de las nuestras. No sé cuándo pasará eso. O si pasará. Pero lo único que pido es una vez, solo una.

Harriet me ha advertido que cuando me permitan salir, ya sea después del juicio o cuando haya cumplido la condena que me impongan, tendrán que evaluar si se me permite quedarme con Lulu, asegurarse de que soy apta como madre. Pero sé que cualquiera que me vea con ella no dudará nunca de mi amor por mi hija. Necesito que Lulu lo sepa, que lo sienta, que lo recuerde.

Cleo ha vuelto a colarse en la galería después de su anterior arrebato y puedo notar cómo sus ojos penetran por el cristal que me separa del tribunal, deseando lanzar dardos envenenados a mi corazón, rezando por que me sentencien a cadena perpetua por lo que he hecho para quedarse con Lulu.

«¿Ha merecido la pena matarle? ¿Hice lo que debía?».

De repente, mi mente explota con un recuerdo: el mar chocando contra las rocas, el graznido de una gaviota mientras sobrevuela la superficie del agua. Y el grito de un niño aterrado.

Y, entonces, lo sé.

Sí. Ha merecido la pena.

54

Harriet estaba evocando cada gramo de su positivismo. Cada músculo de su cuerpo estaba en tensión y rezaba por que el jurado fuera sensato. Esto tenía que salir bien para Evie. Era un caso muy importante para las mujeres. Había llegado el momento de que el mundo despertara ante la realidad de que cualquiera podía romperse si se le colocaba bajo la suficiente presión y, aunque ella nunca toleraría el asesinato a sangre fría, había veces en que una persona normal y sensata podía atacar cuando el dique se rompía y todo el miedo, el dolor y la angustia reprimidos explotaban.

Ahora que el juicio había finalizado y el juez había terminado su recapitulación explicando al jurado que era responsabilidad del fiscal demostrar la culpabilidad y no de la acusada la de demostrar su inocencia, Harriet tenía que confiar en el proceso y creer que el jurado era capaz de entender el trauma que Evie había sufrido.

El juez había resumido los puntos más importantes de manera aceptable sin dar muestras de su opinión personal con respecto a los cargos. Había explicado los dos delitos de los que se acusaba a Evie: el primero, el de asesinar a Mark North, y el segundo, el de homicidio voluntario.

—Solo tienen que decidir si creen que Michelle Evelyn Clarke es culpable de asesinato. La señorita Clarke ya se ha declarado culpable de homicidio y no cabe duda de que ella mató a Mark North. Nunca lo ha negado. —La voz grave del juez resonaba en toda la sala y ni un alma se movía. Ni un agitar de ropa ni una tos discreta le interrumpieron mientras escuchaban con atención cada palabra—. También queda claro que la señorita Clarke sufrió lesiones dolorosas aunque nunca se podrá demostrar que fueran causadas por alguna acción del fallecido. Ustedes, el jurado, tienen que considerar qué provocó que la señorita Clarke matara al señor North. ¿Fue planeado? Y aunque no lo fuera, ¿decidió matarle en un momento de arrebato como acto de venganza por el dolor que presuntamente le había infligido? ¿O fue el miedo a futuras lesiones el detonante que provocó que ella perdiera el control?

Por fin, el juez puso fin a sus comentarios y el jurado se retiró. Sus puntos habían sido breves y Harriet sabía que no había que anticiparse a un jurado. Las siguientes horas, o quizá días, iban a ser difíciles mientras esperaban el veredicto.

Evie fue devuelta a su celda de los juzgados y Harriet se dirigió en busca de su cliente. El sonido de sus tacones sobre el suelo de hormigón parecía reverberar por el pasillo mientras caminaba con la cabeza alta. Bajo ningún concepto debía ver Evie ninguna muestra de preocupación. Necesitaba seguridad y Harriet estaba dispuesta a brindársela.

Al abrir la puerta, vio que Evie estaba de pie de espaldas a ella y mirando hacia arriba, por la ventana alta, hacia el cielo lleno de nubes, con los brazos fuertemente cruzados. Harriet se obligó a que su voz sonara animada.

—Todo ha ido bien, Evie. ¿No lo crees?

—No importa. Cumpliré mi condena si tengo que hacerlo. —Había un atisbo de resignación en el tono bajo y modulado de su voz.

—Vamos, seamos positivas. El juez ha tenido que decir que no hay ninguna prueba definitiva de que Mark te estuviese maltratando, pero los miembros del jurado han escuchado los testimonios y no tendrán ninguna duda. Debemos confiar en ellos.

Evie se dio la vuelta y la luz le iluminó un lado de la cara mientras el otro quedaba en sombra. El ojo visible resplandeció con lo que Harriet entendió que era determinación y no vio ningún ápice de la debilidad que se había esperado.

—No lo entiendes, Harriet. ¿Por qué ibas a entenderlo? Aunque me condenen a cadena perpetua, no me cabe duda alguna de que hice lo que debía, lo único que podía hacer. Aceptaré el castigo, cualquiera que sea.

Algo estaba pasando por la cabeza de Evie y, en ese momento, Harriet no sabía qué podía ser, ni tampoco estaba segura de querer saberlo.

—Creo que es admirable que mantengas esta actitud —dijo, aunque por dentro estaba confusa.

—No es admirable. He matado a un hombre. No creo que tuviese otra opción, pero hay muchos que no estarán de acuerdo conmigo y puede que doce de ellos estén ahora mismo ahí, en la sala del jurado.

Harriet sintió que un escalofrío le recorría los brazos hasta la punta de los dedos.

Miró a Evie para darle más tranquilidad, pero parecía ausente. Había cerrado los ojos y Harriet tuvo la sensación de que no iba a sacar nada más de ella hasta que volviera el jurado.

55

Cleo se sentía mareada. Esto no podía estar pasando. Doce personas estaban a punto de volver a la sala del tribunal para emitir un dictamen sobre la mujer que había matado a Mark. ¿Cómo podía nadie en su sano juicio creer las mentiras retorcidas de Evie Clarke?

Por un momento, un gusano de duda entró reptando en la mente de Cleo. Había estado esforzándose por no hacerle caso desde que el juicio había comenzado, pero hubo un momento, solo uno, en el que sí se había hecho preguntas sobre Mark y Evie. Había sido después de que Evie se lesionara la mano. Hubo algo en el modo en que le contó a Cleo cómo había tenido lugar el accidente que no parecía verdad y, solo por unos segundos, Cleo había tenido una extraña sensación de mareo en el fondo del estómago, como si la fuesen a lanzar desde una gran altura. Pero en aquel momento había desechado ese pensamiento tan rápido como había aparecido, convencida de que el comportamiento algo extraño de Evie se debía a su bochorno por ser tan tonta.

Apartó también de su cabeza el otro pensamiento, el recuerdo de una época anterior a que conociera a Evie. No quería perder la esperanza en su hermano. Tenía que creer en él, como siempre había hecho. Era un hombre bueno y amable. Sí, en ocasiones se había mostrado un poco obsesivo y falto de confianza y quizá actuara de manera impulsiva por miedo. Pero Cleo culpaba de eso a la infancia que habían tenido.

Centró sus pensamientos en el hombre al que conocía. El hombre que había querido que Cleo hiciera un bonito regalo para la madre de su hija, que había parecido enormemente preocupado cuando vio la gravedad de la lesión en la mano de Evie. Nada de eso se correspondía con el hombre que había descrito Evie.

¿A quién o a qué había creído el jurado? ¿A Evie? ¿O la verdad?

Evie volvía a estar en el banquillo y el jurado había ocupado sus asientos. La sala se puso de pie cuando entró el juez.

Cleo apartó la mirada. No podía soportarlo. Apoyó los codos en las rodillas y enterró la cara entre sus manos.

Por fin, el presidente del jurado se levantó sosteniendo en la mano el papel en el que estaba escrito el veredicto.

—¿Han llegado a un veredicto en el que están de acuerdo todos ustedes? —preguntó el juez.

—Sí, Señoría.

—Con respecto a la acusación de asesinato, ¿declaran a la acusada culpable o inocente?

Cleo contuvo la respiración y susurró:

—Por favor, por favor.

Me han dicho que me ponga de pie. Los miembros del jurado han tomado su decisión. Yo he cerrado mi mente al veredicto, igual que he cerrado la mente a cualquier sentimiento de arrepentimiento por la muerte de Mark. No sé por dónde irán mis pensamientos cuando todo esto termine. Durante mucho tiempo solo han estado ocupados por la condena —como único objetivo— y no estoy segura de qué voy a hacer con el espacio vacío que quedará detrás. Quizá sienta aflicción, por Mark, por Lulu, por mi vida. Pero no quedará nada a lo que agarrarme, a lo que aspirar.

El presidente del jurado me está mirando. Desdobla despacio el papel y se prepara para responder al juez.

Es como si toda la sala estuviera conteniendo la respiración y yo bajo la mirada para no tener que ver su cara al anunciar mi destino.

—Inocente.

No me muevo. No reacciono, pero sí puedo oír un sonido procedente de la galería, un leve grito de angustia, y sé que debe de ser Cleo. No me giro para mirarla, pero oigo una refriega. Ha debido de empujar a otros asistentes y salir corriendo otra vez de la galería, sin esperar a oír nada más.

Debería sentirme aliviada. Pero no siento nada. Ni siquiera la sensación de satisfacción que esperaba.

Quizá es que, después de todo, aún no haya acabado.

Harriet sintió una enorme oleada de placer y miró con una amplia sonrisa de satisfacción a una Evie que parecía no reaccionar. Boyd se giró hacia ella y levantó un poco las cejas, su señal para expresar que todo había salido tal y como él siempre había sabido que saldría, aunque los dos sabían que eso no era del todo cierto.

Había sido el resultado correcto. Harriet se preguntó si alguno de los maltratadores que leyeran sobre este juicio en los periódicos o hubieran visto su desarrollo en los canales de noticias se estremecerían y se lo pensarían dos veces antes de dar rienda suelta a sus actos de brutalidad. Tenía que admitir que este era también un éxito personal y esperaba que Evie, que mostraba una expresión bastante lúgubre, estuviera más contenta de lo que parecía.

El futuro de Evie dependería en última instancia de la sentencia y, si el juez creía que el jurado había tomado una decisión equivocada, aún podría imponer una cadena perpetua por homicidio, así que, en realidad, ella no iba a salir mejor parada. Lo único que podían hacer era esperar que tuviera en cuenta los factores atenuantes que Boyd se había esforzado por demostrar.

De todos modos, no tenía sentido tratar de predecir el resultado, así que, por ahora, Harriet iba a centrarse en la sensación de júbilo porque se había hecho justicia.

Para Stephanie, todo había terminado. No solo el juicio, sino también su breve temporada en el Departamento de Investigaciones Criminales. Regresaría de inmediato a su uniforme y se despediría de Gus. Qué oportuno. Él había tenido una expresión malhumorada desde que habían leído el veredicto y, a menos que dictaran una sentencia larga de prisión para Evie, se iba a sentir aún más frustrado.

No había dicho ni una palabra cuando el presidente del jurado había pronunciado la palabra «Inocente» del cargo de asesinato y se había quedado sentado hasta que la sala hubo quedado vacía.

—Es una decisión equivocada, Steph. Sé que no opinas como yo, pero estoy seguro de que se equivocan.

Parecía más desanimado que enfadado y Stephanie no sabía qué decir. Sabía que Gus pensaba que apenas cabía excusa alguna para que una persona acabara con la vida de otra, salvo cuando era un caso claro de defensa propia. Aun así, él preguntaba por qué una herida grave no habría sido más apropiada que la muerte. Ella le echaba la culpa a la educación presbiteriana de Gus, pero por el gesto serio de su rostro veía que estaba de todo menos contento.

—¿Qué más podríamos haber hecho? —preguntó él—. En mi opinión, tenía todos los factores distintivos de un ataque premeditado.

Ella no quería terminar su periodo de colaboración con él con una discusión, pero esto era ridículo.

—Venga ya, Gus. Lo hemos hablado muchas veces y aún sigues obsesionado con que ella es culpable. Ese hombre cometió contra ella una violencia implacable. —Stephanie notaba que estaba alzando la voz y trató de contenerla. Gus era de lo más inflexible y terco—. Mark no estaba borracho ni drogado. ¿Qué tipo de psicópata sujeta la mano de su pareja sobre el fregadero y le derrama agua hirviendo en el brazo? Dios mío, si alguna vez me hubieses hecho eso te habría dado una paliza.

Eso provocó una leve sonrisa en la cara de él.

—Como si no lo supiera. ¡Aunque dudo mucho que hubieses llevado un puto cuchillo al dormitorio! No es eso. Es que sigo dándole vueltas al hecho de que en ningún momento hemos tenido pruebas irrebatibles de que Mark la maltratara de verdad. Hay algo que no me cuadra. Si hubiese sabido qué es exactamente, si hubiese sabido demostrárselo a la fiscal, lo habría hecho. Pero me frustra la idea de no haberlo averiguado, joder.

Gus se puso de pie, se metió las manos en los bolsillos de los pantalones y se giró para ver la sala del juzgado vacía. Stephanie se levantó de la silla.

—Me voy ya, Gus. No estoy de acuerdo contigo y, por mucho que digas, hay que frenar la violencia doméstica de un modo u otro. Pero no quiero discutir contigo. Hoy no.

Él se volvió para mirarla.

—Sé que piensas que soy un dinosaurio, pero no es verdad. Más de un millón de mujeres denunciaron casos de violencia doméstica el año pasado y aún no estamos haciendo lo suficiente para ayudarlas. Así que, si de verdad Mark North hizo lo que Evie ha declarado que le hacía, entonces es que era un monstruo y deberían haberlo encerrado por ello. Sé que hay que acabar con esto, aunque no necesariamente matando a cualquier cabrón que levante el puño. No podemos abrir las compuertas al hecho de que cualquiera pueda pensar que está bien matar para acabar con ello.

—Te he advertido que no quiero discutir, pero me lo estás poniendo muy difícil. Lo último que voy a decir al respecto es esto: tú temes que el hecho de que declaren inocente a Evie pueda allanar el camino para que otras mujeres piensen que tienen derecho a contraatacar. Yo opino que hacerle cumplir una cadena perpetua por asesinato significa que las mujeres maltratadas, y los hombres, tienen que quedarse quietos y soportar la paliza. No estoy del todo en desacuerdo con lo que dices, pero estás yendo demasiado lejos.

—Vale, acepto que hay dos formas de mirarlo —contestó Gus a la vez que levantaba una mano para acariciar el hombro de Stephanie—. Aunque personalmente preferiría no tener que asistir de nuevo a muchos más escenarios como el de la muerte de Mark North. Pero estamos mezclando dos cosas. No quiero discutir sobre si está bien o mal contraatacar. Esa no es la cuestión que estamos tratando aquí. Es si de verdad fue eso lo que pasó. No puedo evitar pensar que hay algo justo delante de mis narices que no puedo ver. No me hagas caso, Steph.

Stephanie se esforzó por poner la mejor de sus sonrisas y dio un paso atrás. Gus dejó caer la mano a un lado.

—Bueno, eso no va a ser muy difícil a partir de ahora, ¿no? Oye, mejor me voy. Tengo un par de días de permiso y, después, vuelvo a vestir el uniforme, así que gracias por todo. Ha estado bien trabajar contigo.

Se dio la vuelta y empezó a caminar hacia la puerta. Gus gritó a sus espaldas.

—Entonces, ¿eso es todo? ¿Eso es lo único que vas a decir?

Stephanie contuvo la respiración.

—¿Qué quieres que diga?

—Quiero que digas: «Ven a cenar el sábado, Gus. Me encantaría verte». ¿Te parece una idea demasiado radical?

Stephanie siguió caminando y levantó la mano. No podía permitir que él le viera la cara.

—Adiós, Gus —dijo mientras salía de la sala.

TERCERA PARTE

Cada corte, cada hueso roto, cada segundo de dolor aviva el fuego de la venganza. Cuanto más cruel es el ataque, más profunda se vuelve la llaga del odio.

56

Vamos, cariñito —dijo Cleo mientras levantaba a Lulu de la alfombra de juegos donde estaba sentada y la besaba en su suave mejilla—. Hay una señora que quiere hablar conmigo y que también quiere ver lo buena que eres.

El nudo que tenía Cleo en la garganta se iba volviendo más grande por segundos. Ya había acabado todo. El juez había sentenciado a Evie a dos años de prisión, pero la había dejado en libertad condicional y estaba en la calle. Cleo había estado segura de que Evie iría corriendo a recoger a Lulu el primer día que saliese, pero no había sido así. Cleo había estado esperando varios días, temiendo que llamaran a la puerta, sabiendo que tenía que ocurrir antes o después. Era como si Evie estuviese haciéndola sufrir al no dejarle saber cuándo iba a caer el hacha.

Al final, los de Servicios Sociales le habían explicado que no era tan sencillo como que Evie fuese a recoger a su hija sin más. Era culpable de homicidio y tenían que ocuparse de evaluarla, asegurarse de que no iba a sufrir más episodios de pérdida de control que, esta vez, pudiesen afectar a su hija. Hasta ahora la evaluación había sido muy positiva, por lo que Cleo tenía que aceptar el hecho de que Lulu sería pronto devuelta a su madre. Había considerado la idea de inventarse historias de malas aptitudes de Evie para ser madre, pero no tenía sentido enemistarse con los Servicios Sociales ni con Evie. Cleo iba a tener que hacer de tripas corazón y fingir comprensión. No podía perder a Lulu del todo, no después de los meses que habían pasado juntas, así que Evie tenía que ver a Cleo como una tía cariñosa en la que podría confiar para cuidar de la niña, quizá mientras Evie trabajara. Seguro que todos saldrían beneficiados de ese acuerdo.

Ese día no era la primera vez que la llamaban de Servicios Sociales para que fuera. Parecían estar contentos con el modo en que Lulu reaccionaba ante Cleo, aunque habían mostrado sorpresa cuando Lulu la llamó «mama».

—Oh, empezó a hacerlo por propia voluntad —había explicado Cleo con una alegre sonrisa—. Es demasiado pequeña para saber por qué su madre no está con ella y, dado que era posible que yo fuese a cuidar de ella hasta que tuviera quince años o más, no me pareció que fuese malo.

—Quizá habría sido mejor no animarla a que lo hiciera —había respondido la trabajadora social, sin mostrar ningún atisbo de recriminación en su tono. Pero Cleo pudo ver qué estaba pensando.

—Sí, supongo que sí. Yo le enseño fotos de Evie y le digo: «Esa es mamá» y la animo a que repita la palabra. Pero no es más que un bebé y, sin duda, estaba confundida.

La trabajadora social se había limitado a mirarla sin decir nada. Cleo sintió que podía leerle la mente.

Y ya había llegado el día, ese día en que Evie iba a ver a Lulu de nuevo por primera vez. Los trabajadores sociales habían sugerido que eligieran un lugar neutro y que no era necesario que Cleo estuviese presente pero, al parecer, Evie no se había mostrado de acuerdo.

—Es Cleo la que le ha dado a Lulu estabilidad. Es probable que Lulu no me reconozca y no quiero confundirla ni perturbarla la primera vez que nos vemos de nuevo. Lleva meses sin verme y solo tenía once meses cuando me separaron de ella. A menos que ustedes consideren que es un problema, preferiría que Cleo estuviese también.

Cleo se había quedado atónita. Quizá Evie viera lo feliz que era Lulu y decidiera que era mejor dejarla donde estaba. Al menos, durante un tiempo. Pero sabía que no era más que un sueño vacío.

Llevó a Lulu a la sala de estar desde la habitación de juegos que había decorado durante aquellas espantosas primeras semanas tras la muerte de Mark. Había necesitado mantenerse ocupada y quedar agotada cada día para poder acostarse por la noche exhausta, lista para dormir. Al menos, en teoría.

Lo cierto era que rara vez llegaba el sueño con facilidad y no quería tomar ninguna medicación por miedo a que Lulu la pudiera necesitar durante la noche. Había perdido peso y el tono muscular que había pasado años trabajando, y su antes atractiva palidez estaba ahora más cercana a una irregular tonalidad grisácea que a su anterior tersura cremosa. Había hecho lo que había podido con su apariencia para esta reunión. Nadie tenía por qué saber cómo se sentía por dentro y, cuando llevó a Lulu a la sala de estar, miró a la trabajadora social con una amplia sonrisa.

—Hola, Lulu —dijo la señora sentada en el sofá. Le había dicho a Cleo su nombre, pero no podía recordarlo por más que se esforzara. Lulu sonrió y escondió la cara en el hombro de Cleo—. ¿Sabe Lulu quién viene hoy?

Cleo negó con la cabeza.

—He pensado que podría confundirla.

La mujer la miraba fijamente.

—Cleo, sabe bien que la evaluación de Evie ha sido muy positiva. No hay motivos por los que Lulu no pueda volver con su madre. Hoy, si es lo que ella quiere.

Cleo había estado manteniendo esa idea fuera de su mente.

—No estoy segura de que eso sea bueno para Lulu —dijo notando el temblor de su propia voz.

—Evie es su madre. A menos que veamos síntomas de que la niña le tiene miedo, no hay motivos para preocuparse por que vuelva a vivir con ella.

—Pero ha sido mía durante seis meses. ¡Es casi el mismo tiempo que ha estado con Evie!

Cleo se dio cuenta de inmediato de que reclamar su posesión había sido un mal gesto. Lo vio escrito en la expresión de la mujer. Hizo una pausa antes de volver a hablar.

—Mi compañera Suzanne ha ido a recoger a Evie —le dijo a Cleo, quien finalmente recordó que esta mujer se llamaba Paula—. ¿Estará bien cuando la vea, Cleo?

No iba a estarlo, pero no podía decirlo.

—Por supuesto, ¿por qué no iba a estar bien?

Paula suspiró.

—Porque mató a su hermano y no me cabe casi ninguna duda de que se va a llevar a su hija. Veo que ha establecido un vínculo fuerte con Lulu.

Cleo frunció el ceño.

—Yo diría que habría estado mal ocuparme de la niña y no establecer un vínculo.

Paula la miraba fijamente y a Cleo no le gustaba la idea de lo que podría ser capaz de ver en ella.

—¿Quiere una taza de café? —preguntó.

—¿Por qué no esperamos hasta que llegue Evie? Una vez que hayamos pasado juntas unos minutos, podrá ir a la cocina a prepararnos algo y veremos cómo se comporta Lulu.

Cleo sintió un pequeño estremecimiento que le recorría el cuerpo. Lulu se asustaría si ella salía de la habitación. Aparte de Aminah y Zahid, Lulu apenas había visto a nadie más durante meses y rara vez se quedaba al cuidado de otro adulto. Pero Cleo se quedó sin tiempo. El timbre de la puerta sonó y miró a Paula. No sabía qué hacer.

—¿Va a abrir? —preguntó Paula—. ¿Por qué no deja a Lulu conmigo? Es la primera vez que ve a Evie y, si hay alguna tensión entre las dos, es mejor que la niña no la vea, ¿no cree?

Cleo se puso de pie. Sintió las piernas débiles, como si no la pudieran sostener, pero tenía que ser fuerte. Besó a Lulu en la cabeza y se la pasó a Paula, con la esperanza de oír un grito de protesta, pero no lo hubo. Se dirigió al recibidor. A través del cristal esmerilado pudo ver la silueta de dos mujeres y apenas distinguió el sonido de sus voces.

Oyó una suave carcajada.

«Evie». Era evidente que no estaba afectada por el mismo estado de nervios que Cleo, que se obligó a respirar hondo y abrió la puerta.

Se quedó mirando a la mujer que estaba al otro lado, sin apenas reconocerla.

Evie se había cortado el pelo. No tanto como Cleo lo había llevado durante los últimos años, pero con un largo solo por debajo de la oreja, ondulado y con un elegante despeinado. Se lo había teñido de rubio claro, no con el llamativo blanco platino de Cleo, sino de un tono ceniza frío. Estaba muy distinta. Más ligera, más contenta y, al contrario que Cleo, que se había vestido como si fuese a asistir a una entrevista, Evie llevaba unos vaqueros azul oscuro y una camiseta holgada.

Evie miró a Cleo a los ojos y sonrió.

—Hola, Cleo. Me alegro de verte.

Suzanne, la trabajadora social, observaba a Cleo para ver cómo reaccionaba, así que solo Cleo podía ver los ojos de Evie. Su boca sonreía, pero sus ojos abrasaban la carne de Cleo allí donde se posaban.

57

La mirada que Evie le había dirigido había dejado a Cleo distraída y perturbada. Se había esperado que fuera Evie la que notara la presión, la que se sintiera culpable por lo que le había hecho a Mark y quizá avergonzada por tener que enfrentarse a la hermana de su víctima. Pero nunca la había visto más cómoda y tanto Suzanne como Paula parecieron notar la confusión de Cleo cuando todas tomaron asiento en la sala de estar.

Paula seguía con Lulu en brazos y, aunque el instinto inmediato de Cleo había sido acercarse a coger a la niña de los brazos de la trabajadora social, se las arregló para contenerse.

Evie tampoco se apresuró a ir a por Lulu, sino que se sentó y empezó a hablar con suavidad al resto de mujeres presentes en la habitación.

—¿Por qué te has cambiado el pelo? —preguntó abruptamente Cleo, incapaz de contenerse—. Lulu no va a reconocerte, no entiendo por qué lo has hecho.

Evie le dedicó una triste sonrisa y Cleo pudo ver las miradas de compasión por parte de las trabajadoras sociales.

—No va a reconocerme de todos modos, ¿no? Han pasado casi seis meses ya. Dejé a una bebé de once meses y ahora ya es una niña. No creo que vaya a recordar mi cara. Si tiene algún recuerdo mío, será de otra cosa.

Lulu miraba a Evie mientras hablaba y empezó a removerse en los brazos de Paula.

—¿Te parece bien que la deje en el suelo? —preguntó Paula. Cleo se dispuso a responder pero, entonces, se dio cuenta de que la pregunta no iba dirigida hacia ella.

—Claro —dijo Evie. Costaba entenderla. ¿Por qué no se lanzaba a coger a la niña en sus brazos? Pero cuando la niña se vio en el suelo, no pudo apartar los ojos de su madre, que la miraba sonriendo pero permanecía sentada en silencio.

Cleo quería levantarse, hacer ruido, romper la tensión. Pero estaba curiosamente hipnotizada, observando cómo madre e hija se miraban.

—Hola, Lolula —dijo Evie con ternura, y Cleo casi dio un salto. Nunca antes había oído a Evie llamar así a Lulu. En todo el tiempo que había pasado en su casa, nunca se había utilizado ese nombre, por lo que tenía que ser un apelativo que Evie usaba con su hija en privado. La carita de Lulu se iluminó con una sonrisa y fue gateando hacia su madre.

Todas las mujeres de la habitación estaban en tensión, esperando a ver qué iba a pasar. Lulu llegó hasta su madre y apoyó las dos manos en las rodillas de Evie, como si quisiera levantarse. Evie extendió un dedo y, con delicadeza, acarició los hoyuelos del dorso de la mano de Lulu.

—¿Cómo está mi niña? —susurró, y Lulu empezó a dar botes hasta que Evie se dobló con ternura y cogió a su hija. Ahora sonreían las dos. Fue como si la habitación se relajara con un suspiro.

—Muy bien —dijo Cleo, rompiendo con su voz elevada la serenidad de la escena—. ¿Quién quiere café?

No esperó a que respondieran. Salió huyendo de la habitación, convencida de que se echaría a llorar si tenía que seguir presenciando aquello. Debería haber estado contenta por Lulu, pero no lo estaba. La hija de Mark iba a ser devuelta a su asesina y eso no debería permitirse.

Tenía que hacer algo. A Evie la habían dejado en libertad condicional, así que, si volvía a incumplir la ley, iría a prisión de inmediato. Cleo tenía que pensar en algo, lo que fuera, para conseguir alejarla y que las dejara en paz.

Puso la cafetera debajo del grifo y se olvidó de mirarla hasta que el agua rebosó.

—¡Mierda! —murmuró, mientras volcaba parte del sobrante en el fregadero. Volvió a dejar la cafetera en su base con un golpe y se echó hacia atrás con los brazos cruzados.

No fue consciente de que había entrado nadie hasta que se dio la vuelta.

—Dios mío, Evie, ¿de dónde sales?

—He notado que estabas molesta y le he pedido a Suzanne y a Paula que cuiden un momento de Lulu para venir a ver si estabas bien. —Evie extendió la mano hacia atrás y cerró la puerta.

—¿Tú qué crees? —respondió Cleo.

—¿Sabes qué ha dicho Lulu cuando has salido de la habitación?

Cleo se rio.

—No, pero solo dice unas tres palabras que puedan resultar comprensibles, así que no puede haber dicho mucho.

—Ha mirado hacia la puerta y ha dicho «mama». Se refería a ti, ¿verdad?

—Eh, no empieces. Ya he hablado de todo esto con las trabajadoras sociales.

Evie se recostó contra la puerta, como para evitar que entrara nadie y, por un momento, Cleo sintió miedo. Estaba allí encerrada con una asesina, aunque el jurado dijera otra cosa.

—Oye, yo no sabía que ibas a volver. No se me ocurrió en ningún momento que el juez iba a ser tan tonto como para dejarte salir sin una larga condena de prisión. Pero lo ha hecho. Yo quería que Lulu tuviese una infancia lo más normal posible. Seguro que tú quieres lo mismo.

Evie negó con la cabeza.

—¿Normal? ¿Siendo tú su «mama»?

Cleo quería gritar a Evie, pero las mujeres que estaban en la otra habitación la oirían y eso no iba a beneficiar a nadie.

—¿Qué pasa ahora, Evie? —preguntó.

—Me voy a llevar a Lulu a casa.

Cleo sintió que las manos volvían a temblarle.

—Todavía no he recogido sus cosas.

Evie negó con la cabeza.

—No importa. He comprado suficiente para mantenerla bien cuidada.

—¿Y cuándo puedo verla? ¿Podemos llegar a algún pacífico acuerdo de visitas?

Se oyó una débil carcajada.

—No lo creo. ¿Y tú?

Desde el otro lado del pasillo, Cleo oyó el sonido de una puerta que se abría. Estaba claro que Paula o Suzanne venían a ver cómo estaban.

—Por favor, Evie, ¿puedo ir mañana a tu casa para verla y llevarle sus juguetes favoritos?

—No.

—Entonces, ¿cuándo?

Evie se apartó de la puerta al oír los pasos de la trabajadora social por el suelo de madera del pasillo. La voz de Suzanne preguntando: «¿Va todo bien ahí dentro?» casi tapó la respuesta de Evie. Pero no del todo.

—Nunca —susurró con tono violento—. Y no te molestes en protestar. A menos que quieras que les hable de Mia.

Evie se giró hacia la puerta con una agradable sonrisa dirigida a Suzanne.

58

Cleo estaba apartada de la ventana. No quería que Evie supiera que la estaba mirando ni que viera las lágrimas que tanto se había esforzado por controlar recorriéndole las mejillas.

Evie había vuelto a la sala de estar desde la cocina, como si no pasara nada, y cuando las trabajadoras sociales preguntaron si estaba lista para marcharse había esperado un poco, diciendo que no quería llevarse a Lulu demasiado deprisa.

Había sido angustioso. Habría sido mucho más fácil si se hubiese ido sin más y, al final, cuando todas se habían puesto de pie para marcharse con Lulu firmemente agarrada entre los brazos de Evie, había sido casi un alivio.

—Muchas gracias, Cleo. Lo que has hecho por Lulu ha sido más de lo que jamás podría haber esperado ni pedido. Nunca olvidaré que la hayas tratado como si fuera tuya.

Ninguna de las dos trabajadoras sociales pudo ver la cara de Evie al mirar a Cleo. Ni percibieron cuando Evie acercó a Lulu para que Cleo pudiera darle un beso pero le giró la cara a la niña en el último segundo, como si se la acomodara en la cadera, por lo que el beso terminó sobre la parte posterior de la cabeza de Lulu. Solo Cleo vio la maldad en los ojos de Evie.

Cleo se sentía como si Evie le hubiese metido una mano en lo más profundo de su pecho y, despacio, le hubiese sacado el corazón. No era un dolor breve y agudo, sino una agonía interminable. Evie se había llevado primero a Mark y, ahora, a Lulu, dejando nada más que un caudal de amor que se iba formando en el pecho de Cleo día tras día, sin poder darle salida.

Cuando el coche que se llevaba a Lulu lejos de ella giró la esquina y desapareció de la vista, Cleo tomó una decisión repentina. Iba a ir a la galería, cerraría con llave por dentro y bajaría las persianas para evitar la desagradable interrupción de ningún cliente. Tenía que hacer algo para alejar su mente de todo lo que había perdido.

Cuando fue a abrir la puerta sintió que la bloqueaba una montaña de cartas. Había pasado varias semanas sin ir por allí y la galería le parecía ahora un lugar frío desprovisto de la esperanza que había sentido cuando la inauguró. Nunca más volvería a levantar la vista de su trabajo para ver a Mark entrando rápidamente por la puerta, emocionado con sus últimas e increíbles fotografías. Anhelaba tener una oportunidad más de que los dos colgaran los extraordinarios retratos de Mark por la sala mientras trataban de decidir cuál era el mejor lugar y la mejor iluminación.

A Cleo le ardían los ojos. Necesitaba algo que la distrajera de la desolación por la pérdida de Lulu y de los pensamientos acerca de las últimas palabras de Evie. ¿Qué sabía ella de Mia? ¿Qué podría saber? Cleo no le había contado nunca a nadie lo que había pasado ese día, ni siquiera a Mark, por lo que era imposible que Evie pudiera saber nada.

Por un momento, Cleo estuvo de vuelta en la galería la mañana de la muerte de Mia.

—Mark, soy Cleo —había dicho al llamarlo al móvil—. Solo quería saber si lo tienes todo preparado para tu viaje. ¿Necesitas que haga algo mientras estás fuera?

—No, estoy bien.

Por el tono entrecortado de su voz, estuvo segura de que él estaba descontento por algo.

—¿Qué pasa? Es un encargo bastante sencillo, ¿no?

—Sí. Solo unas fotos de un niño de muy mal carácter. Tengo que intentar hacer que parezca angelical, o, al menos, interesante. No habrá problema.

—Entonces, ¿qué te tiene tan nervioso?

Oyó un sonido, como si él estuviese soltando un fuerte resoplido por la boca.

—Es Mia. Me está volviendo loco, diciéndome que no debería irme, que por qué me molesto, y todas esas tonterías. Ya sabes cómo es. Cree que debería vivir de su generosidad y, por muy tentador que sea eso a veces, no me gusta sentirme como un mantenido. No me gusta salir de viaje, ya lo sabes. Ya estoy bastante tenso sin que ella me haga sentir como un imbécil.

—¿Eso es lo que hace?

Quizá la condescendencia que Cleo había presenciado fuese más grave cuando la pareja se quedaba a solas. Mark hacía que pareciera como si bordeara la burla.

—Ella lo paga todo y, cuando yo quiero comprar algo, tengo que pedírselo. No me gusta, Cleo, pero a ella le encanta. Llama a mis fotografías «retratos tontos» y como diga una cosa negativa más antes de que me vaya, voy a perder los estribos. —Cleo oyó otro suspiro—. Mira, olvida que te he contado todo esto. Tengo que irme. El taxi estará aquí en veinte minutos. Te veré a la vuelta.

Mark había colgado el teléfono sin despedirse y a Cleo no le había gustado la pinta de todo aquello. Recordaba haberse puesto a caminar arriba y abajo por la galería durante un rato antes de tomar una decisión. Tenía que hablar con Mia, hacerle ver lo infeliz que estaba haciendo a Mark.

Había cogido sus llaves y salido corriendo de la galería, casi olvidándose con las prisas de cerrar la puerta con llave al marcharse. Había pensado ir en coche, pero, dado su estado de ánimo, tenía más sentido ir a pie con el fin de soltar parte de la rabia contenida que sentía hacia Mia. Había tomado un atajo por el campo; atravesó un pequeño bosque y subió el sendero del acantilado.

No había nadie por allí. Era febrero y un frío viento por ese lado de la bahía hizo que Cleo decidiera aligerar la marcha poniéndose a correr sendero arriba hacia el camino que conducía hasta el largo muro blanco de la casa de Mark y Mia.

Había esperado que parte de la rabia por el modo en que Mia estaba haciendo sentir a Mark se hubiese suavizado para cuando llegara allí, pero no había sido así y golpeó la puerta delantera con los puños. Nadie respondió. Miró hacia la puerta del garaje pero, como era habitual, estaba cerrada, así que no había forma de rodear por la parte de atrás. No había coincidido con Mark por cuestión de minutos, pero quizá fuese lo mejor. No le habría gustado que ella interviniera.

Cleo cogió el montón de llaves que llevaba en el bolsillo. Estaba segura de que Mia sabría quién estaba en la puerta y probablemente se lo estaba poniendo difícil, sobre todo si sabía que Mark había estado hablando con su hermana justo antes de marcharse.

Tras elegir la llave, la levantó y se quedó mirándola un momento. Aquello era una invasión de su intimidad y Mia se iba a poner furiosa si Cleo entraba sin más. Al fin y al cabo, la casa era de ella, no de Mark, como les solía recordar a todos con frecuencia. Probablemente, ni siquiera supiera que Cleo tenía una llave. Pero ¿qué podía hacer?

Cleo tomó una decisión. Mark ya estaría de camino hacia el aeropuerto, probablemente triste por todo lo que su mujer le había hecho pasar esa mañana. Ella lo arreglaría todo. Era lo que siempre había hecho cuando él tenía un problema.

Con determinación, metió la llave en la cerradura y la giró.

59

Stephanie estaba de nuevo vestida de uniforme, nada contenta de haber tenido que salir con el coche patrulla y con Jason, el nuevo. No parecía que hubiese avanzado mucho durante los meses que ella había estado prestando servicio en el Departamento de Investigaciones Criminales y estaba empeñado en inundarla a preguntas sobre la vida «en el otro lado».

—¿Podemos hablar de otra cosa, Jason? —preguntó Stephanie, consciente de estar sacando su carácter gruñón con el pobre muchacho—. Me ha gustado la parte de investigación. Ha sido una experiencia estupenda, a pesar de tener que estar trabajando en un caso especialmente complicado. Pero ya ha acabado, y, dada la cantidad de basura a la que vamos a tener que enfrentarnos hoy, preferiría no pensar mucho en los placeres de la vida de detective. ¿De acuerdo?

Jason levantó una comisura de la boca con un desagradable gruñido, pero dejó de hablar durante unos minutos.

Stephanie se sentía en el limbo. Le encantaba ser agente de policía, pero el tiempo que había pasado en el Departamento de Investigaciones Criminales la había convencido de que era ahí donde quería estar. El único modo de que eso pudiera pasar, a menos que estuviese dispuesta a trabajar para Gus, era que ella se mudara. Gus seguía queriendo que hablaran, pero, como ella ya no le estaba viendo todos los días, se estaba dando a sí misma un poco de espacio para tratar de averiguar si el pequeño dolor que sentía ahora por esa pérdida era mejor o peor que el dolor punzante de un corazón destrozado si volvían a romper. Aún no lo había decidido, pero le echaba de menos. Gus se exasperaba por la tozudez de ella, pero, si iban a darle otra oportunidad a su relación, tenía que estar cien por cien segura de sí misma y de él.

Apartó de su cabeza ese pensamiento al ver a un hombre bajito, enjuto y pelirrojo corriendo por la acera, con el cuello del abrigo levantado para protegerse de la llovizna que parecía flotar en el aire más que caer al suelo. Había en él algo que le resultaba familiar, pero, por mucho que se esforzara, no conseguía saber qué era. Le vio entrar en una cafetería de la calle principal y, entonces, lo supo. Aparcó el coche sobre el bordillo.

—Voy a por café, Jason. ¿Con un poco de leche, como siempre?

Jason pareció sorprenderse al ver que era ella quien iba a por el café en vez de enviarle a él, pero Stephanie no le dio oportunidad de responder mientras salía del coche, cerraba la puerta de un golpe y corría al otro lado de la calle.

Las ventanas de la cafetería se habían empañado y no podía ver adónde había ido el hombre, así que abrió la puerta y lo encontró haciendo su pedido al camarero de gesto arisco que estaba en el mostrador.

—Estaré allí sentado —dijo el hombre apuntando a la mesa del extremo.

—Si espera, tendrá el café listo en un par de minutos —repuso el camarero—. Puede llevárselo usted mismo.

El hombre levantó las cejas, dejó caer unas monedas en la barra y fue hacia la mesa.

El camarero chasqueó la lengua y murmuró algo que se parecía mucho a «gilipollas» antes de dirigir su rostro hosco a Stephanie.

—¿Sí?

—Uno con poca leche y un expreso grande para llevar. Voy a sentarme a hablar con ese cliente.

Parecía como si el camarero fuese a protestar por que ella tomara asiento sin haber pedido nada para beber allí pero, entonces, vio el uniforme y se lo pensó mejor. La joven que estaba preparando el café puso un capuchino en la barra.

—Llévele entonces el café —dijo el camarero, cosa que solo sirvió para que Stephanie tomara nota de no volver a esa cafetería en particular durante una temporada.

Tras coger el café de la barra, se acercó a la mesa y puso el café delante del hombre. Él no levantó la vista del periódico que estaba leyendo, pero murmuró un agradecimiento.

—¿Le importa si me siento? —preguntó Stephanie.

Al oír eso, sí que levantó la cabeza. Miró las mesas y sillas vacías y, después, de nuevo a Stephanie, sin mostrar ninguna sorpresa por que una agente de policía quisiera sentarse con él.

—Como quiera —respondió él, volviendo al periódico.

—¿Puedo hablar un momento con usted? —continuó ella.

Con un suspiro, dobló el periódico y lo dejó en la mesa.

—¿Sobre qué?

—Le vi hace unas semanas en el juzgado. En el juicio de Evelyn Clarke. Estaba usted entre el público.

—¿Y?

—Me pregunté por su interés en el caso. ¿Conoce a Evie?

—Solo me gusta curiosear, ¿vale? Vi que se estaba celebrando un juicio importante y decidí ir a ver. Me interesa la gente, eso es todo.

Stephanie sacó la mano del bolsillo y extendió el brazo por encima de la mesa.

—Soy la sargento Stephanie King —dijo.

—Encantado —respondió él a la vez que levantaba una mano llena de pecas para estrechar la de ella, pero sin añadir nada más.

—¿Y usted es?

—¿Hay algún motivo por el que me vea obligado a darle esa información? —preguntó—. Por lo que sé, no he incumplido ninguna ley ni soy testigo de ningún delito. Así que no estoy del todo seguro de por qué necesita saberlo.

—Digamos que me gusta curiosear —respondió ella repitiendo sus palabras.

El hombre levantó su taza de café y dio un largo sorbo.

—Bueno, me voy. Encantado de conocerla, sargento.

Cuando se puso de pie, Stephanie se acordó de los papeles rasgados.

—Mientras escuchaba el juicio, usted estaba rompiendo una carta.

De repente, consiguió que él le prestara atención. Se detuvo y la miró.

—Tengo esos trozos de papel. Los recogí. —Omitió decirle que esos trozos eran un montón de papeles empapados e ilegibles.

Para sorpresa de Stephanie, el hombre se inclinó hacia ella y habló en voz baja y con tono de urgencia.

—Oiga, no significa nada, ¿de acuerdo? Ella debió de tener sus motivos. Olvídelo.

Antes de que Stephanie pudiera preguntarle qué quería decir, el hombre se giró y salió rápidamente de la cafetería.

60

Durante el resto de su turno, Stephanie no había conseguido sacarse de la mente la cara del hombre de la cafetería. Ella había mencionado la nota de forma deliberada para tratar de conseguir una reacción y, sin duda, el comportamiento sarcástico de él había cambiado al de ligero pánico. No le había gustado la idea de que ella pudiera haber leído lo que fuera que hubiese en ese papel y, ahora más que nunca, Stephanie deseaba haber dedicado más tiempo a secarlo y a juntar los trozos. Pero no lo había hecho y no tenía ningún motivo legítimo para empezar a buscar por ahí. El caso estaba cerrado. Por otra parte, ceñirse a las reglas no había sido nunca su fuerte.

En realidad, no había dejado de pensar en Evie Clarke. Había oído que Evie había alquilado una casita que daba al malecón y se preguntó si alguien le habría advertido de que, de vez en cuando, las olas podían pasar por encima del muro. Eso podía poner en peligro a Lulu. Stephanie había pensado a menudo en la bebé de Evie y en cómo podría haberle afectado la obligada separación de su madre durante el periodo de prisión preventiva. Nunca había entendido por qué Evie había elegido de forma voluntaria la prisión antes que el pago de la fianza, negándose a sí misma pasar un valioso tiempo con su hija. Pero eso no era asunto suyo y resultaría de lo más inapropiado ir en busca de Evie para advertirle del posible peligro del mar. Tenía que olvidarse de ello.

El resto del día tuvo pocas sorpresas. Introdujo a Jason en los placeres de los ladrones de tiendas adolescentes y sus comportamientos arrogantes; su falta de remordimientos le sorprendió incluso a él, pero, en realidad, Stephanie estaba deseando terminar la jornada para volver a casa y ver si aún tenía los restos de papeles empapados que había roto el hombre en el juzgado. Los había guardado en el bolsillo de su chaqueta pero todo el traje se le había quedado hecho un desastre tras la lluvia y lo había enviado a la tintorería. Siempre vaciaba los bolsillos en un cuenco de su tocador pero no recordaba si había tirado los papeles a la basura al pensar que no servirían de nada a nadie.

Al final de su turno, volvió corriendo a casa y, tras subir de dos en dos las escaleras hasta el dormitorio, fue rápidamente al tocador y suspiró aliviada. Los trozos de papel seguían allí. En realidad, debería haberlo sabido. Las tareas domésticas de todo tipo no eran lo suyo y, sin duda, esos papeles habrían seguido en el cuenco hasta la siguiente ocasión en que sintiera cargo de conciencia y sacara el plumero. Pero, por ahora, continuaban donde los había dejado.

Después de coger unas pinzas de depilar de la taza de cacharritos que tenía junto al cuenco, fue abajo y se sentó en la mesa de la cocina. Los trozos de papel estaban ahora secos y bastante quebradizos, pero resultaban más fáciles de separar que cuando no eran más que una masa empapada.

Con cuidado y despacio, Stephanie trató de despegar cada trozo de papel del resto sirviéndose de las pinzas para agarrar el borde del papel y humedeciéndolo ligeramente con un trapo para evitar que se rasgara.

La tinta parecía estar más corrida que antes. Los fragmentos de papel se habían roto por donde estaban más frágiles y se habían desmigajado un poco, y no conseguía ver por dónde unirlos. Gus habría sido de ayuda, pero él ya había dejado claro que lo consideraba una misión imposible, por lo que ella no tenía ninguna intención de proporcionarle una excusa para burlarse de ella.

Estaba a punto de rendirse cuando vio dos trozos que parecían mal colocados. Si intercambiaba su posición podía ver una palabra que empezaba en un trozo y terminaba en el de al lado. Había una «L» y un borrón en uno de los pedazos y, en el otro, las letras «ester». ¿Las letras que faltaban podrían formar la palabra «Leicester»? ¿No era allí donde Evie había vivido antes de venir aquí?

Stephanie apoyó la espalda y levantó una mano para masajearse la rigidez de la nuca. Giró la cabeza unas cuantas veces mientras oía unos ligeros chasquidos preocupantes y decidió que había llegado la hora de ponerse de pie y empezar a moverse. Se acercó al hervidor de agua y lo encendió. ¿Por qué desperdiciaba su tiempo en lo que, sin duda, era una tarea imposible?

Sirvió agua hirviendo sobre una bolsita de té y la removió un poco mientras miraba distraídamente las oscuras ondas. Debería tirar esos trozos de papel a la estufa de leña y olvidarse de ellos. Pero, en cierto modo, sabía que esa carta iba a seguir obsesionándola.

Cogió la taza de té negro, volvió a la mesa y se sentó de nuevo. Lo único que tenía era una suposición de que la carta estaba relacionada de algún modo con Leicester. Y eso no quería decir absolutamente nada.

61

Los días pasaban despacio, mezclándose unos con otros, y Cleo se esforzaba por motivarse para salir de la cama cada mañana. Por la noche, permanecía despierta, dando sacudidas y vueltas, tratando de quedarse quieta y relajar cada parte de su cuerpo sobre el colchón con la esperanza vana de que sus tensos miembros pudieran por fin sucumbir al agotamiento. Lo único que le hacía seguir adelante era la creencia de que en algún momento Lulu volvería con ella. Evie tenía que cometer algún desliz y por fin se vería el monstruo que era. Cleo debía mantenerse, al menos, viva, aunque no sana, para poder disfrutar de ese día.

La amenaza de que Evie pudiera hablarle a la policía de Mia seguía dando vueltas en la cabeza de Cleo y necesitaba averiguar qué era lo que Evie sabía. O pensaba que sabía. No podía arriesgarse a que reabrieran la investigación de la muerte de Mia. Habían pasado ya cuatro años. Cuatro años de preguntarse si había hecho lo correcto.

El recuerdo de ese día había aparecido en sus sueños cada noche durante los meses siguientes y, solo a base de hacer ejercicio hasta casi caer desmayada, había podido pasar toda una noche sin despertarse gritando.

Esa espantosa mañana, apenas unos minutos después de haber entrado en la casa de Mark y Mia con su llave, había vuelto a bajar corriendo el sendero del acantilado hasta llegar a la galería, cerrando la puerta con llave al entrar y dando la vuelta al letrero de cerrado para que no entraran clientes. Su respiración pesada no había tenido nada que ver con el hecho de haber corrido por la superficie irregular y arenosa del camino. Se debía al miedo.

Mia estaba muerta.

Cleo no había vacilado. Había sabido exactamente lo que tenía que hacer. Gracias a Dios, no había llevado el móvil. La policía habría podido comprobarlo y la habrían situado en el escenario de la muerte. Pero ahora lo había cogido y estaba llamando a un número conocido.

«Hola, has llamado a casa de Mia y Mark North, ahora mismo no estamos en casa. Déjanos un mensaje y te llamaremos».

Cleo no había dicho ni una palabra y, tras varios minutos de silencio, había colgado. Lo único que tenía que hacer era borrar el mensaje silencioso del contestador de la casa para que los registros de las llamadas demostraran que había hablado con Mia mucho después de que Mark se hubiese marchado. De esa forma, no caería ninguna sospecha sobre él. Necesitaba que la policía creyera que Mia había respondido al teléfono cuando ella llamó y que habían estado hablando.

Sabía que tendría que volver pronto a la casa, que tendría que ser ella quien encontrara el cuerpo roto de Mia, tumbado a los pies de la escalera del sótano. El ADN de Cleo podría estar en el lugar de los hechos, así que tenía que tocar otra vez a Mia para aparentar que comprobaba si seguía viva. Pero ella ya sabía que estaba muerta.

Marcó otro número.

—Hola, Aminah —había dicho tratando de aparentar la mayor normalidad posible. Por suerte, el lloro de un bebé recién nacido disimulaba cualquier vacilación en su voz.

—Perdona, Cleo. Me cuesta un poco oírte. ¿Qué necesitas?

—Acabo de hablar con Mia. Vamos a ir al centro a la hora de comer para almorzar algo rápido. Como Mark se ha ido, he pensado que estaría bien. En fin, parecía contenta con la idea, así que me preguntaba si te gustaría venir con nosotras.

—Joder, Cleo. ¡Está claro que nunca has tenido un bebé! Solo tiene dos semanas, así que, a menos que quieras que lo lleve conmigo y le tenga pegado a mi pecho izquierdo durante la comida, porque te digo que no está contento si lo dejo más de cinco minutos cada vez, tendré que rechazar tu amable invitación.

Cleo ya había previsto que diría eso.

—Vale, bueno, quizá la próxima vez.

Aminah se rio.

—¿Y qué festejáis? Ni siquiera te cae bien Mia.

—Claro que sí. Es la mujer de Mark y sé que, a veces, me he quejado, pero es normal, ¿no? ¡Tú te quejas de Zahid a todas horas!

—Ah, pero es mi marido, así que tengo derecho. —Se oyó un gemido más alto—. Voy a tener que colgar, pero salúdala de mi parte. Me gusta Mia. Me hace gracia esa actitud de «Soy tan rica que me duele».

Tras otra carcajada de Aminah, la llamada terminó. Pero Cleo sabía que su amiga recordaría la conversación.

A continuación, había llamado a Mark.

—Hola. ¿Estás ya en el aeropuerto?

—Sí, vamos a embarcar en cinco minutos. ¿Por qué?

—Quería saber si habías resuelto la situación con Mia antes de irte. Quizá deberías llamarla antes de subir al avión.

Mark se había quedado muy callado al otro lado de la línea y Cleo deseó poder leer sus pensamientos.

—Quizá tengas razón —repuso él con voz suave—. Quizá sea lo más inteligente.

Cuando Mark colgó, Cleo bajó la cabeza sobre su mesa de trabajo y empezó a llorar. Aquello no podía estar pasando. Pero tenía que recomponerse porque sabía que Mark la volvería a llamar en cualquier momento.

—Cleo, no responde. Le he dejado un mensaje y la volveré a llamar cuando aterrice. Quizá necesite que vayas a la casa. ¿Te importaría?

—Claro que no. ¿Quieres que vaya ahora?

La voz de Mark había sonado temblorosa.

—No, mejor no. Vamos a darle la hora del vuelo. —Hizo una pausa—. Soy un idiota, Cleo. Qué pena doy.

—No es verdad, Mark. Eres maravilloso y te quiero. Sabes que haría lo que fuera por ti, ¿verdad?

—Lo sé. Y, a veces, pido demasiado. Oye, tengo que irme. Te llamo luego.

Cleo no se había movido de su asiento durante la hora que había tardado Mark en llamarla otra vez con la inevitable petición de que fuera a la casa para ver cómo estaba Mia.

—Creo que esta mañana estaba un poco floja. Evidentemente, en condiciones normales no te pediría que fueras a verla cuando han pasado solo un par de horas sin tener contacto con ella, pero me ha parecido que estaba un poco pálida cuando me he ido.

Cleo había mantenido un tono alegre en su voz.

—Claro. Y cuando la vea le diré lo intranquilo que estabas. No te preocupes.

No tenía ni idea de cómo había conseguido no llorar ni contar lo que ya sabía. Como si estuviese en trance, cerró de nuevo la galería pero, esta vez, fue en coche a la casa y saludó a un par de conocidos al circular por la ajetreada calle principal.

Había pasado diez minutos sentada en la puerta de la casa antes de ser capaz de obligarse a entrar por la puerta y hacer lo que tenía que hacer.

Lo principal era el contestador automático. Mostraba dos mensajes y sabía que el otro sería de Mark. El suyo sería el segundo mensaje y, aunque estaba deseando escuchar qué había dicho él, tenía que dejarlo intacto. Seleccionó el primer mensaje y lo borró.

Le había costado mucho reunir las fuerzas para volver a lo alto de las escaleras que bajaban al sótano. Se quedó allí y miró hacia abajo, hacia el cuerpo de Mia, con sus ojos apuntando directamente a Cleo, acusadores. Probablemente no fuera necesario volver a bajar las escaleras. Ya le había buscado el pulso a Mia antes pero, por si acaso había algo distinto, algún fragmento de tela o algo que pudiese demostrar que Cleo había bajado antes, se obligó a realizar exactamente los mismos movimientos otra vez, conteniendo la sensación de mareo en el estómago al tocar la muñeca de Mia, ahora fría.

Y fue entonces cuando vio el reloj, con la esfera hecha añicos, sus manecillas mostrando una hora que nadie debía ver nunca. Buscó un pañuelo en su bolso y cambió la hora a cinco minutos después de cuando se suponía que había hablado con Mia.

A continuación se giró y volvió a subir mientras sacaba el teléfono del bolso, preparándose para llamar a la policía.

62

Los recuerdos del día que murió Mia habían dejado a Cleo con sensación de debilidad. ¿Qué podía saber Evie? Ni siquiera Mark estaba al tanto de que Cleo había acudido dos veces a la casa. Entonces, ¿cómo podía saberlo Evie? Tenía que hablar de esto con alguien. No de lo que ocurrió en realidad, sino de lo que Evie podía creer que sabía.

Cogió el abrigo y salió a las calles mojadas y ventosas. Hacía un frío helador y en las noticias hablaban de fuertes nevadas en algunas partes del país. Pero no tan al sur, ni especialmente en la costa. Podía oír el lejano estruendo de un mar fiero golpeando el malecón y se preguntó si lo rebasaría y entraría el agua en la casa de Evie. ¿Estaría Lulu a salvo? Esperaba que Evie tuviera la sensatez de no sacarla a la calle en un día así.

No tenía sentido coger el coche. El trayecto hasta la casa de Aminah sería de quince minutos andando y necesitaba hacer ejercicio. Quizá este tiempo tormentoso se llevara por delante la espesa niebla que parecía haberse asentado en su cerebro.

Con la cabeza agachada, se enfrentó al viento recibiendo con agrado los afilados fragmentos de lluvia que le golpeaban en la cara y la cabeza sin cubrir. La casa de Aminah estaba iluminada como un árbol de Navidad pese a ser pleno día. Por la ventana parecía cálida y acogedora, en fuerte contraste con el día tan oscuro que hacía fuera.

Fue corriendo los últimos pasos hasta la puerta, saltó sobre un charco que había en el camino y apretó con fuerza el timbre de la entrada. Oyó que en el interior Aminah gritaba a uno de sus hijos que vigilara al bebé. Eso le sorprendió. Anik era el más pequeño y realmente ya no podía ser considerado un bebé. No se esperaba que estuviesen todos los niños en la casa y se dio cuenta con retraso de que probablemente sería un día de vacaciones escolares.

Esperando que, al menos, Aminah pudiera dedicarle una hora para charlar, puso en su rostro una sonrisa expectante cuando su amiga abrió la puerta.

No estaba preparada para la mirada de sorpresa y vergüenza en la cara de Aminah.

—Ah, Cleo. No te esperaba.

Cleo estaba confusa. Nunca había tenido que concertar una cita para pasarse por allí.

—¿Puedo entrar? —preguntó, disgustada por el tono de súplica de su propia voz.

—Mierda, Cleo. Lo siento, pero no puedes.

La lluvia que caía del pequeño porche goteaba sobre el charco y salpicaba las piernas de Cleo por detrás. Podía notar cómo el agua se filtraba por sus ya mojados vaqueros. Sabía que debía decir algo, pero estaba impactada y herida por la respuesta de Aminah.

—Oye, esto es terrible. No quería verme en esta situación. Pero tenemos aquí a Lulu.

Cleo sintió un brinco en el pecho.

—¿Puedo verla, Aminah? Por favor, la echo mucho de menos.

La habitual cara alegre de Aminah parecía haber palidecido y Cleo notó la compasión en las palabras y el tono de su amiga.

—Lo siento mucho. Dios, esto es muy desagradable. Evie ha traído a Lulu esta mañana porque le ha entrado agua del mar en la casa. Necesita ocuparse de ello y tenerla a raya hasta que baje la marea.

—Lo entiendo, pero ¿por qué significa eso que no puedo entrar?

Cleo sabía la respuesta pero no podía ser que Aminah se hubiese puesto del lado de Evie.

—No quiere que Lulu te vea. Oye, Cleo, yo solo creo que quiere que Lulu sepa quién es su madre y evitar que se confunda.

Cleo sintió que las mejillas le ardían y cerró la mano que tenía en el bolsillo en un puño apretado. ¿Cómo podía hacerle eso Evie después de la forma en que Cleo había cuidado a la niña?

—Entiendo cómo te debes de sentir, pero no es decisión mía. Yo solo estoy ayudando a una amiga.

—Pero yo soy tu amiga. —Incluso a los oídos de Cleo aquello sonó lamentable pero, poco a poco, Evie la estaba privando de todo lo que le importaba en la vida.

—Por supuesto que eres mi amiga, pero también lo es Evie. Lo ha pasado mal el último año y yo solo estoy intentando ayudarla.

Cleo quería agarrar a Aminah y sacudirla para tratar de hacerla entender. Sintió que la garganta se le cerraba y las palabras le salieron como un siseo.

—¡Mató a mi hermano!

—Lo sé, cariño, y soy consciente de lo devastador que ha sido para ti. Todos lo somos y entiendo por qué eso hizo que te volvieras más posesiva con Lulu de lo que es aceptable. Sé que debe de resultar difícil de asumir, pero entiendo a las dos partes. Oye, no puedo dejarte pasar ahora, pero en cuanto Lulu se vaya, ¿por qué no te llamo y nos tomamos una copa de vino o dos cuando los niños estén en la cama?

Cleo podía ver la compasión en los ojos de su amiga, pero no le importó. No quería su compasión. Quería que Aminah entendiera lo destrozada que estaba por todo lo que había pasado y luchara por ella..., por su derecho a ver a Lulu. Pero entendía que eso no iba a ocurrir. Dio un paso atrás, justo sobre el charco. El agua fría le inundó el pie casi sin que se diera cuenta.

—Olvídalo. Ya veo a quién le eres leal. Simplemente olvídalo.

Cleo se dio la vuelta y recorrió el camino de entrada con la cabeza alta. No iba a suplicar, pero lo cierto era que Evie se había llevado a Mark, a Lulu y, ahora, a Aminah. Cleo se había quedado sin nadie.

63

Aliviada de que fuera su día libre, Stephanie seguía moviéndose de un lado a otro en bata a las diez de la mañana. Había dormido mal y había pensado quedarse en la cama hasta tarde, pero, en cuanto se despertó, le resultó imposible volver a dormirse. Así que, con un suspiro de irritación, apartó las mantas y se levantó. Había perdido demasiado tiempo tratando de juntar los fragmentos de la carta la noche anterior y, al final, se había acostado decidida a olvidarse de ella. Pero no podía. En lugar de ello, le dio vueltas una y otra vez en su mente al comportamiento del hombre en el juzgado con la esperanza de que eso le diera alguna pista.

Tenía la mirada fija en Evie. La carta hablaba de Leicester. Estaba claro que iba dirigida a alguien especial, porque empezaba con «Cariño mío» y suponía que se refería al hombre. La firma era de alguien cuyo nombre empezaba por «S» y parecía decir que S ya habría muerto cuando él la estuviese leyendo.

—Vale —murmuró—. Vamos a por ello.

Estaba segura de que si Gus averiguaba en qué andaba le diría que dejara de hacer perder el tiempo a todo el mundo, pero, con un poco de suerte, estaría escondido en su despacho y no sabría que ella había llamado al equipo encargado de investigar el pasado de Evie.

—Azi, soy Stephanie. ¿Crees que puedes ayudarme sin que nadie se entere?

Había elegido a Azi, un joven nigeriano, porque sabía que tenía debilidad por ella desde que Stephanie había ayudado a su madre, vecina suya, cuando había estado enferma. Paseaba por la habitación mientras hablaba.

—Claro. Dispara.

—Tú formaste parte del equipo que investigó la vida de Evie Clarke en Leicester, ¿verdad? ¿Qué puedes contarme, además de la información que se dio en el juicio?

—Lo siento, Stephanie, pero no mucho más. Estuvimos buscando a su marido, Nigel Clarke, pero, aunque hubo vecinos que nos dijeron que se había marchado del país, parecía que nadie sabía adónde había ido.

—Pero ¿Evie no se fue con él?

—Al parecer, se suponía que iba a irse con él un par de meses más tarde, después de ocuparse de su piso, deshacerse de sus pertenencias y ese tipo de cosas. Pero, por supuesto, nunca lo hizo.

—¿Se deshizo de todo o quedó algo?

—Nada. Estaban de alquiler, así que puso fin al contrato y, según parece, montó un gran mercadillo en el garaje. Vendió todo lo que no estaba atornillado a la casa, según se dice.

Stephanie se quedó pensativa un momento.

—¿Sacasteis algo de sus amistades, otros parientes, cualquiera que estuviese cerca?

Azi se rio.

—Todo lo contrario. Todo el mundo con el que hablamos decía que era una pareja muy independiente. Creo que era un eufemismo para no decir que eran antisociales. Sobre todo ella, que apenas pasaba tiempo con los vecinos. Solo sabían que el marido se iba del país porque les pidió que le echaran un ojo a ella. Le preocupaba dejarla sola, pero, por alguna razón, no podía retrasar su marcha. Supongo que sería por trabajo.

—Vale, gracias, Azi. Era una posibilidad remota. Una última cosa, si me permites. No hablarías ni te encontrarías con nadie cuyo nombre empezara por S, ¿verdad? —dijo Stephanie, sin ninguna esperanza.

—No que yo recuerde. Aparte de la misma Shelley, claro.

Stephanie dejó de moverse por la habitación.

—¿Qué has dicho?

—Evie... Sabías que su primer nombre era Michelle, ¿no? Bueno, pues parece que su marido, Nigel, siempre la llamaba Shelley.

«Dios mío», pensó Stephanie. Tenía todo el sentido.

—Gracias, Azi. Y si puedes evitar mencionar esta llamada hasta que haya comprobado algunas cosas, te estaré eternamente agradecida.

Sacó una silla y se dejó caer en ella. Todos sus esfuerzos habrían merecido la pena si lo que sospechaba terminaba siendo verdad.

La carta era de Shelley, también conocida como Evie, dirigida a alguien a quien ella llamaba «Cariño mío». ¿Podría ser Nigel? Eso explicaría por qué él la había estado mirando en el juzgado, posiblemente incapaz de creer lo que veía. Por eso había roto la carta en pedazos.

Porque creía que su mujer estaba muerta.

Más tarde, mientras se estaba vistiendo tras una ducha rápida, se le ocurrió otra cosa. ¿La verdadera Evie Clarke estaba muerta? ¿La mujer que había subido al estrado de los testigos se había apropiado de alguna manera de su identidad? Pero si ese fuera el caso y el hombre del juzgado era Nigel Clarke, como ella sospechaba, seguramente habría dicho algo, ¿no?

De alguna u otra forma, Nigel debía de haberse enterado del juicio y había ido a ver, con la sospecha de que se trataba de alguna otra mujer con el mismo nombre. Y entonces, ese día, sentado en la galería y mirando a la esposa que le había dejado, debió de sentirse terriblemente traicionado. ¿Por qué habría hecho ella una cosa así? Si quería deshacerse de él, ¿por qué no irse sin más?

Era todo demasiado confuso y parecía como si solamente Nigel tuviese la clave.

Stephanie se acercó a la ventana para ver el día húmedo y ventoso, preguntándose qué debía hacer a continuación. Estuvo tentada de llamar a Gus para contarle lo que había averiguado pero, después, decidió que sería mucho mejor ver si podía localizar antes a Nigel Clarke, siempre que no hubiese abandonado la zona. Gus no se había fiado nunca de Evie y ahora Stephanie había encontrado más pruebas de sus mentiras. Pero quizá hubiese una explicación y no estaba preparada para compartir sus dudas hasta que hubiese averiguado más cosas.

¿Cómo iba a encontrar sola a Clarke? Podía empezar con la suposición de que se estaba alojando cerca de allí, pero había muchos hoteles en la ciudad. Era un destino vacacional y podría estar en cualquiera de ellos. Sus anteriores investigaciones no habían indicado que se tratara de un hombre rico y, cuando lo vio en la cafetería, iba bien vestido, pero no de forma llamativa. Decidió empezar llamando a los hoteles de categoría media y los mejores *bed and breakfasts*. Iba a ser una labor infernal, pero no podía justificar el pedir ayuda a sus compañeros. El juicio había terminado. Evie estaba libre. Gus probablemente le diría que lo dejara y, entonces, no tendría otra opción. Encendió su portátil y buscó un directorio de hoteles.

La lista ocupaba varias páginas. Iba a llevarle muchas horas y tenía que buscar el modo de acortarla. Apostando por el hecho de que Clarke habría elegido un hotel donde poder tener una comida caliente cada noche, Stephanie filtró la lista y empezó a hacer las llamadas. En la séptima llamada hizo un gesto de victoria. Le había encontrado o, al menos, había encontrado dónde se estaba alojando. Había salido, según la recepcionista, pero había reservado una mesa para cenar en el diminuto restaurante que tenían para las siete de la tarde y dejaría el hotel a la mañana siguiente. Stephanie dio a la recepcionista sus datos y le pidió que no informara al señor Clarke de que había estado preguntando por él.

La idea de salir en medio de esa noche tormentosa no emocionaba a Stephanie, pero quizá fuese su única oportunidad, así que esperó hasta que estuvo segura de que Nigel estaría cómodamente instalado en el comedor y fue a por su coche.

Aparcó delante de un hotel pequeño y de respetable apariencia y echó a correr entre la lluvia. La recepción era pequeña pero tenía un aspecto acogedor y Stephanie se sacudió el agua de los hombros y mostró a la recepcionista su placa.

—He llamado antes para preguntar por Nigel Clarke. ¿Está en el restaurante?

La chica asintió y preguntó a Stephanie si necesitaba que alguien le mostrara la mesa. Ella rechazó el ofrecimiento. Le reconocería, no le cabía duda alguna.

El comedor tenía aspecto funcional, sin manteles sobre las mesas chapadas en madera oscura y un poco iluminado de más como para dar una sensación tan acogedora como prometía la recepción. Solo un par de mesas estaban ocupadas y Nigel Clarke estaba sentado al fondo de la sala, de cara a la puerta. Llevaba ropa informal, con un jersey oscuro, y estudiaba su iPad mientras se llevaba pasta a la boca. Cuando ella se estaba acercando, él levantó la cabeza y se quedó mirándola, claramente sorprendido por su presencia y aún más sorprendido por el hecho de que ella parecía ir directa hacia su mesa. Se limpió la boca con la servilleta y apartó su plato de comida, como si se preparara para ponerse de pie y salir de la habitación.

—Siga sentado, señor Clarke —dijo Stephanie—. Supongo por su expresión que me ha reconocido. —Continuó hablando sin esperar respuesta—. No ponga esa cara de preocupación. No se ha metido en ningún lío. Solo quiero comprobar un par de cosas y averiguar qué es lo que ha pasado exactamente. ¿Le importa que me siente?

No parecía impresionado pero, sin duda, comprendía que no tenía muchas opciones.

—Oficialmente, estoy fuera de servicio, así que voy a tomar una copa de vino. ¿Quiere una? —le ofreció ella.

—Tinto, por favor —respondió él en voz baja—. No me importa mucho la marca. ¿Qué quiere de mí? No he hecho nada malo.

—Lo sé. Pero también sé que usted pensaba que Evie..., Michelle, Shelley o como usted prefiera llamarla, estaba muerta. ¿Qué está pasando, señor Clarke?

Sus ojos parecían vacíos, como si no supiera qué decir ni qué pensar. Negó con la cabeza.

—¿Por qué no se va? No está pasando nada. Al menos, nada que sea de su incumbencia. —Sus palabras eran entrecortadas, empañadas de una contenida emoción.

—¿Sabe Evie que está usted aquí? —preguntó Stephanie.

—¡No! Se pondría furiosa.

Stephanie miró las facciones delgadas, como de zorro, del hombre que tenía enfrente y entendió por qué parecía tan enfadado. Había descubierto que la esposa a la que creía muerta había estado viviendo con otro hombre y tenía un bebé con él.

—Oye, Nigel. No te importa que te tutee, ¿verdad?

Él se encogió de hombros y bajó la mirada hacia su plato medio vacío.

—No he venido a causarte ninguna molestia, pero quiero saber qué fue lo que hizo que Evie tuviera que fingir que estaba muerta.

Nigel dejó caer los hombros.

—Es obvio que ya no me quería. Había dejado de serle útil. ¿No es eso lo que se dice? —Esbozó una media sonrisa, pero sus ojos parecían desolados—. No la culpo por dejarme. No soy muy buen partido y Shelley, así es como yo la llamaba, parecía estar más guapa cada año que pasaba. Me dijo que su misión era convertirse en una mujer arrebatadora. Pero, para mí, siempre lo había sido.

—¿Cómo la conoció? —preguntó Stephanie.

—Vivía en la calle. Vivió así desde la adolescencia, después de que muriera su abuela. Yo pasaba por su lado y la veía sentada en la puerta de una tienda de camino a la fábrica donde yo trabajaba. Un día le compré un café y ahí empezó todo. Me dijo que quería ser una persona distinta. No sabía a qué se refería pero, al final, le pedí que se casara conmigo. Le dije que la ayudaría a cumplir sus sueños. Quizá yo no fuera más que el primer peldaño.

Stephanie sintió pena por ese hombre. Su semblante rudo y agresivo había desaparecido. Lo único que quedaba era una sensación de desamparo.

—Mi primo me envió un recorte del periódico con un artículo sobre el juicio de Evie Clarke —continuó él—. Tenía que ir al juzgado para ver si de verdad era mi Shelley. Pensé que se trataba de un engaño, que alguien estaba usando su identidad. He estado fuera del país varios años, pero decidí que tenía que volver para comprobarlo.

Stephanie no dijo nada. El impacto de ver a Evie ante el tribunal debió de ser fuerte.

—Háblame de ello, Nigel, de la carta y de lo que creíste.

Se quedó mirándola un momento y suspiró.

—Se suponía que iba a venir conmigo. Yo siempre había soñado con viajar y Shelley aseguraba que ella también. Me dieron un trabajo en el extranjero, pero ella dijo que alguien tenía que quedarse para dejar las cosas solucionadas. Se reuniría conmigo cuando todo estuviese listo. Pensé que se estaba retrasando un poco, pero siempre tenía una buena excusa por la que no se había ido todavía. Y, entonces, recibí la carta.

—No conseguí leerla entera. ¿Puedes contarme qué decía?

—¿Quieres que te la repita textualmente? Porque recuerdo hasta la última palabra.

—No. Solo con lo esencial me servirá. La explicación que dio.

Soltó un largo y lento suspiro.

—La carta la escribió cuando supo que estaba enferma. Se la dio a alguien y le pidió que me la enviara cuando hubiese muerto. Me daba las gracias por haber sido un marido tan cariñoso y maravilloso, por haberle cambiado la vida. Decía que se había ocupado de todo, que no había quedado nada por lo que tuviera que volver. Sus cenizas estarían ya esparcidas según sus deseos y sus bienes se habrían entregado al hospicio donde había estado viviendo.

—¿Sabes dónde era?

—Supongo que en Londres. Al menos, eso ponía en el matasellos. Me decía en la carta que su abuela había muerto de lo mismo, así que, en cuanto se enteró de qué tipo de cáncer era, supo que no le quedarían más que unas cuantas semanas de vida. Por eso no me pedía que volviera.

—¿Dijo qué abuela?

—Solo conoció a una, la madre de su madre. Se fue a vivir con ella cuando tenía unos nueve años. Estaban muy unidas. Dijo que su muerte la había destrozado y fue después de eso cuando terminó en la calle.

Stephanie no sabía si decirle la verdad: que su abuela seguía viva; que, por lo que ella sabía, nunca le habían diagnosticado un cáncer, y que, por lo que habían sabido en el juicio, era un monstruo. Él debió de mantenerse alejado del juzgado después de aquel primer día. No podía haber oído las historias de la adolescencia de Evie.

—Durante el juicio se mostraron pruebas sobre las cicatrices del cuerpo de tu mujer. ¿No estuviste en esa parte del procedimiento?

—No. Un día en ese lugar fue suficiente para mí. No sabía qué pensar y solo quería salir de allí.

—¿Qué explicación te dio ella de las cicatrices?

Nigel Clarke parecía al borde de las lágrimas.

—Fue la peor historia que he oído nunca. Cuando tenía unos trece años fue secuestrada por una banda, algo relacionado con una venganza contra su pobre tío, que había denunciado a ese grupo de matones. Le dieron una paliza, le rompieron varios huesos del cuerpo y, después, la dejaron de nuevo en la calle, en la puerta de su casa.

Stephanie asentía, comprensiva.

—¿La policía consiguió arrestar a los tipos que le hicieron eso?

—No. La familia decidió no denunciarlo. Shelley no quería que la gente supiera que le habían dado una paliza brutal y que la habían violado y les preocupaba que quisieran vengarse si lo contaba. Era una guerra entre bandas rivales y su tío había estado intentando portarse como un buen ciudadano. Después de eso, creo que se mudaron para huir de todo aquello.

Teniendo en cuenta todos los factores, Stephanie pensó que creía más la versión que Evie había dado ante el tribunal que la del secuestro. Pero ¿quién sabía?

—Aun así, ¿por qué inventó esa mentira tan elaborada sobre su muerte? ¿Por qué no te dejó sin más?

Nigel abrió los ojos de par en par.

—Ah, eso lo entiendo completamente. No quería hacerme daño.

Debió de advertir la confusión en el rostro de Stephanie.

—Si me hubiese dejado, yo habría sabido que no era suficientemente bueno para ella. Me conocía bien, ¿sabes? Y eso me habría destrozado. La habría seguido adondequiera que fuera, le habría suplicado que me explicara cómo podía arreglar lo nuestro, habría tratado de hacer que volviera conmigo, le habría prometido que cambiaría. Todo ese tipo de cosas. Por supuesto, a mí me dejó desolado que ella muriera, pero me dejó con la creencia de que me quería, como decía en la carta.

Stephanie tenía que aceptar que había una extraña lógica en todo eso, pero sospechaba que era más bien que Evie no quería que su marido supiera dónde vivía. Él parecía de ese tipo de hombres que, de haberse limitado a abandonarle, no habría dejado de ponerse en contacto con ella para ver si estaba bien.

Nigel soltó un suspiro y apoyó la espalda en su asiento, como si la conversación le hubiese agotado.

—Seguí sin creer que fuera ella de verdad la que estaba siendo juzgada por asesinato hasta que llegué al tribunal. Parecía muy delgada, muy distinta de la chica encantadora y rolliza con la que me casé. Al principio, me enfadé porque me había mentido. Decidí volver a casa, a Nueva Zelanda, nada menos. Pero cuando leí lo que había pasado, lo que ese cabrón le había hecho, me espantó. Pensé que podría necesitarme, ¿comprendes? Así que, cuando supe que salía de prisión, volví. Pensé quedarme por aquí un tiempo, cerca de donde ella se crio, imaginé que probablemente sería aquí donde decidiría vivir. Pero no he tenido el valor de ir a verla. He estado esperando el momento oportuno. La rabia ha desaparecido, pero ahora me aterra que no se alegre de verme, así que he cambiado de idea. Me voy.

Stephanie apenas había prestado atención a la última parte de lo que Nigel había dicho. Se inclinó hacia delante por encima de la mesa.

—¿Qué quieres decir con eso de donde se crio? —Trataba de mantener la voz tranquila. No quería que Clarke supiera que aquello era una novedad para ella.

—Nació en Norfolk, pero su madre se fue de casa cuando Shelley nació y se vino aquí. Shelley vivió aquí con su madre y su hermano de niña. Siempre estuvo obsesionada con este lugar. Se hizo enviar por correo el periódico local durante todo el tiempo que estuvimos en Leicester y lo leía de cabo a rabo. Nunca entendí por qué se molestaba, porque, a veces, se enfadaba con algunos artículos, sobre todo con los que hablaban de personas o lugares que ella conocía. Le pregunté varias veces qué era lo que le enfadaba, pero ella me decía que no lo iba a entender.

Stephanie seguía tratando de asimilar el hecho de que Evie hubiese vivido allí y que, sin embargo, ese dato nunca hubiese salido a la luz. Pero no habían tenido motivos para retroceder tanto en sus investigaciones.

Nigel Clarke apoyó el mentón en la palma de la mano.

—En una o dos ocasiones saqué el periódico de la papelera para ver qué era lo que la molestaba y, después de uno de sus berrinches, vi que había un artículo sobre un tipo que se había casado con una rica americana. Ahora me doy cuenta de que debía de tratarse de Mark North, pero no le presté mucha atención en aquel entonces. No tenía ningún sentido para mí. No le pregunté por ello porque sabía que me habría gritado que me metiera en mis propios asuntos. Se exaltaba bastante. —Sonrió con cariño ante aquel pensamiento.

Stephanie notó que el pulso se le aceleraba con cada frase. ¿Por qué recibía Evie el periódico local cuando vivía en Leicester? ¿Por qué se había enfadado con la boda de Mark y Mia?

—Sabemos que su madre murió, pero has mencionado a un hermano. ¿Sabes qué le pasó?

Nigel Clarke asintió.

—Creo que fue por él, se llamaba Dean, por lo que estaba tan obsesionada con este lugar.

—¿Por qué? ¿Dónde está Dean ahora?

—Hubo un accidente cuando ella tenía unos nueve años y, por desgracia, ella lo vio todo. Su hermano murió de forma bastante trágica.

64

Cleo había sucumbido y se había tomado una pastilla para dormir la noche anterior, pero no había funcionado, así que había tenido que tomarse otra. Lo único que quería era olvidar, pero entonces, mientras unos fuertes golpes en la puerta de la calle la hacían volver despacio desde un estado de semiconsciencia y aturdimiento, deseó esconder la cabeza bajo la almohada hasta que quienquiera que fuera se fuese de allí.

Por desgracia, no parecía que se fuese a marchar a ningún sitio y los golpes continuaron. Oyó una voz que no reconocía gritando su nombre, y, si seguía así, toda la calle saldría a mirar. La muerte de Mark y la noticia de su comportamiento de maltratador la habían convertido en una especie de paria por allí, como si fuese responsable de los actos de él. Quizá lo fuera. Quizá le había protegido demasiado tiempo de las crudas realidades de la vida.

—Sé que estás ahí dentro, Cleo North, y no me voy a ir.

Era una voz de mujer.

Cleo trató de mirar por la ventana, pero quien estuviera armando todo ese jaleo estaba bajo el porche junto a la puerta de entrada. Iba a tener que bajar y dejar pasar a esa mujer, pero no tenía ni idea de qué podía querer.

Cogió una bata y se pasó los dedos por el pelo. Por suerte, lo llevaba tan corto que nunca necesitaba de mucho arreglo. Sin embargo, su cara era una cosa distinta. Al pasar junto al espejo no pudo evitar ver los huecos oscuros alrededor de los ojos y las manchas de su piel pálida. Bueno, no se trataba de un desfile de belleza y, si esa mujer estaba decidida a verla, tendría que enfrentarse a su espantoso aspecto.

Recorrió el recibidor y abrió la puerta mientras la mujer levantaba el puño para empezar a dar golpes otra vez. Cleo la miró y sintió una fugaz punzada de reconocimiento. La mujer que estaba delante de ella era alta y esbelta, con pelo corto y castaño. Probablemente habría sido muy atractiva de no ser por el gesto serio de sus labios apretados y la expresión de enfado en sus ojos. Cleo estaba segura de que no la conocía, pero quizá la había visto en alguna fotografía o puede que fuera alguna de las entrometidas que habían ido a ver el juicio.

—¿Qué quiere? —preguntó Cleo con poca cortesía. No pensó que fuera necesario mostrarse educada con alguien que estaba aporreando su puerta a primera hora de la mañana.

La mujer le devolvió la mirada con cierta perplejidad.

—Voy a entrar —dijo unos segundos después a la vez que daba un paso adelante.

Cleo estaba a punto de intentar cerrar la puerta cuando vio que había alguien detrás de la mujer que hasta entonces había quedado oculto a su vista.

Era Joe y, de repente, Cleo supo dónde había visto antes la cara de esa mujer. Cuando por un breve momento creyó que ella y Joe podían tener un futuro juntos, Cleo había aparcado un día en la puerta de su casa cuando él estaba de viaje de negocios por que quería ver a su mujer, a la mujer cuya vida ella estaba a punto de destrozar.

Era Siobhan y solo podía haber una razón por la que estuviera ahí.

Cleo se apartó y Siobhan entró con paso firme. Joe clavó en Cleo una mirada de angustia, pero siguió a su esposa por el pasillo. Ella había llegado a la sala de estar y se había detenido en el centro de la habitación; su cara era la viva imagen de la indignación mientras miraba a Cleo, que podía imaginarse qué estaba pensando. ¿Por qué narices estaba Joe interesado en ese desastre de mujer?

Pero Cleo no había sido un desastre. Al menos, no en aquella época.

—Siéntese, si quiere —dijo—. Voy a ponerme algo de ropa.

—Por mí no te molestes —contestó Siobhan—. Y no me cabe duda de que Joe te ha visto antes a medio vestir.

Cleo sintió una ligera náusea al oír la tristeza que había en la voz de aquella mujer, pero no le hizo caso y subió corriendo las escaleras. Oyó susurros con tono de enfado detrás de ella y deseó que Joe la siguiera para explicarle qué estaba pasando. Pero estaba claro que no podía hacer algo así.

Entró un momento en el baño para lavarse la boca y se puso unos vaqueros y una camiseta de colores vistosos y se aplicó un poco de hidratante con color en la cara. Se habría sentido mucho más segura tras un maquillaje completo, pero tenía la sensación de que, si se retrasaba mucho, Siobhan subiría las escaleras y la arrastraría hasta abajo para enfrentarse a ella.

Cuando volvió a la sala de estar, Siobhan se encontraba exactamente donde Cleo la había dejado, pero Joe se había sentado en el brazo del sofá con la cabeza agachada. Cuando Cleo le miró, se dio cuenta de lo insignificante y pequeño que era ese hombre. Ella nunca había querido separar a su familia, pero él parecía dejarse llevar y claramente le gustaba que le dijeran lo que tenía que hacer. Y luego, apareció durante el juicio para sugerir que podían retomarlo donde lo habían dejado. De buena se había librado ella.

Cleo no tuvo tiempo de decir nada antes de que Siobhan se lanzara al ataque.

—Quiero saber por qué has estado cepillándote a mi marido, cuánto tiempo y cuándo vas a dejarle.

Cleo respiró hondo. Sentía el dolor de esa mujer y no quería herirla más de lo que ya lo había hecho. Pero no tenía ni idea de lo que sabía ni de cómo se había enterado.

—¿Por qué no le preguntas a Joe, Siobhan? —dijo.

—¡Ah, si sabes mi nombre! Estupendo, así que la rata de mi marido se molestó en contarte al menos eso de mí, ¿no?

Cleo no respondió y apartó la mirada del tormento de Siobhan.

—Al parecer, todo el mundo habla de que mi marido se estaba tirando a la hermana de ese que maltrataba a su mujer. Parece que yo soy la única que no lo sabía.

Cleo giró la cabeza y fulminó a Siobhan con la mirada.

—No era ningún maltratador. —Lo único que Cleo no iba a aceptar de nadie era la mentira de que Mark era un maltratador. El hecho de que Evie no fuera su mujer resultaba irrelevante.

Siobhan se mofó y Cleo pensó en lo extraño que era que incluso la gente más atractiva se volviera fea cuando sentía dolor. Su propia angustia se disipó por un momento al ver la de esa mujer y sintió vergüenza de sí misma y de Joe. Había estado segura de que Siobhan nunca se enteraría. Nadie había sabido lo de su aventura. Solo Mark, y él no habría dicho una palabra.

—No sé cómo he tardado tanto tiempo en saber lo vuestro. —La voz de Siobhan rezumaba desprecio—. Pero se dice que es una relación en toda regla y que Joe va a dejarme. Tú le has convencido de que lo haga, en contra de su voluntad.

De repente, pareció venirse abajo y se acercó a una silla para sentarse.

—Eso no es verdad, Siobhan —replicó Cleo en voz baja—. Joe no va a irse a ningún sitio. Al menos, no conmigo.

—Al principio, no me lo creí —continuó Siobhan como si no hubiese oído a Cleo—. Una mujer en el parque estaba hablando de ti. Últimamente eres de lo más famosa. Sabía muchas cosas de ti, Cleo, y parecía odiarte tanto como yo.

—¿Sabes quién era?

—¿Importa eso?

—Sí. Al menos, a mí.

—No sé quién era. Pelo oscuro a la altura del hombro, labios rojos, impermeable negro. No me importa, la verdad. Al principio, decidí que era un cotilleo absurdo, pero empecé a investigar a Joe y fue entonces cuando vi el correo electrónico.

Cleo miró perpleja a Joe, pero él no podía mirarla a los ojos. No había dicho ni una palabra para defender ni apoyar a ninguna de las dos. ¿Qué había visto en ese hombre?

—¿Qué correo?

—El que le enviaste anoche a última hora. Y no me vengas con evasivas. No es del tipo de correos que uno olvida haber escrito, créeme.

—Yo no he enviado ningún correo electrónico a Joe. Ni anoche ni ninguna noche, ya puestos.

La comunicación entre Joe y Cleo había sido siempre mediante un teléfono de prepago que Joe tenía escondido en su coche.

Siobhan se metió la mano en el bolsillo y sacó un papel arrugado. «Es nuestro momento, Joe», leyó con voz tensa. «Te necesito más que nunca. Mi mundo se está viniendo abajo y no me queda nadie más. Por favor, Joe, cambia de opinión».

Cleo miró a Joe para ver si podía aclararle algo, pero él se encogió de hombros, como si no supiera más que ella.

—Siobhan, te prometo que ese correo no lo he escrito yo.

Siobhan se levantó de un salto de la silla y se acercó a Cleo poniéndole el papel debajo de la nariz.

—Y supongo que tampoco es esa tu dirección de correo electrónico.

La dirección era «cleo.north.1979» y era de Hotmail.

Siobhan volvió a coger el papel de la mano de Cleo.

—Yo no tengo ninguna cuenta de Hotmail. Cualquiera podría haberla creado.

—Ah, claro. Y sabía el año de tu nacimiento, ¿no?

Cleo miró a Joe, aún más confundida. No había nacido en 1979, pero Mark sí... ¡Claro! Solo había una persona que podría haberlo hecho, que podría usar el año de nacimiento de Mark como tarjeta de presentación. «Evie». ¿Por qué habría querido hacer esto? ¿No había provocado ya suficiente dolor?

—Dime una cosa, Cleo. ¿Quieres a mi marido o no? Si lo quieres, te advierto que voy a luchar por él. No porque crea que merece la pena pero, por desgracia, sus hijos sí lo creen. Así que ¿qué respondes?

Cleo no sentía más que una profunda tristeza y vergüenza. Justo el día antes se había estado preguntando si ponerse en contacto con Joe. No porque le quisiera, sino porque, en ese momento, no tenía a nadie más.

No miró a Joe. Se limitó a inclinarse hacia delante con la mirada fija en los ojos de la otra mujer.

—Lamento profundamente el daño que te haya podido causar, Siobhan. Yo no envié ese correo, lo cual indica que hay alguien que quiere causarme problemas, pero ese es otro asunto. Me he portado mal y no hay nada que yo pueda hacer aparte de disculparme. Y puedo decirte de manera rotunda que no quiero a Joe. Es todo tuyo.

65

E s casi la hora. Estoy contenta de pasar este día con mi
querida Lulu... Lolula, el nombre con el que la llamo en
privado. Es muy guapa, muy delicada, y hoy estamos en la playa. Está desierta, como sabía que estaría en esta época del año,
y nuestras huellas son las únicas que hay en la arena. Se las enseño a Lulu. La dejo caminar hasta el borde del mar y volver
corriendo delante de una suave ola que inunda los huecos hechos por sus botas de goma. Se ríe, encantada.

El tiempo ha sido espantoso toda la semana y demasiado
revuelto como para llevar a una niña a la playa, pero hoy es distinto y todo parece haber quedado limpio con las tormentas.
Tengo que pasar este día con ella antes de que todo cambie. Solo
cuando estoy con Lulu me siento tranquila. El resto del tiempo
me invade una sensación de fatalidad. Había esperado que mi sed
de venganza quedara saciada, pero la rabia y el odio siguen per-
turbándome por las noches y obsesionándome por el día.

Pienso en mi viaje hasta este lugar. Tantos años preguntándome qué sentiría al volver a pisar estas calles, esta playa.

Pero nunca venía. No hasta que vi que Mark se había casado con Mia. Fue entonces cuando me atreví a venir, disfrazada con mi pelo oscuro y mi maquillaje exagerado. Incluso vi a Cleo unas cuantas veces, consciente de que nunca me reconocería cuando yo volviera, con un rostro saludable, delgada y rubia.

Nadie vería tampoco ningún parecido con la niña que era antes, gorda de tanta patata frita, con un pelo castaño apagado que rara vez me lavaba y que caía sin vida sobre mis hombros y con ropa desaliñada que normalmente robaba en la tienda de segunda mano. Eso me facilitaba el poder mezclarme con la gente, escuchar los chismorreos y averiguar todo lo que necesitaba saber sobre Mark: cómo había conocido a Mia, dónde le gustaba comer, cómo había sido su vida antes de estar con ella.

Lulu se merece tener mucho más en la vida que lo que yo tenía. Y no puedo dárselo. No estoy segura de si tengo buena o mala fama. Supongo que eso depende de a quién se le pregunte y en qué lado de la valla se encuentre. La verdad es algo que no puedo permitir que Lulu conozca si quiero que se críe sin cometer los errores que he cometido yo y, si formo parte de su vida, al final saldrá la verdad a la luz de forma inevitable. Estará mejor sin mí.

Estaba muy segura de estar haciendo lo correcto. Lo único que podía hacer. Muy segura. Había dentro de mí una llama que pensaba que solo podría extinguirse por mis propios actos.

Pero aún no se ha apagado. No he terminado.

Por ahora, quiero disfrutar de estos momentos con mi hija, como si fuese una madre cualquiera en un día cualquiera de invierno. Pero no es cierto. Sé que hay unos demonios dentro de mí que están esperando a salir y devorar todo lo que encuentren a su paso, haciendo desaparecer cualquier obstáculo, como el mar hace desaparecer las huellas de la playa.

Tengo que proteger a mi pequeña y solo hay una cosa que puedo hacer para asegurarme de que mi Lolula no sufre ningún daño.

66

Stephanie sentía una burbuja de emoción. Estaba deseando ver a Gus para contarle lo que sabía y cómo había cambiado todo. Nada era como se lo habían imaginado pero, por fin, todo cobraba sentido.

Tenía que encontrarle. Se había pasado la mañana investigando la información que le había sacado a Nigel Clarke y, tras decidir llevar directamente a Gus las pruebas que había recabado en lugar de hablar con él por teléfono, subió en su coche y se dirigió a la sede del Departamento de Investigaciones Criminales.

Atravesó corriendo la puerta de la sala de la brigada y varias caras levantaron la mirada de las pantallas de sus ordenadores y le sonrieron.

—Hola, Steph, ¿vuelves a estar con nosotros?

Negó con la cabeza.

—No, solo estoy buscando al jefe. ¿Está aquí?

Los ojos volvieron a las pantallas. Al parecer, nadie estaba dispuesto a responder a esa pregunta, por muy sencilla que fuera. Al final, uno de los chicos con los que había estado trabajando durante la investigación se acercó a ella.

—¿Te apetece un café? —le ofreció, antes de llevarla hacia la máquina de las bebidas. Parecía estar ganando tiempo.

—¿Qué pasa? —preguntó ella.

Parecía incómodo y Stephanie se dio cuenta de que, aunque ella y Gus nunca se habían comportado como si hubiese algo entre ellos, todos lo sabían.

—Quizá no debería decirte nada, pero parece que el inspector Brodie está hoy en Leeds.

—¿En Leeds? ¿Qué narices hace allí? ¿Es por algún caso?

—Se supone que nosotros no lo sabemos, pero aquí hay pocos secretos. Parece que ha ido a una entrevista.

Stephanie sintió como si le hubiesen dado un puñetazo en el estómago. Gus se iba a ir. Ella no dudó ni por un segundo que iba a conseguir el trabajo. Siempre había estado destinado a irse a algún lugar con algo más de acción que ese y ella se había preguntado a menudo por qué se había quedado.

Hizo lo que pudo por parecer más interesada que destrozada.

—¿Tienes idea de cuándo volverá?

—Creemos que hoy mismo. Se fue ayer.

Tragó saliva intentando deshacer el nudo que sentía en la garganta y se dispuso a contarle lo que había descubierto, pero se dio cuenta de que no iba a funcionar. La explicación sería demasiado larga y no era con Gus con quien estaba hablando, un hombre que entendería de inmediato las consecuencias de todo aquello.

—Oye, si vuelve Gus, ¿le puedes decir que he ido a ver a Cleo North? Tengo que preguntarle una cosa.

Sin esperar respuesta, se dio la vuelta y salió corriendo de la sala.

67

Aminah, soy Cleo.

—Sí, así es. Soy Aminah Basra.

Cleo se quedó perpleja ante aquella respuesta hasta que oyó un ligero jadeo que indicaba que Aminah estaba andando y, por algún motivo, se dio cuenta de que no quería que nadie supiera con quién hablaba.

Cleo esperó.

—Me alegra que me llames, Cleo —susurró Aminah—. Estábamos preocupados por ti. No quería que pensaras que me había puesto del lado de Evie y en tu contra. Yo solo intentaba ser justa con las dos y, sobre todo, con Lulu. Por favor, quedemos pronto para solucionar esto. Por favor, Cleo. Te echo de menos.

Cleo se quedó sin habla. Aminah tenía buen corazón y jamás haría daño a nadie de forma intencionada.

—¿Por qué susurras?

—Ay, Señor... Evie está otra vez aquí. Está actuando de manera un poco rara, si te soy sincera. La he oído hablar con

Lulu. Ha dicho: «Vas a estar estupendamente, Lulu. Y va a ser por tu bien». Le ha dicho que no le iba a pasar nada. ¿Por qué le iba a pasar algo?

—¿Lulu está bien? —preguntó Cleo con una repentina punzada de miedo por aquella niña a la que tanto echaba de menos.

—Parece que está bien. En cualquier caso, no quería que Evie supiera que estabas al teléfono, pero quiero verte. Y sé que no me has llamado por nada después de cómo fue nuestra última conversación. ¿Qué pasa?

—¿Te acuerdas de que hace unos meses me preguntaste si me estaba viendo con alguien y te dije que no?

—Sí, claro. Y supe que mentías, pero estabas en tu derecho. ¿Por qué? ¿Hay algún problema?

—Estaba casado.

—Por supuesto que sí. ¿Por qué si no me lo ibas a ocultar? Pero supuse que se había acabado. Entonces, ¿ha vuelto a aparecer en escena?

Cleo habría soltado una carcajada si hubiese podido.

—No, pero ha venido a verme su mujer a primera hora de la mañana. Durante todo el tiempo que estuve viéndome con Joe nadie lo supo excepto Mark, pero la mujer de Joe dice que alguien ha estado chismorreando y que ha recibido un correo de alguien que finge ser yo. Aminah, sé que consideras a Evie una amiga y sé lo difícil que es esto. Pero no sé con quién más hablarlo y no se me ocurre ninguna otra persona que me haría algo así.

Aminah se quedó en silencio y Cleo pensó que quizá se había pasado de la raya.

—Oye, siento haber dicho esto. Olvídalo. Probablemente Joe se lo contara a algún amigo o algo así. Eso explicaría lo de los chismorreos, pero no lo del correo electrónico. Me estoy agarrando a cualquier cosa.

—No estoy segura de que sea así, cariño —dijo Aminah bajando aún más la voz—. Hay algo que parece calculado en todo esto. Sé que no quiere que Lulu se confunda al verte, pero dejó que su hija estableciera un fuerte vínculo contigo y, después, la apartó radicalmente. Lulu pregunta a veces por ti, ¿sabes?

Los ojos de Cleo se inundaron de lágrimas pero, antes de poder decir nada, el tono de Aminah cambió.

—Vale. Me alegra haber hablado contigo. —Parecía como si fuera a colgar, pero entonces, Cleo oyó otra voz de fondo—. Lo siento, Cleo. He olvidado decirte que Evie está aquí y quiere decirte algo, si te parece bien.

Estaba claro que los disimulos de Aminah para engañar a Evie no habían funcionado y Cleo no sabía qué responder. Pero no tenía otra opción.

—Cleo. —La voz de Evie sonaba bastante amistosa—. Me gustaría hablar contigo sobre Lulu... y sobre el futuro. Voy a ir ahora a la casa a por mis cosas. ¿Estás libre para que nos veamos allí dentro de, por ejemplo, treinta minutos?

¿Se iba a echar atrás? ¿Iba a permitirle ver a Lulu?

Cleo no vaciló.

—Allí estaré.

Stephanie salió de la sala de la brigada del Departamento de Investigaciones Criminales y fue hacia el coche. Quería interrogar a Cleo sobre todo lo que había averiguado y escuchar su versión de la historia. Pero necesitaba un momento para recomponerse. Gus se iba a marchar y se sentía estúpida por que eso la perturbara. Al fin y al cabo, era ella la que se negaba a verle. Pero, de algún modo, era distinto cuando se trataba de su propia decisión.

—Deja de ser tan lamentable, joder —farfulló. Tras dar un golpe al volante, giró la llave de contacto y puso el coche en marcha. Esto no la iba a llevar a ningún sitio. Necesitaba hacer algo.

El trayecto de vuelta a la ciudad y a casa de Cleo duró quince minutos y, cuando llegó, se decepcionó al no ver ningún coche en la calle. Fue hasta la puerta por si Cleo estaba allí, pero no se sorprendió cuando no obtuvo respuesta.

—Mierda —murmuró, sin saber bien qué debía hacer ahora. Lo más sensato sería dejarlo hasta que tuviera ocasión de contarle a Gus lo que había averiguado, pero eso iba a resultar decepcionante. Quería presentarse ante él con un relato completo de lo que había pasado tantos años atrás y, para ello, necesitaba hablar con Cleo.

Se metió las manos en los bolsillos, bajó la cabeza y fue de nuevo en dirección a su vehículo, pero cuando había recorrido la mitad del camino oyó el claxon de un coche. Levantó los ojos y vio un monovolumen que parecía ir lleno de niños. Bajaron la ventanilla del pasajero y Aminah Basra, a quien Stephanie reconocía de haberla visto en el juzgado, se inclinó por encima del niño que estaba sujeto al asiento delantero. El ruido procedente del coche se oía más fuerte que sus palabras, la radio estaba puesta y los niños cantaba al unísono *Firework* a voz en grito. Stephanie solo pudo distinguir a Lulu en uno de los dos asientos traseros y parecía estar riéndose con las travesuras de los otros críos.

—Bajad la voz, niños —dijo Aminah a la vez que apagaba la radio con los consiguientes gritos de «¡No, mamá!».

Salió del coche.

—Lo siento —le gritó a Stephanie—. ¿Está buscando a Cleo? Es una de las agentes de policía, ¿no?

—Eso es. ¿Usted también la está buscando?

Aminah levantó los ojos al cielo.

—Mierda. ¿Ya se ha ido? Esperaba alcanzarla pero he tardado una eternidad en meter a todos estos niños en el coche.

Stephanie fue rápidamente hacia el coche aparcado.

—Entonces, ¿sabe dónde está?

—Creo que sí. Evie le preguntó si podían reunirse en la casa, pero he venido para tratar de evitar que Cleo fuera. Hay algo que no va bien. No sé qué es, pero Evie no parece actuar de forma completamente racional. Veo en ella una intensidad que no tenía antes. No me ha parecido que estuviese bien y me ha preguntado una cosa extraña antes de marcharse. Me ha dicho que me ha nombrado tutora de Lulu, por si algo le pasa a ella. Quería saber si me parecía bien.

Aminah se mordía con fuerza el labio inferior y se apretaba las manos.

—Cuando dice que se van a ver en la casa, ¿se refiere a la casa de Mark?

—Sí. Ahora no sé qué hacer. Estaba segura de que llegaría a tiempo de alcanzarla. —Negó con la cabeza—. Iría hasta allí, pero si Evie y Cleo están en la casa no creo que deba llevar a esta tropa. —Aminah movió el brazo para señalar a los niños, algunos de los cuales parecían inmersos en alguna ruidosa pelea fingida en la parte posterior del vehículo.

—Déjemelo a mí —dijo Stephanie—. Lleve usted a los niños a casa y yo iré a ver si va todo bien.

Aminah calló un momento, como si dudase.

—Si está segura...

Stephanie asintió y, con un último gesto de preocupación en el rostro, Aminah volvió a meterse en el coche.

Mientras se despedía con la mano de los entusiasmados niños, Stephanie sonreía. Pero en el momento en que doblaron la esquina, su sonrisa desapareció y fue corriendo a su coche. No le gustaba cómo pintaba todo aquello.

Rápidamente, llamó a Gus y le dejó un mensaje. Tenía que contarle lo que pensaba que había pasado y era más fácil explicárselo a él que a ningún otro.

Cuando terminó su breve relato, pensó en dónde había estado él. Tenía que decirle algo.

—Por cierto, sé lo de Leeds, Gus. Quiero desearte suerte, pero... —Hizo una pausa—. Joder, ojalá no te fueras.

Colgó y puso el coche en marcha.

68

Cleo aparcó el coche junto a la puerta del largo muro blanco de la que había sido la casa de Mark. No estaba segura de estar preparada para volver a entrar ahí, de ver su casa sin él en su interior, pero si eso significaba que podía convencer a Evie de que la dejara ver a Lulu, intentaría lo que fuese.

Pulsó el timbre de la puerta y esperó. No acudió nadie. Volvió a llamar y golpeó la aldaba.

No había ventanas por las que mirar pero al girarse frustrada para volver al coche, vio que la puerta del garaje estaba abierta. Evie debía de estar esperando que ella entrara por ahí.

Tras pasar despacio junto al coche de Mark, cubierto por una fina capa de polvo y aún aparcado allí desde que había muerto tantos meses atrás, abrió la puerta que daba al jardín. No había señales de Evie. O estaba en la casa o al otro lado de los arbustos, donde el terreno agreste daba a un acantilado rocoso que se adentraba en pronunciada pendiente en el mar. Cleo recordó que Mark dijo que iban a poner una valla para separar esa zona antes de que Lulu empezara a andar y Cleo esperaba que Evie tuviera la sensatez de no llevarla allí. Fue despacio hacia el alto seto de haya y se asomó.

Una mujer con un impermeable negro y pelo oscuro a la altura del hombro estaba justo al borde del acantilado. Se encontraba de espaldas al jardín, pero parecía saber que Cleo había llegado. Gritó, pero sus palabras desaparecieron entre el viento. Cleo se acercó más.

—Disculpe..., ¿quién es usted? Vengo en busca de Evie Clarke.

La mujer se giró despacio y Cleo ahogó un grito. La persona que le devolvía la mirada tenía las mejillas hundidas y los ojos enrojecidos pero, a pesar del pelo, Cleo supo quién era. Había desaparecido la segura y atractiva Evie que había ido a llevarse a Lulu apenas un mes antes. En su lugar, había una mujer con la que Cleo podría haberse cruzado por la calle sin reconocerla, solo que había algo familiar en esta versión de Evie, algo que parecía despertar algún recuerdo en Cleo.

Sintió una punzada de inquietud y se acercó despacio mientras Evie la miraba. El suelo estaba empapado por la reciente lluvia y Evie parecía peligrosamente cerca del borde.

—Evie, apártate del acantilado —dijo Cleo, después de que su inicial recelo al ver a Evie de nuevo se convirtiera, de repente, en preocupación—. Estás demasiado cerca. Es peligroso.

Evie miraba fijamente a Cleo, con los ojos ardiendo por algún tormento interno que Cleo no entendía. No decía nada ni tampoco se movía.

—Querías verme —gritó Cleo por encima del sonido de las olas que chocaban contra las rocas de abajo. Se acercó un poco más, deseando aproximarse lo bastante como para oír lo que Evie tuviera que decirle, pero no estar demasiado cerca del borde.

—Todo eso no ha servido de nada —gritó Evie encogiéndose de hombros—. Durante mucho tiempo solo he querido una cosa. Creía que podría hacer desaparecer el dolor, pero no ha funcionado. No ha hecho que me sienta mejor. —Aparecieron dos profundos surcos entre sus cejas, como si estuviese sorprendida por sus propias palabras.

Cleo no tenía ni idea de lo que estaba diciendo.

—¿Y qué pasa contigo, Cleo? ¿Qué hay de tu participación en todo esto? ¿Cómo te sientes después de todo lo que has hecho?

—¿Yo? ¿Qué he hecho? Aparte de cuidar de tu hija durante meses, quererla como si fuera mía. Y ahora ni siquiera me dejas verla. —No había deseado que Evie supiera cuánto le dolía aquello, pero la voz se le quebró. Evie se lo había llevado todo.

—Ah, mi preciosa Lulu. Tenemos que hablar de ella. Pero todavía no. Esa pobre niña, con una madre como yo y una tía como tú, las dos llenas de un odio retorcido. Sí, sé lo que sientes por mí, Cleo. Puedes decirlo en voz alta si quieres. Grítaselo al cielo. —Evie abrió los brazos y se inclinó hacia atrás para gritar—: ¡Te odio, Evie! ¡Te odio!

Un pozo de amargura se elevó como el ácido hasta quemar la garganta de Cleo. Era cierto que despreciaba a Evie por lo que había hecho, pero puede que esta fuese su única oportunidad de ver a Lulu, así que negó con la cabeza y bajó la mirada al suelo empapado.

No oyó que Evie se acercaba, no supo que estaba tan cerca hasta que las puntas de dos botas negras aparecieron en el barro a pocos centímetros de las de Cleo.

—¿No te gustaría empujarme por el borde de este acantilado? —susurró Evie—. Nadie se enteraría jamás.

Cleo levantó la cabeza y se inclinó hacia atrás, alejándose de la sensación del cálido aliento de Evie sobre su mejilla.

—No voy a empujarte. ¿Por qué iba a hacerlo?

—Pero sí empujaste a Mia, ¿verdad?

Cleo sintió que el cuerpo le daba una sacudida pero permaneció en silencio. Evie había dicho desde el principio que sabía algo de Mia, pero era imposible que supiera lo que de verdad había pasado.

—Yo no la empujé. Estás muy equivocada.

Evie negó con la cabeza.

—Vamos, Cleo. Ahora estamos las dos solas. ¿Por qué no confesarlo? —Se acercó un poco más.

¿Qué creía saber Evie? Cleo notó que el pulso se le aceleraba y se esforzó por mantener la calma.

—Bueno, pues lo diré yo. ¿Quieres? —dijo Evie con sus labios casi rozando la oreja de Cleo, como si estuviese contándole un secreto—. Verás, los horarios no cuadraban. Nada tenía sentido. Y yo no fui la única en darse cuenta.

Una fría ráfaga de viento se abrió paso entre el estrecho espacio que había entre las dos y Cleo se estremeció. Tenía miedo de decir algo que no debiera, pero Evie no le dio la oportunidad de hablar.

—Obligué a Mark a bajar al gimnasio conmigo un día y se derrumbó, Cleo. Se vino abajo porque no podía seguir soportándolo un minuto más. Me lo contó todo. Lo que hiciste y el hecho de que ser consciente de ello estaba acabando con él.

—¿Qué quieres decir con que te lo contó todo? —preguntó Cleo en voz baja.

Evie estaba tan cerca que Cleo podía ver el pulso que palpitaba en su cuello. ¿Qué le había dicho Mark? Él sabía que ella no había empujado a Mia, así que ¿qué le había contado a Evie? ¿Le había confesado lo que él había hecho? ¿Estaba Evie jugando con ella?

—Me contó que la empujaste —dijo Evie.

Miraba a Cleo para comprobar su reacción.

—Él no pudo decirte que yo maté a Mia. Porque no lo hice. De verdad, no lo hice.

Evie se rio. Un fuerte sonido que atravesó el espacio entre ellas. Dio un paso atrás y volvió al borde del acantilado, pero el alivio de Cleo duró poco.

—Mark sabía lo que habías hecho, Cleo. Mia ya había bajado al gimnasio antes de que él se marchara al aeropuerto. Él había subido corriendo tras su discusión para esperar al taxi. Si ella se hubiera caído habría sido entonces. Pero la hora de su reloj destrozado estaba mal. Según Mark, ella ya habría terminado de hacer ejercicio y debería haber estado en la piscina. Era un poco como él, ¿sabes? Siempre ciñéndose a un horario.

Cleo tragó saliva. ¿Por qué le había dicho Mark a Evie nada de esto?

—Dijo que solo había una razón por la que habría vuelto a subir antes de ponerse a nadar —continuó Evie—. Y es que hubiera oído a alguien arriba. Y solo había una persona aparte de Mark que podía entrar en la casa. Tú, Cleo. Tú, que insististe en tener una llave de la casa de tu hermano. ¿Qué se siente al saber que tu hermano murió creyendo que su hermana era una asesina?

Esperando ver una expresión de triunfo en los ojos de Evie, Cleo bajó la mirada.

—Yo no la maté, Evie. Estaba muerta cuando llegué —dijo en voz baja.

Era la verdad. Mia estaba en el suelo, al pie de las escaleras, mirando fijamente a los ojos de Cleo. Ella no había sabido qué pensar, pero Mark le había contado lo de su discusión, así que Cleo había fingido la llamada y le había convencido a él de que llamara a Mia y le dejara un mensaje. Después, ella había vuelto para «encontrar» el cadáver. Fue entonces cuando vio el reloj roto. Recordó su terror al ver que las manillas apuntaban a la hora a la que Mark debía de estar a punto de salir de la casa. Cleo había tenido que cambiarlas para dar credibilidad a su historia y proteger a su hermano. No podía verle acusado de asesinato.

Evie metió las manos bien dentro de los bolsillos de su impermeable y levantó los ojos al cielo durante un momento.

—Estoy harta de juegos, Cleo. Cansada de esta batalla. No hay ganadores, ¿sabes? Aunque yo creía que los habría.

Otra vez hablaba con adivinanzas. ¿Qué juegos?

—Sé que tú no mataste a Mia, pero Mark estaba convencido de que sí y se sentía responsable de ello. Sabía que nunca habrías llamado a su mujer para sugerirle que comierais juntas, así que ¿por qué otra razón ibas a molestarte en inventar una historia así? No tenía sentido. La hora, la llamada, la insistencia en que él llamara a Mia para pedirle disculpas. Tenías que estar ocultando algo y, como él no había matado a Mia, debiste de ser tú. —La voz de Evie se rompió—. Dios, ese pobre hombre. Yo dejé que lo creyera aunque sabía que no era verdad.

—¿Cómo lo sabías?

Fue como si Evie no la hubiese oído. Sus ojos miraban a lo lejos mientras recordaba algo que parecía hacerle daño.

—Cuando le obligué a bajar allí, Mark me dijo que cada vez que estaba al pie de esas escaleras no veía el cadáver de Mia. Te veía a ti, arriba, empujándola. Eso le atormentaba y tú nunca lo supiste. Y yo dejé que sufriera.

Cleo apenas oyó la última frase. Evie la susurró, como si hablara consigo misma. ¿Podía ser verdad? Si Mark creía que ella había matado a Mia...

—Así es, Cleo. A pesar de que la policía llegó a la conclusión de que Mia se había caído, Mark pensaba que tú habías matado a su mujer. Y durante todo ese tiempo tú pensaste que era Mark quien la había matado. Lo pensabas, ¿verdad? Y le encubriste.

La última frase la pronunció despacio, con énfasis, y Cleo se quedó mirando a la mujer que tenía delante, la mujer cuyas historias de malos tratos se había negado a creer a pesar de lo que pensaba que Mark le había hecho a Mia.

—¿Sabes, Cleo? Durante todo el tiempo que estuve sufriendo por mis lesiones, pensaba que, aunque fuera solo una vez, podría ver compasión en tus ojos. Algún tipo de comprensión de lo que yo estaba sufriendo. Pero nunca lo vi. Quizá todo habría sido distinto si yo hubiese pensado que te preocupabas por mí. ¿Por qué no podías aceptar que él me maltrataba cuando creías que había matado a su mujer?

—Eso era distinto. Completamente distinto. Mark nunca la habría matado a propósito. Podría haberle dado un pequeño empujón o algo así. Parecía muy confuso cuando hablé con él. Eso habría sido muy distinto del tipo de crueldad a sangre fría que tú describías. Habría sido un error..., un momento de locura.

Evie la miraba fijamente y Cleo supo qué estaba pensando. Un momento de locura, justo lo que Evie había declarado en su defensa por haber matado a Mark. No sabía qué interpretar al ver la expresión en los ojos de Evie. Parecía triste, derrotada y, por un momento, Cleo quiso echar a correr. Salir huyendo de ahí. Pero sus pies no se movieron.

—Creías estar muy unida a tu hermano, pero nunca le entendiste del todo, ¿verdad? —Evie negó despacio con la cabeza—. Mark se mostraba confuso ese día porque se había portado mal con Mia y ella no se lo merecía. Después, tuvo que vivir con la certeza de que tú la habías matado antes de que él tuviese oportunidad de disculparse. Eso le comía por dentro. Te quería, por muy estúpido que eso fuera, y no podía preguntarte qué había pasado porque, si tú hubieses confesado que habías matado a su mujer, él habría tenido que expulsarte de su vida. Eso no lo podía soportar.

Cleo no sabía qué decir, qué pensar. Evie dio un paso hacia ella de nuevo y, de forma instintiva, Cleo se apartó. Moviendo la cabeza hacia delante, Evie habló en voz baja.

—Pero hay una cosa en la que tienes razón. Mark no era capaz de cometer actos de crueldad a sangre fría.

Cleo oyó las palabras, pero no tenían sentido. Miró a Evie y se sorprendió al ver lo que parecían lágrimas en sus ojos. O quizá fuese el viento.

—¿Qué quieres decir? Evie..., ¡dime qué quieres decir!

Evie no apartó la mirada de la de Cleo, como si esperara a que ella lo entendiera por sí misma. Después, se dio la vuelta y se acercó otra vez al borde del acantilado. Cleo no podía creer lo que acababa de oír... ni lo que eso significaba.

—¿Y todas esas cosas que dijiste que te hizo? —gritó, con la voz rota—. ¿Era todo mentira? ¿Todo? —Sintió una punzada de intenso dolor al mirar a la mujer que había matado a su hermano—. ¡Yo sabía que él no te habría hecho daño! Sabía que eras una zorra mentirosa. Pero ¿por qué? ¿Cómo te hiciste esas lesiones si no fue Mark? ¿Fue otra persona? ¿O simplemente fueron accidentes tontos por descuido?

Estaba elevando la voz, aumentando tanto de volumen como de velocidad, y vio espantada cómo Evie empezaba a hacer marcas en la hierba con el pie derecho. ¿Qué estaba haciendo? Cleo trató de dar otro paso atrás para alejarse de aquella mujer cuya cara pálida y ojerosa no se parecía en nada a la Evie que había conocido. Pero el seto le impedía la huida.

Evie dejó de moverse y se apartó de la cara el pelo que le agitaba el viento.

—No, Cleo. Ninguna de esas lesiones fueron accidentes. Pero es cierto que Mark nunca me tocó. —Sus ojos hundidos parecían sin vida—. Me lo hice todo yo misma.

—¿Que hiciste qué? ¿Por qué narices ibas a hacer algo así? ¿Cómo podías infligirte tanto dolor en tu propio cuerpo?

Mientras Evie levantaba la cara hacia el viento y bajaba la mano, la peluca oscura se abrió otra vez como un halo negro. No miró a Cleo al hablar. Sus palabras sonaban desinfladas, sin emoción, y tenía los hombros hundidos, como si estuviese soportando un peso demasiado grande para ella.

—El dolor dejó de significar nada para mí hace años. Cada palabra que dije en el juicio sobre mi tío era verdad. Era un hombre cruel y violento, pero aprendí a aceptar que el dolor acabaría pronto. ¿Sabes? Lo que hace que el dolor sea tan espantoso es su recuerdo. La agonía termina a los pocos momentos, pero la mente recuerda las sensaciones y las revive una y otra vez. Yo sé mucho sobre el dolor.

—¿Por qué mentiste en todo eso? ¿Por qué mataste a Mark?

—¿Todavía no lo has entendido? —Chasqueó la lengua y movió la cabeza despacio de un lado a otro—. Fue por venganza, Cleo.

—¿Por qué, si él no te había hecho daño?

Por un momento, la mirada de Evie se enterneció.

—Mark no me habría hecho daño nunca. Por eso no me ha resultado fácil aceptar lo que hice. Pensé que al matarle me sentiría mejor, después de tantos años planeándolo. Pero no ha sido así. El odio que tenía dentro sigue estando ahí, ardiendo con la misma fuerza. Ahora forma parte de mí y no va a desaparecer.

Cleo contuvo el deseo de correr hasta esa mujer y verla caer por el acantilado, rebotando sobre las rocas hasta que el cruel oleaje de la marea la arrastrara hasta sus profundidades.

—Había estado varios años preparando el terreno —dijo Evie—, preparándome a mí para ser la mujer buena de la que se enamoraría Mark North, y así poder llevar a cabo mi venganza.

—Pero en el juicio dijiste que no fue por venganza. Evie, no estás hablando con sensatez. —Cleo pudo notar cómo sus pies avanzaban hacia Evie casi por propia voluntad.

Los ojos de Evie eran como el granito y su boca formaba una línea fina y apretada en su pálida cara.

—No me estaba vengando de Mark, Cleo. Sino de ti. Siempre ha sido por ti.

69

ierda, mierda, mierda! —gritaba Stephanie mientras la cola de coches que tenía delante permanecía inmóvil. Se había olvidado por completo de los cierres de carreteras y ahora estaba atascada, acorralada por todos los lados por el maldito tráfico. Si hubiese ido en el coche patrulla, habría podido encender la sirena, pero no. Así que tenía que quedarse allí sentada como los demás conductores, la mayoría de los cuales parecían estar pulsando frenéticamente su claxon, como si eso fuese a cambiar la jodida situación.

Estaba actuando por una corazonada, pero tenía un mal presentimiento por que Evie y Cleo estuviesen juntas y solas. Desde su conversación con Nigel Clarke había estado segura de que todo estaba relacionado con el hermano de Evie, así que había consultado viejos registros hasta que había descubierto la espantosa verdad de su muerte. Esa mañana había localizado a una trabajadora social jubilada que había sido la encargada de registrar los últimos datos.

—Fue un caso complicado —había dicho la señora—. La familia era un completo desastre: la madre, una alcohólica sin ingresos. Dean, el hermano que murió, se las había arreglado para ocultárnoslo todo y prácticamente era el principal cuidador tanto de su madre como de su hermana. Como supimos después, robaba comida para ellas porque todas las ayudas sociales que recibían iban directas a la garganta de su madre.

La mujer negaba con la cabeza y Stephanie pudo ver cómo le entristecía aquella historia. Aún más triste, probablemente, porque no era un caso aislado.

—Cuando el hermano murió y descubrimos lo enferma que estaba la madre, alguien tenía que ocuparse de la hija, Michelle. Su abuela la acogió pero, por desgracia, no sin convencerla con dinero. Así, la pobre niña se quedó sin la única persona en quien confiaba: su hermano. Su madre murió poco después..., por el alcohol, claro. Dean era un desgraciado, todo hay que decirlo. Siempre estaba metido en líos. Pero ese muchacho llevaba el peso del mundo sobre sus pequeños hombros.

Como Stephanie supo después, eso solo era una parte de la historia. Gracias a los registros se enteró del resto. Tenía que llegar a aquella casa del acantilado rápidamente. Si su corazonada era cierta, ese encuentro no podría tener un buen final.

70

Cleo está llorando. Las palabras que pronuncia entre sollozos suenan fuertes y descontroladas, pero aún no he terminado con ella.

—Tendrás que pasar el resto de tu vida sin la persona que más te quiso. Tu hermano. Y todo el mundo, salvo tú, piensa que era un maltratador. No necesito preguntarte qué se siente, Cleo. Ya lo sé.

No parece entender lo que acabo de decir. Que yo, igual que ella, perdí a mi hermano y que siempre la he culpado a ella. He estado alimentando mi odio hacia Cleo desde el día en que Dean murió y tenía que hacerle sufrir lo que yo había sufrido. Tenía que perder a su querido hermano y todo el mundo tenía que pensar que era malvado.

Al final, matar a Mark resultó mucho más difícil de lo que me había esperado. No merecía morir. Era un buen hombre y yo pensaba que me amaba. Sé que quería a Lulu, pero no encontré otra salida. Había cerrado mi mente a todo aquello que no formara parte de mi plan. Como una tormenta que se levanta en el mar, llegaría para destruir todo lo que encontrase en su camino. Solo Lulu había podido atravesar mi coraza y ahora debía protegerla. Nunca debía sufrir como consecuencia de la locura que me había invadido durante tanto tiempo y que aún me seguía comiendo por dentro.

No sabía cómo detenerla, cómo detenerme a mí misma, así que usé mi disfraz y el ordenador de la biblioteca para aprender a manipular un enchufe y, después, con cuidado, preparé la escena. Cleo tenía razón al decir que a Mark no le gustaba la oscuridad, pero no habría podido matarle con las luces encendidas iluminando su fino y atractivo rostro, reflejando sus ojos confiados. Los veo cuando voy a dormir. Se aparecen ante mí y ya no puedo soportar más las largas y oscuras noches de invierno.

Hacer el amor la última vez fue una experiencia agridulce. Mark no podía estar más cariñoso y aliviado al ver que yo le deseaba tras meses de haberme mantenido cerrada a él. Pero el cuchillo estaba allí, junto a la cama. Era mi oportunidad, aquella para la que había vivido durante años, la que tanto había soñado durante cada latigazo y cada hueso roto. Sentí el dolor de matar a Mark de una forma mucho más aguda que nada de lo que había sufrido a manos de mi tío o por las mías propias.

Lo peor fue que, para que mi plan funcionara, yo había tenido que llamar a la policía y gritar que necesitaba ayuda y, después, tuve que coger ese mismo cuchillo y cortar mi propia carne. Cada incisión era como si Mark me provocara los cortes, cada penetración en mi carne una pregunta: «¿Por qué, Evie? ¿Por qué?».

Volví a colocarme el cuerpo desnudo de Mark sobre el mío para que el vello de su pecho se frotara por dentro de mis heridas, quedándose atrapado en ellas, listo para ser analizado, demostrando de forma concluyente que hicimos el amor después de que me hiciera los cortes y no antes y, luego, tuve que esperar, tumbada junto a él, con mi brazo alrededor de su cintura, llorando, suplicando su perdón.

Cleo nunca sabrá nada de esto. Nadie lo sabrá. Sigue balbuceando y cuesta entender lo que dice.

—¿Quién..., no sé..., hermano?

Sé qué es lo que trata de decir.

—¿Te acuerdas de Dean Young, Cleo? ¿El niño de once años al que convenciste de que se subiera al malecón en medio de una tormenta? Te vi. ¿Me recuerdas ahora? —Hice una pausa para verle la cara. ¿Lo había entendido ya?—. ¿Te acuerdas de la pequeña Shelley Young? Yo estaba a la entrada del callejón que había al otro lado de la calle, pero me dio miedo salir. Le estabas gritando, llamándole cobarde. Entonces, fuiste corriendo hasta él y le empujaste, justo cuando una enorme ola caía por encima del malecón. Aún puedo oírle gritar. Lo recuerdo cada día. Tú le mataste y te fuiste de rositas. Después, le contaste a todo el mundo que era un matón, que había torturado a Mark.

—¡No! —El grito de Cleo se oye con claridad. El viento se ha levantado y transporta sus palabras de angustia hacia mí—. Sí era un matón, un niño perverso que le amargaba la existencia a Mark. Pero yo no le maté. Fue culpa de Dean, no mía. Ni de Mark. Cuando encontré a Dean y a Mark en el malecón, tu hermano estaba tratando de empujar a Mark por encima de él, obligarle a «recorrer el malecón», como él decía. El mar estaba revuelto y no había nadie allí para ayudarnos, así que le dije a Dean que, si era tan valiente, debía subirse él al muro. Se rio de mí, pero lo hizo. Estaba fanfarroneando y yo le provocaba.

Los recuerdos de Dean me han perseguido siempre. Sé que no era perfecto, pero hacía lo que podía por mantener a nuestra pequeña y triste familia unida y era el único en mi corta vida en quien yo podía confiar. Cleo lo alejó de mí.

—¿Por qué le empujaste? —le pregunto con voz calmada. Ha terminado el momento de los gritos—. Solo era un niño.

—Yo no le empujé. Pude verle por encima del muro..., me estaba mirando y yo le grité que se bajara. Vi una gran ola que venía por el mar y corrí hacia él para agarrarle. Él tropezó hacia atrás mientras yo corría en su dirección. Extendí las manos para agarrarle las piernas, pero ya era demasiado tarde.

Esta vez, no puedo evitarlo. Veo la verdad que se esconde en sus ojos y le grito:

—Estás mintiendo. Yo lo vi todo. Te vi la cara cuando te diste la vuelta. Ni siquiera miraste por encima del muro para ver si estaba bien. Te diste la vuelta, Cleo... y sonreíste. ¡Sonreíste, joder! Aun después de todo lo que he hecho por herirte, sigue sin ser suficiente para compensar todo lo que yo sufrí por tu culpa, la vida que he tenido que vivir, la tortura que he tenido que soportar.

Mientras miro a Cleo siento que me quedo sin las últimas reservas de energía. Siempre he creído que matar a Mark sería el final de todo. La apoteosis. Pero el dolor sigue ahí, quemándome. Cleo no ha sufrido lo suficiente. O puede que sea yo quien no lo haya hecho. Ya no lo sé. Pero necesito terminar con esto.

71

Cleo no podía asumirlo. Evie había matado a Mark. Le había asesinado a sangre fría. Todas las mentiras que había escuchado en el juicio, todas las pruebas de las lesiones de Evie..., ninguna de ellas era verdad. La había creído mucha gente y ahora todos pensaban que Mark era malvado.

Había estado segura de que su hermano era incapaz de cometer esos actos tan crueles, pero sintió asco al recordar esos diminutos momentos de duda. Ojalá pudiese hablar con él, suplicarle que le perdonara por haberse cuestionado, aunque solo fuera por un segundo, si era un hombre bueno.

Evie no la miraba ahora. Tenía los ojos fijos en su pie, retorciéndolo de nuevo sobre el suelo embarrado. Estaba a pocos centímetros del borde del acantilado y Cleo no tenía ni idea de qué estaba haciendo. A pesar de ser un día frío y húmedo, sentía el jersey pegado a su espalda sudada.

—He tenido una sola cosa buena en mi vida, ¿sabes? —dijo Evie tras levantar la cabeza para mirar a Cleo—. Mi preciosa y dulce Lulu. Y tengo que dejarla marchar. Por tu culpa.

Necesita ser la primera de nosotras que tenga una vida limpia, sin estar manchada por el pasado.

Cleo dio un paso hacia ella. Odiaba a Evie con cada centímetro de su ser, pero ¿qué estaba diciendo de Lulu? Si Evie iba a dejarla, ¿significaba eso que...?

—Apártate del acantilado, Evie. No sé qué está pasando por tu cabeza, pero vas a resbalarte con todo ese barro y te vas a caer si no tienes cuidado. Apártate y podremos hablar de Lulu.

—No quiero hablar de mi hija contigo. No es de tu incumbencia y nunca lo será.

—Yo quiero a Lulu —gritó Cleo mientras sus breves esperanzas se venían abajo—. Tú no estás bien para ser su madre. Y yo quería a Mark. Eres perversa, Evie. No sé qué quieres que haga ni que diga, pero no vas a salirte con la tuya.

Las comisuras de la boca de Evie se curvaron hacia arriba, pero no era por una sonrisa. Su cuerpo se había desplomado, como si su espíritu la hubiera abandonado, dejando atrás una carcasa vacía. Pero sus ojos continuaban ardiendo y Cleo supo que se estaba acercando a un terrible final.

—Entiendo por qué piensas eso, pero ¿sabes qué? —dijo Evie—. Una de nosotras va a morir hoy aquí. La otra va a pasar la vida en la cárcel, por asesinato. ¿Qué prefieres tú: la muerte o la cautividad?

Soltó lo que debió haber sido una carcajada, pero la nota aguda desapareció con el viento. El sonido hizo que el vello de la nuca de Cleo se le pusiese de punta.

—¿De qué narices estás hablando?

—Creo que la muerte sería muy buena para ti, pero unos años pudriéndote en una celda sería el final perfecto. Mucho tiempo para que puedas arrepentirte de lo que hiciste. O quizá seas tú la que deba morir. No sé qué decidir.

Era como si algo hubiese golpeado a Evie, y, con una oleada de energía, corrió hacia Cleo, quien se apartó a un lado, pero no lo suficientemente rápido. Evie se abalanzó sobre ella y
la agarró de los brazos, sujetándola con fuerza, con los dedos
apretados en las muñecas de Cleo.

—Suéltame, puta loca —gritó Cleo—. ¡Joder! ¿Por qué
has hecho eso?

Evie había soltado una muñeca e hincado las uñas en un
lateral de la cara de Cleo antes de dar un salto atrás y retirarse
de nuevo hasta el borde del acantilado, su rostro una máscara
pálida.

—Son pruebas. Es que me he defendido antes de que me
empujaras para matarme.

—Pero yo no voy a empujarte. Me encantaría que salta-
ras, pero no creo que estés siquiera lo suficientemente loca como para hacerlo.

—¿Eso crees? —Evie echó la cabeza a un lado, como si
se estuviese pensando las palabras de Cleo. Pero negó despacio—. Sería demasiado fácil que yo saltara de este acantilado y
muriera. No tengo miedo, ¿sabes? Y Lulu se merece a alguien
mejor que a ti o a mí. Tenemos sangre en las manos. Así que
debo dejarla... para que esté con una familia que la protegerá de
todo esto. De nosotras. Y nunca más volverás a verla, porque,
si decido saltar, tú serás mi asesina. Aminah sabe que venías
aquí. Hay pruebas de que hemos peleado. Yo maté a tu hermano y ¿por qué otra razón iba yo a morir si no fuera porque tú
me has empujado?

—Eres mala. Estás enferma —gritó Cleo—. ¿Por qué per-
mitiste que me quedara con Lulu todo ese tiempo si es así como
piensas?

Evie dejó de pisotear el suelo. Se quedó inmóvil y miró a
Cleo. Cuando habló, su voz sonó tranquila, desinflada.

—Quería que estuvieses más unida a ella para que, cuando la perdieras, te resultara más insoportable.

Cleo escuchaba cada palabra pero, aunque el corazón le dolía por la pérdida de Lulu, una voz gritaba con fuerza en su cabeza y abrió la boca para que las palabras escaparan con un grito.

Ya casi ha acabado. Ojalá hubiese ido tan bien como siempre he creído que iría. Pero no. No puedo terminar todavía. No puedo dejar que mi mente dé vueltas sin control. No hasta que lo sepa. No hasta que Cleo me cuente la verdad.

—Quiero que mueras un poco más a cada momento, Cleo, y eso es lo que va a pasar si me matas. Vas a pasar el resto de tu vida pagando por ello. Yo ya no sirvo para nada en esta vida, no ahora que he aceptado que solo puedo traerle dolor a Lulu. Tu culpabilidad, tu prisión de por vida, dará a mi muerte un sentido. Estás cubierta de fibras de mi ropa, tienes arañazos en la mejilla, magulladuras en la muñeca y hay señales en el barro de que ha habido una pelea. Y he dejado un rastro con otras pruebas. Se me da bien, eso lo debes admitir. Todos lo creerán. Maté a tu hermano e impedí que siguieras viendo a Lulu. He nombrado a Aminah su tutora legal en caso de que yo muera y, de todos modos, no la podrás recuperar si estás en la cárcel, ¿no?

—Fue hace mucho tiempo —grita Cleo—. Por favor, Evie. Déjalo ya.

—No hasta que oiga la verdad.

Se está desmoronando. Y sabe que no va a terminar hasta que pronuncie las palabras que tanto tiempo he estado esperando oír.

—Vale, le empujé —grita—. No lo planeé. Me abalancé sobre él para salvarle pero, entonces, le gritó a Mark. Dijo que iría después a por él y le llamó gilipollas esmirriado. Y ocurrió sin más. Dean era un monstruo.

Espero sentir una oleada de alivio cuando lo confiesa. Pero no siento nada. Siempre supe lo que había hecho, así que quizá no suponga ningún cambio. ¿Le hablo de las horas de planificación? ¿De los años transformándome de una adolescente rechoncha y llena de acné a una joven sofisticada y elegante, gracias al dinero que Nigel había ganado con tanto esfuerzo y que de tan buen grado me daba? ¿De los años aprendiendo cosas que pensaba que me podrían permitir acercarme a Mark North para así poder matarle?

Me sorprende que no haya hablado de la peluca, pero estoy segura de que he visto un breve instante de reconocimiento en sus ojos nada más llegar. ¿Se acuerda de la joven de pelo negro y llamativo lápiz de labios rojo que estuvo meses viviendo cerca de ella, haciendo todas las averiguaciones posibles con respecto a Mark y Mia, preparando los detalles más minuciosos de mi plan? Eso espero.

Me aparto del acantilado para ir hacia Cleo y ella da un paso atrás.

—Venga —la provoco—. Ven a por mí. Quieres hacerlo, ¿no? Sé que se te da bien matar a la gente empujándola. Te he visto en acción. Pero a mí también se me da bien.

Cleo vuelve a mirarme fijamente, preguntándose qué quiero decir. Le he echado encima demasiadas cosas, no sé si va a entenderme y yo ya no tengo fuerzas para contárselo.

Estoy hablando de Mia, por supuesto. Se interpuso entre Mark y yo justo cuando yo estaba lista para ir a por él, así que tuve que deshacerme de ella. Había estado varias semanas vigilando la casa, buscando la ocasión. Y entonces la vi. Esperé a que el taxi de Mark desapareciera por el camino y, después, fingiendo que me dedicaba al mantenimiento de piscinas, aparecí temprano para echar los productos que a Mia tanta pereza le daba echar. Me abrió la puerta por el telefonillo, pero subió a lo alto de las escaleras del sótano para reunirse conmigo y acompañarme a la piscina. Yo había cogido un cuchillo, pero no necesité usarlo.

—Usted primero —le dije para que fuese por delante de mí.

Ella se encogió de hombros y se dispuso a caminar delante de mí. Yo conocía muy bien la técnica, claro. Dios sabe que el cabrón de mi tío la probó con bastante frecuencia, así que rápidamente coloqué mi pie entre sus dos tobillos. Recuerdo la breve mirada de sorpresa en su rostro, pero no duró mucho mientras tropezaba de cabeza escaleras abajo y caía sobre el suelo de hormigón de abajo, rompiéndose el cuello al golpearse contra el suelo. No había esperado que fuese tan fácil y, después, lo único que tuve que hacer fue desatarle una de las zapatillas.

Pero no voy a contarle todo esto a Cleo.

Está haciendo frío ahora en el acantilado y, mientras he estado pensando cuánto contarle, no he apartado los ojos de su cara. Ha tardado un poco en entender a qué me refería con lo de mi pericia para matar a gente empujándola pero, por fin, lo ha pillado.

—¿Mia? —Su voz suena áspera, desprovista de emoción. Yo levanto las cejas y asiento.

—Yo estaba allí, Cleo, escondida en la sala de las calderas cuando tú entraste en la casa dispuesta a discutir. Oí lo que dijiste al ver el cuerpo de Mia: «Dios, Mark, ¿qué has hecho?». Me pregunto por qué hiciste esa suposición. ¿Pensaste: «Lo llevamos en la sangre»?

Veo que ya no puede más. Ha sido demasiado y, si insisto, se va a desmayar. Eso no sería bueno.

—Como he dicho antes, hoy una de nosotras va a morir. ¿Quién será?

Cleo se quedó inmóvil mientras Evie se acercaba a ella. Llevaba días pensando que ya no le quedaba nada por lo que vivir, pero ahora no quería ser ella la que muriera. Necesitaba vivir para contarle a todo el mundo que su hermano había sido una víctima inocente.

—Vamos —la provocó Evie—. Ven a por mí. Sabes que quieres hacerlo.

Evie tenía razón. Cleo la quería ver muerta y nada le iba a producir más placer que lanzarse hacia la asesina de Mark, arrastrarla al filo y empujarla por el acantilado. ¿Qué tenía que perder? Mark ya no estaba y a Lulu la había perdido. Aunque pasara el resto de sus días en la cárcel, el mundo se habría quitado de encima al demonio que había sido Evie Clarke.

Dio un paso hacia delante, con el corazón golpeándole en el pecho.

«Salta, Evie. Salta», suplicó en silencio.

Dio otro paso. Y luego, otro.

«Así que este es el final».

«Ahora sí lo tengo claro: una de las dos tiene que morir».

Y, con un rugido, se lanzó.

72

Por fin, después de media hora atascada en el tráfico, Stephanie subía a toda velocidad por el camino hasta el muro blanco de la casa donde habían encontrado el cuerpo ensangrentado de Mark North, con fragmentos de piedra saliendo despedidos por los laterales mientras sus neumáticos derrapaban por la superficie accidentada.

El coche de Cleo estaba allí, aparcado en la puerta. Stephanie conocía ya toda la historia. Cleo había sido testigo de la muerte del hermano de Evie. Había tratado de salvarle, decía el informe. ¿Lo había creído Evie? ¿O tenía razón Gus al pensar que había algo más en la muerte de Mark que un mal final para una relación de malos tratos?

Pisó los frenos y sintió que la trasera del coche se deslizaba por la gravilla. No le importó. Ese encuentro podía ser del todo inocente, pero Aminah Basra estaba preocupada y Stephanie no podía alejar de su mente lo que su instinto le decía.

Corrió hacia la puerta, sin saber si al llamar alguien abriría. Vio el garaje abierto y recordó a una destrozada Cleo que le decía que era posible entrar en la casa por allí.

Se apresuró hacia el garaje y se detuvo. Quizá en realidad no estaba pasando nada. No podía entrar corriendo ahí dentro. Debía calmarse. Respiró hondo y fue hacia la puerta abierta que daba al jardín.

No vio a nadie, así que Stephanie se acercó a la ventana de la casa con la esperanza de ver señales de vida en la cocina o la sala de estar. Pero estaba vacía y tenía aspecto de estar abandonada, como si, al igual que su propietario, aquella bonita habitación hubiese muerto también.

Por encima del tronar de las olas y los graznidos de las gaviotas que daban vueltas en el cielo, oyó el sonido de una aguda carcajada y respiró. Si se estaban riendo, todo iba bien. Se había asustado por nada.

Caminó en silencio por el césped y se asomó por el extremo de un alto seto en dirección al borde del acantilado.

Había allí una mujer sola que miraba cómo el mar golpeaba contra las rocas de abajo. Un rayo de sol de primavera se reflejó sobre su pelo brillante y decolorado y levantó las manos hacia el cielo a la vez que echaba la cabeza hacia atrás, como dando las gracias.

Epílogo

El niño está de pie sobre el malecón. Está alardeando, fingiendo que es peligroso aunque la parte superior del muro es plana y ancha. No ve el peligro cuando se abalanza sobre él con tanta violencia. Lo único que queda es el eco agonizante de su grito.

Mientras espero a que llegue mi visita, consciente de lo que me va a decir, miro mi nuevo hogar, las cuatro paredes que me rodean, que parecen ir acercándose más, aplastándome entre sus lustrosas superficies. Supongo que la pintura brillante hace que sean más fáciles de limpiar, pero resplandecen con fuerza bajo las luces demasiado luminosas.

Voy a tener bastante tiempo para pensar, para darle vueltas a todo lo que he hecho. Estoy segura de que se supone que debo sentir remordimientos, pero no siento nada.

Le he contado a la policía que ha sido un accidente. Lo he repetido una y otra vez, pero sé que lo tengo todo en contra.

Me han acusado de asesinato y no me cabe duda de que puedo demostrar lo contrario pero, por ahora, no tengo más tiempo para pensar en qué va a pasarme. Puedo oír el sonido de unos pasos que se acercan hacia mí y la puerta de mi celda se abre para dejar ver la cara amargada de mi carcelera.

—Ha llegado tu visita —dice inclinando la cabeza a la derecha para indicar que la tengo que seguir. No les gusto a las funcionarias porque creen que soy una asesina. No me importa mucho lo que piensen.

Me llevan a una habitación privada, la que se reserva para las reclusas y sus abogados, y, en cuanto me siento, se abre la puerta de nuevo. Harriet James entra en la habitación. Su cara es una máscara y no tengo ni idea de qué está pensando. No pasa mucho tiempo hasta que lo averiguo.

—No voy a preguntarte cómo estás porque, sinceramente, me importa una mierda —dice escupiendo sus palabras. Me doy cuenta ahora de que ha mantenido inmóviles sus facciones como parte de una estrategia para garantizar que su rabia no sale a la luz.

No digo nada. Dudo que vaya a representarme. Me ve como al enemigo, pero es buena, así que quizá merezca la pena intentarlo.

—He venido a verte porque lo has pedido, pero no tengo intención alguna de defenderte. Lo que has hecho es una monstruosidad. Has matado a una mujer inocente.

Le devuelvo la mirada, negándome a encogerme bajo la fuerza de su rabia.

—No era inocente. Asesinó a mi hermano.

—No voy a desperdiciar mi saliva tratando de convencerte de que estás equivocada.

Pienso si contarle a Harriet lo de la confesión sobre el acantilado, pero sé que no me va a creer, así que permanezco en silencio. Harriet ni siquiera se ha sentado y está claro que no va a quedarse.

Se inclina hacia delante, agarrando con las manos el respaldo de la silla con los nudillos blancos.

—¿No vas a decir nada?

—No, nada que a ti te pueda importar —respondo.

Chasquea la lengua con gesto de desagrado.

—¿Tienes idea del daño que has provocado? En algún lugar de ahí afuera hay una mujer a la que están maltratando y que podría perder el control de verdad y matar a su pareja. El miedo de lo que le pueda pasar puede haberse reducido ligeramente por el famoso «caso de Evie Clarke». Pero la prensa se va a volver loca de contenta con las últimas noticias.

Entiendo su rabia. Se suponía que este iba a ser su momento de disfrutar de la gloria por lo que había conseguido pero, tal y como ha terminado todo, supongo que sus clientes vacilarán más a la hora de buscar sus servicios. La noticia está llena de especulaciones y nadie sabe qué creer.

Yo me he ocupado de ello.

—Bien —dice cogiendo el maletín que había dejado apenas dos minutos antes—. Si no tienes más que decir, me marcho.

Se gira y va hacia la puerta.

—Se cayó, Harriet —digo sin levantar la voz—. Fue un accidente.

Harriet se da la vuelta y vuelve a la mesa.

—Eso no es cierto y las dos lo sabemos. Las pruebas son demasiado contundentes. El suelo removido, las fibras sobre su ropa y la tuya, los arañazos, las magulladuras. Ella se defendió. Pero perdió.

Al parecer, el plan había funcionado. Demasiado bien. Y ella tiene razón en no creerme, claro. El final, cuando llegó, no fue tan sencillo como yo había querido.

Por un momento, pareció como si no fuese a pasar nada. Nos quedamos mirándonos, ambas esperando a que la otra hiciera un movimiento. Ella mató a mi hermano. Yo maté al suyo. ¿Cuál de las dos debía morir?

Ella decidió que debía ser yo. Primero, vi la confusión en su mirada. Después, indecisión. Pero, al final, el odio y la furia que se habían estado formando en su interior se liberaron y ella actuó.

Harriet llega a la puerta y la abre.

—Adiós, Evie —dice—. Espero que te pudras en este lugar durante los próximos veinte años.

A Harriet no le importa que mi intención fuera morir ese día. Lamenta que yo no lo haya podido hacer, de eso estoy segura, porque así su reputación habría quedado intacta y todos habrían continuado creyendo que yo era una víctima. Pero no he muerto, y ahora todos creen que soy —y que probablemente siempre he sido— una asesina.

Lo irónico es que yo no asesiné a Cleo. Se abalanzó sobre mí y yo simplemente me aparté de en medio, un acto instintivo de supervivencia que yo ni deseaba ni esperaba. Cuando se resbaló en el suelo, echó las manos hacia mí y me agarró un mechón de pelo. La peluca se soltó con su mano y ella cayó muerta sobre las rocas de abajo.

Todo lo que yo había preparado con tanto cuidado para su condena, la sangre bajo mis uñas, las fibras en mi ropa, son ahora prueba de mi culpa.

No mentía cuando le dije a Cleo que estaba lista para morir ese día. No pensaba que me fuera a librar nunca de los recuerdos que me volvían loca, y mi venganza, tan cuidadosamente planeada, no había conseguido disminuir la amargura que me había estado envenenando durante tanto tiempo.

Pero, curiosamente, siento como si la muerte de Cleo me hubiese liberado. Quizá estoy destinada a pasar el resto de mi vida aquí dentro, pero sueño con días de invierno en la playa con mi Lolula, viendo las olas limpiando la arena de todo tipo de marcas, de cada recuerdo de los que caminaron por ella antes que nosotras.

Nadie vio morir a Cleo. Hay otras posibles interpretaciones de las pruebas.

Puede que, después de todo, este no sea el final. Puede que solo sea el inicio de algo nuevo. Puede que un día yo eche la vista atrás y lo sepa: aquí es donde todo comenzó.

Agradecimientos

Siempre me ha dejado pasmada la generosidad de la gente a la hora de responder a preguntas para la documentación de un libro y con esta novela necesitaba más asesoramiento experto que en ninguna otra.

En especial, como siempre, me gustaría dar las gracias a mi maravilloso asesor en materia policial, el exinspector Mark Grey, que parece poder responder a todas las preguntas que van desde las más rutinarias a las más complejas. Nunca me decepciona.

También he necesitado ayuda especializada en escenarios judiciales y el asesoramiento de la abogada criminalista Cheryl Dudley ha sido fundamental. Gracias, Steve Rodgers, por recomendármela. Junto a Jane Britton, Steve también ha resultado ser bastante bueno al pasar el día de Año Nuevo escuchando mis ideas para esta historia y haciendo valiosas sugerencias. ¡Supongo que ayuda el hecho de que sea juez!

Colin Lawry, del Tribunal Superior de lo Penal de Truro, ha sido muy servicial e ilustrativo, al igual que David Earl, a cuyos conocimientos técnicos siempre se puede acudir cuando se busca precisión.

Una persona muy especial que nunca me defrauda es mi agente, Lizzy Kremer. Junto a todo el equipo de David Higham Associates, me ha apoyado en este camino y me ha dado ánimos y consejos de valor incalculable. Sinceramente, no podría haber hecho esto sin ella. Harriet Moore, Olivia Barber y Clare Bowron también han aportado sus maravillosos conocimientos editoriales.

Me he sentido abrumada por el entusiasmo y pericia del equipo de Wildfire, especialmente de Kate Stephenson, Alex Clarke y Ella Gordon, y ha sido un placer trabajar con el amplio equipo de Headline, incluidas Becky Hunter, Jo Liddiard, Caroline Young, Louise Rothwell y Becky Bader.

Quiero expresar mi agradecimiento especial a Tish McPhilemy, que se unió a mí para ocuparse del necesario trabajo administrativo que implica ser autora, pero que ahora se encarga de mucho más, como hacerme reír cuando las cosas no van según lo planeado y servirme de fuente de inspiración de muchísimas formas.

Por último, no podría hacer nada de esto sin el apoyo de mi familia, especialmente de John, que se asegura de mantenerme alimentada e hidratada cuando no puedo pensar en nada que quede fuera del mundo de mi imaginación y que me escucha, con claro interés, cuando hablo de un grupo de personas a las que yo conozco tan bien pero que él nunca conocerá si no es a través de las páginas de mi libro. Para eso es necesario un tipo especial de persona.

Este libro se publicó
en el mes de marzo de 2020